LA BIBLIOTHÈQUE AMBULANTE DES APPALACHES

Titre original : *The Book Woman of Troublesome Creek*

Traduit de l'anglais par Laurent Bury

76, boulevard Pasteur
75015 Paris – France
www.editionscharleston.fr

Maquette : Patrick Leleux PAO

ISBN : 978-2-38529-082-5

Pour suivre notre actualité, rejoignez-nous sur Facebook (Éditions.Charleston), sur Twitter (@LillyCharleston) et sur Instagram (@EditionsCharleston) !

Charleston s'engage pour une fabrication écoresponsable ! Amoureux des livres, nous sommes soucieux de l'impact de notre passion et choisissons nos imprimeurs avec la plus grande attention pour que nos ouvrages soient imprimés sur du papier issu de forêts gérées durablement.

Kim Michele Richardson

LA BIBLIOTHÈQUE AMBULANTE DES APPALACHES

Roman

Traduit de l'anglais par Laurent Bury

CHARLESTON

Pour Stacy Testa, une femme aux livres qui m'est chère.

« L'existence même des bibliothèques nous offre
la meilleure preuve qu'il ne faut pas désespérer
de l'avenir de l'humanité. »

T. S. Eliot

Kentucky, 1936

La bibliothécaire et sa mule repérèrent la chose en même temps. L'animal dressa les oreilles et s'arrêta si soudainement que ses pattes avant dérapèrent, et son panier bascula, répandant tous les livres qu'il contenait. Un tourbillon de poussière s'éleva, piquant les yeux de la femme. La mule tournait les yeux vers le ciel, vers l'arrière, partout plutôt que sur ce qui se trouvait devant elle.

Incapable de détacher son regard du spectacle, la femme aux livres raffermit sa poigne sur les rênes. Elle serra les flancs de la mule entre ses jambes et voulut la faire avancer. Découvrant de grandes dents impertinentes, la bête tendit son museau dans l'air parfumé et ses braiments tremblants vinrent déchirer le silence de la montagne endormie.

La femme se raidit et tira un peu plus fort sur les rênes. Devant elle, un corps se balançait sous la grosse branche à laquelle il était pendu. La corde nouée autour de son cou grinçait sous le poids du cadavre. Une nuée de vautours tournoyait au-dessus, leur affreuse tête nue fixée sur la forme sans vie et leurs ailes projetant de larges ombres sur l'herbe desséchée.

De la terre brûlée montaient d'étranges cris, et la bibliothécaire détourna ses yeux jusque-là fascinés par le pendu.

À côté d'un bidon renversé, un bébé gisait à même le sol, son minuscule visage crispé par la fureur.

Une brise changeante, descendue des montagnes, charriait la puanteur de la mort et sa souillure. La branche craquait, gémissait sous son fardeau. Une chaussette ensanglantée était en train de glisser sur un pied inerte. Horrifiée par cette chair bleuie, la femme plaqua une main sur sa bouche. La chaussette finit par tomber et atterrit tout contre la tête du bébé.

Le vent vint souffler à ras de terre comme s'il cherchait à la balayer, mais la chaussette resta obstinément immobile, enracinée, trop lourde pour être entraînée par une simple brise d'été.

La bibliothécaire porta une de ses mains devant son propre visage comme pour en comparer la couleur à celle du cadavre. Elle examina sa chair bleu cobalt, puis osa jeter à nouveau un regard vers le pendu, attaché, enraciné à tout jamais, autant que le chêne noir, dans cette terre dure et éternelle du Kentucky que tant d'autres s'efforçaient de fuir.

1

La nouvelle année avait à peine une quinzaine d'heures à Troublesome Creek, Kentucky, quand mon père régla à une hauteur alarmante la bougie censée mesurer le temps qu'un homme viendrait me faire la cour.

Satisfait, Papa sortit de notre maison de rondins et plaça l'objet sous le porche. Il était plein d'espoir : 1936 serait peut-être l'année où sa fille unique, Cussy Mary Carter, dix-neuf ans, trouverait chaussure à son pied et cesserait de travailler pour la bibliothèque ambulante. Son nouveau soupirant la demanderait peut-être en mariage.

— Cussy, cria-t-il par-dessus son épaule, avant que ta mère nous quitte pour l'autre monde, je lui ai promis que tu serais une femme respectable, mais je me suis presque ruiné en bougies à cause de ça. J'aimerais bien que celle-ci ne brûle pas pour rien, fillette.

Il reprit le bougeoir en fer forgé par sa poignée et recommença à jouer avec le poussoir en bois qui permettait de faire monter ou descendre la bougie dans la spirale métallique.

— Je mène une vie respectable, répondis-je calmement en le suivant dehors.

Je m'assis dans le fauteuil, emmitouflée dans le couvre-lit en patchwork que j'avais traîné avec moi. Le premier jour de janvier s'était accompagné d'une petite chute de neige sur la colline. Papa posa le bougeoir et gratta une allumette pour la lanterne suspendue sous le porche.

Deux phalènes attirées par la flamme se posèrent à proximité. Une nouvelle dose de flocons vint se mêler à la fumée du feu de bois et saupoudrer notre minuscule cabane. Frissonnante, j'enfonçai mon nez dans le couvre-lit alors qu'un vent mordant qui dévalait les montagnes sifflait à travers les pins aux branches nues et noires.

Moins d'une minute après, mon père ramassa la bougie, mit un doigt au-dessus de la mèche et tendit le menton en avant d'un air approbateur.

— Papa, je me suis trouvé un travail qui nous rapporte vingt-huit dollars par mois, rien qu'à porter des livres aux gens qui ont besoin de s'instruire dans nos collines.

— Je vais reprendre le boulot, maintenant que la mine marche à plein temps.

Mon père pinça la mèche.

— Ça ne changera rien.

— Tu resteras à l'abri. Avec ce froid, tu pourrais attraper la mort, comme ta pauvre mère. Tu es tout ce que j'ai, Cussy, tout ce qui me reste de notre famille. Tu es la dernière après moi, fillette.

— *Papa, s'il te plaît.*

Il se baissa et écarta une mèche de mes yeux.

— Pas question que tu te balades sur ta vieille mule dans tous les cols sombres et les ravins dangereux, juste parce que le gouvernement veut distribuer ses sales bouquins dans nos collines.

— Je ne cours aucun danger.

— Tu pourrais tomber malade. Regarde ce qui est arrivé à cette pauvre femme aux livres et à sa monture. Elle a été où il ne fallait pas, et sa malheureuse bête a été punie pour la témérité de sa maîtresse.

La neige tourbillonnait, ses rafales dansaient dans la cour jonchée de feuilles.

— Elle était très âgée, Papa. Mon cheval est fringant et il a le pied sûr. Et moi, je suis en pleine forme.

Je baissai les yeux vers mes mains, trahie par leur couleur bleue. Très vite, je les fourrai sous les plis du tissu, m'obligeant à rester calme.

— Je suis en bonne santé, Papa. *S'il te plaît.* C'est de l'argent honnête…

— Et ça fait de toi une fille honnête ? Il y a des femmes qui se plaignent que tu vas porter là-haut des livres dégoûtants.

— Ce n'est pas vrai. Ça s'appelle de la littérature, et ce sont des livres convenables, tentai-je de lui expliquer comme je l'avais déjà fait tant de fois. *Robinson Crusoé,* Dickens et d'autres comme ça, *Le Magazine de la mécanique* et *Femmes au foyer.* Des brochures où on apprend à réparer les choses cassées, à coudre des vêtements, à faire durer son argent. Des choses importantes, Papa. Des choses respectables…

— Arrête tes grands airs. Ça n'est pas respectable pour une femme de se promener à cheval dans les collines comme un homme, grommela-t-il d'un ton sévère.

Je désignai dans un coin le petit sac rempli de magazines que je devais livrer au cours des prochains jours.

— Ça aide les gens et leurs enfants à s'instruire. Tu te rappelles l'article du *National Geographic* sur la ville en France où est né ton grand-père, Cussy, qui est mon prénom ? Tu l'as bien aimé…

— Bon Dieu, quelle idée j'ai eu d'aller te chercher un nom pareil ! J'ai pas besoin d'un fichu bouquin pour me souvenir d'où il venait, mon grand-père. On le savait bien, ta pauvre mère et moi.

Il haussa le sourcil, inquiet pour la flamme du bougeoir – qui déterminait le temps de parole des prétendants –, et réajusta sa hauteur en prévision de l'arrivée de l'un d'eux.

Mon père dirigea son attention vers la rivière, puis à nouveau vers la chandelle. Songeur, il hésitait entre augmenter ou diminuer la durée pendant laquelle elle brûlerait. Il marmonna un juron et opta pour une position intermédiaire. Elijah Carter avait l'habitude de hausser la bougie pour une visite longue, et de la réduire pour un soupirant dont il ne voulait pas.

— Papa, les gens ont besoin de ces livres. Mon travail, c'est de les porter à ceux qui ont envie d'apprendre.

Il souleva le bougeoir.

— Une femme doit rester à la maison pour s'occuper de son feu.

— Mais si je me marie, le gouvernement va me licencier. S'il te plaît, je suis bibliothécaire, maintenant. Et même Eleanor Roosevelt approuve…

— Ça n'est pas la femme du président qui fait un travail d'homme, qui est ma fille à marier et qui se balade sur un âne dans des montagnes tordues.

J'aperçus à nouveau mes mains et les frottai l'une contre l'autre sous le couvre-lit.

— Les gens s'instruisent, là-haut. Les livres sont le meilleur moyen pour ça…

— Ce qu'il leur faut surtout, c'est à manger sur leur table. Les gens d'ici ont faim, fillette. Les gamins sont malades et tout maigres, les vieux meurent. On n'a que la peau sur les os. Il y a deux semaines, Caroline Barnes a fait quinze kilomètres à pied pour rien, croyant qu'elle sauverait ses enfants.

J'avais entendu dire que cette pauvre veuve était arrivée au village, titubante, atteinte de la pellagre, et était morte dans la rue. J'avais souvent vu cette maladie cutanée frapper ceux qui avaient faim. Le mois dernier, une femme avait perdu cinq de ses douze enfants et, dans les collines, toute une famille y avait succombé un mois auparavant.

— Mais les gens me disent que les livres les soulagent, que c'est ce qu'ils pouvaient espérer de mieux, protestai-je.

— Ils ne se nourriront pas des pattes de mouche imprimées dedans, dit Papa pour me faire taire. Et ça, ajouta-t-il en frappant le bougeoir, c'est ce que toi, tu peux espérer de mieux.

Ainsi brandie en l'air, nue, la bougie semblait désespérée, embarrassante. Et je surpris aussi l'anxiété dans le regard de Papa.

***

Autrefois, je partageais les craintes de Papa sur ce que pourrait devenir sa fille unique, jusqu'au jour où j'avais appris que Roosevelt lançait un programme de secours appelé New Deal, pour aider les gens à sortir de la crise. La dépression économique durait depuis aussi longtemps que je puisse me souvenir, mais tout à coup, le gouvernement déclarait que nous avions besoin d'assistance et se chargeait de nous en offrir une. L'année dernière, le président avait créé la Works Progress Administration, pour que les femmes exercent un travail rémunéré et introduisent la littérature et l'art dans la vie des Kentuckiens. Beaucoup d'habitants de nos montagnes découvrirent alors pour la première fois ce qu'une bibliothèque pouvait proposer, et cette mise en appétit ne fit qu'aiguiser leur faim de savoir.

J'avais vu les prospectus au village : on recrutait des femmes pour distribuer les livres à dos de mulet. À l'insu de Papa, j'avais rempli un bulletin de candidature un mois après la mort de Maman, pour devenir employée de la bibliothèque ambulante.

— Ils t'ont prise pour ça, toi ? s'était étonné Papa lorsque j'avais été retenue, l'été dernier.

Je ne lui avais pas expliqué que j'avais contourné la difficulté en envoyant mon bulletin par la poste. Le formulaire disait qu'on pouvait le remettre à un bibliothécaire local ou l'adresser à la direction de la bibliothèque ambulante, à Frankfort, la capitale du Kentucky. Il n'y était pas question de couleur de peau, et encore moins de la mienne. Mais j'avais tenté ma chance auprès de gens de la ville que je ne rencontrerais jamais, plutôt que de me fier à ceux de Troublesome Creek.

— Ils n'avaient personne d'autre sous la main ? m'avait interrogée Papa. Tu ne peux pas travailler.

— Papa, on a besoin d'argent, c'est un emploi honorable et…

— Les femmes qui travaillent ne se marient pas.

— Qui épouserait une Peau-Bleue ? Qui voudrait de moi ?

J'étais convaincue que personne n'irait dénicher une épouse parmi les *Peau-Bleue du Kentucky*. Personne ne se marierait à une femme dont les lèvres et les ongles étaient bleus comme un geai bleu, dont la peau avait la couleur des bleuets qui poussaient dans nos bois.

J'osais à peine croiser le regard des gens, de peur que ma couleur ne trahisse mes émotions. Une simple rougeur, un élan de joie ou de colère, ou une brusque surprise, se répandait sur ma peau et transformait mon teint en myrtille mûre, ce qui faisait détaler tout interlocuteur. Il n'y avait apparemment pas grand espoir matrimonial pour la dernière descendante des montagnards bleus qui avaient déconcerté le pays, et même les médecins.

« Une fille capable de virer au bleu comme les libellules qu'on voit voler à la surface des rivières du Kentucky », tel était le verdict du vieux docteur de nos montagnes, qui m'avait aussitôt surnommée Bluette. Sitôt prononcé, ce nom ne m'avait plus quittée.

Chaque fois que nous en discutions, Papa disait :

— Cussy, tu pourrais te marier avec quelqu'un de différent, quelqu'un qui t'emmènerait loin d'ici. C'est pour ça que je descends à la mine, que je vais au charbon.

Cette infamie flottait dans l'air immobile pour me ronger. Les gens croyaient que cette couleur de peau était le résultat d'unions consanguines, mais ce n'était pas du tout cela. Mon arrière-grand-père, un Peau-Bleue de France, s'était installé ici et avait épousé une Kentuckienne blanche au sang bien rouge. Malgré cela, ils avaient eu plusieurs enfants bleus au milieu de leur progéniture blanche. Quelques-uns s'étaient mariés à leur tour avec des étrangers, mais les autres avaient dû s'en tenir à leurs proches parce qu'ils ne pouvaient pas quitter leur village, pas plus que les membres des autres clans de nos montagnes.

Bientôt, pour échapper aux moqueries, nous autres Peau-Bleue nous étions réfugiés plus loin dans les collines, dans la partie la plus noire du territoire. Cela convenait à Papa, qui pensait que c'était plus sûr pour moi, la dernière de notre espèce, *la toute dernière.* Mais j'avais lu dans un magazine un article sur ces *espèces.* Le wapiti de l'Est, la colombe voyageuse. Les espèces *éteintes.* La plupart de ces animaux avaient été chassés *jusqu'à l'extinction.* La pensée de cette élimination, d'être la dernière des Peau-Bleue, la toute dernière de mon espèce sur Terre, m'avait frappée de terreur et j'avais couru jusqu'au miroir, une main sur la gorge, l'autre me frappant la poitrine pour reprendre mon souffle.

Beaucoup de gens se méfiaient de nous. Mais comme Papa était mineur, sa peau bleu pâle dérangeait moins puisque tous ses collègues remontaient de la fosse dans le même état.

Mais moi, je n'avais pas de charbon pour me déguiser. Je n'avais aucune issue, jusqu'au jour où j'étais devenue porteuse de livres. Dans les zones isolées, pleines de vieux arbres sombres, mes jeunes clients souriaient dès qu'ils me voyaient approcher sur mon cheval, mon panier rempli d'ouvrages : « Voilà la femme aux livres… La femme aux livres est là ! » Alors, j'oubliais ma différence, ainsi que ses raisons, et ce qu'elle signifiait pour moi.

Tout récemment, Eula Foster, la directrice de la bibliothèque ambulante, m'avait jugée très instruite ; ce travail m'avait rendue aussi cultivée que si j'avais fréquenté les meilleures écoles.

J'avais été ravie d'entendre cet avis. Toute fière, j'étais devenue pratiquement violette, alors qu'elle avait déclaré aux autres employées, d'un air abasourdi : « Si une Peau-Bleue peut tirer autant d'instruction de nos livres, imaginez ce que ce programme pourrait accomplir pour des gens normaux… Une lueur d'espoir en ces temps obscurs, c'est certain… »

Et j'avais savouré cette chaude lumière qui me donnait l'impression d'être une érudite.

Mais le mois dernier, quand Papa avait appris la mésaventure de ma collègue Agnes, ce terrible voyage lors duquel son cheval l'avait abandonnée dans la neige, il s'était montré plus que jamais résolu à me marier. Peu après, il avait proposé une dot généreuse, de cinq dollars, plus quatre hectares de forêt. Des hommes aux dents longues étaient venus me faire la cour, alléchés par cette promesse et prêts à fermer les yeux sur ma couleur de peau. Quelques-uns avaient demandé si j'étais apte à procréer, comme si j'avais été un animal de ferme ; ils voulaient s'assurer que leurs fils et leurs filles ne seraient pas des Peau-Bleue eux aussi.

Papa était tellement pressé de me caser qu'il m'aurait cédée au dernier des ogres s'il avait bien voulu de moi. Il réglait désormais la bougie sur la hauteur maximale, quel que soit le prétendant qui se présentait.

Mais je n'étais pas prête à courir le risque. Selon le règlement de la Works Progress Administration, toute femme ayant un mari apte à travailler perdait son emploi, puisque l'homme était le chef de famille, en bonne logique.

Logique. Je me trouvais très bien là où j'étais. J'appréciais beaucoup ma liberté, j'aimais la solitude que ces sept derniers mois m'avaient accordée, et je vivais pour la joie d'apporter des livres et de la lecture aux montagnards qui guettaient désespérément ma visite, l'imprimé qui égayait leur vie morne et leurs montagnes sombres. C'était nécessaire.

Pour la première fois de ma vie, je me sentais moi-même nécessaire.

***

— Comme ça, ça devrait être bon.

Papa régla une fois de plus le bougeoir, et plaça enfin l'objet sur la table, devant mon rocking-chair et la chaise vide. Il décrocha son casque à lampe frontale et regarda vers les bois, de l'autre côté de la rivière qui traversait notre terrain.

La neige tombait de plus belle, à gros flocons.

— Il ne va sûrement plus tarder, fillette.

Mes prétendants renonçaient parfois à venir. J'espérais que ce serait le cas aujourd'hui.

— Je m'en vais, annonça mon père.

Il déposa une boîte d'allumettes dans le bougeoir, jetant un dernier coup d'œil à la mèche. Aux abois, je m'emparai de sa manche et murmurai :

— S'il te plaît, Papa, je ne veux pas me marier.

— Qu'est-ce qui te prend, fillette ? Ça n'est pas naturel de braver l'ordre *naturel* voulu par le Seigneur.

Je pressai sa paume dans la mienne en une prière muette. Papa contempla ma main virant au violacé et dégagea la sienne.

— Je me suis privé de dormir pour aller chez lui arranger cette affaire-là.

J'ouvris la bouche pour protester mais, d'un geste, il m'intima le silence.

— Ce pays-ci est trop dur pour qu'une femme y vive seule. Il est déjà assez méchant contre les hommes.

Papa prit son bâton à la lame de silex affûtée et en frappa le plancher.

— Je creuse ma tombe depuis le premier jour où j'ai commencé à creuser le charbon. Je n'en creuserai pas une deuxième. Tu vas te marier, pour que quelqu'un veille sur toi quand moi je ne pourrai plus.

Il boutonna sa veste, ramassa sa gamelle sous le porche, et partit rejoindre l'équipe de nuit à la mine.

Entendant un hennissement étranglé, je me tournai vers un mouvement parmi les arbres et je tendis l'oreille pour distinguer les sons par-dessus le clapotis du ruisseau. Mon prétendant n'allait pas tarder.

Je me penchai à la balustrade pour scruter l'obscurité. Quand je ne vis plus la lumière de la lampe frontale de Papa, une fois sûre qu'il avait disparu dans les bois, je pris le bougeoir et réduisis la bougie de sorte que la cire atteigne la spirale métallique quelques minutes après avoir été allumée : celui qui viendrait me faire la cour comprendrait que je ne l'écouterais pas longtemps.

Je levai mes mains et les regardai reprendre un bleu œuf de canard.

2

Il s'était à peine écoulé une nouvelle semaine de grisaille quand Papa convoqua un autre prétendant sous notre porche. L'homme descendit de cheval et attacha sa monture à un arbre. Ce n'était qu'un coureur de fortune motivé par l'appât du gain, un de plus qu'il me faudrait fuir.

Sur mes doigts, je comptais tous ceux qui étaient venus me courtiser. Il devait y en avoir une bonne douzaine, peut-être plus, deux douzaines si j'incluais ceux qui ne s'étaient jamais présentés, qui avaient fait demi-tour à l'orée du bois.

Je regardai l'homme gravir les marches. J'avais hâte qu'il s'assoie, afin que je puisse allumer la bougie et me débarrasser de lui.

D'un geste maladroit, je pris la boîte d'allumettes et en tirai une. Cette tâche m'incombait toujours une fois que le soupirant choisi par Papa arrivait, et je m'en acquittai dès qu'il était installé.

Hewitt Hartman s'affala lourdement dans le rocking-chair, et faillit passer à travers tandis que j'allumais la bougie. Voûté par-dessus sa bedaine, tripotant son chapeau, il fit rouler sa langue autour du tabac qu'il chiquait avant d'éructer une salutation que je ne compris pas. Les yeux rivés sur ses genoux, il demanda à voir notre titre de propriété.

Sans un mot, je rentrai dans la maison, puis reparus, munie du document que je posai à côté du bougeoir. Ayant détecté une odeur d'alcool émanant de Mr Hartman, je marchai jusqu'à la balustrade, les mains derrière le dos, et observai la flamme qui vacillait, la cire qui fondait avec une lenteur exaspérante.

L'homme grogna plusieurs fois tout en lisant. La dot de quatre hectares était mieux que généreuse. Le terrain pourrait être défriché pour être cultivé, ou même vendu. Papa n'avait jamais voulu avoir de voisins, il n'avait jamais eu les moyens ou la volonté d'aménager l'endroit. Mais à mesure que sa maladie s'était aggravée, en même temps que sa détermination à me marier, il avait imaginé d'autres solutions.

Mr Hartman se pencha vers la lumière jaune de la bougie pour étudier le document, la cupidité brillant dans son regard terne. Il plissa les yeux, les leva vers mon visage, les baissa vers l'acte de propriété, puis les releva vers moi. D'un doigt crasseux, il suivit les lignes écrites jusqu'en bas de la page, ses lèvres mâchouillant chaque mot. Je fus à nouveau l'objet de son attention.

Finalement, il s'éclaircit la gorge et cracha son tabac par-dessus la balustrade, sa lèvre inférieure colorée par le jus brun dont quelques gouttelettes mouchetaient son menton.

Hartman prit le bougeoir, le poussa vers mon visage. Il grinça des dents, lâcha le papier et, d'un souffle vigoureux, éteignit la flamme.

— Pas pour toute la surface du Kentucky !

Sa vieille haleine gâtée se dispersa à travers la fumée noire, me coupant le souffle.

***

Moins d'une semaine après, Papa ralluma la bougie, la réglant à la hauteur maximale. Avant la fin janvier, trois prétendants plus tard, il obtint la garantie de ne plus jamais devoir le faire.

L'homme vint en début d'après-midi, coiffé d'un chapeau informe. Il prit son temps pour lire le titre de propriété, puis resta muet, passant ses doigts dans ses cheveux clairsemés, lançant des regards vers le bougeoir. Il remua plusieurs fois sur son siège, fit claquer son chapeau contre son pantalon sale, chaque geste dégageant une bouffée d'odeur rance. Après deux visites sous le porche, Papa accorda sa bénédiction la dernière semaine de janvier et signa l'acte, éteignant ma bougie pour la dernière fois. Mon vieux prétendant bondit et s'empara du document. Il se mit à lorgner tout mon corps afin d'évaluer sa nouvelle acquisition, évitant mon visage pour se concentrer sur mes seins.

Sous le porche, je m'agrippai à Papa.

— Je ne veux pas me marier ! Je ne veux pas te quitter !

Je suivis des yeux le vieillard qui attendait dans la cour, à côté de sa mule. Il m'observait lui aussi et se frappait la jambe avec son chapeau, chaque coup plus sonore et plus impatient que le précédent.

— Fillette, dit Papa en prenant mon menton dans sa main calleuse, tu dois te marier et vivre ta vie. Pour être en sécurité. (Il se détourna, inspira péniblement et toussa plusieurs fois.) Il faut. Je dois être sûr que tu ne seras pas toute seule quand je m'en irai ; je dois tenir la promesse que j'ai faite à ta mère.

Ses poumons fatigués sifflèrent et il toussa à nouveau, la mine écourtant ce qu'il lui restait de vie.

— J'ai mes livres !

— C'est une sottise que tu as, fillette.

La tristesse s'accrochait à sa voix enrouée.

— Je vais perdre ma tournée, mes lecteurs. S'il te plaît, je ne peux pas les perdre, suppliai-je en secouant sa manche. S'il te plaît, pas lui.

— Tu vas rejoindre une grande famille. Les Frazier sont un vieux clan, ils ont des cousins dans toutes les collines.

— Mais il est parent avec le révérend Vester Frazier. Papa, tu sais bien ce que le prédicateur fait aux gens comme nous, ce qu'il a fait à…

J'appuyai ma paume contre mon cœur battant en songeant à ce pasteur, à ses fidèles passionnés de chasse, et aux eaux meurtrières dans lesquelles ils baptisaient les membres de leur congrégation.

Mon père mit une main sur mon épaule et secoua la tête.

— Il ne fréquente pas le prédicateur et sa bande, et il m'a juré de te protéger. Il se fait tard, fillette. Je dois me préparer. Les houillères veulent que je charge plusieurs chariots aujourd'hui, sinon je perds mon boulot. Va-t'en rejoindre ta nouvelle famille, ordonna-t-il doucement.

Dans la cour, le vieil homme triturait son chapeau ramolli comme une crêpe, il roulait notre acte de propriété, il dansait nerveusement d'une jambe courte et musclée sur l'autre, ses petits yeux allant et venant entre nous et sa mule efflanquée. Il était pressé de s'en aller. Des rafales de vent d'hiver traversaient le bois, secouaient les branches et fouettaient ses cheveux grisonnants.

— Mais, Papa, s'il te plaît, je… J'ai peur de lui.

Je cherchai mon mouchoir, renonçai, et essuyai sur une manche de sa veste mon nez qui coulait.

— Mr Frazier te donnera son nom et grâce à lui, il y aura un toit au-dessus de ta tête et de la nourriture dans ton ventre.

— J'ai déjà un nom, le seul que je veux ! *La femme aux livres.*

Le regard de Papa se troubla. Son visage s'effondra. J'étais sûre qu'il ne voulait pas me voir partir, mais il craignait encore plus de me retenir. Je redoutais tout autant de le quitter, surtout pour m'unir à un individu comme celui qui attendait dans la cour.

— S'il te plaît, Papa, tu sais bien que Maman adorait les livres et qu'elle voulait que j'en lise.

Maman. Son absence me tenaillait le cœur et je regrettais ses bras qui m'auraient réconfortée.

— Ta maman voulait assurer ton avenir, fillette.

Frazier se rapprocha de la mule, courbant les épaules pour affronter le froid glacial.

— Il n'a pas l'air rassurant, il me fait très peur.

Notre vieille cabane grinça, gémit comme pour confirmer, comme pour tenter d'éloigner mon prétendant.

— Et puis, il ne se lave pas… Sa culotte est assez raide pour tenir debout toute seule. Je… Je ne veux pas me marier. Papa, s'il te plaît, je ne veux pas aller avec lui, je…

— Fillette, j'aimerais bien te voir mariée comme il faut et te donner un bon départ si je pouvais, mais les houillères ne donnent pas de congé deux fois le même mois aux mineurs, sauf quand on a un avis du fossoyeur ou qu'on est licencié. Ce matin, je louerai le vieux cheval de Mr Murphy, Bib, et j'irai porter ta malle chez lui. Installe-toi bien. Allez, fillette. Il t'emmènera à l'église et avant ce soir tu seras Mrs Charles Frazier. Va-t'en avec ton homme. Allez, il se fait tard. Ne fais pas attendre ton homme.

Il me congédia en agitant la main. Ses paroles heurtèrent ma poitrine comme des pierres.

Papa enfonça la main dans la poche de son pantalon et en tira un mouchoir propre que je venais de lui laver.

Il me le tendit, je le serrai dans mon poing humide et tremblant. Je le roulai, le déroulai.

Les épaules de Papa se voûtèrent lorsqu'il repartit vers la maison. Serrant le loquet, il s'arrêta sur le seuil.

— Ta place est chez Charlie Frazier, à présent.

— Ma place est ici, à mon travail ! Ne me prends pas mes livres comme ça. S'il te plaît… Papa, non, ne le laisse pas m'emmener. (Je tombai à genoux et levai mes mains suppliantes.) Laisse-moi rester ici, murmurai-je d'une voix rauque. S'il te plaît, Papa ? *Papa ?* Dieu tout-puissant, je vous implore…

La porte se ferma, avalant ma prière, me privant de toute lumière. J'avais envie de courir, de me réfugier dans le sol en décomposition, de disparaître sous la froide terre du Kentucky.

Je portai le mouchoir à ma bouche, appuyai, et je vis ma main endolorie devenir bleu foncé.

***

Rouge comme un radis, voilà ce qu'il était.

Quand mon mari de soixante-deux ans, Charlie Frazier, essaya pour la première fois de m'imprégner de sa semence brûlante, ce qu'il me fit fut plus douloureux que la morsure d'un serpent à sonnette, pire que la morsure du reptile telle que je l'imaginais. Me cabrant, je repoussai l'oreiller sous lequel il avait dissimulé mon visage.

— Arrête de gigoter, *diablesse bleue.* Pas question que je voie ta figure de déterrée.

De son autre main, il me couvrit la bouche et les yeux, se protégeant pour injecter en moi son sperme.

Je me dégageai de son étreinte, je mordis et griffai, étouffée par ma peur et ma fureur, me débattant pour respirer.

Il me martela le ventre, me pinça les seins et me frappa la tête jusqu'à ce que ma peau devienne noire.

La deuxième fois, un nuage gris se forma sur son visage rose vif.

Quand je repris connaissance, j'étais allongée sur le sol de terre battue. Une voix flottait au-dessus de moi, je tentai de répondre mais je ne pus émettre aucun son. Quelqu'un étendit sur moi une couverture, et je replongeai dans les ténèbres jusqu'à ce qu'une autre voix me réveille à nouveau.

Je fis un effort pour lever les paupières, mais ne pus ouvrir qu'un œil, à moitié, et je distinguai à peine le visage de mon père.

— *Papa.*

Le mot se brisa dans ma gorge. Je tendis une main. Je sentis une vive douleur et je poussai un cri, retenant mon bras enflé.

— Fillette, n'essaye pas de bouger. Bois ça, simplement.

Il me redressa la tête et porta une tasse à ma bouche. Comme une partie de ma lèvre était si gonflée qu'elle touchait mon nez, le liquide ruissela jusque sur mon menton. Papa m'essuya avec la manche de sa veste, inclina la tasse et tenta une fois encore de me donner à boire. Je sentis un goût amer et je toussai, le liquide m'avait mise en feu, il brûlait mes gencives sensibles et mes lèvres fendues.

Une douleur différente me transperça comme un coup de couteau, j'inhalai brusquement, repoussant mon père. Je plaquai une main sur mon oreille pour l'enlever aussitôt, recouverte du sang poisseux qui avait coulé de mon tympan.

Papa prit son mouchoir et l'appliqua contre mon oreille.

— Tiens-le comme ça une minute, dit-il en posant mes doigts sur le tissu. Et maintenant, essaye de boire.

Il remit la tasse devant ma bouche et je pris une plus grande gorgée.

— Voilà. Il en reste un petit peu, Cussy. Ça te fera du bien.

Quand j'eus terminé, Papa posa la tasse, me prit délicatement dans ses bras et me caressa les cheveux. Je gémis et glissai ma main entre son épaule et mon oreille, pour tâcher d'arrêter les élancements.

— *Maman. Je veux ma maman.*

— Chut, je suis là, fillette. Le docteur est là aussi, on va te ramener à la maison, tu vas te reposer.

Je plissai les yeux pour mieux voir l'homme debout au pied du lit.

— *Le docteur ?*

— Toi, tu iras bientôt mieux, mais lui, son cœur a lâché, Bluette, dit le docteur par-dessus le lit nuptial affaissé, couvrant Frazier d'un mince drap de flanelle avant de soigner mes os cassés.

Papa l'enterra dans la cour sous un grand pin, avec mon bougeoir à prétendants.

3

QUELQUE PART ENTRE CE MOMENT-LÀ et le retour du printemps, mes os se réparèrent et trois choses m'arrivèrent : je repris mon emploi à la bibliothèque ambulante, j'obtins une vieille mule que je baptisai Junia et la semence de Charlie Frazier se manifesta dans mon corps. Quelques jours plus tard, j'exterminai sa descendance grâce à une tisane que je concoctai avec les herbes sèches que Maman conservait dans le cellier.

La fraîcheur matinale me pinçait le visage ; j'enfouis mon menton dans le ciré de mon père alors que je tâchais de faire avancer la mule jusque chez notre premier client. Nous franchîmes la rivière baignée de brume avant le lever du soleil, l'eau noire saisit les chevilles de Junia, mais la bête tendait les oreilles pour indiquer son désir de se dépêcher. Le vent de fin avril se mêlait aux feuilles dentelées des oxydendrons pour griffer son pelage gris et court. Après la rivière se déployaient les collines ; les boutons de galax, vert tendre, en forme de cœur, et le lierre jaillissaient de la terre fertile des tombes forestières et d'antiques racines noueuses grimpaient à travers les étendues de feuilles mortes couleur cidre.

Entendant un bruit d'eau, Junia s'arrêta en pleine traversée et émit un braiment plaintif. Je remarquai moi aussi la grenouille.

— Allez, ma belle, dis-je en lui caressant la crinière. Allez, vas-y maintenant.

La mule remua la queue, hésitant encore, les yeux tournés vers les arbres, vers le chemin qui menait chez Frazier.

— Allez, Junia. Viens, on a des livres à porter.

Je serrai les rênes sur la gauche, tirant sa tête pour qu'elle ne regarde pas, et pour qu'elle n'ait pas non plus à se souvenir de lui.

La mule était mon héritage, la seule chose que possédait Frazier, ça et trois dollars, un peu de monnaie, un crachoir noirci par le goudron, et son nom. Avant que Frazier m'épouse, je louais mon cheval cinquante cents la semaine, comme la plupart des autres bibliothécaires. Pour distribuer les livres, le cheval ou le petit âne fourni par l'écurie de Mr Murphy me convenait très bien, mais je ne pouvais pas laisser mourir cette pauvre mule attachée à l'arbre de Frazier.

Elle avait alors du sang coagulé dans les poils et ses plaies perçaient une chair qui pendait vers le sol hivernal. Un regard m'avait suffi pour comprendre que l'animal avait envie de vivre, savait se défendre à coups de sabot et de dents. Et j'avais vu dans ses grands yeux bruns quelque chose qui me disait qu'elle voulait le faire avec moi.

Papa avait dit :

— Elle ne t'apportera que des ennuis. Vends-la ! Elle ne vaut pas trois pets de lapin ; un cheval ou un âne te ferait bien plus d'usage, fillette. On parle aux chevaux, on ordonne aux ânes. Oui, madame, un cheval obéit volontiers, mais une mule, peste, ça ne sait que faire des histoires, et avec celle-là, tu n'en finiras pas de discuter, de négocier, tellement elle sera têtue. Cette mule est tout juste bonne pour un sacrifice de mineur, avait-il conclu.

J'avais protesté bruyamment. Quand une mine restait fermée la nuit, il fallait procéder à un « sacrifice de mineur ». On envoyait les mules à l'aube, avant d'ouvrir le puits, de peur du gaz accumulé pendant le temps de fermeture. Les hommes attachaient à la bête une chandelle allumée ou une lampe à acétylène et l'envoyaient seule. S'ils n'entendaient pas d'explosion, s'ils ne voyaient pas de mule en feu surgir de la mine, alors ils savaient qu'ils pouvaient y reprendre le travail.

À contrecœur, Papa me permit de la ramener à la maison. J'achetai un flacon de pommade pour chevaux, une selle usée et des couvertures douces pour la vieille mule. Il me fallut un mois pour restaurer la santé de cette bête affamée et rouée de coups. Un mois de plus pour lui apprendre à ne plus me mordre. Ni Papa ni aucun autre n'osait s'approcher d'elle, car elle levait la patte pour les frapper, étirait la mâchoire pour les croquer. Pourtant, malgré son mauvais caractère avec les hommes, je l'avais montée pour aller au village et je m'étais étonnée de la trouver aussi charmante avec les enfants et les femmes.

Junia leva le museau et je suivis son regard une fois de plus, penchant ma bonne oreille vers la brise. Le docteur avait dit que l'autre ne guérirait peut-être jamais, et jusqu'ici il avait raison. Tous les bruits s'estompaient quand je faisais un test en plaquant une main sur ma bonne oreille.

De l'autre côté de la rivière, des dindons et leurs petits grattaient le sol en quête de nourriture.

— Il ne peut plus nous faire de mal, ma belle, dis-je à la mule pour la consoler en lui tapotant le garrot. Allez, viens, on est en mission officielle pour la bibliothèque ambulante.

Junia sonda la brise avec son nez. J'attendis calmement qu'elle décide si nous pouvions nous mettre en route sans danger.

À mon grand soulagement, elle détourna les yeux du chemin de chez Frazier et se dirigea vers la berge. Nous avions du pain sur la planche, car ma tournée du lundi était longue. Parfois, je n'avais que quelques clients à voir, mais ce jour-là, on m'avait ajouté un lecteur en plus des sept maisons et de l'école que je devais visiter.

Une fois gravie la berge hérissée de broussailles, nous parvînmes au sommet de la colline, laissant détaler devant nous les écureuils et les lapins. Le museau haut, la mule ricana, comme si elle se rappelait que nous avions emprunté cet itinéraire la semaine dernière pour préparer notre première journée.

Le sifflement d'un train se perdit dans les rangées de collines bleues à l'est, insérant le chant du chemin de fer dans les recoins, les creux et les poches du vieux Kentucky. Je sentis le son m'emplir de sa mélodie. Bientôt, mon esprit imagina les passagers que les grands wagons d'acier transportaient à travers les forêts, à travers ces vieilles montagnes fendues par d'innombrables kilomètres de rivières et de ruisseaux, les beaux endroits vers lesquels la locomotive les entraînait. J'avais un jour rêvé d'un train plein de Peau-Bleue en voyage. De Peau-Bleue comme moi. De quelqu'un, quelque part, qui me ressemblait…

Junia renifla comme si elle avait flairé mes pensées un peu folles.

— Ça pourrait arriver, dis-je à la mule. Il pourrait exister d'autres personnes comme moi.

Au loin, la lumière matinale éclairait la ferme des Moffit. Junia avança, désormais pressée, puis s'élança au trot lorsqu'elle aperçut la jeune femme.

C'était ma première livraison depuis mon mariage en janvier, mais en voyant ma cliente m'attendre ainsi, j'eus l'impression de ne jamais m'être arrêtée.

Le printemps était enfin là, je pus me dépouiller de l'hiver mourant, de la mort de mon lit conjugal, et revenir brièvement à l'enfant de dix ans que j'étais auparavant. Je marchais contre le vent printanier et je sentais l'esprit des livres vibrer dans mes sacoches, la vie grimper dans mes os. Frappant ma monture avec mes talons, j'émettais de petits bruits de baiser pour l'inciter à passer au franc galop. En retrouvant les livres, mon cœur rejoignait son sanctuaire. Et la joie explosait librement, atténuait mes griefs, pardonnait à ma jeunesse gaspillée et aux rêves moribonds, anéantis par une vie dure, par une terre dure, et par les durs préjugés des hommes.

4

ANGELINE MOFFIT, seize ans, attendait pieds nus au milieu de la cour boueuse, les mains sur les hanches, impérieuse, le vent gonflant sa robe d'un rose orchidée fatigué, moulant ses jambes interminables, l'ourlet décousu chuchotant bruyamment sous un mince gilet plein de trous, l'agacement visible sur sa bouche. Elle m'adressa un grand salut de la main.

— *Blu-u-ette* ! Il était grand temps, Bluette. On est déjà en avril ! Tu m'as manqué. Tu as une nouvelle bête. C'est quoi, son nom ?

— Elle s'appelle Junia.

— Oh, c'est un joli nom. Viens voir par ici, Junia. Viens-t'en, mon apôtresse.

Angeline, l'une de mes plus jeunes clientes, se souvenait que je lui avais lu le passage de la Bible qui parle de Junia, la seule femme apôtre. La même Épître aux Romains que Maman me lisait jadis, et la raison pour laquelle j'avais choisi ce nom pour ma mule. J'avais vite deviné que la bête était intelligente et qu'on ne pouvait pas la faire avancer si elle pressentait un danger. Haute d'un mètre soixante, c'était une protectrice, une prophétesse – Junia m'avait déjà sauvée d'une attaque de lynx, une autre fois d'une meute de chiens hargneux, et tout récemment d'une pente de mousse glissante qui s'effondrait.

La mule m'avait obligée à attendre jusqu'au moment où j'avais vu le lynx et l'avais laissé s'éloigner, elle avait détecté les chiens avant qu'aucun humain ne les entende, et m'avait fait regagner un endroit où ces bêtes sauvages n'osaient pas s'aventurer. Et elle avait tout simplement refusé de gravir la pente moussue jusqu'à ce que je descende et constate le problème de mes propres yeux, que je me ridiculise en voulant essayer de monter et que je retombe brutalement sur les fesses. Junia n'était pas ombrageuse comme mon vieux cheval, elle n'avait pas les pattes raides comme mon âne. Face à une difficulté, elle n'hésitait jamais, mais elle bataillait et se défendait lorsqu'il le fallait. Les gens disaient qu'une bonne mule de piste valait bien mieux qu'un cheval, que monter une mule équivalait à emporter un fusil dans ces collines dangereuses. Mais Papa n'était toujours pas convaincu de la valeur de Junia et se méfiait de son caractère acariâtre.

Junia frotta son museau contre l'épaule de la jeune femme, qui lui plut aussitôt, puis permit à Angeline de prendre ses rênes pour l'attacher à un grand piquet couvert de plumes de dinde.

— Elle est là ! La femme aux livres est là avec ses bouquins ! cria Angeline vers la maison.

Je descendis de la mule et ouvris la sacoche pour en extraire le contenu.

— Désolée d'avoir été aussi longue, mais l'hiver était… et puis…

Je laissai s'évanouir dans l'air les mots que je n'avais pas prononcés, car je n'avais pas envie de parler du mariage.

Angeline eut l'élégance de ne pas relever.

— Je sais. Et ça n'a pas d'importance. Maintenant tu es là, et je peux t'assurer que tu m'as manqué.

Je me demandais ce qu'elle savait au juste, et je sentis le bleu me monter au visage lorsque je lui tendis *L'ABC des petits enfants ou Mon premier livre.* Elle le serra contre sa poitrine et chuchota tout bas ses remerciements.

Fouillant encore, je lui trouvai un tract religieux et une revue.

— *Le Magazine de la mécanique* pour Mr Moffit.

— *Le Ma... Ma-ga-zin... Ma-ga-zi-ne*, lut-elle en suivant le titre d'un ongle sale tout en examinant l'image de couverture. Ça, Bluette, c'est un avion !

Craintive, elle regarda le ciel et murmura :

— J'en ai jamais vu, mais mon homme jure qu'il en a vu voler un au-dessus des collines. L'aéroplane est passé juste au-dessus de lui, alors il a dû se jeter par terre.

Je n'en avais jamais vu non plus, mais je la crus sur parole.

— Et je sais, ajouta Angeline en agitant un doigt avisé, que la femme du président a dû monter dans un avion quand elle est venue dans le Kentucky.

Nous contemplâmes toutes deux le ciel, en tâchant d'imaginer Eleanor Roosevelt là-haut, dans le ventre gris d'une machine survolant nos montagnes. Angeline respirait à peine, une main par-dessus les yeux, scrutant l'azur.

— Difficile à croire, qu'on vienne nous voir comme ça. Bientôt, les gens auront plus besoin de leur cheval, ou même de leurs pieds. Les grosses machines feront tout le travail à notre place.

Elle glissa sa main dans la mienne et je me raidis. Aucun Blanc ne touchait jamais un Peau-Bleue de cette manière amicale. Aucun à part Angeline. Elle avait déjà fait ce geste de nombreuses fois, mais cela produisait toujours sur moi un effet curieux et je retirai ma main, comme si j'avais souillé la jeune femme par un péché.

Malgré tout, j'aimais ce contact délicat, qui me rappelait Maman et me donnait l'envie d'avoir une sœur, peut-être même un bébé, un enfant. Mais il n'y aurait jamais de bébé, jamais d'autre homme pour moi. S'ils étaient au courant même ici, je pouvais être sûre que les gens du village racontaient que ma couleur avait tué Frazier – la rumeur circulait qu'une diablesse bleue avait assassiné un homme dans son lit conjugal. C'était une bénédiction : plus aucun prétendant ne voudrait de moi et je ne serais plus jamais forcée de me marier. Ma respiration ralentit et cette certitude s'ancra en moi avec soulagement.

— Les avions et les trains, dis-je à Angeline, frissonnant un peu à cette pensée et aux autres, plus sombres, que je venais de ranger dans un coin de ma tête.

— Le monde devient tellement grand, Bluette. On se sent tout petit, répondit Angeline d'une voix presque inaudible. Il grandit trop vite. Même quand on le regarde, on a pas le temps de le voir. C'est pas normal.

Elle pencha la tête vers le sol et enracina ses orteils dans la terre comme pour ne pas être emportée. Pour ma part, cela me donnait de l'espoir, l'espoir que ces grosses machines bruyantes pourraient un jour m'amener quelqu'un qui me ressemble.

— C'est sûr que tout change, Angeline. Il faut que j'entre voir Mr Moffit.

— Oh, Bluette, il sera bien content. Il est couché. L'autre jour, il s'est tout démoli le pied.

Ses joues rosirent.

Eula Foster m'avait dit qu'il avait reçu une balle dans le pied pour avoir volé des poules.

— Les nouveaux livres seront peut-être un réconfort pour lui, dis-je.

Souriante, Angeline me reprit la main et me conduisit jusqu'aux marches de pierre menant au porche en bois. Cette fois, j'accueillis dans mon cœur toute sa chaleur humaine et je savourai l'impression d'être avec la sœur que je n'avais jamais eue.

Je me glissai sous le vieux nid de frelons suspendu au rebord du toit. À l'intérieur de l'unique pièce de la maison, une souris fila derrière le gros poêle noir où une souche pourrie se consumait. La lumière se faufilait à travers le papier racorni tapissant les murs, extirpant les ombres des recoins.

Une casserole de navets et d'oignons sauvages mijotait sur la fonte, remplissant la pièce d'une vapeur puante. Du papier journal jauni recouvrait les murs moisis, quelques mots griffonnés par Angeline sur les pages décollées.

— Je vais te trouver de quoi t'asseoir, dit Angeline en allant chercher au pied du poêle un vieux bidon de saindoux, qu'elle traîna bruyamment sur les planches de pin.

Un matelas crasseux et craquant aux coutures, en partie rembourré de paille, tapait contre une vitre fissurée. Le mari d'Angeline somnolait sous la fenêtre, la douleur imprimée sur son visage. Sans argent pour payer un médecin, la blessure ne guérirait pas. Le trentenaire semblait plus maigre encore que la dernière fois. Son visage avait vieilli comme un rocher escarpé et il avait des zones grises sous les yeux.

Un manche de hache fendu dépassait de sous le lit, là où Angeline devait l'avoir glissé, espérant qu'il y avait du vrai dans la vieille superstition selon laquelle il trancherait la souffrance.

Angeline mit une main sur l'épaule de son mari et le réveilla avec douceur.

— C'est lundi et elle est enfin de retour, Willie. Elle est là.

Il grimaça.

— Je vous ai apporté *Le Magazine de la mécanique.*

— Je ne pensais pas vous revoir, veuve Frazier, lâcha Mr Moffit en louchant vers moi.

— Si, monsieur, c'est bien moi, la femme aux livres, et je suis de retour.

J'avais tressailli en l'entendant prononcer mon nouveau titre, dont j'avais compris qu'il me resterait, aussitôt qu'Eula Foster me l'avait décerné. Une semaine auparavant, quand j'étais retournée au centre, Eula avait croisé les bras de manière peu accueillante et m'avait appelée « veuve Frazier », un mélange de déception et de haine surplombant son salut tranchant. Le désespoir m'avait noué l'estomac et j'avais baissé les yeux, craignant de voir le dégoût dans les siens.

De la tête, Mr Moffit désigna le bidon vide pour que je m'y assoie, tandis qu'Angeline lui remontait sous le menton un couvre-lit écarlate usé jusqu'à la corde.

Angeline lissa les couvertures, le borda un peu plus serré. Satisfaite, elle sortit de la maison.

Je rapprochai de son lit le bidon de saindoux, pris place dessus et ouvris à la première page, tenant le magazine bien haut devant mon visage. Il tourna son regard vers la fenêtre.

Cette position avait pour but d'éviter toute gêne entre nous. Ainsi, Mr Moffit n'avait pas à me dévisager, et je n'avais pas à redouter de le mettre mal à l'aise. Je ne lui reprochais rien, nous étions lui et moi défigurés chacun à notre manière, avec ou sans couleur.

Mr Moffit agrippa les draps plus près de son menton et je surpris un détail que je n'avais encore jamais remarqué : des ongles d'une couleur étrange, pas étrange pour moi, la Peau-Bleue, mais étrange sur un Blanc.

Ses ongles étaient bleu clair, tous sans exception.

Je contemplai les miens, presque du même bleu. Je jetai un coup d'œil en direction de ses joues et de ses oreilles, blanches comme des dents de lait, puis je revins à ses ongles en l'observant de haut en bas.

Au pied du lit, un unique orteil surgissait de sous les couvertures, son orteil que je n'avais jamais vu. Il n'était pas blanc non plus. Il était comme les collinsies bleues dans les collines, ces fleurs bicolores que la nature peignait en lavande d'un côté et en blanc de l'autre. *Bleu*, m'étonnai-je.

Il y a longtemps, Maman m'avait dit que certains Peau-Bleue étaient nés comme ça, comme des collinsies bleues. Et que d'autres avaient perdu leur couleur en grandissant. Les Peau-Bleue dont la teinte ne se voyait que sur leurs ongles échappaient aux problèmes en gardant leurs mains et leurs pieds cachés dans des gants et des chaussettes.

Je me demandai si Mr Moffit avait une autre maladie, ou si c'était à cause de l'infection causée par la balle qui lui avait blessé le pied.

Mr Moffit se détourna en partie, les yeux fermés.

— Je suis prêt.

— Oui, monsieur. Ça sera un bel article, monsieur Moffit.

Il reporta son attention vers la fenêtre. Mr Moffit n'avait reçu aucune instruction et il aimait que je lui lise quelques pages.

— « Comprendre nos avions, commençai-je. Un moteur d'aéroplane est... »

Je lus cinq minutes de plus que prévu, puis je risquai un œil par-dessus la page et je vis qu'il dormait. Sans bruit, je posai le magazine à côté de lui. Il regarderait les images, puis me le rendrait en échange d'un autre magazine à ma prochaine visite.

Dans la cour, Angeline pointa du doigt les mots qu'elle avait tracés dans la poussière avec un bâton.

— Tu m'as bien appris. Regarde ça. « Jardin. Cheval. Maison. Angeline », lut-elle fièrement, avant de me donner *La Petite Poule rousse* qu'elle avait emprunté en décembre. Désolée, Bluette. Il a été un peu abîmé quand Willie a fait une crise et l'a lancé dehors. Je suis contente que tu reviennes ; l'autre jour, il m'a enguirlandée parce que je savais pas lui lire son livre. Il a dit qu'une Peau-Bleue devrait pas savoir lire mieux que moi. Désolée...

Elle s'agrippa fermement à ma main pour me présenter ses excuses. Je baissai les yeux vers nos deux membres ainsi unis et tentai de me dégager, mais Angeline me serra plus fort et murmura :

— Y a pas de mal. Nos mains s'en fichent bien, de pas être de la même couleur. Ça fait plaisir quand même, hein ?

Oui, cela me faisait plaisir. Mais Mr Moffit n'aimait pas les personnes d'une autre couleur que la sienne. Au début, il exigeait que je reste dans la cour. Pourtant, son appétit pour le mot écrit lui inspira bientôt des concessions et il finit par autoriser Angeline à me faire entrer pour que je lise, assise à la petite table en bois, tant il avait envie de livres pour l'aider à échapper à son malheur. Le malheur de ne jamais avoir de quoi se remplir le ventre, même pas assez de monnaie pour s'acheter quelques balles, de quoi abattre un lapin, et maintenant le malheur du poison qui se répandait en lui depuis sa blessure.

J'avais vu sur son visage, sur ses épaules osseuses et voûtées, qu'il avait renoncé depuis longtemps, qu'il souhaitait chaque nuit que ce soit sa dernière. Toutes les gentillesses qu'Angeline lui prodiguait le mettaient seulement plus en colère.

Elle aperçut l'inquiétude dans mes yeux.

— Des fois, il s'emballe tellement que ça me fiche la trouille. Il devient méchant. Y a pas de raison qu il gueule tout le temps comme un ours fâché.

Je détachai les doigts d'Angeline et examinai le dos du livre qu'elle me restituait.

— J'espère que ça contrariera pas trop Miss Harriett et Miss Eula, Bluette.

Je fourrai l'ouvrage dans un de mes sacs.

— Il devrait y avoir moyen de réparer ça.

Je savais qu'Harriett Hardin, la relieuse et directrice adjointe de la bibliothèque, serait pire que contrariée et me ferait un fameux sermon. Et Eula Foster, la cheffe, pincerait les lèvres d'effroi.

Mais les livres étaient trop précieux pour qu'on ne les répare pas, la demande étant si forte et l'offre si réduite.

La dernière fois que j'avais rapporté abîmé un ouvrage prêté à Angeline, Harriett avait froncé le nez et déclaré :

— Vous direz à Mrs Moffit que le gouvernement verse un salaire aux employés de la bibliothèque ambulante. *Et rien de plus.* Nous n'avons pas assez de livres, et nous n'avons pas les moyens de les remplacer. Si elle n'est pas capable de prendre soin des ouvrages qui lui sont confiés, je déduirai les frais de *votre* salaire et je la rayerai de votre tournée !

Les livres et imprimés n'étaient pas fournis à la bibliothèque ambulante par le gouvernement. Ils étaient donnés par de grandes bibliothèques, dans de grandes villes plus riches, par les clubs féminins, les associations de parents d'élèves et même par les scouts, à travers le Kentucky et l'Ohio.

La plupart des ouvrages nous parvenaient en mauvais état, cornés, déchirés. Le gouvernement ne nous accordait pas non plus de lieu où les conserver. Le bureau de poste de Troublesome Creek prêtait son arrière-salle à la bibliothèque ambulante pour le stockage, le tri et l'entretien des volumes.

— J'espère qu'on pourra le réparer, murmura Angeline, soucieuse.

— Je l'emporterai chez moi pour le relier moi-même, répondis-je avec un sourire.

— Ça arrivera plus.

Hésitante, Angeline brandit le nouveau livre que je lui avais apporté.

— Tu me le lis avant de partir ?

Nous parcourûmes le volume et elle déchiffra les mots sans difficulté. Angeline était très motivée pour apprendre à lire et à écrire. Quand elle eut terminé, elle tira de sa poche la moitié d'une carotte ratatinée et, du regard, sollicita ma permission.

— Pour Junia.

Junia dressa les oreilles.

Le désespoir du pays avait enfoncé ses racines dans le Kentucky et se déployait comme une renouée affreuse, étouffant les esprits, étranglant la vie. Je ne voulais rien accepter d'Angeline, sachant qu'ils vivaient d'expédients. Mais je ne voulais pas non plus la vexer.

Dans la cour, des rangées de tiges de maïs de la saison dernière étaient éparpillées, là où la jeune femme tentait de son mieux de tirer une récolte correcte de la terre fatiguée et de l'air raréfié. À côté, un potager grand comme un timbre-poste contenant des carottes, des betteraves et des navets s'efforçait de survivre malgré la mauvaise herbe, les ronces et les oignons sauvages. Derrière, un carré où la moutarde poussait dru.

— Merci, Angeline. Junia est très reconnaissante.

La jeune femme savait que la mule grise âgée de vingt ans était intelligente et me ramènerait bien volontiers ici. Gourmande, Junia mit le nez dans ses poches, à la recherche d'autres carottes.

Angeline sortit autre chose, prit ma main et y déposa un minuscule sachet en tissu.

— Tu peux porter ça au docteur pour moi ? Il y a douze graines du maïs de ma grand-mère, pour qu'il vienne soigner Willie.

Elle replia mes doigts par-dessus.

Je doutais fort que le médecin se déplace pour si peu. Il n'acceptait jamais moins de quatre dollars pour une visite, car il habitait bien à trois heures de route, à cheval ou à dos de mule.

— Son pied a attrapé une sale maladie et les ongles deviennent tout bleus. Je veux pas devoir l'enterrer avec le bébé qui arrive.

— Un bébé ?

— Cet été.

— Déjà ?

Je promenai rapidement mes yeux sur son corps décharné, ses pommettes saillantes et les cernes bleuâtres de ses yeux pâles, en me demandant comment elle pourrait supporter le châtiment d'une grossesse. La terre cupide avait terni sa jeunesse.

Avec son visage en forme de cœur et ses longs cheveux blonds, elle semblait douce et mieux faite pour la belle vie des villes dont j'avais lu la description dans des livres. Oh, je savais bien qu'Angeline travaillait plus dur que deux robustes montagnardes et qu'elle était solide comme un nœud de pin malgré les apparences. Pourtant, je craignais que la jeune femme ne soit pas assez forte pour enfanter, que les vieilles montagnes continuent à la dépouiller.

— Il naîtra le 18 juin. J'ai calculé.

Je devins muette malgré toute ma bonne volonté.

— Ah… C'est… Je donnerai les graines au docteur.

Angeline ramassa une brindille.

— Je sais comment je vais l'appeler. Tu veux voir ?

Curieuse, et surprise qu'elle ait déjà pensé au prénom, je bafouillai un « oui ».

Elle s'accroupit et écrivit avec soin dans la terre, accompagnant chaque lettre par le mouvement de ses lèvres, en effaçant deux, puis réessayant. Satisfaite, elle se releva. « HONEY ». Elle pointa sa brindille vers le mot et frotta son ventre minuscule.

— J'ai su ça en me faisant du thé pour lire dans les feuilles, et ça disait que ce serait une fille. Je veux qu'elle soit aussi douce que du miel.

— Honey. C'est un joli nom, dis-je car il me rappelait la douce nature d'Angeline.

— Willie veut pas. Il dit que c'est un prénom de Nègre.

Angeline essuya sa main sur sa jupe poussiéreuse et regarda au loin comme si elle comptait les couchers de soleil jusqu'à son accouchement. La fatigue et la déception s'affichaient sur son visage.

— Willie avait promis de m'emmener à la fête écouter les violoneux. Mais ça m'étonnerait qu'on danse.

Je songeai aux brochures sur les soins à donner aux enfants que le service de santé avait déposées à la bibliothèque et je pris note de lui en apporter une.

Angeline secoua ses jupes et posa une main sur son ventre.

— J'ai déjà seize ans, me voilà engrossée, flétrie, et j'ai jamais dansé une vraie gigue.

Elle se frotta les yeux avec son poing osseux.

Je levai un bras en déclarant :

— On n'a pas forcément besoin d'une fête pour danser. Ni des violoneux. Danser, c'est comme la pluie, ça ne coûte rien.

Cette idée réjouit Angeline.

— Je connais des tas de chansons, il y en a que je peux danser.

Elle chanta une vieille ballade enjouée, tourbillonna une fois, deux fois, se mit à rire, l'air rempli par sa voix douce et musicale.

— Vous avez une belle voix.

— J'en sais plein, Bluette.

Elle entonna une autre chanson gaie et continua à tourner sur elle-même. Elle aperçut mes pieds frappant le sol, ma main rebondissant sur le côté de ma jupe. C'était comme si mes membres menaient leur propre vie, et je m'arrêtai tout de suite, craignant de m'être donnée en spectacle.

Quand Angeline eut fini son air, elle dit :

— Tu diras bien au docteur que c'est des graines du champ de Minnie. Dieu la bénisse. Elle et son maïs... Oh, ça vaut deux fois son salaire si on pouvait le vendre. Trois fois, même.

Elle semblait fière, comme si elle avait offert quelque chose d'aussi vaste que la lune et d'aussi grande valeur que les cieux.

— Tu peux les confier à Jackson.

Je la regardai sans comprendre.

— Jackson Lovett. Je l'ai pas encore vu, mais il est rentré. Il s'est installé dans l'ancienne ferme des Gentry et Willie dit qu'il va tout le temps au village chercher des provisions. Il est pas sur ta route ?

— Mr Lovett ? Si, je crois.

Je touchai la sacoche, me rappelant tout à coup que j'avais un nouvel arrêt aujourd'hui, même si je savais seulement que c'était un homme dont Eula Foster m'avait parlé, ce qui en ajouterait encore un à ma tournée déjà longue. Je montai sur Junia.

— Il est parti dans l'Ouest construire un barrage pour le président, il paraît.

Angeline leva les yeux vers moi.

— Le barrage Hoover, m'étonnai-je, me remémorant les prodiges décrits dans les magazines.

Angeline se mit à gratter les oreilles de la mule tout en risquant un regard dans ma direction.

— Ramène-la bien à la maison, Junia. J'ai su ce qui était arrivé à l'autre femme aux livres, Agnes, qui a perdu son cheval en essayant de traverser la rivière d'Enfer-pour-Sûr. Il s'est couché dans la neige, et puis... Vraiment une triste histoire, qu'il soit mort comme ça pendant sa tournée.

Je me demandai comment elle avait été informée de l'accident d'Agnes, puis je me rendis compte que j'avais vu Mr Moffit au village en décembre. Ou bien la nouvelle leur était parvenue avec le facteur qui allait dans les collines toutes les deux semaines. Même si je n'avais pas le souvenir d'avoir jamais vu de courrier chez eux. Les montagnards n'avaient pas d'autres visiteurs que le facteur et moi, et le docteur, quand ils n'arrivaient pas à se guérir tout seuls avec leurs remèdes maison et quand ils avaient les moyens de se payer les services d'un médecin.

— Dans le temps, Willie avait de la famille là-haut, à Enfer-pour-Sûr. Moi aussi, ajouta Angeline, mais je les ai jamais rencontrés.

Le petit village d'Enfer-pour-Sûr, comme l'avait baptisé un vieux prédicateur quand on l'avait interrogé sur son séjour, il y a plusieurs décennies, se trouvait deux comtés plus loin. D'abruptes pentes rocheuses, une terre inhospitalière, et l'une des tournées les plus difficiles que pouvait proposer la bibliothèque ambulante.

Le vieux cheval que louait Agnes, Johnny Moses, s'était cassé une jambe à l'embouchure de la rivière d'Enfer-pour-Sûr. Agnes avait détaché le gros panier de Johnny Moses, elle avait entassé tous les livres dans son propre sac à dos et avait laissé l'animal mourant dans la neige. Elle avait frappé à la porte des Baxter pour leur demander d'abréger les souffrances de la pauvre bête. Le vieux Mr Baxter saurait tirer le meilleur parti de chaque gramme de cette viande de location et de chaque centimètre de sa peau, en attendant que le propriétaire vienne récupérer ce qu'il resterait.

Agnes avait parcouru environ vingt-cinq kilomètres à pied, à travers des ravins, des creux et des cols, le long de pistes dangereuses, sans oublier un seul client de sa tournée, et elle était rentrée chez elle sans une égratignure au bout de ces deux longues et pénibles journées.

Angeline poursuivit :

— Je suis jamais allée non plus à Enfer-pour-Sûr. Ma famille vient surtout de Cow Creek, où je suis née. Où mon Willie m'a rencontrée, précisa-t-elle avec un sourire aimable. Mais Maman disait toujours qu'on avait des cousins qui bougeaient pas de leurs montagnes d'Enfer.

Notre conversation dura encore quelques minutes, jusqu'au moment où Junia lança un avertissement, secouant ma main qui la gênait, à lui peigner la crinière.

— On y va, ma belle.

— À lundi, dit Angeline.

Je fis au revoir de la main. Elle ramassa sa brindille et la traîna à terre, comme une berceuse perdue pour conclure cette longue journée. Soudain, elle s'interrompit.

— Tu entends ça ?

Je tendis l'oreille. Quelque part, un coucou à bec jaune déroulait son gémissement rocailleux. L'oiseau chanta encore, puis à nouveau, plus longuement, et je parcourus des yeux le ciel, à la recherche de la pluie qu'il était censé annoncer. *Bleu éclatant.*

— Maintenant, ça fait trois fois, s'inquiéta Angeline.

Les montagnards pensaient que l'appel du coucou était un signal de mort. Les yeux d'Angeline se fixèrent sur les miens, et j'y lus la crainte que l'oiseau ait chanté pour elle. Le coucou émit une fois de plus son chant lugubre.

5

Je partis en direction de ma livraison suivante, laissant sur la piste de terre les gazouillis du coucou, songeant à la blessure de Mr Moffit et au bébé à naître.

J'aurais pu alors moi-même être enceinte et je frémis à cette idée. Je l'avais échappé belle ; j'aurais pu donner le jour à un autre Peau-Bleue, avec la semence crasseuse de Frazier en prime et en pleins temps difficiles.

Je serrai les épaules, incitai Junia à avancer par une pression de mes genoux, et me mis à siffloter un air guilleret pour chasser ces pensées noires, ignorant le désarroi que m'avait valu ma visite chez les Moffit.

À l'orée du bois, Junia s'arrêta résolument et tendit les oreilles. Après l'avoir un peu cajolée, je lui ordonnai de poursuivre notre chemin au cœur de la forêt. La terre sombre, les feuilles, les bûches en putréfaction et la mousse rampante s'étendaient entre les jeunes pins, les peupliers et les féviers d'Amérique, jonchant le sentier battu et m'entraînant un peu plus dans mes réflexions.

À mi-chemin, pourtant, une brindille craqua et Junia s'immobilisa à nouveau, remua la queue et soupira, me tirant de mes méditations.

— Allez, ma belle, allez.

Je frottai sa crinière rugueuse et caressai ses énormes oreilles molles.

Sur notre droite, j'aperçus ce qui semblait être un spectre, puis je battis des paupières et je vis pourquoi j'avais été bernée.

Ce n'était pas du tout un fantôme, mais simplement un homme qui m'épiait. Je n'étais pas dupe de son visage blafard. C'était un être sombre, débordant de noirceur intérieure. Et il ne se cachait pas vraiment, il attendait plutôt, avachi contre l'écorce, une botte appuyée sur une racine noueuse, sans se soucier de qui pourrait le voir, et veillant à ce que moi, je le remarque.

C'était le prédicateur, Vester Frazier, le cousin de mon défunt mari. Je l'avais vu traîner dans les bois une semaine auparavant, quand j'avais préparé mes itinéraires, et au village, tourner autour de Junia. Il s'intéressait beaucoup à moi, et plus ouvertement depuis que j'étais veuve.

Il en avait fait autant à d'autres avant moi : Michael McKinney, le nain à trois seins qui conduisait sa charrette à chèvre torse nu dans les collines ; un garçon aux yeux roses, la peau et les cheveux de la couleur d'un agneau blanc ; la fille Melungeon qui, à sept ans, avait des crises que ni les remèdes ni les herbes ne pouvaient apaiser ; et la femme Goodwin qui avait des triplés à propos desquels Vester Frazier avait décrété : « Ça n'est pas correct pour une chrétienne d'enfanter plus d'un petit, seules les bêtes le font, et c'est sûrement la volonté de Satan qui introduit ainsi plusieurs semences dans le corps d'une femme. » Et il y avait les sans-Dieu, ceux qui n'avaient jamais trouvé d'Église, et les quelques malheureux auxquels, selon Vester Frazier et ses disciples, le diable avait attribué leurs particularités. Leurs marques qui n'avaient même pas de nom.

Quand Vester Frazier et ses fidèles de la Première Vérité du Christ des Montagnes avaient tenté de chasser les démons en baptisant ces pécheurs dans les eaux rapides et froides de la Troublesome Creek, l'enfant de sept ans était tombée dans le coma et était morte, deux des triplés s'étaient noyés, le garçon blanc comme un linge était devenu muet, et Michael McKinney s'était fracturé la clavicule et cassé le bras avant de s'enfuir pour ne plus jamais revenir.

Mon père avait fait de son mieux pour m'éviter le baptême pratiqué par Frazier. À ma naissance, il avait chassé le prédicateur de notre terrain à coups de fusil et, d'une seule balle bien visée, il lui avait fait perdre la bible des mains. Quand j'avais eu six ans, et une fois encore lors de mon douzième anniversaire, Papa avait dû repousser à nouveau ses assauts. Puis il avait demandé au shérif de lui parler et avait cru en être débarrassé pour de bon.

Je fus terrifiée de trouver Frazier sur mon chemin, si haut dans les montagnes. Il devait m'avoir suivie à la trace. Je cherchai des yeux sa monture et vis qu'il l'avait dissimulée pour guetter mon approche.

Ma respiration devint saccadée et je commençai à sentir un martèlement entre mes tempes.

Alarmée, Junia recula. Je tirai sur les rênes, frappai ses flancs, l'encourageai à avancer. Mais la mule n'obéissait pas. Elle tendit les oreilles vers l'avant, lâcha un braiment sonore, balança la tête de gauche à droite, prête à affronter Frazier.

Je descendis de ma mule, tâchai de l'attraper par le harnais pour l'emmener au-delà de l'endroit où se tenait le prédicateur.

Frazier s'avança sur le chemin et Junia lui souffla son haleine chaude au visage. Il la prit par le mors, lui blessant la bouche en tirant brutalement. Elle rua pour se dégager, alors il lui donna un coup de pied dans la patte arrière. Elle s'écroula dans la poussière, un cri étranglé dans sa poitrine.

— Junia ! Ne lui faites pas de mal, s'il vous plaît.

La vieille mule tenta de se relever et d'échapper à Frazier, mais il la tenait, un pied sur le cou, la main agrippée au mors, contre ses gencives.

— Vous n'iriez pas propager la parole de Satan en cette belle journée, n'est-ce pas, veuve Frazier ? demanda le prédicateur.

— Lâchez-la. Je travaille pour la bibliothèque, pasteur. Laissez-nous passer.

— Sur la voie du péché, grommela-t-il. Pour vous châtier, Dieu vous précipitera sûrement dans les chaînes des ténèbres, à moins que vous ne cherchiez le salut par le baptême.

— C'est pour la Works Progress Administration. Je suis ici pour le gouvernement.

— Triste bande de démons. Laissez-moi vous présenter Jésus, veuve Frazier. Il vous aidera à traverser les flammes pour que vous accédiez au pardon et que vous jouissiez du salut.

Le prédicateur se pencha et frappa la jambe de son pantalon arrosée par la salive de Junia, sans détacher son regard de mon visage.

Ainsi baissé, il me rappelait Charlie Frazier et je fus horrifiée. Les mêmes cheveux sales, la même barbe de trois jours, les mêmes dents pourries, brunes comme l'écorce. Il me lorgnait comme s'il voulait m'infliger un salut d'un autre genre que celui de Jésus.

Junia fut parcourue d'un frisson, elle se débattit pour se libérer de son étreinte. Frazier tira plus fort sur son harnachement, la mule écarquilla les yeux que la peur transformait en deux grands lacs noirs, peut-être parce qu'elle reconnaissait une parenté entre cet homme et celui qui l'avait torturée auparavant. Puis elle s'immobilisa, à l'exception de sa cage thoracique.

— Arrêtez, vous lui faites mal !

Je tentai de détacher ses mains. La langue de Junia pendait mollement sur le côté, sa bouche était tapissée d'écume, ses yeux exorbités cernés d'une terreur blanche.

— S'il... S'il vous plaît, pasteur Frazier, laissez-nous...

Il eut un éclair dans les yeux, puis libéra l'animal, lançant sans énergie un coup de pied dans le museau gris de Junia, qui sursauta et s'enfuit, paniquée, dans un nuage de poussière et de brindilles.

— Junia, oh, oh, criai-je après elle.

Frazier me prit le bras pour me ramener en arrière.

— Partout où vous irez, vous ne ferez rien de bon.

Son haleine était rance. Je détournai la tête.

— Je travaille, monsieur. Je dois porter ma prochaine livraison. (Je sentais que ma peau adoptait une couleur plus foncée, mes mains virant au bleu noirâtre.) S'il vous plaît... Laissez-moi passer, pasteur, s'il vous plaît.

— Vous accomplissez l'œuvre du démon en fournissant des livres diaboliques à de bons chrétiens. Vous êtes impure, née du péché. Vous avez besoin de l'Église.

— Ce... Ce sont des livres honnêtes, et ma mère m'a enseigné la parole du Seigneur.

— Vous êtes une païenne !

Du bout du doigt, il martela ces mots sur ma poitrine.

— Elle m'a fait connaître le Seigneur Jésus. Maintenant, laissez-moi passer.

J'avais parlé comme si j'énonçais une vérité, mais d'une voix bien faible, car nous savions l'un et l'autre que les Peau-Bleue n'avaient pas d'Église – je n'étais jamais entrée dans aucun édifice religieux, je n'avais jamais été invitée à franchir le seuil de la plus modeste chapelle. Notre maison était notre église.

— Elle était souillée, persifla-t-il. C'était une femme sans Dieu et elle brûle sûrement en enfer pour avoir déposé en terre chrétienne le fruit de ses péchés, c'est-à-dire *vous* !

Je tâchai de me dégager de son bras qui me meurtrissait.

— Je ne suis rien de tel, pasteur ! Je ne suis pas un péché. Ma famille dit que Dieu n'est pas seulement dans votre Église. Maman connaissait le Seigneur et lisait tous les jours les Écritures. Elle n'était pas souillée…

— Elle était la queue fendue de la bête. Et la seule parole pure est celle que délivre l'Église, celle que Dieu m'ordonne de vous apporter. Vous êtes un démon, ma fille, qui a causé la perte de Charlie, et vous avez grand besoin de suivre les ordres du Seigneur.

— S'il vous plaît, pasteur…

Il me serra le bras encore un peu plus.

— Je peux vous sauver. Dieu peut vous guérir de cette couleur diabolique. Ma vocation est de ramener au bercail les brebis égarées, mon devoir est de sauver mes semblables. Venez avec moi.

Je regardai tout autour de moi et ne vis que forêt, nulle part où me réfugier. La terreur palpitait en moi.

Des rumeurs avaient parfois circulé. Il se murmurait que des femmes avaient été agressées en pleine forêt, culbutées à même le sol, violentées par des hommes abjects. Et je savais que Vester Frazier était un homme abject.

À la création de la bibliothèque ambulante, une des employées avait été abordée pendant sa tournée par un contrebandier ivre et sa monture avait été dérobée. Furieux, le shérif avait envoyé une équipe à la recherche de l'individu en question. Le chef des forces de l'ordre aimait la lecture et admirait notre travail. Papa disait que l'ivrogne avait été retrouvé et ramené au village, fouetté publiquement devant le bureau de poste, puis son corps à demi-mort avait été traîné jusque dans les collines par le cheval même qu'il avait volé. Le criminel avait été abandonné à côté d'un tas de crottes d'ours.

Le shérif déclara qu'il était important de nous avoir dans une région sans bibliothèque et où la seule école n'avait que de vieux manuels à lire. Il promit les pires châtiments à quiconque brutaliserait une bibliothécaire ou déshonorerait une des employées de la bibliothèque ambulante. Puis il cloua un avertissement à l'intérieur du bureau de poste et les villageois l'acclamèrent.

Cela avait rendu notre activité moins dangereuse. Avec Junia, je m'étais sentie encore plus protégée. Je la cherchai parmi les arbres, mais elle avait disparu.

— Laissez-moi tranquille. Lâchez-moi, ou le shérif vous fera respecter la loi, menaçai-je.

— La loi ! Je me contrefous bien de la loi des hommes, et je me contrefiche tout autant de ce vieil imbécile qui est mon parent.

Le shérif s'était jadis marié dans la famille du pasteur, mais j'avais entendu dire qu'il s'était disputé avec Frazier pour une histoire de terrain et qu'ils se détestaient depuis ce temps-là.

— Mon père vous mettra la loi sur le dos.

J'avais la gorge sèche et brûlante, et ces mots éructés s'échappèrent entre mes dents. Le prédicateur m'attira contre lui pour répliquer :

— Écoute-moi bien, la fille. Il n'y a ici que la loi de Dieu. Il y a un ruisseau juste derrière ce buisson. Je peux te donner le baptême là-bas, te purifier pour de bon et te faire goûter un salut comme tu n'en connaîtras jamais d'autre, comme ce pauvre Charlie n'a pas su t'en offrir.

Il aurait abusé de moi, puis m'aurait noyée, j'en étais certaine.

Il resserra son étreinte en poursuivant :

— C'est vrai que le pauvre vieux n'a jamais su garder ses terres ou ses putes. Le plus curieux, c'est que tu sois la dernière. Tu t'es servi de ton mauvais œil pour l'éliminer, tu t'es peut-être même servi de ta queue fendue toute bleue ?

Il se frottait à moi, palpant ma gorge et mes seins avec ses mains baladeuses, enfonçant ses doigts osseux dans ma chair.

Je me secouai de toutes mes forces afin de me libérer, mais il avait les bras musclés.

— Lâchez-moi…

Tout en me tenant, il approcha sa bouche de mon oreille :

— Viens avec moi tout de suite. Je vais te mettre dans un feu qui brûlera tes démons bleus une fois pour toutes.

Frazier plaça ses mains autour de mon cou, m'attira vers lui et mouilla mes lèvres d'un baiser affreux, barbare.

Du revers de la main, je m'essuyai la bouche, crachai, et vis un filet de sang là où ses dents avaient raclé ma peau. Il colla à nouveau ses lèvres aux miennes. Je me débattis, luttant contre la nausée qui montait de mon estomac, me rappelant le sang qui me poissait les cuisses lorsque Charlie Frazier avait basculé sur le côté du lit – le mois que j'avais passé à me frotter entre les jambes, mettant ma chair à vif, en sang, pour me débarrasser de sa souillure.

Derrière le pasteur, j'aperçus l'ombre longue de quelque chose ou de quelqu'un, puis j'entendis un grand bruit et un braiment étonné.

Junia criait et accourait vers nous, soulevant un nuage de terre noire.

— *Sorcière bleue !* proféra la voix de Frazier.

Il me poussa à terre et s'enfuit dans le bois alors que Junia fonçait après lui en claquant des dents, ses braiments assez stridents pour décoller l'écorce des pins.

6

JUNIA REVINT SEULE DU BOIS. Ébranlée, je me mis debout et récitai une prière à son côté. Mais comme toujours, sans Église, ma supplique sonnait faux et contredisait l'idée que Dieu était partout ; bientôt la honte s'empara de moi, quand je compris que j'étais une pécheresse. Malgré la fréquence ou la sincérité de mes prières, je restais sans Église, je n'avais de place nulle part et je n'avais droit qu'au néant. De plus, je savais que le Seigneur Jésus jugerait sans doute bon de ne m'offrir que le néant jusqu'à la fin de mes jours.

L'épaule de la mule tremblait sous mes mains. Il avait fallu une bonne heure pour la calmer, et une autre pour apaiser ma nausée et chasser Vester Frazier de mon esprit. La liberté et la joie que j'éprouvais ce matin-là m'avaient été dérobées. Qu'il ait pu aussi facilement m'en dépouiller m'irritait et m'épouvantait. Je consultai ma montre, époussetai ma jupe et remontai en selle.

Nous reprîmes la route, nous arrêtant à trois adresses. Quand nous arrivâmes chez Lovett, j'avais un torticolis à force de surveiller mes arrières, la peau enflammée par mes nerfs.

La corniche était spectaculaire et je pus bientôt me détendre un peu en m'imprégnant du paysage. Les couches de montagnes bleu foncé s'empilaient au loin, leur couleur changeant constamment, s'assombrissant, puis s'éclaircissant dans des nuances de vert-bleu à cause des nuages qui passaient. Le vent soufflait frais et vivifiant. Un parfum de fleurs de pommier émanait d'un arbre voisin et le chèvrefeuille s'accrochait à une clôture en ruine tandis que machaons et abeilles à grosses pattes survolaient les vieilles poutres et plongeaient chercher du nectar.

Tout était en vie. On sentait battre le cœur de la montagne, contrairement à ma maison nichée dans un creux noir de mousse et d'écorce en décomposition, un endroit où il faisait sombre même en plein jour et plus sombre encore la nuit. La montagne avait ici quelque chose de religieux, comme si elle avait sa place à l'église.

— Allez, ma belle.

Encore méfiante, je fis décrire à Junia un large cercle autour du domicile de ce nouveau lecteur.

Le teint bruni, doré, comme un vieux parchemin de prix, mais encore juvénile dans ses os, Jackson Lovett fredonnait une ballade d'une voix rocailleuse, agenouillé dans la cour, ses mains s'affairant sur la maçonnerie d'un puits écroulé.

— Déposez ça sous le porche, dit-il sans vraiment me regarder.

Je dirigeai Junia vers les marches et descendis sans lâcher ses rênes. Dans mes sacoches, je trouvai un exemplaire usé de *Plaidoyer pour les polars*. J'essayais de me procurer des livres que différents clients pourraient apprécier et j'aimais toujours satisfaire leurs demandes.

Mais vu la pénurie de volumes, et comme je ne me réapprovisionnais qu'une fois par mois, il était impossible de choisir un ouvrage pour chaque lecteur. Quand je tirai le livre de mon sac en cuir, deux autres tombèrent dans l'herbe près de Junia.

La mule sautilla et je tentai de la calmer.

— Doucement, Junia. Doucement.

Je me baissai pour récupérer les volumes à côté de ses sabots, tout en serrant les rênes et en lui tapotant les genoux pour qu'elle recule.

Mr Lovett vint à mon secours. Il se pencha vers la bride de Junia. Avant que j'aie pu lui signaler le caractère acariâtre de la bête, elle rabattit les oreilles et le mordit.

Il retira sa main et jura tout bas, secouant son poignet pour atténuer la souffrance.

Je m'empressai de frapper Junia sur son arrière-train, pour la gronder en douceur, tout en présentant mes excuses :

— Je suis désolée, monsieur. Vraiment désolée. Elle a eu un chemin difficile, aujourd'hui. Je suis absolument désolée. En fait… elle n'aime pas trop… les gens.

Je puisai dans mes sacoches, en extirpai une vieille bande de gaze que je tendis à Mr Lovett.

— C'est bon, dit-il en repoussant ma proposition.

Il attrapa un flacon posé sur la balustrade de son porche, l'ouvrit et versa le liquide clair sur la morsure.

— L'alcool la guérira plus vite.

Je cherchai dans ma poche les graines d'Angeline.

— Mrs Moffit voudrait que vous donniez ces graines au docteur, pour le payer d'avance. Son mari a besoin de soins.

— Je n'irai pas au village avant un moment.

Sa blessure le fit grimacer, puis il enveloppa sa main dans un morceau de tissu, tout en lançant quelques coups d'œil vers moi.

— Il est très mal en point.

Nos regards se rencontrèrent et je ne pus me détourner. Ses yeux étaient beaux et pleins d'énergie, mais il n'y avait en eux rien de joueur. Ils avaient une expression plus profonde, une note de hasard et de danger, un air conquérant, mais rien de dangereux, aucune peur que je puisse revendiquer ou susciter à juste titre, ou que je doive ressentir le besoin de limiter ou d'éviter. Ses yeux contenaient un mélange de curiosité, de perte et d'autres sentiments lointains que je ne pouvais identifier mais qui s'y étaient étrangement enracinés.

Il baissa la tête pour contempler à nouveau sa main. Craignant d'être trop hardie, je sentais mes oreilles devenir bleu vif et tout mon visage se colorer.

— Il a reçu une balle, monsieur. Il va vraiment mal, ajoutai-je, les mains derrière le dos, regrettant de ne pas porter les gants en daim que Papa m'avait fabriqués.

— Parce qu'il volait des poules, dit-il simplement en inspectant encore son bandage.

Je remis les graines dans ma veste, les doigts crispés autour du minuscule paquet. C'était beaucoup demander pour un voleur, et Mr Lovett semblait bien trop occupé pour lui consacrer de son temps, car il faudrait plusieurs heures pour aller au village et revenir. Cela n'avait aucun sens. Je serais moi-même au village dans quelques semaines et je verrais alors le docteur.

Satisfait de son pansement, Mr Lovett sortit un couteau de sa poche.

Je reculai, tirai sur les rênes de Junia pour l'attirer vers moi, de peur qu'il ne lui fasse mal.

Il se planta devant la mule et agita son couteau dans sa direction.

— Junia, hein ? C'est comme ça que tu t'appelles, ma jolie ?

Junia aplatit les oreilles, puis leva une patte avant. Mr Lovett s'écarta, échappant de quelques centimètres à sa colère. Je tirai sur le mors pour la réprimander.

— C'est comme ça qu'on traite un nouvel ami ? dit-il.

Il prit une pomme sous le porche, en découpa un morceau et le lui offrit.

Junia tourna la tête pour les regarder de côté, le fruit et lui. Je pensais qu'elle allait l'ignorer, mais elle avança la tête et lui déroba la pomme entière.

— Junia ! protestai-je, craignant qu'il ne lui donne des coups – ou pire.

Mais il éclata d'un rire détendu et rangea son couteau dans sa poche.

— Eh bien, Junia, tu as une fameuse muletière. Et je vois qu'elle s'occupe bien de toi. Ramène-moi la dame aux livres et je te promets d'autres pommes.

Junia remua les oreilles et l'observa tout en mastiquant. La mule n'aurait jamais aucune amitié pour lui, ni pour aucun homme, après toutes les horreurs que lui avaient infligées Charlie Frazier et sa famille.

Mr Lovett ramassa à terre son *Plaidoyer pour les polars*.

— Vous auriez autre chose ? J'aime bien Irvin Cobb, mais j'ai déjà lu celui-là quand j'étais dans l'Ouest.

Irvin S. Cobb, vieil auteur du Kentucky, était très apprécié des hommes pour son humour, et Papa aimait encore lire ses histoires du juge Priest.

— Non, monsieur, pas aujourd'hui. Mes autres livres sont réservés. Et j'ai seulement ce que le coursier a déposé pour mes tournées. J'essayerai de vous en apporter d'autres lundi prochain. Vous voudriez un titre en particulier ?

— J'ai envie de lire le dernier roman de John Steinbeck.

— Je vais à la bibliothèque le deuxième mardi de chaque mois. Je me renseignerai pour vous.

C'était formidable de pouvoir choisir des livres pour mes clients au lieu de livrer simplement ce que le coursier laissait pour moi au dépôt.

— Merci. Vous lisez beaucoup ?

— Oh oui, j'ai commencé dès que j'ai pu tenir un livre et je ne me suis plus arrêtée. Maman m'a appris à lire dans les bibles de la famille et de vieux journaux. Nous avions des brochures, un vieux livre de cantiques, des bidons d'essence et des barils vides avec des réclames dessus, qu'elle demandait à mon père de rapporter pour mon instruction.

— Pareil pour moi.

Il regarda vers les montagnes, comme s'il en gardait un doux souvenir.

Je me demandai si sa mère avait fait des études. La mienne n'avait pas fait de grandes études, mais elle avait bien assez lu pour être instruite. Elle tenait son intelligence de son grand-père français et elle s'était créé le début d'une bonne bibliothèque avec huit beaux livres que Papa avait économisé pour lui acheter. Maman avait insisté pour que je sache lire et écrire comme elle. Et Papa avait accepté et avait bâti une étagère pour ses livres, même s'il ne lisait plus guère, à part de temps à autre un article dans le journal ou dans un magazine, en commentant toujours : « Ces bouquins, ça me vole ma vie. Il y a des façons plus importantes de passer son temps. »

J'étais contente que ce nouveau client aime autant les livres, surprise qu'il lise et qu'il s'intéresse aux romans. Dans cette région, la plupart des hommes ne demandaient que des catalogues ou des magazines de mécanique.

Beaucoup de gens des collines refusaient de lire, tandis que d'autres avaient été forcés d'apprendre quand ils recevaient des lettres de leurs fils partis pour la guerre. Mais, après tout, quelqu'un d'assez malin pour construire un barrage dans l'Ouest devait être intelligent.

— Les livres m'ont beaucoup manqué, dit-il. Ce sera formidable d'en lire de nouveaux. J'aimerais bien en avoir plusieurs, si c'est possible.

— Je ferai de mon mieux, monsieur.

Il s'adressa ensuite à Junia.

— Tu l'as vite avalée. Alors, comme ça, tu n'aimes pas beaucoup les gens ? Tu m'aimeras mieux après cette bonne pomme, ma jolie ?

Il inclina la tête vers moi :

— Et vous ?

— Monsieur ? demandai-je en ramassant les autres livres tombés.

— *Vous*… Je sais que vous aimez les livres. Vous aimez les gens ?

— Je… Il est temps que je file. Mes autres clients attendent leur livraison du lundi.

Ma tournée incluait encore l'école, Mr Prine, les Smith et Loretta Adams, et j'avais du retard à rattraper.

Il fit un pas vers moi.

— Appelez-moi Jackson. Et vous devez être…

Junia poussa un cri spectral, montra les dents et s'interposa entre nous, lui barrant le passage, mordant l'air avant de s'attaquer à lui.

Une fois de plus, je fus reconnaissante pour le mauvais caractère de ma mule.

Me cachant derrière Junia, je le regardai par-dessus ma selle et murmurai :

— Cussy Mary, mais certains m'appellent Bluette.

Je me hâtai de remettre les livres dans la sacoche, puis je glissai mon pied dans un étrier et enfourchai ma monture.

— *Bluette*, répéta-t-il en osant un coup d'œil vers mes mains et mon visage. Une bien jolie libellule. Jolie comme les collinsies bleues.

Il tendit le menton vers un vieil arbre tout ceinturé de fleurs sauvages qui s'épanouissaient en un éventail de nuances de bleu et de blanc.

— Allez, murmurai-je à Junia sans savoir que répondre à cet homme.

Mon visage s'était coloré plus vivement qu'aucun des mots dont ma langue aurait été capable. J'encourageai ma mule un peu plus fermement, avant que mon teint ne pousse Mr Lovett à retirer ce qu'il avait dit.

Il donna à l'animal une petite tape sur la croupe.

— Bonne route, Junia.

Junia agita la queue et dressa les oreilles.

D'un coup de talons, je voulus la faire avancer, mais elle refusait de bouger. Mr Lovett m'étudiait. Je fis en sorte de peser sur ma selle et enfonçai à nouveau mes talons dans les flancs de la bête, mais Junia était intraitable, une vraie tête de mule, résolue à gâcher notre sortie.

— Au revoir, Cussy Mary.

Il sourit, et cette fois, ses yeux sourirent aussi.

J'écartai les jambes et les plaquai violemment contre Junia, les lanières des étriers émettant un claquement brutal. Je me sentis rougir des pieds à la tête.

— Allez, vite !

Junia renifla et démarra au petit trop.

— Jackson Lovett, murmurai-je lorsque j'arrêtai ma mule quelques minutes plus tard, loin de la maison, pour réfléchir sur ses paroles. Qu'est-ce qu'il a en tête, à ton avis ?

Junia retroussa sa lèvre supérieure et grignota le vent avec ses grandes dents.

7

Au moment de quitter notre dernière cliente, Loretta Adams, les montagnes enveloppées d'ombre disparaissaient dans un ciel noir comme du charbon. Désireuse de retrouver la sécurité de notre vallée, Junia nous y reconduisit en hâte, sans la moindre hésitation.

Je lui retirai sa bride et sa selle, puis les sacoches, et suspendis le tout à l'intérieur du minuscule abri que Papa lui avait construit à contrecœur.

Junia se roula dans l'herbe, jouissant de sa liberté. Au bout de quelques minutes, je lui nettoyai les sabots, puis la menai dans l'écurie. En inspectant son pelage je découvris quelques égratignures, que j'oignis de baume. Après avoir fermé sa demi-porte en bois, je lui lançai du foin par-dessus. La mule fourra son nez dans la petite boîte accrochée à l'entrée et tordit la bouche, découvrant ses dents.

— La journée a été longue, ma belle, dis-je, fatiguée. Je vais un peu m'occuper de moi, maintenant.

Je lui chatouillai les oreilles. Avec un regard solennel, elle se frotta à ma main.

Je partis chercher un seau d'eau et mon sac à livres, puis revins bien vite sous le porche.

J'appuyai mon front à la porte, redoutant cette longue nuit sans mon père, la solitude qui menaçait chaque fois qu'il s'en allait à la mine. Je ne me sentais jamais aussi seule pendant mes tournées, mais dès que j'arrivais sous le porche, un vide me frappait à la perspective des épaisses heures sombres à venir.

Les eaux du ruisseau coulaient par-dessus les pierres, leur clapotis tournoyait autour de la vallée sur laquelle s'abattait l'haleine humide du brouillard. Inhalant profondément, je me remplis d'air nocturne pour oublier mes soucis, pour oublier que Frazier était à l'affût. Les nuits claires, je sortais parfois un fauteuil, je m'asseyais dans la cour avec Junia et j'observais les étoiles jusqu'au moment où ma respiration ralentissait et où je rassemblais le courage nécessaire de rentrer dans la maison.

Papa avait dû m'entendre rentrer. Il me héla en toussant.

— Bonsoir, Papa, dis-je en tâchant de mettre un peu de gaieté dans ce salut.

Je posai le seau et lâchai mon sac de livres.

Mon père venait de se réveiller. Il bâilla, gratta ses joues mal rasées, puis enfila sa salopette par-dessus son caleçon long.

— Tu es en retard, fillette.

— Désolée, Papa. La journée n'a pas été simple.

— Tu as eu des ennuis, là-haut ?

L'inquiétude s'insinuait sur son front maculé de charbon.

— Je… Non, dis-je en masquant le mensonge derrière une esquisse de sourire. Le trajet a été long pour mon premier jour de reprise. Les gens n'avaient plus de livres depuis longtemps, et ils voulaient tous que je reste un peu avec eux.

Je ne lui parlerais pas de Vester Frazier. Surprendre un intrus dans notre terrain, c'était une chose ; la loi protégeait tous les habitants du Kentucky contre ce genre d'infraction. Mais nous autres Peau-Bleue, nous n'osions pas nous venger si le crime avait été commis ailleurs.

Au fil des années, plus d'un Peau-Bleue qui avait tenté de réparer un tort, de défendre l'honneur d'un proche ou de tenir tête à ses persécuteurs avait été fouetté ou avait disparu dans ces collines. L'oncle Colton, un mineur dur à la tâche, était un de ceux-là : on l'avait jeté dans un puits de mine abandonné après qu'il avait frappé l'homme qui avait abordé sa femme. Les os de Colton n'avaient été retrouvés qu'au bout de cinq ans.

Il y avait d'autres rumeurs – chuchotées dans ma famille quand on me croyait endormie ou incapable d'entendre – concernant des Peau-Bleue pendus pour avoir simplement osé répondre à des Blancs.

— J'avais un nouveau client, aujourd'hui. Mr Lovett.

— C'est avec lui que tu as eu des ennuis ?

— Non. Il est… (*Comment était-il ?*) C'est un type bien. Il est allé dans l'Ouest construire un barrage pour le président. Il a racheté la ferme des Gentry. Mr Lovett avait envie de livres et je lui ai prêté un Irvin Cobb.

Papa ne répondit rien. Assis sur le lit, il chaussa ses souliers, puis désigna le poêle :

— Je me suis servi une assiette des haricots que tu avais préparés ce matin.

Soulagée qu'il ne soit pas d'humeur à ronchonner, je m'approchai du poêle, les vieilles planches affaissées grinçant sous mes pas. Je découpai deux tartines dans le pain que j'avais fait cuire la veille, puis je pris une cuillerée de haricots, en laissant le jus dans la casserole. J'écrasai les haricots en purée, les étalai sur les tartines, et déposai ce sandwich copieux dans sa gamelle, avec une pomme et une carotte filandreuse tirée du grenier.

— Papa, je vais te faire du thé.

— Pas le temps. Je suis déjà en retard.

— Encore une réunion du syndicat ?

— Ouais.

— Maman disait que c'était trop dangereux.

— C'est pas une affaire de femmes.

— Mais j'ai peur pour toi. Papa, s'il y a une nouvelle grève, il y aura sûrement encore des victimes. Trois mineurs sont morts la dernière fois, et quelques autres sont restés estropiés à vie. Les gardes des houillères seront armés et tireront sur tous ceux qui essayent de se mettre en grève. J'ai peur…

— Fillette, écoute-moi. Ce sont des assassins, des meurtriers, ces hommes de la Compagnie. Il faut agir. Depuis qu'ils sont arrivés, ça va encore plus mal pour les mineurs. (Papa toussa.) On travaille pour des clopinettes, dix-sept heures par jour, les genoux en sang, dans un trou noir, et on s'attend toujours à ce que les galeries s'écroulent, que le prochain coup de grisou nous envoie tous dans la tombe. On ne vaut même pas aussi cher que ta sale bête de mule. Pareil que Daniel.

J'étais trop jeune pour m'en souvenir, mais quand Daniel, le frère aîné de Papa, travaillait au charbon, les autres lui avaient joué un mauvais tour : il leur avait servi de sacrifice du mineur, car ils lui avaient raconté qu'ils avaient déjà perdu une des mules des houillères deux semaines avant. Daniel était descendu le premier avec une lanterne, et il y avait eu une explosion. Il avait crié à l'aide, mais la Compagnie n'aurait pas pu le déterrer sans causer un autre effondrement. Pendant deux jours et deux nuits, Papa n'avait pas bougé, il avait parlé à son frère à travers les débris, par une fente grosse comme un cheveu ; Daniel était prisonnier du ventre froid de la mine, torturé par ses brûlures, implorant pitié. Le troisième matin, comme on n'entendait plus Daniel, les houillères avaient condamné l'entrée et envoyé leur chapelain dire quelques mots.

Les yeux de Papa se remplirent de tristesse.

— Hier, ils ont renvoyé Jonah White parce qu'un pilier s'est écroulé et a cassé le dos de sa mule. Jonah a eu le bras broyé.

Je me frottai le bras que Frazier m'avait cassé, horrifiée par la souffrance du mineur et de sa mule.

La voix de Papa se fissura.

— Le contremaître a dit au vieux Jonah qu'il venait de s'acheter un âne mort et a refusé de payer le pauvre gars. Il vaut mieux pas laisser une mule de la Compagnie se blesser ou se tuer, sauf pour vérifier s'il y a des fuites de gaz. Ils te mettent à l'amende ou ils te renvoient pour un oui, pour un non. Mais quand un mineur a un membre arraché ou bien meurt dans cet enfer, ça leur fait rien, ils le remplacent simplement. Ils nous volent chaque souffle et notre terre du Kentucky. Tout disparaît, fillette. Les routes qui mènent au village, qui montent dans nos montagnes mourantes. (Il ravala sa toux. La colère de Papa palpitait dans sa mâchoire serrée.) Qui montent dans notre cul ! Cette saleté de Compagnie nous lâchera pas tant qu'elle se sera pas bien engraissée grâce à notre or noir, pas tant qu'elle nous aura pas pressés jusqu'à la dernière goutte.

— Qu'on envoie quelqu'un d'autre à cette réunion. Pourquoi faut-il toujours que ce soit toi ? Ça fait plus d'un mois que tu n'as pas eu un jour de congé...

— C'est bien pour ça que je dois y aller, fillette.

Il passa les bretelles de sa salopette, puis se glissa dans sa veste. Je lui tendis sa gamelle et lui plaçai sur la tête son vieux casque à lampe frontale.

Le visage fatigué de Papa prit une mine soucieuse, alors que son service n'avait pas même commencé. Il avait huit kilomètres à parcourir jusqu'à la mine. Je regrettais qu'il n'ait pas essayé d'apprivoiser Junia pour la monter, mais il avait déclaré : « Je préférerais marcher cent kilomètres pieds nus sur des ronces que de chevaucher cette maudite bête. »

— Tu retournes au village cette semaine ? demanda-t-il en se retournant sur le seuil de la porte.

— Non, la semaine d'après la prochaine.

Je consultai le calendrier cloué au mur et vis ce que j'avais griffonné sur le deuxième mardi de mai.

— J'ai pu nettoyer une partie du chemin pour ta tournée.

Je déposai un baiser sur sa joue.

— Merci, Papa. N'oublie pas ton bâton.

On ne savait jamais quel méchant animal à quatre pattes, ours, meute de chiens, ou à deux pattes on risquait de croiser. En pensant à Vester Frazier, je glissai mes mains marbrées derrière mon dos, loin de l'œil d'aigle de Papa.

— Repose-toi, fillette.

Et il sortit, toussant sur le chemin de son travail souterrain.

Le repos m'attirait, mais je n'allais pas le savourer tout de suite. Après un bol de soupe, je mis mon tablier pour nettoyer la maison, je balayai le grand tapis que j'avais fabriqué l'année précédente et je passai la serpillière sur le plancher où mon père avait posé ses souliers empoussiérés de charbon.

Il était presque impossible de tenir un intérieur propre avec un homme qui travaillait à la mine et je ne pouvais me permettre de négliger une seule de mes corvées domestiques.

Même en restant à la maison tous les week-ends, j'avais l'impression que Papa me donnait toujours plus de choses à laver.

Je défis son lit et mis à bouillir les draps tachés de suie, les essorai dans la cour, puis les suspendis à un fil fixé au plafond derrière le poêle, inquiète pour la sécurité de Papa au fond de la mine, inquiète à cause des fuites de gaz, des explosions et des chutes de pierres. Il y avait de quoi faire perdre la tête à une personne sensée, et je ne pouvais que combattre ces idées noires.

Je frottai l'une contre l'autre mes mains gercées en regrettant que Maman ne soit pas là pour s'inquiéter avec moi. Elle lisait la Bible, ses romans, chantait des airs français, sa voix comme une crème apaisante nous distrayant toutes deux quand Papa était au travail. Fredonnant une de ses chansons, je refis le lit de mon père avec des draps propres que j'avais fabriqués grâce au coupon de tissu qu'il avait acheté l'an dernier au magasin des houillères.

Ensuite, je pris une lanterne et portai dans la cour la pile de vêtements de travail de mon père, je les récurai sur la planche à laver avec un morceau de savon. Je les rinçai et les frottai à nouveau, essorant jusqu'à en avoir des crampes, puis je vidai l'eau noire quatre fois, jusqu'à ce que les habits soient purifiés de la poussière de charbon. Enfin, je m'attaquai à mon linge sale, jupes, sous-vêtements et chaussettes.

De retour dans la maison, j'étirai mes mains raidies, puis je me rappelai le seau sous le porche. Je remplis le vieux tub en zinc et le poussai vers les pieds du poêle pour profiter de la chaleur.

Il fallut deux autres voyages jusqu'à la source pour préparer le bain de Papa, et encore un autre pour compléter. Lors de mon troisième trajet, je tendis l'oreille pour écouter le silence, au cas où un accident se serait produit. Junia m'appela tout bas et j'allai la saluer doucement. Elle avait les oreilles souples, les yeux endormis, la posture détendue. Elle me préviendrait s'il y avait un problème.

« Regarde les bêtes, les oiseaux, les chiens, m'avait inculqué mon père il y avait longtemps. Dieu s'est donné du mal pour leur donner des oreilles qui les protègent. Et c'est grâce à elles qu'ils nous protègent aussi. »

Après avoir souhaité bonne nuit à la mule, je rentrai avec mon dernier seau. Le lendemain matin, Papa reviendrait épuisé, noirci, les os lourds. Je le ferais mettre torse nu, puis s'agenouiller au-dessus du seau pour que je nettoie son dos de tout le charbon collant, comme tous les autres mineurs qui avaient la chance d'avoir une famille pour les aider.

Dans le grenier, je rassemblai mes vêtements à laver le jour suivant, puis je pris l'oreiller de mon matelas et descendis le tout.

Une fois la lessive suspendue à sécher, la maison presque impeccable et mes corvées accomplies, je mis la bouilloire à chauffer et m'installai à notre table pour découper du tissu et du papier en feuilles que je collai afin de relier le livre d'Angeline.

Sur une étagère, je pris l'album que je destinais à mes clients lecteurs, rempli de choses que j'espérais intéressantes. Pour la jaquette, j'avais découpé un sac de graines orné d'un beau soleil. À nos moments perdus, nous autres bibliothécaires, nous fabriquions des recueils de sagesse ancestrale, de recettes locales et de patrons de couture, de remèdes traditionnels et d'astuces de nettoyage. Les journaux nous envoyaient leurs vieux numéros et nous y découpions poèmes, articles, essais et autres nouvelles du monde. Devenus un élément crucial de la bibliothèque ambulante, ces albums se transmettaient d'une demeure montagnarde à l'autre.

J'ouvris le volume et y collai des instructions pour fabriquer un balai avec des branches de genêt, en face de la page où j'avais fixé un patron de dentelle donné par un inconnu.

Entre deux gorgées de thé, je feuilletai l'album. Deux pages étaient occupées par les bandes dessinées découpées dans des journaux du dimanche. Dans nos collines, les hommes aimaient *Dick Tracy* et *Li'l Abner*, mais les femmes préféraient *Blondie.* Les enfants, eux, réclamaient *Annie la petite orpheline* et *Buster Brown.* Je prenais toujours le temps d'en chercher les épisodes, je les découpais soigneusement dans de vieux journaux et magazines, et je les mettais de côté pour de futurs albums. Je n'en avais que trois, dont deux déjà prêtés, tous usés et tombant presque en lambeaux. Si seulement j'avais pu trouver davantage d'ouvrages !

Je pris note de demander le livre de Mr Lovett, puis je m'arrêtai au bout de quelques pages. Les montagnards guettaient cette section remplie des derniers remèdes artisanaux et les brochures sur la santé qu'envoyait le gouvernement. J'étais ravie que beaucoup de gens, surtout parmi les plus âgés, tiennent à partager les leurs aussi.

Quelqu'un avait rédigé des instructions sur le bon usage des aimants, conseillant de s'attacher l'objet autour du cou pour attirer l'argent, l'amour et la chance. En dessous, il y avait une note sur les pierres de coq, écrite par la vieille sage-femme Emma McCain, expliquant comment recueillir la petite pierre dans le genou d'un vieux coq et comment la tenir pendant un accouchement pour protéger le bébé. La sage-femme avait déposé elle-même ce message à la bibliothèque, en faisant l'éloge des pierres de coq dont elle garantissait l'efficacité et en me suppliant de coller son texte dans l'album. Sous les instructions concernant cette amulette, Emma avait ajouté un avertissement destiné aux maris : « Portez une pierre de coq pour rendre votre femme plus aimante ».

Je tressaillis et passai à la page suivante. Il y était recommandé de conserver une patte de taupe dans sa poche pour éviter les rages de dents. Papa ne croyait guère à ce remède, mais il avait sur lui la vieille perle d'estomac qu'il avait trouvée dans le ventre d'un cerf, comme la plupart des montagnards qui avaient eu le bonheur d'en découvrir une. Cette pierre était censée guérir de la rage véhiculée par les chiens et les ratons laveurs. Une fois mordu, il fallait fixer la pierre sur la plaie pour retirer le poison.

Venaient ensuite des recettes de savon et des trucs de nettoyage, dont un mélange d'eau, de vinaigre et de citron pour les planchers incrustés de suie et les murs cuits par l'hiver. Un dessin légendé montrant comment fabriquer un dessus de poêle occupait toute une double page. La construction d'un appentis pour side-car en monopolisait une autre.

La section poésie remplissait plusieurs pages et je pris le temps de relire un de mes poèmes préférés, *Au restaurant*, de Wilfrid Wilson Gibson. Celui-ci me plaisait parce que j'entendais la musique du violon dont il y était question. À côté, j'avais collé *Arbres dans un jardin*, de D. H. Lawrence. C'était une jolie poésie sur des arbres, et je croyais sentir le parfum nu des écorces des feuilles qui éclosent et des fruits.

Je refermai l'album, puis admirai la maison propre tout en me massant les mollets et les cuisses, endolories par la longue chevauchée de la journée. Me rappelant mon programme, je décrochai du mur le calendrier du magasin des houillères.

La case de ce jour était vide. J'inscrivis à la date du lundi 24 avril : « Première tournée, nouveau client J. Lovett. » Puis je vérifiai mon programme pour le reste de la semaine.

Le lundi, j'avais neuf arrêts, en incluant l'école. Revoir les enfants avait été merveilleux, et je souris en songeant à leur enthousiasme lorsqu'ils m'avaient vue. En chemin, j'avais remarqué deux garçons plus âgés, munis de seaux. Le plus grand avait ouvert de grands yeux et dit à l'autre : « J'irai pas à la pêche aux écrevisses, Thad. Faut que j'aille à l'école. Voilà la femme aux livres ! » Puis il avait foncé afin de me devancer.

Dans la cour de récréation, un petit garçon qui se balançait dans un arbre, la tête en bas, retenu par les genoux, s'était écrié : « Voilà la femme aux livres. La femme aux livres est là ! »

Ravie que la bibliothèque ambulante reprenne ses tournées, la maîtresse n'avait pas pris la peine de gronder le polisson.

Je me remémorai mes autres visites de la journée. Martha Hannah avait laissé tomber son linge propre dans la poussière quand j'étais entrée dans sa cour. Mr Prine était venu sous son porche pour m'épier sans bruit et, chose inouïe, m'avait adressé un petit sourire. Miss Loretta ne l'aurait jamais avoué mais elle avait pleuré, prétendant que ses vieux yeux lui faisaient mal lorsque j'avais proposé d'aller lui chercher un mouchoir.

Ces souvenirs me réchauffèrent, et je fus soudain frappée par la tendre affection que m'inspiraient mes chers clients.

Du revers de la main, je tamponnai mes cils mouillés et je battis des paupières face au calendrier. Mardi, je suivrais le lit de la rivière pour distribuer des livres aux gens qui les accepteraient. Mercredi, je devrais escalader le dangereux mont Hogtail, pour aller chez les Evans et rendre visite au jeune Flynn. Et jeudi, je passerais la journée à mon dépôt, pour récupérer de nouveaux livres et ce que le coursier aurait laissé pour moi ; parfois, il y avait des lettres à distribuer quand la poste ne pouvait atteindre une maison. Vendredi, pour ma dernière tournée de la semaine, je devrais parcourir près de trente kilomètres afin de livrer Oren Taft et le hameau de Tobacco Top.

Je pris encore quelques notes puis, satisfaite, je remis le calendrier en place. Glissant mon oreiller sur la table, j'y posai ma tête et frottai la bordure bleue brodée, caressant les plis du tissu que Maman m'avait donné il y a longtemps.

Elle nous avait cousu des robes assorties quand j'avais cinq ans. Deux robes d'un bleu tendre, avec des décorations d'un bleu plus foncé ; elle pensait que cela ferait paraître notre peau beaucoup plus blanche.

— C'est une ruse qui fonctionne, avait-elle déclaré avec un clin d'œil tout en nous habillant pour une de nos rares visites au village. La couleur est celle d'un beau ciel du Kentucky où les anges ont éparpillé des merlebleus, et ce sont ces jolis petits oiseaux qui attirent le regard en premier.

Elle avait fait jurer à Papa qu'elle serait enterrée avec cette robe. J'avais conservé la mienne après sa mort et je m'étais servie du tissu usé pour fabriquer cette taie d'oreiller, où j'avais brodé des merlebleus en vol pour me souvenir d'elle, de nous.

Je promenai les doigts sur les fils et contemplai la pièce, le son de ma respiration insufflant une vie limitée à la solitude de la maison, mes yeux se voilant, fixés sur le néant que contenait désormais ce foyer. Mon esprit revint aux Frazier et je songeai à l'une des vieilles berceuses françaises de Maman ; j'imaginai ses mains caressant mes cheveux, ses doigts aériens suivant le contour de mon visage. Avant longtemps, ma voix se tut, mes paupières s'alourdirent et se fermèrent.

Je ne sais depuis combien de temps je somnolais quand les braiments de Junia me firent sursauter. Je bondis à travers la pièce. Tombant à genoux, je tirai le fusil de Papa de sous le lit et m'approchai de la fenêtre. Jetant un coup d'œil à travers le rideau, je ne vis que la nuit. Junia appela à nouveau, et je me dirigeai vers la porte.

Le fusil vacilla dans mes mains tandis que je tripotais la serrure. Un juron m'échappa, j'ouvris la porte et dévalai les marches. Hissant l'arme sur mon épaule, je scrutai la cour, en quête de créatures sauvages. *Rien.* Mais je sentais une présence, quelque part dans l'obscurité. J'examinai la cime des arbres, puis me tournai vers le ruisseau. Il y eut un bruit sur ma gauche et j'inspectai à nouveau les bois. Ce n'était pas une petite bête dans les feuilles. C'était un mouvement plus important. J'étais sûre que quelqu'un était là. *Peut-être Frazier et ses ouailles, ou des villageois partis à la chasse aux Peau-Bleue.* Une fois de plus, le son se déplaça, je levai le fusil plus haut en serrant la crosse. J'ignorais combien ils étaient et qui ils étaient, mais je savais une chose : ils étaient en chasse.

Junia émit un long braiment plaintif dans le silence. Je penchai la tête, écoutai, discernai un bruit de pas, un léger bruissement. La peur martelait ma bonne oreille et brouillait mon audition. La mule renifla, puis se calma. Je restai là un moment avant que les ténèbres ne se reforment, instillant la panique dans mes os.

Dans la maison, je m'effondrai contre la porte. Cette longue journée sur la route s'était emparée de mes nerfs, j'étais pliée en deux, privée d'air. Le fusil tremblait dans ma main. *Papa réglerait leur compte à des animaux, mais qui réglerait le leur à Frazier et aux chasseurs ?*

Au bout de quelques instants, je me redressai et remontai armée dans mon grenier.

8

LE DEUXIÈME MARDI DE CHAQUE MOIS, je travaillais au quartier général de la bibliothèque, et ce mois de mai ne fit pas exception. Ces jours-là, nous étions dispensées de tournée et nous nous retrouvions toutes au village.

À l'aube, je partis à travers les collines. Les vents printaniers nouaient les vieilles herbes d'hiver ; l'air montagnard était adouci par le parfum des sanguinaires, des géraniums, des cornouillers et du laurier rampant, mais un frisson perturbant me salissait la peau et j'avais hâte d'avoir terminé mes tâches mensuelles pour reprendre ma tournée.

Quand j'allais au village, j'avais toujours l'impression d'être une voleuse, avec mon chapeau à large bord et mon menton baissé pour éviter les regards étonnés et les doigts pointés.

Au moment où j'attachai Junia devant le bureau de poste, j'entendis crier mon nom. C'était le médecin. Il dirigea sa monture vers nous, et Junia souffla vers le cheval, pour faire reculer cette belle bête.

— Bluette, ça fait plaisir de te rencontrer.

— Je serais venue vous voir cet après-midi, docteur.

— Tout va bien, ma petite ? s'inquiéta-t-il, se redressant pour mieux me dévisager.

— Moi, je suis en bonne santé. C'est au sujet des Moffit. Il est malade et…

Il leva la main pour me couper :

— Je pars soigner la goutte de Mr Franklin.

— Oui, docteur, dis-je en cherchant dans ma poche les graines d'Angeline. Mrs Moffit m'a demandé de vous donner ça pour que vous alliez soigner le pied malade de son mari.

Je m'empressai de lui remettre le petit paquet.

— Ça vient du champ de Minnie, précisai-je en espérant que ce détail aurait un sens pour lui.

Le médecin ouvrit le paquet et secoua la tête.

— Soigner un voleur de poules, c'est du gâchis. Si je lui guéris son pied, ce sera pour qu'il recommence à aller détrousser les honnêtes gens.

— Son état s'aggrave…

— C'est un voleur, Bluette.

Je marmonnai « oui et non », puis je dis lentement :

— Mrs Moffit attend un enfant et elle se fait vraiment du souci pour son mari, docteur. Ils n'ont pas de médicaments chez eux.

Il remonta ses lunettes sur son nez et se baissa plus près de moi.

— Ils n'en ont pas du tout !

Je sentis que toute ma peau se colorait. Je regardai autour de moi pour savoir si quelqu'un d'autre m'avait vue et je remarquai Mr Lovett qui entrait dans le magasin de la Compagnie.

— Bluette, il n'y a pas de place pour les voleurs dans le Kentucky. Et Moffit sait qu'ici, une poule vaut plus qu'une vie humaine. Il s'en tire à bon compte avec un pied blessé. Beaucoup de gens diraient qu'il aurait fallu le cribler de balles pour qu'il finisse comme une passoire.

Le médecin se pencha en arrière, satisfait de son homélie.

Je glissai dans les plis de ma jupe mes mains foncées comme l'ombre. Je ressentais la honte de Mr Moffit comme si c'était la mienne.

Après un moment, il se redressa sur sa selle et haussa un sourcil ébouriffé.

— Écoute-moi bien, ma petite. Tu diras à Mrs Moffit de venir au village, et je l'examinerai, elle et le bébé. Tu pourras venir aussi, Bluette. Ça fait un moment que je ne me suis plus occupé de toi. À peu près trois mois depuis ton mariage, je crois. Il faut qu'on vérifie ça, conclut-il en pointant un long doigt vers mon ventre.

J'eus envie de me cacher, de couvrir mon visage. Depuis aussi longtemps que je pouvais me rappeler, le docteur éprouvait une certaine curiosité envers les Peau-Bleue. Depuis des années, il venait nous interroger sur nos maladies, il nous suppliait de le laisser nous soigner. C'était un homme très chaleureux, à la parole douce, qui semblait réellement désireux de connaître notre état de santé. Mais Papa affirmait qu'il n'était motivé que par la soif de sang. En effet, peu après la mort de Maman, il était venu nous demander un échantillon de sa peau et de son sang avant l'enterrement. Papa l'avait chassé avec un juron.

— Bon, je m'en vais chez mon patient. Passe donc me voir, Bluette.

Il fit tourner son cheval et laissa tomber dans la poussière le précieux paiement d'Angeline.

Je ramassai les graines et les empochai. Horrifiée, je regagnai en hâte l'arrière-salle du bureau de poste. Quelqu'un avait peint les mots « Bibliothèque centrale » sur une nouvelle enseigne au-dessus de la porte, même si les gens y entraient rarement. Notre quartier général n'était pas une bibliothèque ouverte à tous et il n'avait que très peu d'équivalents dans l'est du Kentucky, en fait. La petite pièce était le lieu de travail des employées de la bibliothèque ambulante et ne servait qu'à stocker et trier les volumes, relier les livres et les ranger pour que le coursier les emporte vers nos dépôts respectifs.

Je me penchai par-dessus une table et ouvris la fenêtre de cette salle renfermée pour accueillir la brise inondée de soleil. Au-dehors, les sabots des chevaux résonnaient et je pris le temps de regarder une charrette s'arrêter sur le côté du magasin de la Compagnie. Le véhicule ployait sous le poids des tonneaux, de la marchandise qui s'écoulait toujours en premier.

Je me retournai à moitié en entendant ricaner derrière moi. À l'autre bout de la pièce, les directrices bavardaient à propos du bal prévu en juin, leurs yeux furetant partout au cas où quelqu'un entrerait. Elles triaient des piles de magazines, de brochures, de journaux, et leur chuchotement bourdonnait dans l'air imprégné de l'odeur de papier, hérissé d'éclats de rire méchants.

En silence, je déballai une caisse de livres, sachant que leur joie s'exerçait aux dépens d'autrui.

Elles allumèrent la radio. Le temps que l'appareil chauffe, la voix fluette d'un présentateur surgit bientôt dans la petite pièce en une conversation cahoteuse, avant que les mots ne deviennent plus fermes et plus nourris. Cette radio Sears était un don d'un club féminin de Cincinnati, mais la directrice adjointe, Harriett Hardin, n'autorisait le bel appareil en forme de cathédrale que sur son propre bureau, où il captait les signaux de l'unique station qu'elle permettait, WLOC, et l'émission *The Mountain Table.* Quelques autres stations diffusaient du jazz, mais Harriett pensait que seuls les païens écoutaient ce genre de musique, car les chansons et leur texte n'étaient pas très chrétiens.

Ce jour-là, c'était une femme qui parlait sur WLOC. J'admirais la manière si claire et belle dont elle prononçait ses mots, qui se terminaient avec une netteté parfaite au lieu de se perdre comme c'était le cas avec les gens d'ici. J'écoutais chaque fois que j'en avais l'occasion et je m'entraînais à répéter les phrases des annonceurs.

Parfois, au cours de mes tournées, je les testais sur Junia. « Mrs Abernathy et moi-même vous retrouverons chez Roderick à huit heures. Ils préparent un délicieux canard rôti avec une sauce au sherry tout à fait divine. On ne mange pas mieux dans toute la ville. » De temps à autre, j'en risquais quelques-unes auprès de mon père, jusqu'à ce qu'il hausse un sourcil perplexe et me mette en garde contre ces grands airs. Ma langue s'emmêlait, et j'en revenais à ma façon ordinaire de parler et à mes habituelles fautes de grammaire.

Je me penchais vers la voix bien distincte de la présentatrice et je l'écoutai annoncer que le gagnant des courses de chevaux du Kentucky s'appelait Téméraire, mémorisant ses mots superbes pour les articuler plus tard. Lorsqu'elle évoqua un film à l'affiche dans les cinémas, je souris, me rappelant qu'un de mes jeunes clients m'avait raconté avoir pris le train pour aller voir *Les Révoltés du Bounty* avec sa fiancée.

La femme de la radio dit que le livre de H. L. Davis, *Honey in the Horn,* avait obtenu le fameux prix Pulitzer. Excitée, j'applaudis bruyamment. J'avais lu ce roman sur les pionniers de l'Oregon et je l'avais adoré.

Harriett me lança un regard désapprobateur et je me remis bien vite à l'ouvrage.

Un tas de vieilles plaques d'immatriculation récupérées pour la bibliothèque attendait sous ma table. Je pris une plaque rouillée et en pliai le bout par-dessus le bord de la table afin de fabriquer des serre-livres pour les étagères de la pièce. Je pris soin d'en réserver quelques-uns pour mon dépôt.

Les employées de la bibliothèque ambulante n'avaient pas le temps d'aller au village avant de faire leur tournée quotidienne. Un coursier spécial, en général un bénévole de la poste, portait les livres jusqu'aux dépôts situés plus près des collines, où nous allions les chercher. Mon dépôt était une minuscule chapelle désaffectée, trop souvent inondée par des pluies violentes et par les crues d'une rivière voisine. À l'intérieur, il y avait quelques rayonnages construits par des bénévoles et une table qui nous avait été offerte, pour protéger les volumes en attendant que je passe les prendre. Mais les jours où nous travaillions au quartier général, nous avions le droit d'emporter les livres pour alléger la charge du coursier.

Dehors, Junia émit un petit hennissement. En levant les yeux, je vis Jackson Lovett sortir du magasin de la Compagnie. Il se dirigeait vers le bureau de poste tout en mâchant une pomme. Souriant, il s'approcha de Junia et se tint à un mètre de la mule, jusqu'au moment où il m'aperçut à la fenêtre et tendit la pomme vers moi d'un air interrogateur.

Tout en émoi, je fis signe que oui, puis je baissai le bord de mon chapeau et me remis à trier les plaques d'immatriculation.

Harriett s'avança près de moi, penchant paresseusement vers la fenêtre son corps grassouillet de vingt-cinq ans.

— Jackson, murmura-t-elle pour elle-même. Ça, c'est un homme, d'être parti dans l'Ouest construire un grand barrage comme ça et de s'être enrichi là-bas ! Malin. Et il a investi son argent durement gagné. Maintenant il est propriétaire, on lui paye grassement son bois et son minerai. Hmmmm. (Harriett fit claquer ses lèvres.) Un homme aussi beau et intelligent a besoin d'une fille belle et intelligente.

Elle rejeta les épaules en arrière, frappa à la vitre pour attirer son attention, désireuse d'être la fille en question

— Plus que trois semaines avant le bal de charité. Je me demande qui sera l'heureuse élue ?

Le premier vendredi de juin, un bal de charité avait toujours lieu à Troublesome Creek, où les filles vendaient des tartes pour mettre le grappin sur les célibataires. Toute femme seule pouvait participer à condition de confectionner une tarte. Ce soir-là, on dansait sur le plancher saupoudré de sciure de la vieille graineterie qui avait fermé depuis, écrasée comme la plupart des commerces par la concurrence de la Compagnie. On faisait venir les violoneux, on dansait en levant haut les jambes ou en gardant les pieds au sol, et c'était le moyen de finir dans un lit conjugal. Chaque tarte était vendue aux enchères, et le plus offrant remportait le reste des danses de la soirée avec la dame qui l'avait confectionnée.

Je n'y avais jamais participé, je n'avais pas le droit de franchir le seuil où était suspendu un panneau INTERDIT AUX PERSONNES DE COULEUR, mais les gens en parlaient assez pour que j'aie l'impression d'y avoir assisté. Eula et Harriett y avaient fait allusion dans toutes leurs conversations depuis que j'étais retournée à la bibliothèque quelques semaines auparavant. À propos de leurs recettes préférées ou des nouvelles robes qu'elles se cousaient, de qui y serait ou n'y serait pas. J'écoutais, je saisissais des bribes de phrases et je m'imaginais le bal en question. Ce soir-là, je ferais semblant d'y être, pendant les heures silencieuses, à la maison.

— Lui, c'est sûr que j'aimerais bien lui servir une grande part de ma tarte aux pêches, déclara Harriett, songeuse, avec un soupir.

Avec un morceau de paille de fer, j'ôtai la rouille du coin d'une plaque d'immatriculation.

— Mais pourquoi donc Jackson fait-il l'idiot avec votre sale bête ? demanda-t-elle en se tournant vers moi, frôlant ma manche par accident.

Harriett fit la grimace, recula vivement son bras et le secoua comme pour en chasser un insecte.

Elle avait peur de me toucher. La directrice adjointe m'avait formée à contrecœur en vue de ma tournée, mais pendant une journée seulement, avant de me laisser partir seule dès le lendemain. « Ça fait une semaine entière que j'essaye de faire entrer quelque chose dans le crâne de cette Peau-Bleue », avait-elle menti à Eula Foster.

Je jetai un coup d'œil vers Jackson et Junia, puis marmonnai vers Harriett mes excuses pour ce contact involontaire. Je m'éloignai d'un pas, examinai une autre plaque, puis me mis au travail pour la plier.

— Non, mais regardez-vous un peu, Bluette ! s'exclama Harriett.

Je levai les yeux. Sa voix sonore m'avait fait sursauter.

Les yeux d'Harriett brillaient, illuminés par la colère, et elle éructa :

— Votre figure est en train de virer myrtille. Oh, on jurerait une grosse tache d'encre. (Elle éclata de rire.) Pas vrai qu'on croirait une tache d'encre, Eula ?

Son mépris me piqua au vif. Parfois, je pensais que ma gêne, ma honte était exactement ce qu'Harriett voulait voir, ce qu'elle tâchait de dénicher et de faire advenir. J'appuyai une main sur ma joue et vis son visage couleur de dentelle se plisser et se durcir.

Harriett tira sur ses manches, remua les doigts, puis repartit vers sa table de travail, chacun de ses pas me faisant l'effet d'un coup de pied dans le ventre. Elle s'assit bruyamment et poussa le son de la radio.

Dehors, Junia poussa un cri et se calma aussi vite. Toujours la pomme à la main, Jackson se tenait devant elle, à distance respectueuse, et lui parlait. Junia tourna la tête, lança un regard de côté, puis rejeta son nez en arrière et prit le fruit.

Je ne pus m'empêcher de rire tout bas, puis je m'assurai qu'Harriett était occupée. Je pus adresser à Jackson Lovett un petit sourire de remerciement.

Il s'approcha alors de la fenêtre.

— Cussy Mary, un ami m'a prêté un nouveau livre et je me demandais si vous en aviez entendu parler.

Curieuse, je me penchai vers l'extérieur.

— *Fer-de-Lance* ?

Il sortit le volume de sa poche. Avant de lui répondre, je me retournai : Harriett feuilletait un magazine, tout en chantonnant l'air diffusé à la radio.

— Oui, monsieur, chuchotai-je. C'est la première des enquêtes de Nero Wolfe. C'est un excellent roman policier.

— Ah oui ? J'aime bien les histoires à énigme, répondit-il d'un air malicieux. Merci, Cussy Mary.

Il me salua amicalement en portant un doigt contre son crâne, tapota la croupe de Junia et partit.

Intriguée, je le suivis des yeux jusqu'à ce qu'il disparaisse à l'angle d'une rue.

Quand j'eus terminé avec les serre-livres, je passai à une pile de caisses remplies d'ouvrages qui venaient d'arriver et j'inspectai les nouveaux dons. C'était la partie la plus agréable : fouiller dans ce dont les bibliothèques des grandes villes se débarrassaient, découvrir les innombrables trésors que des gens plus riches jugeaient sans valeur, bons à jeter.

Je sortis deux volumes pour choisir lequel j'apporterais à Angeline, et je retins pour elle *Madame Trotte-Menu*, de Beatrix Potter. Puis je mis de côté deux brochures sur les soins à donner aux bébés. Il y avait au fond de la caisse une histoire du Dr Dolittle, que je réservai pour cette cliente qui m'était chère.

Je remarquai aussi un vieux manuel de grammaire offert par une école de Chicago. C'était une trouvaille idéale, sans aucune page arrachée. J'étudierais ce livre puis je le transmettrais à Angeline. Il me faudrait d'abord apprendre toutes les leçons pour être en mesure de lui en donner.

À ma surprise, je tombai sur un roman qui semblait neuf et qu'Harriett mourait d'envie de lire : *Sous le regard des étoiles.* Je le soupesai, prête à le garder pour le lire la première. Elle adorait A. J. Cronin et avait hâte de découvrir sa dernière création, située dans une ville minière d'Angleterre. Si elle apprenait que je ne le lui avais pas réservé aussitôt, ce serait l'enfer pour moi. Ce livre changerait peut-être son aigreur en une humeur plus agréable. Dans cet espoir, j'allai le lui porter.

Elle contempla le volume avec méfiance, puis me regarda comme si j'avais posé un piège à lapin.

— Je sais que vous aimez beaucoup les livres de Mr Cronin, dis-je en le posant sur sa table et en tâchant de m'inventer un sourire amical.

Elle se jeta dessus, non sans m'avoir gratifiée d'un « merci » rocailleux et d'un éclat de plaisir dans les yeux.

— Tout neuf. Il a l'air superbe, ajoutai-je.

— Oh oui, évidemment. Ah, j'ai trouvé formidable *Trois Amours,* le dernier que j'ai lu. Un vrai chef-d'œuvre ! Quand le mari se noie ? Et que Lucy Moore se consacre entièrement à son fils. Pour rien, en plus. Une tragédie…

Elle eut un sourire triste qui adoucit son expression. J'avais lu *Trois Amours,* moi aussi. L'héroïne était fière, malgré sa pauvreté, et croyait ne pouvoir s'épanouir qu'à travers les hommes.

— La scène du monastère en Belgique, quand elle…

La directrice adjointe interrompit son bavardage pour me dévisager. J'adorais la façon dont Harriett adorait ses livres. Cela faisait d'elle une personne différente, meilleure, et pendant une minute j'oubliai qui elle était – qui je n'étais pas.

— Oh, Bluette… *Bluette* ! (Elle claqua des doigts sous mon nez, dispersant mes réflexions.) Allons, au travail !

Harriett avait repris son ton de pimbêche, mais je sentais qu'elle était ravie d'avoir ce nouveau roman en main, et plus encore de pouvoir en parler comme si elle était une experte.

Je raidis mon sourire idiot.

— Oui, madame.

Je retournai à ma table et plongeai la main dans une autre caisse. Je cherchais des magazines, mais je fus bredouille. Je trouvai malgré tout un patron de robe pour petite fille publié dans *Vogue* et je le pris pour mes albums. Il y avait une vieille partition qui plairait à Winnie Parker, la maîtresse d'école. Je ramassai quelques brochures sur la santé et l'hygiène et les ajoutai à ma pile.

Satisfaite, je les rangeai avec soin et passai à la caisse suivante. Un de mes lecteurs m'avait demandé *L'Almanach des fermiers.* Je fouillai tout le contenu et me cassai un ongle en cherchant un roman de Steinbeck.

Je découvris un vieux magazine de juin 1935, avec sur la couverture luisante une mariée arborant une robe féerique, et plusieurs livres destinés à Oren Taft, pour ma tournée du vendredi. Il habitait très loin dans la montagne et il me faudrait la journée entière pour porter de la lecture à son petit hameau. Malgré la fatigue et les chemins imprévisibles, j'étais toujours récompensée par son visage chaleureux.

Sous un tas de vieux manuels et de numéros du *Reader's Digest*, je devinai un journal, que je pris pour les Smith. Daté du 5 mai 1936, il était presque neuf, contrairement à ceux que nous recevions d'ordinaire, vieux d'un mois ou davantage.

Sentant un picotement dans mon cou et l'enthousiasme monter en moi, je frottai mes mains indigo, heureuse de cette découverte. Je plaquai le journal contre ma poitrine, enfonçai mon nez dans l'encre encore fraîche et inhalai.

C'était le *Louisville Times*. Je déchiffrai la une, consacrée à un tripot clandestin que la police avait démantelé et à l'invasion par l'Italie d'un drôle de pays appelé Éthiopie, puis parcourus les pages et lus une réclame encore plus curieuse : un maillot de bain pour femme qui coûtait six dollars et quatre-vingt-quinze cents, de quoi nourrir plusieurs familles des montagnes pendant une semaine. Ce n'était qu'un petit morceau de tissu sombre, qui en dévoilait beaucoup et qui attirait l'œil sur le moindre centimètre du corps d'une dame de la ville.

Stupéfaite, je ne pouvais détacher les yeux de cette tenue moulante, des seins ronds de la dame, de ses cuisses et de ses jambes. Je revins à la raison et, avec un sentiment de culpabilité, passai à la page suivante, craignant que les directrices de la bibliothèque jugent vulgaire ma fascination soudaine pour cette étrange réclame.

Je jetai un regard à la dérobée autour de moi. Harriett réprouverait sans doute et détruirait ces pages comme elle l'avait fait pour *La Passe dangereuse* de Somerset Maugham qui nous avait été donné, et comme pour toute lecture susceptible selon elle d'offenser, de corrompre ou de tenter nos montagnards si pieux.

Après avoir encore feuilleté quelques pages, mes yeux s'arrêtèrent sur une robe fleurie, qui coûtait douze dollars et quatre-vingt-huit cents. Le mannequin impeccable portait cette tenue bleu lin à bordure blanche chantournée, avec un chapeau de feutre assorti et des gants d'un blanc immaculé. Un slogan en gros caractères indiquait : « Dimanche prochain, c'est la fête des Mères. »

Je passai un doigt sur l'image, le temps de faire le tri dans mes pensées. Maman avait jadis une seule robe du dimanche, de cette même couleur. Exactement comme la mienne.

Pendant des mois et davantage, j'avais senti le froufrou de sa jupe en coton bleu ciel sur ma peau alors que j'accomplissais les tâches qui étaient auparavant les siennes, que je me chargeais des corvées quotidiennes dans une maison ravagée par la souffrance et le deuil. Papa était devenu un inconnu, accablé par le chagrin. Je m'arrêtais parfois pour incliner mon visage dans le fantôme de ce tissu et pour dire une prière, dans ma tristesse.

Combien elle me manquait, quand je me rappelais sa tête penchée vers la lueur de la bougie, ses doigts fins prenant de la cire pour consolider un vieux fil fatigué, ses mains prestes et gracieuses cousant des points, ses dents coupant des bouts de fil, ses doigts les nouant tandis que, assise à ses pieds, je voyais le rythme de ses gestes faire naître un chant plus doux que celui des oiseaux.

— *Veuve Frazier !* cria la directrice, Eula Foster, s'avançant derrière moi pour me prendre le journal des mains. Je vais m'occuper de ceci. Et s'il vous plaît, veuve Frazier… vous voudrez bien attacher à l'arrière du bâtiment votre mule au sale caractère. Pas sur le côté, elle fait du tapage et effraye les passants.

À sa table, Harriett persifla entre ses dents, par-dessus la reliure :

— Je ne sais pas comment vous supportez un animal aussi colérique, Bluette. Honnêtement, au lieu de la détacher de l'arbre où vous l'avez trouvée, je l'aurais abattue pour récupérer la viande et la peau.

— Cette mule est une calamité, grommela Eula.

— Je vais aller voir ça, dis-je.

Cela ne ressemblait pas à Junia, de se plaindre dans un endroit familier. Je fis un bond sur ma chaise et, en sortant, me cognai contre Queenie Johnson, trente-deux ans, ma seule collègue noire à la bibliothèque ambulante. Je lui murmurai mes excuses. Alors que j'allais sortir, je remarquai qu'elle était blessée. Inquiète, je lui demandai :

— Qu'est-ce qui s'est passé ?

Queenie me montra sa main où perlaient de minuscules gouttes de sang.

— Elle m'a mordue. C'est juste une égratignure, je t'assure. Cette vieille Junia a eu le diable au corps quand elle a vu le pasteur. Il l'a frappée avec sa canne, elle s'est mise à piétiner, elle a essayé de s'en prendre à lui et elle lui a déchiré presque toute la manche.

Queenie réprima un gloussement, le poing contre la bouche. Harriett la foudroya du regard et lança :

— Le pasteur Frazier a baptisé mes deux nièces. Un homme de Dieu ne devrait pas être importuné par d'aussi répugnantes bêtes.

Et elle fit peser tout son mépris dans ce dernier mot. Queenie n'en tint aucun compte, fit la moue et cessa de rire.

— Le pasteur lui a tapé dessus trois fois de plus. J'ai voulu le secourir, calmer Junia, mais... Enfin, elle s'est jetée sur lui à nouveau avec ses grandes vilaines dents vertes. Elle a raté son coup et c'est sur moi qu'elle est tombée.

— Oh, Queenie...

— Ce n'est pas de sa faute, vraiment, et j'ai bien vu à ses yeux qu'elle était désolée, expliqua Queenie en souriant.

Je levai les yeux derrière elle. À travers la porte grillagée, j'aperçus Vester Frazier dans la rue, sous l'auvent en béton du magasin de la Compagnie, traînant sa canne sur le sol brûlé par le soleil, lançant un regard mauvais dans ma direction.

— *Bluette*, retournez au travail, m'avertit Harriett.

Je me retournai pour répondre « Oui, madame », quand je vis ce que je n'avais pas encore vu jusque-là. Et je sus soudain qu'elle avait mis ses grosses mains dans les eaux froides du ruisseau où le pasteur et ses disciples avaient noyé les enfants Goodwin et d'autres en prétendant les baptiser. En voyant la haine ardente s'installer sur le visage d'Harriett, et en regardant Frazier, je me sentis malade. *Traquée.* Le prédicateur m'adressa une grimace sévère, qui me fit tituber en arrière et me cogner dans Queenie une fois encore.

Harriett se plaignit à Eula :

— Je me rends compte que Birdie est en retard, pour changer. Je vais la convoquer la semaine prochaine ; elle ne partira pas en tournée tant qu'elle n'aura pas inventorié tout ce que nous avons et passé une journée entière entre nos rayonnages.

Queenie posa une main sur mon épaule.

— Et toi, ça va ? Tu es sûre ?

— Oui… oui. Je suis vraiment confuse qu'elle t'ait mordue. Tu as mal ? Laisse-moi nettoyer ta blessure.

Je jetai à nouveau un coup d'œil dans la rue. *Déserte.* Soulagée, je désignai du menton la minuscule alcôve, car je voulais emmener Queenie dans les toutes nouvelles toilettes des dames, et peut-être m'éclabousser le visage à l'eau froide, mais Eula s'interposa. Elle pointa du doigt le panneau INTERDIT AUX PERSONNES DE COULEUR au-dessus de la porte.

Queenie baissa le nez vers ses chaussures. Avant d'être embauchée par la bibliothèque ambulante, elle avait présenté sa candidature cinq fois et celle-ci avait toujours été refusée. J'avais vu ses lettres de demande, bien plus soignées que la plupart. Chaque fois, elle avait bien écrit son nom, son âge et toutes les informations nécessaires. Et chaque fois, elle s'était heurtée à un refus.

L'été dernier, Queenie était venue chercher un nouveau formulaire de candidature, mais Harriett n'avait pas voulu lui en donner un. Le mois suivant, elle était revenue. Je triais des ouvrages lorsqu'elle avait fait son entrée. Elle avait déposé une lettre sur la table d'Eula en annonçant : « Maintenant, j'ai le poste. Ce papier-là dit que je suis employée par le Projet professionnel des femmes à Louisville, Kentucky. »

Eula s'était penchée pour lire d'une voix de plus en plus acide les instructions de la Works Progress Administration stipulant qu'une tournée devait être attribuée à Queenie Johnson dans le cadre de la bibliothèque ambulante.

Le visage de la directrice avait blêmi, blanc comme une robe de mariée, et elle avait froissé la lettre d'une seule main, en ordonnant à Queenie d'attendre à l'extérieur. Harriett, devenue aussi bleue que moi, avait renversé ses belles piles de brochures ecclésiastiques et fait voler deux livres à travers la pièce, dont un m'avait percuté le bras.

En fin de compte, elle avait rappelé Queenie et lui avait confié un volume à lire à haute voix. C'était la seule compétence exigée des employées de la bibliothèque ambulante, et en général il suffisait de déchiffrer un livre pour enfants. Queenie avait parcouru le texte, puis avait sorti un dictionnaire de son sac, après quoi elle avait lu les deux pages mieux que n'importe laquelle d'entre nous.

Eula lui avait attribué un itinéraire long et dangereux, le plus difficile après le mien. Et quand Harriett refusa de lui dispenser la moindre formation, Eula me l'abandonna. Au début, Queenie se méfiait de moi, mais au bout de quelques jours, elle s'habitua à ses tournées et me proposa timidement la moitié de son gros casse-croûte. Ce jour-là, nous nous étions arrêtées près de la rivière pour la pause, je lui offris deux quartiers de ma pomme et elle me parla de sa famille.

On discuta de livres, de nos lecteurs et de leurs adresses ; nous nous considérions toutes deux bien chanceuses de travailler pour la bibliothèque ambulante, d'accomplir une mission importante, comme nous l'avait rappelé le chef de la Works Progress Administration. Je racontai à Queenie que j'avais fait comme elle et que j'étais passée par-dessus la tête d'Eula en soumettant ma candidature directement aux gros bonnets de la ville.

Queenie m'expliqua que son mari, Franklin, avait été tué dans l'explosion d'une mine, tout comme son père, et qu'elle devait nourrir ses trois petits garçons et sa grand-mère malade. Sa mère était morte de la fièvre et il ne lui restait plus que cette petite famille.

Une fois de plus, Eula désigna le panneau suspendu en l'air.

— On s'en va, Cussy, trancha Queenie. Je te verrai mercredi comme d'habitude.

Et elle alla chercher ses sacs sur sa table.

Je contemplai le panneau. Quel gâchis de peinture, de bon bois et d'eau courante que ces latrines intérieures, comme à la ville, installées cet hiver, alors qu'il y avait des cabinets un peu partout dans le village. Et puis nous n'étions pas si nombreuses dans les parages, nous autres « personnes de couleur ». Il y avait Queenie, ses enfants, sa grand-mère Willow et la gouvernante du docteur, Aletha, qui venait d'un endroit appelé Jamaïque. Huit en nous comptant, Papa et moi.

Eula agita le doigt, mais vers moi, cette fois, son regard hostile se fixant sur mes yeux.

— Vous n'avez le droit d'y entrer que pour faire le ménage, veuve Frazier.

Je regardai le sol, je connaissais ma place, je savais que j'étais celle dont ils avaient peur, en réalité, celle qu'ils détestaient le plus.

Être « de couleur » était déjà assez pénible, mais il était encore pire d'avoir mon étrange et affreuse couleur, et d'être la dernière de mon espèce. Les gens comme Harriett et Eula aggravaient encore mon cas en s'assurant que leur couleur, que n'importe quelle couleur était préférable à la mienne. J'étais une abomination pour leur espèce et pour l'espèce humaine. Et je devais rester à ma place, exactement là d'où elles voulaient que je ne bouge pas. *En dessous d'elles. Toujours, et seule.*

— Vous connaissez les règles. Les Noirs et les Peau-Bleue dehors, enchaîna Eula en secouant la tête, ses yeux nerveux allant et venant entre Queenie et moi.

Nous ne pouvons pas vous autoriser à utiliser les toilettes intérieures. Nous ne voudrions pas que, par accident… Enfin, ce n'est pas possible, voilà !

Harriett se leva brutalement, envoyant valser sa chaise.

— Dieu du ciel ! hurla-t-elle en appuyant un gros doigt sur les verrues de sa mâchoire. C'est qu'elles pourraient nous refiler une maladie. Allez-vous-en tout de suite, dehors, à la pompe ! Et ramenez chez vous cette horrible bête, Bluette, avant que je l'abatte moi-même

Elle aurait été capable de le faire et de me faire subir le même sort. Je ramassai mes affaires et déguerpis en croisant la jeune Birdie qui, tout éberluée, faillit tournoyer sur elle-même.

9

Le lundi suivant, je montai chez Angeline, mais elle n'était pas là. Comme je ne voulais pas déranger Mr Moffit, je m'attardai dans la cour, où je perdis une bonne vingtaine de minutes avant de comprendre qu'elle était partie dans la forêt chercher de quoi manger.

Junia traînassait dans les chemins.

— Allez, la suppliai-je quand elle se mit à lambiner sur le sentier où nous avions croisé Frazier.

Je regardai tout autour de nous, frottant les engelures de mon cou. Au bout de quelques minutes, mes nerfs cédèrent et je m'écriai :

— On est en retard. Allez, plus vite !

Elle s'entêtait, je devenais hystérique. Je descendis de ma monture, scrutant les bois d'un œil de lynx, la traînant tout le long d'un autre chemin qui nous fit perdre plus de temps encore. Quand je remontai en selle, elle prit de la vitesse, dressant les oreilles pour être sûre qu'il ne nous poursuivait pas. Penchée sur son encolure, je restai aux aguets pour en être certaine moi aussi.

Nous rendîmes visite aux trois adresses suivantes et laissâmes des livres prêtés sur le seuil de maisons grandes comme des dés à coudre. Je n'avais rien pour Mr Lovett et continuai donc vers mes autres clients.

Dans la cour envahie par la poussière, un poulailler penché et un minuscule enclos à chèvres se serraient contre l'école à une seule classe, bâtiment haut de plafond dont les rondins avaient été volés à la forêt, les interstices bouchés avec du torchis et de l'herbe. De la fumée filtrait par la cheminée, s'enroulant par-dessus des ardoises noires fendues à la main et grimpant le flanc d'une colline boisée pleine de ravins. La porte de l'école était fermée, la cour vide de tout élève. Junia émit un braiment autoritaire à l'intention de la chèvre et deux poules quittèrent leur perchoir en caquetant.

Aux fenêtres étroites de la salle de classe apparurent des visages d'enfants. J'entendis de petits pieds se précipiter et des rires étouffés avant que la porte ne s'ouvre.

Winnie Parker, la maîtresse, s'avança sur le seuil, encerclée par huit garnements qui formaient comme une jupe autour de ses jambes. Malgré ses trente-six ans, elle applaudit comme une enfant en me voyant.

— Cussy Mary, vous voilà !

Elle saisit les rênes et les confia à une élève parmi les plus âgés.

— Venez avec moi, Miss Junia, dit l'adolescente en conduisant la mule à un poteau.

— La femme aux livres est là ! chantaient les écoliers.

— Pour sûr qu'elle est là, glapit un des plus jeunes.

— Miss femme aux livres, j'ai une fameuse surprise pour vous ! cria une petite qui avait perdu ses dents de lait, brandissant un morceau de papier. Maman m'a dit de vous donner son modèle de couvre-lit pour vos albums.

Je pris la feuille et vis qu'il s'agissait d'une garniture tricotée avec frange nouée sur le bord.

— Oh, ça fera un très joli couvre-lit et beaucoup de gens seront contents de le fabriquer. Tu remercieras ta maman pour moi, dis-je en regardant à nouveau le modèle, avant de le fourrer dans ma poche.

La fillette rougit et fit une sorte de révérence, puis repartit se cacher derrière Winnie.

Un petit garçon courut jusqu'à moi.

— Miss femme aux livres, j'ai besoin d'un livre sur la guerre. La guerre mondiale. Je vais grandir et j'irai me battre !

Un autre renchérit :

— Je veux un livre sur la Chine, comme celui que vous nous avez apporté l'an dernier.

— C'était *Les Jumeaux chinois* d'une nommée Perkins, précisa fièrement une fille aux nattes mal tressées. Lucy quelque chose… Je crois que c'était son nom.

— Lucy Fitch Perkins, complétai-je, impressionnée.

Le garçonnet devint radieux.

— Ouais ! *Les Jumeaux chinois.* Je prendrai la grande locomotive et j'irai vivre là-bas… Dès que j'aurai un petit peu grandi, qu'elle dit ma maman.

J'aimais l'effet que les livres avaient sur leur jeune esprit. Papa se trompait : ils avaient besoin de livres plus que de tout ce que cet endroit avait à offrir. Ils avaient soif de connaissance, ils voulaient apprendre comment quitter cette terre inhospitalière pour en rejoindre une meilleure, plus accueillante.

— Laissez-la aller chercher les nouveaux livres, ordonna Winnie.

— Je vous en ai apporté deux nouveaux, lui dis-je.

L'institutrice ouvrit de grands yeux.

— Deux ? Pas possible !

D'habitude je ne pouvais en apporter qu'un, mais mercredi dernier, Queenie m'en avait glissé un de son propre lot.

— *Un enfant de la terre*, de Laura Ingalls Wilder, et *Le Chemin de montagne*, d'Harriette Arnow. Et j'ai aussi quelque chose pour vous, madame.

Winnie battit des mains à nouveau et invita les élèves à regagner la classe.

— Restez assis, leur lança-t-elle avant de se retourner vers moi. Allons voir ces ouvrages.

Je tirai les livres de mes sacoches, puis je fouillai un peu et trouvai le magazine roulé que je lui remis.

Winnie jeta un coup d'œil à la couverture dont le papier glacé en lambeaux avait été réparé à l'aide de ruban adhésif, le dos remplacé par un carton raide. Elle feuilleta les pages cornées.

— Oh ! Vous vous êtes souvenue.

— On nous l'a enfin rendu et je savais que vous vouliez l'emprunter. Gardez-le aussi longtemps que vous voudrez, madame.

— Merci. Cela me tiendra compagnie jusqu'au retour d'Albert. J'en prendrai bien soin.

Elle serra contre son visage ce numéro de *Love*, inhalant son encre.

Ce magazine, je l'avais maintenu en circulation pour les femmes qui demandaient en secret *des lectures excitantes*, je l'avais dérobé à la bibliothèque l'année dernière, avant que la directrice le voie, car je savais qu'elle ne l'aurait pas autorisé. C'était celui que je cachais à Papa.

Winnie avait passé un long hiver enfermée dans son grenier, au-dessus de la salle de classe. Dans les montagnes, personne d'autre n'avait de quoi loger ou nourrir la maîtresse d'école. Son mari était parti travailler à Detroit dans la grande usine et n'était pas encore revenu. Beaucoup de montagnards cherchaient un emploi en ville, laissant leur épouse au pays jusqu'à ce qu'ils aient les moyens de mieux veiller sur elle, en touchant un salaire pendant quelques mois. Je sentais que Winnie était solitaire, tout comme moi. Et n'importe quel type de livre pouvait adoucir sa situation.

— Pas de problème, dis-je, fière d'avoir pu lui procurer ce magazine.

J'y ajoutai la partition.

— Oh, et de la musique, en plus ! Mon Dieu, merci ! (Elle examina les notes imprimées.) Comment va Elijah ?

— Bien, merci pour lui. Mais il fait de longues journées à la mine, ils vont le fatiguer avant l'âge.

— Dans ces montagnes, on vieillit vite. Comment allez-vous cette semaine, Cussy Mary ?

— Je vais bien.

Par habitude, je fourrai mes mains dans mes poches, pour en dissimuler la couleur, même si cela n'était pas nécessaire ici. Ma peau était d'un gris-bleu serein.

Winnie était la seule à être venue me voir après la mort de Charles Frazier, la seule qui m'avait apporté une tarte et avait passé tout un dimanche avec moi, puis le suivant, à me faire la lecture pendant que je me remettais des coups que Frazier m'avait infligés. Jamais elle ne m'avait posé de questions indiscrètes et jamais je ne lui avais fourni d'explications, mais je voyais dans ses yeux qu'elle comprenait. J'y lisais aussi un mélange de sollicitude et de colère.

L'été dernier, j'avais été prise dans un violent orage et Winnie avait insisté pour que je passe la nuit sur une paillasse à côté du poêle de l'école. Ça ne me semblait pas correct de dormir en dessous de la chambre d'une cliente, donc, quand la pluie s'était calmée avant minuit, j'avais plié et empilé les couvertures, j'étais sortie retrouver Junia et j'étais rentrée à la maison, notre lanterne éclairant notre route comme une luciole, la bruine illuminée sur le chemin étant zébrée d'ombres jaunes mouvantes.

Winnie brandit un livre, me tirant de mes pensées.

— Cussy Mary, vous auriez quelques minutes pour leur faire la lecture ?

J'adorais la façon dont elle prononçait mon prénom, par lequel elle m'appelait toujours, sans jamais recourir au vieux surnom dont m'avait affublée le docteur, ni à mon nouveau titre de veuve Frazier, qui me déplaisait encore plus. Le jour de notre rencontre, elle avait eu la gentillesse de me demander ce que je préférais.

— Juste dix minutes ? suggéra-t-elle.

Je n'avais pas une minute à moi, et encore moins dix minutes. Junia marchait lentement aujourd'hui et j'avais perdu vingt minutes à attendre Angeline. Ces collines me prenaient aussi beaucoup de temps, entre le soleil paresseux qui avait du mal à grimper par-dessus les montagnes et les nuits qui vous tombaient dessus tout à coup. Dans cette contrée, le temps était une denrée dont on manquait toujours.

Ma tournée couvrait vingt-huit kilomètres à vol d'oiseau, et bien davantage sur le dos d'une mule. J'étais déjà en retard pour la suite. Il ferait noir quand je rentrerais chez moi. Je devrais nourrir et panser Junia, et préparer le repas de Papa avant qu'il parte pour la mine, sans parler d'autres corvées à finir.

Mais Winnie me suppliait si aimablement. Si je me pressais un peu, et si Junia ne faisait pas d'histoires, je ne serais peut-être pas si en retard que ça.

— Je devrais bien arriver à trouver un peu de temps pour les enfants, acquiesçai-je.

Dans la classe pleine de poussière de craie, Winnie me mena au piano droit placé contre le mur du fond. Une hache et un marquoir brodé des Dix Commandements étaient accrochés au-dessus de l'instrument. Une vieille pendule était fixée au mur, son balancier réduit au silence. Devant le bureau de la maîtresse, des bancs en bois brut formaient une belle rangée sur le plancher en marronnier.

Dans le coin, un feu crépitait, crachant de la sève et de l'écorce dans un vieux poêle à bois.

Winnie tira le tabouret de piano pour moi. Deux ans auparavant, après la mort de sa femme, le docteur avait fait don à l'école de ce joli piano Story & Clark en acajou et épicéa, et il avait pris soin de laisser à Winnie la belle garniture en fourrure de renard qu'il avait achetée à un trappeur pour le tabouret.

Ils avaient eu toutes les peines du monde à apporter ce meuble pesant dans la montagne, avec une charrette tirée par un cheval. Winnie le trouvait trop beau, trop fier, mais les gens venaient des kilomètres à la ronde pour admirer un vrai piano, pour en caresser le bois luisant et les touches d'ivoire. C'était un spectacle rare, et encore maintenant, des gens se présentaient pour l'admirer, ou y frapper timidement.

Winnie lissa la fourrure glissante et redressa la tête, la queue et les pattes pendantes du renard.

Les enfants se réunirent en demi-cercle devant moi, sur les grandes lattes usées. Henry, frêle garçonnet de dix ans, vint se blottir tout contre les pattes velues du renard.

Il tira légèrement sur ma jupe.

— Moi, la femme aux livres, j'aime bien le livre de Peter Pan. Vous le rapporterez, hein ?

— J'essayerai, Henry, répondis-je avec un sourire cordial.

Le petit garçon semblait malade, et je savais qu'il souffrait de la faim.

Les enfants des montagnes étaient plus maigres que ceux des livres d'images que je leur apportais, et ils avaient plus d'une fois commenté ce fait, s'interrogeant sur ces villes de fiction où vivaient des personnages ayant accès à toute l'alimentation imaginable.

Malgré tout, je ne pus m'empêcher de remarquer que les élèves m'attendaient, m'admiraient, sans un bruit, sans la moindre agitation, aussi affamés d'histoires qu'ils avaient faim pour le peu de nourriture que l'on trouvait dans ce pays réel.

La petite Nessie leva la main.

— La femme aux livres ? Vous pourriez m'avoir un livre de cuisine la prochaine fois ? Ma sœur va au bal de charité dans quinze jours et il lui faut une bonne recette.

— Le bal de charité, où les vieilles filles vont se caser ! chantonnèrent plusieurs garçons en émettant des bruits de baisers jusqu'à ce que Winnie frappe dans ses mains.

— Je serai contente de t'en apporter un pour ta sœur, dis-je.

Nous avions toujours des livres de cuisine donnés par les églises de tout l'État. Et il y avait aussi des recettes dans les journaux et les magazines.

J'ouvris *Un enfant de la terre* et en lus le premier chapitre.

Quinze minutes plus tard, j'avais fini. Henry leva la main.

— M'dame, moi, quand je serai grand, je ferai bibliothécaire comme vous.

Quelques garçons ricanèrent.

— Tu vas pas grandir et t'es pas une fille, bébête.

— Eh si, répliqua Henry. Dans *Peter Pan*, ils disent que tous les enfants ils grandissent. Et je ferai bibliothécaire si je veux.

— Même pas vrai ! Ils disent « tous sauf un » ! Et celui-là, c'est toi, bébête.

Blessé, Henry se recroquevilla.

Winnie adressa un regard désapprobateur aux enfants pour les faire taire.

Clementine, une fille plus âgée accroupie à l'arrière, se redressa sur les genoux et s'exclama :

— J'ai envie de travailler aussi pour la bibliothèque ambulante, Miss !

— Parce que tu te trouveras jamais de mari, grande perche ! lança un garçon assis près d'elle, pieds nus, pantalon trop large et chemise dépenaillée, avant de lui tirer la natte.

Clementine riposta par un coup de poing.

Il tenta de la pincer et lui frappa l'épaule.

— Tiens, je vais t'aider. T'es pas encore assez bleue, la taquina-t-il.

Winnie les réprimanda par un claquement sec de ses mains :

— Taisez-vous !

Je m'éclaircis la gorge et fis ce discours à la classe :

— La bibliothèque ambulante ne recrute pas que des filles. J'ai un collègue homme qui travaille à Woodford. Et sachez, mon jeune monsieur, qu'il y a aussi parmi nous des veuves qui ont des enfants à nourrir.

Je connaissais au moins deux autres femmes dont le mari était parti chercher du travail dans les usines de la ville. On avait fait croire à la Works Progress Administration qu'elles avaient été abandonnées, afin qu'elles puissent gagner de quoi nourrir leur famille en attendant de rejoindre leur conjoint.

Le garçon baissa la tête et murmura :

— Désolé, m'dame.

Plusieurs élèves levèrent la main pour obtenir la permission de parler.

Winnie leur imposa le silence une fois encore :

— Remercions la femme aux livres pour sa visite, les enfants.

Une fois dehors, je pris congé de l'institutrice et remontai sur Junia.

— À bientôt. Soyez prudente, Cussy Mary, dit Winnie en frottant l'oreille de la mule.

Henry sortit de l'école en courant.

— La femme aux livres ! Miss femme aux livres ! Attendez !

Il regardait sa maîtresse d'un air implorant, ses pieds le démangeaient.

— Dépêche-toi, Henry. Nous l'avons retenue assez longtemps.

— Miss femme aux livres, j'ai mis ça de côté pour vous, dit-il, hors d'haleine mais radieux, avant de tendre un bout de papier dans son poing sale. Je l'ai eu parce que j'ai gagné le concours d'orthographe !

Winnie posa une main sur le dos frêle du petit garçon.

— C'est vrai. Henry a épelé tous ses mots pratiquement sans faute.

Henry confia la chose à Mrs Parker, qui me remit le cadeau en question.

Je dépliai l'emballage, mais Henry s'écria :

— Le défaites pas maintenant, Miss… Attendez quand vous aurez vraiment faim.

— Merci, j'attendrai, alors, acquiesçai-je en empochant l'étrange petit paquet. Le nouveau bébé est arrivé, Henry ?

Je venais de me rappeler que sa famille devait s'agrandir en décembre.

— Non, m'dame, mais ma mère dit que c'est pour bientôt. Elle est trop grosse pour m'amener à l'école, maintenant. Elle dit que je suis assez grand pour faire le chemin tout seul.

La plupart des écoliers parcouraient seuls des kilomètres. Certains avaient un frère ou une sœur pour les accompagner, d'autres retrouvaient leurs camarades en route, quand ils avaient la chance d'avoir des voisins.

— Tu dois être content d'avoir un autre frère ou une autre sœur.

— Oui, m'dame. J'espère que celui-là vivra.

Son petit visage se renfrogna, inquiet à cette pensée. Dansant d'un pied sur l'autre, Henry enfonça un orteil nu dans la terre. Ses côtes étaient visibles sous le tissu d'une chemise trop petite, sa clavicule formait une saillie, un cadre contre-nature pour son visage blême.

Sa mère avait perdu son dernier enfant. Ou ses deux derniers ? Je ne me souvenais pas. Il y avait toujours de nouvelles naissances dans les montagnes, si on ne comptait pas les morts.

— Un nouveau petit, dis-je en m'efforçant de sembler rassurante et un peu enthousiaste.

— C'est les nouveaux bébés que je préfère, avoua Henry.

— Tu salueras bien ta mère pour moi.

— Je sais épeler « framboise », vous voulez m'entendre ?

— Oh, ça, c'est un mot compliqué.

Winnie organisait des concours d'orthographe grâce aux livres que j'apportais. J'étais toujours ravie d'être impliquée, si peu que ce soit.

— *F-R-A-M-B-O-I-S-E,* explosa Henry. Et ouvrez pas mon paquet avant d'avoir très très faim.

Il rentra en courant dans la salle de classe.

Qu'est-ce que ça peut bien être ? me demandai-je en reprenant ma route.

10

ALORS QUE JE QUITTAIS LA COUR de récréation, des nuages gris et bas roulaient dans le ciel. Au loin, un chien aboyait contre le tonnerre, et l'odeur de la pluie adoucissait les tourbillons de la brume.

Je tirai de sous ma veste la montre de mon arrière-grand-père, une montre en argent pendant au bout d'une lanière de cuir que je portais autour du cou, cadeau de ma mère, qu'elle tenait de son grand-père en France.

En appuyant sur son poussoir en forme de citrouille, je provoquai un déclic et le petit boîtier guilloché s'ouvrit. Je notai la position des aiguilles noires sur le cadran en porcelaine, puis je refermai la montre et la rangeai à sa place.

Une fois loin de l'école, je suivis jusqu'au bout la route des Ours, guidant Junia sur cette piste rendue sinueuse par les arbres qui poussaient ici et là. J'avais hâte de déposer son *Time* hebdomadaire chez Mr Prine, et je restais les sens en éveil, au cas où Frazier surgirait à l'improviste.

Quand je recevais le magazine, ce n'était déjà plus celui de la semaine en cours, mais de trois mois ou davantage, et cependant Mr Prine, un veuf qui avait combattu dans la Grande Guerre, n'empruntait rien d'autre que le magazine *Time*.

Je ramassai l'ancien numéro sur le seuil de sa porte et examinai le nouveau, dont la couverture était illustrée du portrait d'une vieille dame au nom interminable, Abby Greene Aldrich Rockefeller. Le magazine affirmait qu'elle avait « un nez pour les nouveaux talents », ce que semblaient confirmer son chapeau extravagant, sa belle robe sombre et son rang de perles.

Je fis un rouleau avec l'édition de janvier, comme Mr Prine m'avait demandé de le faire il y avait bien longtemps, et je laissai le numéro coincé entre le chambranle et le loquet.

Presque trois heures et demie, il fallait que je me presse.

Quelques kilomètres avant l'adresse suivante, Junia s'arrêta, et je compris que nous avions atteint le chemin de la Salsepareille. Mes précédentes montures en faisaient autant. Junia y semblait pourtant indifférente et n'avait pas fait de difficulté les trois dernières fois, elle y avait même trottiné. Mais aujourd'hui, elle n'avait pas très envie de s'y risquer.

— Allez, tu ne dois pas avoir peur, dis-je en descendant.

Avec précaution, je conduisis la mule en avant, écartant les branches avec mon coude dressé, la tête baissée pour échapper aux épineux.

Je ne voulais surtout pas que Junia soit égratignée, mais il n'y avait pas de moyen plus facile d'atteindre notre destination. Ce soir, j'inspecterais son pelage et j'appliquerais un baume sur les éventuelles blessures. Il faudrait que je demande à Papa de débroussailler avant que le chemin devienne impraticable. Autrefois, mon père tenait à louer le cheval de Mr Murphy pour vérifier que mes tournées étaient sans danger, car si j'étais contrainte et décidée à transporter des livres idiots, il devait bien, lui, s'assurer que je le ferais en sécurité.

Junia marchait d'un pas léger, non sans zigzags et hésitations. Je fis claquer ma langue pour l'inciter à aller plus vite.

Le sol était jonché d'aiguilles de pin orangées et de crottes de lapin. J'aperçus devant nous des branches tombées d'où dépassait la queue d'un lapin. Mon ventre gargouilla. Toute une famille dégusterait ce soir un bon plat de viande en sauce. J'aimais surtout les morceaux tendres de l'arrière-train, et pendant une minute, je savourai presque cette chair délicieuse.

J'avais mangé ma pomme et mon pain plusieurs heures auparavant, en partageant avec Junia.

La tête me tournait un peu, et je cherchai dans ma poche le cadeau d'Henry.

— J'ai vraiment très très faim, dis-je à haute voix.

Junia renifla.

Je déballai le paquet et trouvai dedans un bonbon acidulé. Lorsqu'elle était venue me voir, Winnie m'avait offert un rouleau de bonbons à cinq cents. Elle aimait beaucoup les sucreries et récompensait ainsi les bons élèves.

Je léchai le petit disque rouge. *Framboise.*

À la pensée qu'Henry m'avait offert son prix d'orthographe, ce petit trésor, j'eus la gorge nouée. C'était un geste formidable. Un de ses frères était mort de faim l'année dernière, son père était parti et sa mère attendait un bébé. Combien de temps le petit garçon avait-il conservé ce bonbon, combien de temps avait-il attendu de me le remettre ? Combien de fois avait-il été tenté par la faim, le ventre déchiré par le manque de nourriture ? Pourtant, son amour des mots et des livres avait été le plus fort.

Je remballai le bonbon dans son papier et le glissai dans ma poche. Je le placerais dans ma boîte en fer avec mes précieux souvenirs : le dé à coudre en argent de Maman, trois boutons de cuivre au joli bord découpé, sa minuscule bible reliée de cuir, une lettre écrite par mon arrière-grand-père, et le canif à manche en os brun que Papa avait quand il était petit.

— Allez, ma belle, on y va.

Je remontai sur Junia et cherchai dans ma tête une chanson afin de penser à autre chose et d'apaiser ma faim.

Chez les Smith, Junia longea le fil à linge et nous fûmes prises dans une bouffée de savon et de coton propre. La lumière déclinante de l'après-midi tombait en diagonale sur l'herbe, à la limite des ombres. Je guidai ma mule vers la fenêtre.

Martha Hannah et les enfants se pressèrent contre la boiserie gauchie, penchèrent la tête au-dehors et poussèrent un grand cri de joie en me voyant.

La jeune maman pelait un oignon. Elle chassa quelques-uns de ses petits, leur ordonnant de reprendre leurs corvées.

— Désolée pour le retard, madame.

Je me reprochais de la déranger en pleine préparation du repas. J'avais l'eau à la bouche en regardant dans sa cuisine, en sentant les légumes en train de frire dans une grande poêle. Une petite fille jeta des trognons de maïs dans une casserole d'eau bouillante, tandis qu'à côté, sa sœur écorchait un lapin.

— Y a pas de mal, la femme aux livres. Vous avez un journal dans vos sacs, aujourd'hui ?

— Non, madame.

Je regrettai de ne pas avoir gardé celui qu'Eula m'avait arraché des mains. Les journaux de la ville partaient vite et nous les récupérions rarement. La plupart des gens s'en servaient pour tapisser les murs de leur maison, afin de bloquer les courants d'air, de conserver la chaleur et de décorer des pièces tristes. Les enfants y découpaient des poupées en papier.

— Mais vous pouvez compter sur moi pour en mettre un de côté la prochaine fois que j'irai à la bibliothèque.

— Vous auriez *Femmes au foyer* ?

Elle changea de position et je vis qu'elle était à nouveau enceinte.

On me demandait souvent le magazine *Femmes au foyer*. Les montagnardes y trouvaient de nouveaux remèdes, au détriment des méthodes traditionnelles.

— Désolée, madame, pas aujourd'hui. Je chercherai si nous en avons des numéros.

— Ça me ferait bien plaisir. Nester Rylie en a lu un, elle m'a dit l'an dernier qu'elle ne frotte plus les gencives de ses bébés avec de la cervelle de marmotte et qu'elle n'a plus besoin de gésiers de poule quand ils font leurs dents. Et depuis qu'elle a lu une bonne recette de pâte contre le muguet, y a plus un seul de ses neuf gamins qui a dû boire de l'eau dans la chaussure d'un étranger pour guérir.

J'entendis une louche en cuivre plonger dans un seau d'eau. L'une des filles de Martha Hannah la fit passer à sa mère.

— Pour la route, la femme aux livres, dit l'enfant.

Je tendis la vieille gourde enveloppée de cuir que mon père m'avait fabriquée, où elle versa la bonne eau de source avant de me le rendre.

Nous échangeâmes nos livres, puis Martha Hannah et ses enfants me remercièrent. Ils touchèrent la tête velue de Junia, tirant sur sa crinière pointue qui se dressait en touffes entre ses oreilles.

Junia se rapprocha du seuil, s'avança entre les montants de la porte, contente d'être grattée par des mains curieuses, en quête de victuailles. Étonnés, les petits reculèrent avec des cris et des rires, tandis que les deux plus âgés couinaient et lui caressaient courageusement le museau.

— Lisez-nous une histoire, la femme aux livres, demanda un garçon.

— Moi, je veux *Croc-Blanc* !

— Non, *L'Appel de la forêt* !

— Taisez-vous, les gamins. Vous oubliez vos manières ? les gronda leur mère. La dame aux livres a fait un fameux bout de chemin et elle en a un encore plus long devant elle.

J'aurais aimé avoir le temps de bavarder et de lire, mais Martha Hannah savait qu'elle était mon avant-dernier arrêt le lundi, et la nuit allait tomber. Nous nous rattraperions aux beaux jours, je le lui promis.

Son mari, John d'Enfer, fabricant d'alcool clandestin, apparut juste derrière moi, le visage impassible, sans me saluer.

Martha Hannah le vit par-dessus mon épaule et cria :

— À vos corvées, les gamins. Il faut vite mettre le souper sur la table. Finis tes haricots, Junior, et apportez le linge, Lettie et Colleen. *Carson !* aboya-t-elle d'une voix perçante. Bon Dieu, t'as pas encore fini de bêcher le jardin ! s'indigna-t-elle, la tête penchée à la fenêtre. *Grouille-toi !*

Moins de trois kilomètres après avoir quitté la maison des Smith, j'aperçus Vester Frazier. Pas vraiment lui, mais son ombre tapie : une chaussure sale, le bas de son long manteau qui dépassaient sous un gros févier. J'entendis hennir doucement son cheval.

J'eus le souffle coupé, je me sentais mise à nu, les nerfs à vif. Il m'épiait, et cela me causait un nœud à l'estomac qui montait dans ma gorge comme de la bile.

Junia avait dû aussi voir Frazier car elle poussa un hurlement et partit au galop comme une folle. Je serrai les rênes, sans freiner son élan.

Devant moi, une femme et un enfant cueillaient des baies. Heureuse de voir des montagnards, j'arrêtai Junia pour les laisser passer. Le petit garçon me montra du doigt.

— Regarde là-bas, M'man.

Lorsqu'ils furent plus près, je levai une main amicale, dans l'espoir de leur présenter les services de la bibliothèque ambulante. Mais l'enfant lâcha le panier qu'il portait et s'exclama :

— Oh, M'man, regarde, c'est elle. C'est le fantôme bleu que tu m'as dit.

Mon salut se figea.

La femme tira si fort le bras de son fils qu'il trébucha et glapit.

— La regarde pas, William.

Avec cette mise en garde, elle ramassa le panier et força l'enfant à avancer. Ses gémissements se mêlaient au gazouillis des hirondelles en chasse.

Junia voulut grignoter les baies éparpillées, mais je plaquai mes jambes contre ses flancs et l'empêchai d'aller plus loin :

— Halte !

Le petit garçon jeta un regard en arrière, la femme l'empoigna de plus belle et le poussa plus loin sur le chemin, mais pas avant que j'aie pu voir la terreur dans les yeux de l'enfant, le reproche inspiré par ses cauchemars.

Je baissai la tête, chagrinée d'être pour lui un objet de terreur.

Une heure plus tard, j'attachai la mule à la balustrade pourrie d'un porche et je frappai à la porte de ma dernière cliente. Une femme de soixante-quinze ans répondit :

— Ah, si c'est bien Bluette, entre donc, mon enfant.

Soulagée, je regardai par-dessus mon épaule et pénétrai dans la maison. Loretta Adams était assise à sa petite table dont un des pieds était rongé par les vers. Devant elle, deux tasses vides attendaient sur le délicat napperon taché par des noisettes qu'elle avait essayé de centrer. Des carrés de tissu étaient rangés en une pile soignée, sur le bord. Un tas de toiles à coudre était posé tout près, sur un canapé recouvert de lin.

Des chandelles projetaient une lumière chaude sur les murs blanchis à la chaux et les rideaux de bure, l'odeur de graisse animale se dégageant du suif. Loretta tenait un Ancien Testament sur son tablier.

— Miss Loretta, dis-je tout bas, c'est moi, la femme aux livres.

— Je savais qui c'était, mon enfant. J'y vois mal, mais je ne suis pas sourde.

— Oui, madame.

Je souris et posai un livre devant elle. Miss Loretta était presque aveugle, elle était célibataire et vivait seule, avec seulement un neveu qui vérifiait régulièrement qu'elle allait bien. Du moins, quand il ne s'absentait pas pendant un mois ou davantage.

Loretta lisait encore et avait une belle écriture, mais cela lui fatiguait les yeux, et parfois, disait-elle, elle ne distinguait plus que des ombres. Elle avait l'oreille aussi affûtée que la plupart des gens, l'esprit vif et doté d'un solide sens de la repartie.

Elle se vantait de pouvoir encore coudre mieux que personne dans le Kentucky, de produire le plus joli couvre-lit ou la plus élégante des robes du dimanche – elle avait été une couturière réputée, et je lui transmettais parfois une lettre de gens qui lui demandaient de leur coudre une robe de baptême, de mariage, de deuil ou du dimanche.

La maison de Loretta était propre et bien rangée, même s'il n'y avait pas grand-chose à nettoyer tant elle était petite. Les murs étaient noircis, cuits par le poêle à bois, comme partout dans les montagnes. Mais son lit était fait et elle avait replié la courtepointe avec soin ; je voyais bien qu'elle avait balayé et épousseté. Une bouilloire sifflait sur le poêle, à côté d'un pain à la mélasse qui embaumait l'air et d'un autre récipient plein d'eau.

Sous le poêle, deux chats faméliques, Myrtle et Milkweed, levèrent leur petite tête velue et bâillèrent avant de retourner à leur sieste.

Loretta promena une main maladroite sur la table, à la recherche des tasses en porcelaine qu'elle y avait placées. Elle les trouva et les poussa vers moi.

— Tu es en retard aujourd'hui. Occupe-toi du livre, et après nous prendrons le thé, mon enfant.

Je retirai une cale en pin glissée sous le pied vermoulu de la table et je la remplaçai par un livre de bibliothèque pour consolider le tout.

Je portai les tasses jusqu'au poêle pour verser le thé, puis me retournai pour boire une grande gorgée avant de servir Loretta, heureuse qu'elle ne puisse me voir aussi assoiffée. Je m'essuyai la bouche avec ma manche, les yeux rivés sur le pain.

— Sers-toi une tranche du pain à la mélasse, apporte la bouilloire et ressers-toi, dit-elle. Il y a largement de quoi en prendre une deuxième tranche, et même une troisième si tu veux. On a assez de racines de sassafras et d'eau de source dans notre vieille montagne pour abreuver tout le pays, et aujourd'hui plein de pain sucré.

Sentant que j'avais chaud aux joues, je murmurai :

— Oui, madame.

Même si elle n'y voyait plus très clair, Loretta discernait d'autres choses plus importantes que manquaient la plupart des gens à l'œil aiguisé. Malgré tout, je ne voulais pas lui dérober son pain. Elle n'avait peut-être rien d'autre à manger pour la semaine.

Je tirai de sous la table l'une des vieilles chaises fendues et m'effondrai sur la galette que Loretta avait faite en entrelaçant des bandelettes d'écorce.

Loretta me confia sa bible, je l'ouvris au Livre de Ruth, là où nous nous étions arrêtées, et je lus jusqu'à ce qu'elle me tapote la jambe avec sa canne, une vingtaine de minutes plus tard.

— Rentre chez toi, mon enfant. Il va bientôt faire nuit.

Je me frottai les yeux. Les ombres des montagnes s'étaient insinuées dans la maison, marbrant les murs de taches noires.

Je me penchai, retirai avec précaution le livre de bibliothèque sous le pied vermoulu et remis à sa place la cale en pin, tout en retenant la table de l'autre main pour éviter que tout ce qu'elle supportait ne glisse.

Je brandis un moment le livre, puis je dis :

— Miss Loretta, c'est une histoire du Dr Dolittle et je pense que ça pourrait vous plaire…

Loretta leva la main pour me faire taire et secoua la tête.

— Il n'y a rien de sale, Miss Loretta, il est question d'un gentil médecin qui parle aux animaux et…

— Allons, allons, mon enfant. Qu'est-ce que je t'ai déjà dit tant de fois ? Je ne te laisserai pas me lire les livres du gouvernement.

— Mais…

— Ces livres-là, ça n'est que des saletés et des affaires du diable. Des bêtises. Reprends-le.

— Oui, madame.

J'aurais aimé que, de temps à autre, elle me laisse lui lire un livre de bibliothèque plutôt que la Bible.

Chaque fois que j'en apportais un dont je pensais qu'il pourrait lui plaire, elle prenait une voix aigre : « Ces livres de la ville, ça ne vaut rien pour les gens comme moi ; ça n'a pas une once de bon sens pour les gens des montagnes. Rien que des sottises et des bavardages. » Et je devais me ranger à son opinion.

— C'est en 1857 que mon père a emporté, du Texas où il prêchait, cette jolie bible et quatre des tasses de Maman, quand il est venu s'installer dans les vieilles collines du Kentucky, un bon quatre ans avant ma naissance et celle de ma sœur. Ces deux-là, c'est tout ce qui reste du service à thé. (Elle pointa un doigt vers les deux tasses délicates, à bordure dorée et aux anses décorées de rubans.) Et c'est grâce à ça, poursuivit-elle en désignant la Bible, qu'il a trouvé sa voie. Il ne possédait qu'un livre et il voulait que je le connaisse aussi bien que lui.

— Oui, madame, c'est une bonne lecture.

— Je sais bien que tu es obligée de m'en apporter d'autres, mon enfant… (Elle fit bouffer ses longues jupes froissées.) Mais quand même, je préfère le mien. Et je ne trompe personne.

Quelqu'un avait dit à Loretta que je m'arrêtais uniquement pour déposer des livres, mais je lui avais répété que ce n'était pas vrai. Chaque fois qu'elle revenait là-dessus, je lui expliquais qu'il y avait dans mes tournées des gens auxquels je faisais simplement la lecture, dans d'autres livres que les leurs. Loretta était néanmoins persuadée que si nous utilisions un volume de bibliothèque pour soutenir sa table, rien de plus, et que je repartais avec ledit ouvrage, elle ne volait pas le gouvernement.

— Non, madame, vous ne trompez personne. Vous êtes une montagnarde formidable, Miss Loretta.

Loretta redressa fièrement la tête et l'agita, ce qui dénoua son chignon blanc, dont une mèche retomba sur ses vieux yeux malades.

— Reposez-vous, maintenant, et je reviendrai bientôt vous faire la lecture.

Loretta indiqua le panier posé à terre près de la porte.

— Prends donc des racines pour toi et ton père, mon enfant.

Elle se recoiffa et se leva.

— Merci, madame, je vous remercie bien.

Je l'aidai à marcher clopin-clopant jusqu'à l'étroit lit de fer et je lui retirai ses lourdes chaussures, que je glissai à côté de son vieux revolver. Elle repoussa son édredon vers le pied du lit.

Loretta montra une bosse sous les couvertures.

— Ah, il faudrait me remplir mon cochon de lit.

— Je m'en charge, Miss Loretta.

— Tu es bien bonne, mon enfant.

Je tirai de sous l'édredon la poterie en forme de cochon, je dévissai le bouchon sur son dos et allai vider l'eau froide dans la cour.

Une minute plus tard, j'avais rempli la bouillotte d'eau chaude prise sur le poêle et je l'avais remise sous la couverture, au bout du lit, pour que Loretta ait bien chaud toute la nuit.

— J'ai les yeux qui brûlent, se plaignit Loretta. Je suis un peu fatiguée. As-tu une minute de plus à m'accorder pour me préparer mon bain d'œil, mon enfant ?

— Oui, madame.

Je pris un chiffon à côté de sa cuvette sur un petit trépied près du poêle, trempai le chiffon dans le bol rempli de collyre, puis l'essorai. L'odeur d'herbes séchées me resta sur la main.

— Tenez, madame.

Je posai le chiffon humide dans sa paume ouverte, en tâchant de ne pas l'offenser par mon contact.

Loretta avait des gestes gauches, le chiffon tomba à terre, et nos mains se rencontrèrent.

Un léger hoquet m'échappa.

Avant que j'aie pu lui rendre le chiffon, elle chercha ma main à tâtons, s'en empara et dit tout bas, de sa voix vieillie :

— Tu as vu tous mes carrés de toile, mon enfant ?

— Vous en avez beaucoup.

— Eh bien, ces tissus-là sont comme les gens. Il n'y a pas grande différence. Certains sont plus soignés que d'autres, certains sont plus raides, certains sont plus doux. Il y en a des colorés et des ternes, des vilains et des jolis, des vieux et des neufs. Mais à la fin, on n'est tous que des carrés découpés dans Sa toile. Du tissu, pas davantage.

— Oui, madame.

— Je sais bien que tu es une Peau-Bleue, mais mes vieux yeux s'en moquent, et ils ne voient plus les couleurs. Ils voient le cœur, mon enfant. Toi, tu as un cœur formidable, et toi aussi tu es une montagnarde formidable.

Cette dure journée atterrit tout à coup à mes pieds, comme si tout mon corps en avait été délesté. Ma main fut prise d'un tremblement, alors que ç'aurait dû être la vieille main faible de Loretta. Mais d'une poigne chaude et ferme, elle serrait la mienne et appuya par-dessus son autre paume pour frotter ma chair.

Je renversai la tête en arrière, fermant les paupières pour que la solitude et la souffrance s'accumulent dans mes yeux comme un bassin trop rempli. Je tentai d'enfoncer mes sentiments dans ma poche, mais aujourd'hui plus que jamais, ma mère me manquait. Son amour et surtout ses câlins. À mesure que les jours passaient, je craignais de l'oublier et je savais avec certitude qu'à cause de ma peau, il était peu probable que je reçoive de quelqu'un d'autre les mêmes caresses. J'étais un fantôme bleu, la terreur des rêves des petits garçons.

Mon cœur pleurait pour Maman, pour ma vilaine couleur et pour ce que Charles Frazier m'avait pris. Il y avait la laideur du prédicateur, l'hostilité de la terre, la honte pesant sur mon épaule. Tout cela était toujours en moi. L'infamie s'était attachée à mon âme comme si elle était dotée d'une vie propre, crue, lourde et noire comme un morceau de charbon du Kentucky qui voulait introduire sa saleté dans notre maison.

Un silence enfla et engraissa tandis que la chandelle rassemblait un troupeau d'ombres venues des coins et recoins, chatouillant le plafond garni de toiles d'araignées.

Loretta détacha doucement nos mains et dit :

— Je vais prendre mon médicament pour les yeux, mon enfant.

Je le lui tendis et elle pressa le chiffon sur ses pupilles, tamponnant avec la distillation d'hydraste qu'elle avait préparée.

— Je peux faire autre chose pour vous, Miss Loretta ?

Loretta tira de sa poche deux minuscules pierres oculaires qu'elle me mit dans la main.

— Tu veux bien me les rincer, mon enfant ?

Je pris les cailloux plats et laiteux qui, selon elles, provenaient des entrailles d'un faucon, et je les jetai dans la casserole où avait bouilli l'hydraste. Je les essuyai ensuite avec un chiffon propre, comme elle le souhaitait, et les lui rapportai.

La vieille femme s'allongea sur son lit et glissa une pierre sous chaque paupière qu'elle rabattit alors, dans l'espoir que ce remède traditionnel la guérirait.

— À lundi prochain, Miss Loretta.

Sur le pas de la porte, je m'accroupis à côté d'un panier rempli de ginseng, de sassafras et d'autres herbes, où je pris une petite racine et un grand morceau d'écorce de saule blanc, puis je sortis. Je le lui revaudrais cet été quand le casse-lunettes serait en fleur, pour soigner ses yeux.

Je détestais lui être redevable, car je savais qu'elle ne pouvait plus collecter les herbes elle-même et qu'elle comptait sur son neveu pour cela. Mais le saule guérissait les douleurs, apaisait les gonflements et faisait retomber les fièvres les plus brûlantes. Ce serait peut-être bon pour Mr Moffit.

Je fus accueillie par le couvercle froid de la nuit tombante.

Junia émit un braiment faible, je l'enfourchai et la dirigeai vers la maison.

Je me retournai une dernière fois pour faire signe à Loretta, même si je savais qu'elle ne me verrait pas. Sa maison était à moitié engloutie par l'ombre et la brume, entourée d'un halo de lucioles qui grignotaient dans les ténèbres.

Devant moi, la forêt obscure m'invitait à avancer. Je m'arrêtai pour le chercher des yeux, sentant sur moi son regard de serpent, sa noirceur étouffante. Il était là, en chasse. Et je savais qu'il ne cherchait pas son souper. Junia hésita, leva le museau : elle aussi le sentait. D'un coup de genou, je l'incitai à se hâter.

11

JUNIA NOUS RAMENA À LA MAISON à travers la forêt trempée par le brouillard, sans s'interrompre avant de voir la fumée s'enrouler au-dessus de notre cheminée.

— Tu es encore en retard, dit mon père alors que j'ouvrais la porte.

— Désolée, Papa, les gens sont si contents que les tournées reprennent.

— Tu as fait la lecture à la vieille Loretta ?

— Oui, j'ai lu pendant vingt minutes et je l'ai aidée à se coucher.

J'enlevai ma veste et la suspendis à la patère près de la porte.

— Bien, grommela-t-il, penché pour remonter ses chaussettes sous les jambes de son pantalon.

Papa savait que Loretta ne tolérait que la Bible et la pauvre vieille l'attendrissait.

— Je croyais que c'était ton soir de repos. Où t'en vas-tu ? Papa, tu sors ?

— Ouais. Hier soir, la femme de Lee Sturgil s'est alitée, et j'ai promis de le remplacer à la mine aujourd'hui pour qu'il ne perde pas sa paye.

— La fille du shérif est malade ?

— Elle va être maman, murmura Papa en regardant ailleurs.

Ces derniers temps, certains mineurs sollicitaient beaucoup mon père afin d'éviter les mises à l'amende et les ennuis avec les patrons des houillères.

Me rappelant mon thé chez Loretta, je sortis la racine de ma veste.

— Miss Loretta nous a donné ça. Je vais te préparer une tisane de sassafras avant que tu t'en ailles.

— Une autre fois, fillette. Je ne dois pas être en retard. Soupe et repose-toi. Le docteur est passé et a laissé un de ses paniers.

Il fourra un pied dans une chaussure.

Le vieux médecin était le seul à venir nous voir, en dehors des prétendants que Papa convoquait. Plus d'une fois, il nous avait apporté de petits cadeaux : des pommes, un pot de confiture ou des biscuits, tout en imaginant des prétextes pour nous faire des prélèvements sanguins, nous racler la peau ou nous emmener à la clinique de Lexington. Papa ne lui ouvrait jamais et l'obligeait à laisser ses présents sur le seuil.

Je pris une des pommes du docteur et je la fis rebondir entre mes mains.

— Papa, j'ai entendu quelqu'un là-bas dans les bois.

Je tirai le rideau et scrutai le brouillard sans rien distinguer.

— J'ai vu un lynx sur le chemin, et en rentrant, ce matin, il m'a semblé le voir près du févier.

— Un lynx ? Je ne suis pas sûr que ce soit un animal, Papa. J'ai...

— Il faut que je parte, pour que la fille du shérif soit soignée. J'irai jeter un coup d'œil demain matin. Reste aux aguets.

— Oui, Papa.

Je soupirai à l'idée qu'il puisse y avoir dans la nature plusieurs créatures me pourchassant. Si j'avais parlé du prédicateur, Papa serait peut-être resté à la maison et nous aurions été tous deux en sécurité.

Je lâchai le rideau et me retournai.

— Papa, il y a quelques semaines, le prédicateur…

Mais il sortit avant que j'aie pu terminer. Je m'avançai sous le porche et suivis sa lampe spectrale qui fendait la brume, jusqu'au moment où je ne vis plus rien.

Fronçant les sourcils, je rentrai et fouillai dans le panier du docteur. Je trouvai du pain et de la confiture, et m'en servis plusieurs tartines pour mon souper.

À la lumière de la lanterne, je me hâtai de m'acquitter de mes corvées, ne m'arrêtant que pour bâtir un autre feu dans le poêle, avec de l'écorce de bouleau et des brindilles de pin ramassées sous le porche. Tout au fond, je plaçai sur la fonte un morceau de bois racorni, puis j'allumai ce nid et j'entassai les débris de pin par-dessus les petites flammes. Des parfums de résine et d'essences variées emplirent la maison.

Quelques heures plus tard, je tirai de ma veste le cadeau d'Henry et gravis l'échelle du grenier. Je déposai le bonbon sur la table à côté du matelas en coton que Papa avait tenu à m'acheter lorsque j'étais revenue de chez Charles Frazier. J'avais toujours très bien dormi sur une paillasse, mais il pensait que la réclame qui promettait de « consoler les os blessés et fournir un meilleur repos » m'aiderait à guérir plus vite. Mon père utilisa pour cela le crédit qu'il avait au magasin de la Compagnie, disant qu'il avait gagné un peu plus ce mois-là.

Mais Papa n'avait pas deux sous vaillants et je savais qu'il avait dû travailler dix-huit heures par jour pendant deux semaines entières pour ce « petit extra ». Les houillères n'aimaient pas que les Kentuckiens aient un dollar en poche, et pour garantir ce résultat, les mineurs étaient surtout payés en bons, en crédit valable uniquement au magasin de la Compagnie. Celui qui rechignait à y dépenser sa paye était rapidement licencié. La Compagnie permettait aussi aux ouvriers de puiser dans leurs gains avant le jour de paye, ravie de ces prêts à intérêt pour maintenir les familles endettées envers elle. À ceux qui haussaient le sourcil, elle répondait : « Cela rend les mineurs plus malins, cela les change des pratiques commerciales incorrectes, et cela leur apprend le sens des affaires, grâce à un crédit solide. »

Je mis ma chemise de nuit, rabattis les couvertures et me glissai sous le couvre-lit. Mes pensées ne cessaient de revenir au précieux cadeau d'Henry, à la faim dont il souffrait.

Papa et moi, nous avions subi notre part de ce mal-là. Nous n'avions que les baies, les morilles, les écureuils, les lapins et les autres formes de vie subtilisées à la forêt. Parfois, mon père échangeait son butin contre d'autres aliments que nous ne pouvions nous procurer, comme des œufs, du maïs et des fruits. Nous avions rarement les moyens de nous offrir les produits coûteux du magasin de la Compagnie. Le crédit des houillères et mon salaire nous aidaient à rester à flot, même si Papa s'en servait surtout pour acquérir les médicaments du magasin plutôt que ceux d'un médecin, qui auraient été plus efficaces contre sa maladie des poumons. Malgré tout, il restait endetté, à acheter des remèdes à la mode, chaque nouvelle potion universelle vendue par le magasin. Comme un petit pansement, le médicament de la Compagnie dissimulait la maladie un moment, Papa pouvait redescendre à la mine et gagner de quoi s'offrir de nouvelles prétendues panacées que la Compagnie ne cessait de refourguer aux mineurs.

Nous n'étions pas les deux seuls dans cette situation. Les trois cents habitants dispersés de notre région vivaient principalement dans les bois et le long des cours d'eau, sur les pentes, et ceux du village et du camp de la mine étaient surtout de grandes familles avec beaucoup d'enfants.

Il ne me semblait pas normal qu'il existe un remède pour Henry et tous ses semblables, un remède à la faim et à la famine. Dans le Kentucky, la variole ou la grippe faisaient moins de ravages que la maladie de la faim. À l'idée qu'il existait des magasins remplis de remèdes à la faim, je restais éveillée la nuit, pleine de cette colère particulière qui résulte de l'impuissance.

Je pris le bonbon et le collai à mes lèvres, inhalant le parfum tentant de la sucrerie acidulée. « Attendez quand vous aurez vraiment faim », avait-il recommandé.

Je me penchai pour ranger ce cadeau dans ma boîte à souvenirs, sur la table de chevet. *Je n'ai pas encore vraiment faim.* Je soufflai la bougie et dis une prière pour Papa, puis pour Henry, et pour tous les autres Henry du pays, même si cela ne les aiderait pas plus qu'un vœu fait en voyant une étoile filante.

Malgré tout, j'y ajoutai encore d'autres suppliques, implorant le Seigneur de nous protéger, les enfants et nous, et je formulai une prière fiévreuse pour que Caroline Barnes repose en paix, elle qui avait parcouru quinze kilomètres meurtriers pour nourrir ses bébés affamés – quinze kilomètres dans les collines glacées du Kentucky. Quinze kilomètres à mourir à chaque pas, dans sa propre froide étreinte.

Je serrai mon angoisse dans mon poing ; un bruit d'entrailles qu'on déchire s'échappa entre mes dents. Un engoulevent répondit, et j'enfouis mon visage dans l'oreiller bleu, ravalant la tristesse qui battait dans mon gosier, les horreurs que je sentais venir.

12

UNE MATINÉE DE MAI se déployait lentement dans la vieille main du Kentucky, et bientôt une lune enfantine s'éleva dans un ciel tout neuf. Pour les petits montagnards, la lune en plein jour était un spectacle rare. Du fait de la lenteur et de la pauvreté de l'existence parmi ces vieilles grands-mères qu'étaient nos collines, les mamans couchaient leurs bébés bien avant la nuit, avant qu'une faim brûlante ne s'installe.

Je me dirigeais vers la montagne dans le lointain, fredonnant pour passer le temps, adressant mon chant aux collines bleues et aux chardonnerets, satisfaite du temps écoulé jusqu'ici. J'avais vu Frazier deux jours avant et j'étais détendue, dans l'espoir de ne plus jamais le revoir.

Il n'y avait que trois arrêts sur mon itinéraire du mercredi, mais le premier était le plus délicat. Ce qui n'arrangeait rien, c'est que je devais faire presque tout le trajet à pied, guidant Junia le long d'un sentier muletier étroit et sinueux dans le mont Hogtail, à mille mètres d'altitude. Le passage était assez sûr pour un animal, mais je ne pouvais courir le risque d'y passer montée sur Junia. J'avais failli m'évanouir de frayeur la première fois qu'elle avait titubé sur la pente en prenant un virage en épingle à cheveux, sa croupe s'agitant à quelques centimètres du rebord, et moi à deux doigts de l'abîme sans fond. Un faux pas et je tomberais jusqu'à la fin de l'été – on ne me retrouverait qu'au moment où la région perdrait son épais dôme de verdure. Depuis cet instant d'effroi, je grimpais l'essentiel de la pente à pied. Aujourd'hui, je m'en réjouissais : j'allais peut-être croiser Queenie, et cela m'encourageait. La plupart des mercredis, nous nous rencontrions et nous passions un moment ensemble.

Je m'arrêtai à mi-chemin du col, à un large virage, et je dis à Junia :

— Il est temps de me porter, ma belle.

La mule prit sans peine plusieurs lacets jusqu'à un embranchement. Elle essaya alors de prendre le chemin qui ramenait vers le bas. Je descendis et me remis à marcher, en la guidant tout le long de la route, collée à la paroi et aux berges aux arbres noueux.

Après le dernier col, nous vîmes enfin la tour d'incendie.

R. C. Cole, dix-sept ans, était juché sur son mirador, où le vent soulevait ses cheveux cuivrés. Vêtu d'un T-shirt troué et d'un pantalon marron effiloché, R. C. vivait à vingt mètres du sol dans la tour du Hogtail, bâtie par le Corps civil de protection de l'environnement. Je voyais l'ardeur avec laquelle il agitait les bras, j'entendais l'énergie avec laquelle ses pieds martelaient la plateforme d'acier.

Il attendait mes livres qui l'emmèneraient encore plus haut, disait-il. Ce jeune homme voulait étudier les articles de journaux concernant le climat et les forêts, et il me suppliait toujours de lui apporter un *Almanach des fermiers* ou un *National Geographic*, tout ce qui pourrait l'aider à se hisser jusqu'au poste de coordinateur des pompiers, afin qu'il gagne de quoi étudier et obtenir un meilleur emploi en tant que garde forestier.

Le Corps civil avait été son choix logique pour entamer une carrière. On construisait des tours d'incendie en haut des montagnes du Kentucky depuis que le président Roosevelt avait créé cet organisme. Et à la minute où R. C. avait eu seize ans, il avait menti aux Services forestiers, prétendant en avoir dix-sept. Il avait présenté sa candidature pour marcher dans les traces de son père, et maintenant de sa mère.

Hallie Cole, sa mère, était la première guetteuse d'incendie du Kentucky. Quand le père de R. C. était mort, frappé par la foudre, Hallie lui avait succédé et avait assumé la responsabilité de la tour de Pearl Knob, à une trentaine de kilomètres à l'est. Le Corps civil l'avait laissée faire. La tour de Pearl Knob était la maison des Cole depuis sa construction, bien avant qu'elle ne passe sous une administration différente.

Depuis plus d'un an maintenant, R. C. habitait dans la cabane en acier surmontant la tour d'Hogtail, d'où il guettait le moindre incendie dans les montagnes, observant aussi le climat, pour alerter les Services forestiers avec la radio à manivelle dès qu'il décelait le moindre panache de fumée ou de noirs nuages d'orage.

J'attachai Junia à l'escalier métallique très raide, pris dans la sacoche le livre destiné à R. C., ainsi que les deux lettres que la directrice de la bibliothèque m'avait chargée de distribuer.

En haut, R. C. se penchait par-dessus la plateforme, tout agité par l'expectative et l'enthousiasme.

— Miss Bluette ! hurla-t-il avec de grands gestes. Vous pouvez monter tout ça, s'il vous plaît ? Je crois que j'ai repéré de la fumée. Et il faut que je surveille !

Il disparut dans la cabane. Je gravis les quatre-vingt-quatre marches, tournoyant dans l'escalier jusqu'à la trappe en bois sur laquelle je frappai un coup sec avant de m'écarter. R. C. la souleva et je montai quatre échelons jusqu'à ses appartements.

— La femme aux livres ! Venez voir, vite.

Il s'affala sur une chaise devant son alidade, examina la carte topographique circulaire, puis se leva pour chercher les quatre fenêtres qui enveloppaient sa minuscule cabane.

— Qu'est-ce que vous en pensez, m'dame ?

Il donna un coup léger sur l'alidade et pointa le doigt.

— Juste ici. Vous pensez qu'il y a un feu ?

Il regarda à nouveau par la fenêtre, vers le ciel bleu du Kentucky, vers les immenses forêts et rivières, puis revint à l'alidade perchée sur la table en bois. R. C. me proposa de m'asseoir.

— Là, jetez un œil.

Il retira de la chaise une chemise sale qu'il jeta à terre et essuya le siège avec son avant-bras.

Je lui tendis un vieux numéro d'*Eaux et forêts*, et quelques lettres de ses parents. Je n'avais pas encore repris mon souffle après l'escalier. R. C. feuilleta le magazine. Je rapprochai la chaise de l'alidade, mais un pied se prit dans la chemise de R. C., et quand j'essayai de le soulever, je restai coincée.

— Oh, désolé, m'dame. Je vais arranger ça. Je ne peux pas me permettre d'avoir des isolants cassés. Ça peut sauver une vie, vous savez.

L'été dernier, un terrible orage avait éclaté, et le tonnerre avait retenti tout autour de la minuscule cabane.

Il me raconta que les éclairs avaient tracé des écritures dans le ciel, et qu'il y avait eu une explosion comme il n'en avait jamais entendu. Puis quelque chose avait percuté le grand paratonnerre fixé au toit, et une grosse boule de feu aveuglante avait dégringolé tout le long de la tour pour s'écraser au sol et brûler la terre.

Après avoir surmonté sa panique, R. C. était sorti sur la plateforme. La balustrade et l'escalier étaient illuminés d'un éclat orangé, et il était bien vite rentré.

Il avait appelé les Services forestiers, qui avaient envoyé deux gardes sur le mont Hogtail dès le lendemain. Les hommes avaient posé des isolants en verre sous les pieds de sa chaise, en lui ordonnant de s'asseoir en soulevant les deux pieds du sol en bois quand un orage approchait, même s'il était encore à plusieurs kilomètres. Et voilà qu'un de ces isolants, ces petites boîtes de verre fixées aux pieds de la chaise, était pris dans sa chemise.

R. C. redressa le siège et recula. Je pus m'asseoir. En regardant à travers le viseur de l'alidade, je déplaçai lentement l'appareil jusqu'à ce que les fils de visée coïncident avec la fumée.

— C'est là-bas, du côté de Jewel Creek, dis-je, fière qu'il m'ait appris à utiliser l'alidade et qu'il se fie à mon avis. Ça pourrait être la brume qui se lève, R. C., mais je ne peux pas en être certaine.

— Ça pourrait. (Il réfléchit.) Il faut que je l'aie à l'œil et que je sois prêt à signaler ça aux Services.

R. C. prit son magazine et fronça les sourcils.

— Désolée, R. C., l'*Almanach des fermiers* est déjà emprunté. J'ai pensé que celui-ci pourrait faire l'affaire en attendant.

— C'est parfait, m'dame. Je vous remercie bien. Ça a l'air intéressant tout de même.

Il cacha sa déception sous un gentil sourire et se plongea dans *Eaux et forêts.* Il le laissa tomber sur son étroit lit de sangles et ouvrit une de ses lettres, qu'il lut en diagonale, en quête de nouvelles de chez lui.

Il était trop poli pour me rappeler que je lui avais déjà apporté ce magazine trois fois l'année dernière. J'espérais lui procurer quelques manuels de science et de géographie, et un *Almanach des fermiers,* mais jusqu'ici, aucun ne nous avait été donné.

Il rangea ensuite la lettre dans sa poche arrière et prit deux enveloppes sur le dessus de son poêle éteint.

— Miss Bluette... Vous pourriez poster ces deux-là pour moi ?

— Je les déposerai demain à mon dépôt pour le coursier, et il les prendra la semaine prochaine.

— Il y aurait moyen de les poster plus vite ? Il y en a une pour ma mère, et celle-ci, ajouta-t-il en la tapotant, est pour Mr Beck. C'est le père de ma fiancée... Mais il faudrait qu'il la reçoive au plus vite. (Il eut un regard implorant). C'est une lettre importante, m'dame.

Il fit passer d'un pied sur l'autre le poids de son corps dégingandé, attendant ma réponse.

Ruth Beck était sa fiancée. Tous les samedis sans exception, depuis un an, R. C. descendait la montagne puis parcourait les six kilomètres jusqu'à la gare de triage de Jasper Creek. Il payait dix cents pour prendre le train jusqu'à la grande ville, Willsburg, où il retrouvait Ruth, quinze ans. Puis il achetait au nouveau cinéma deux places à vingt-cinq cents et offrait à sa fiancée un beau spectacle.

R. C. eut soudain les oreilles rouges, et il bafouilla :

— Je, euh... Miss Bluette, je voudrais demander la main de Ruth à Mr Beck ! Si ça ne vous dérange pas trop, m'dame, de poster...

— Mr Beck travaille à la mine, non ?

— Si ! Si, m'dame, c'est sûr.

— Je demanderai à mon père de la lui transmettre ce soir quand je rentrerai chez moi.

Je souhaitais aider les jeunes amoureux.

— Merci beaucoup. Je vous en serais très reconnaissant, Miss Bluette.

R. C. m'entretint gaiement de ses projets pendant quelques minutes. Son emploi solitaire le rendait avide de compagnie.

Une demi-heure plus tard, je détachai Junia et partis vers notre étape suivante.

— N'oubliez pas mon *Almanach des fermiers*, Miss Bluette. J'ai envie de me faire une instruction dans les livres et de devenir garde forestier.

— Je vais vraiment essayer, R. C.

Cela me contrariait qu'il n'ait pas tous les livres dont il avait besoin, de ne pas avoir les moyens de lui offrir une vie meilleure.

— J'ai envie d'épouser Ruth et de l'amener ici quand son père dira oui.

Il me rappela son désir en se penchant par-dessus la balustrade.

Une fois au pied de la montagne à la tour, je suivis un ruisseau pendant une heure avant de m'arrêter pour laisser Junia boire. Pendant cette pause, je m'assis et sortis de ma jupe le vieux livre de grammaire que je lus un peu avant de repartir, attendant de voir si Queenie allait passer, m'arrêtant à tout instant pour m'assurer que le prédicateur n'était pas là.

Au bout d'une minute, je tombai sur un modèle de rédaction et j'appelai ma mule :

— Junia ! Viens un peu écouter ça.

Elle releva la tête et s'approcha, laissant ruisseler de l'eau sur mes chaussures.

Je bondis face à elle.

— Ce passage parfait vient du roman *Le Vent dans les saules.*

Junia dressa le museau, remuant la mâchoire comme si elle aussi voulait écouter. Je ris et lui caressai le cou.

— Silence, maintenant, on doit étudier notre leçon.

Le ruisseau continua à clapoter, mais les oiseaux se turent, et je baissai les yeux vers la page.

— « Lancez-vous dans l'aventure, répondez à son appel avant que le moment ir… irré… » Je trébuchai sur ce long mot, et je regrettai de ne pas avoir un dictionnaire. « Que le moment ir-ré-vo-cable ne passe ! »

Je fronçai les sourcils, car je ne me sentais pas du tout sûre de pouvoir le prononcer d'une traite. Junia ricana comme si elle m'en croyait incapable.

— J'aimerais bien t'y voir, madame Je-sais-tout !

J'avais chaud aux joues, alors qu'il n'y avait personne dans les parages pour se moquer de moi. Je m'éclaircis la gorge.

— On continue, Junia ? dis-je d'un air comique avant de poursuivre de ma voix de présentatrice radio. « Il suffit d'un coup frappé à la porte derrière vous, d'un pas guilleret en avant, et vous sortez de votre ancienne vie pour entrer dans la nouvelle ! Puis, un beau jour, dans très longtemps, vous reviendrez si vous voulez, quand vous aurez vidé la coupe, quand le rideau sera tombé, et vous prendrez place sur la berge tranquille… »

Comme si elle s'ennuyait, Junia suivit précisément cette suggestion et retourna au ruisseau.

— « Lancez-vous dans l'aventure, répondez à son appel avant que le moment irré… » répétai-je, et ce mot compliqué s'y glissa comme une malédiction.

Derrière moi j'entendis de petits hennissements. Je sursautai et me retournai vers la source du bruit.

C'était Queenie, tout sourire sur sa vieille jument de location, Maude.

— Bonjour ! Je n'ai pas pu m'empêcher d'écouter ton beau discours. Tu fais la leçon à Junia, aujourd'hui ? Tu devrais peut-être lui lire la Bible.

Elle plaisantait, mais ce conseil me fit tressaillir.

Queenie ne savait pas que Frazier me pourchassait comme un lynx poursuit un oiseau blessé. J'avais vu le prédicateur passer en ville, et jamais il ne l'avait regardée, jamais il n'avait cru bon de la saluer. C'était comme si elle était invisible, et j'aurais bien voulu qu'il en soit de même avec moi. Le pasteur n'avait rien à reprocher à Queenie, ni à aucune personne en bonne santé, qu'elle soit blanche ou noire, mais seulement aux gens bizarres et différents.

— Non, non, ce serait idiot.

Je jetai rapidement un coup d'œil alentour vers les arbres, je vérifiai que Junia était bien là, même si je savais que ma mule détectait toujours les ennuis grâce à ses larges narines, ses oreilles tournoyantes et ses grands yeux qui voyaient tout. Pour le moment, elle se reposait calmement au bord de l'eau, satisfaite.

— Ce serait vraiment idiot, murmurai-je avec l'ébauche d'un sourire.

Queenie remua sur sa selle et pointa un doigt vers moi.

— Ce qui est idiot, c'est d'entendre les gens les plus malins que je connaisse gâcher la musique de ces mots-là en prenant les grands airs de la ville.

Je fermai mon livre, me sentant doublement sotte, mais un peu fière de ce généreux éloge.

— Tu as une très belle voix, une voix honnête ; pas la peine d'enjoliver ce que tu lis ou de l'engraisser avec les mensonges de mots plus malins, dit-elle en dirigeant Maude vers un arbre.

— J'ai envie d'apprendre. J'ai envie de savoir, de connaître tous les mots, Queenie. Et de bien les prononcer, ajoutai-je, le menton dressé.

Queenie m'observa, songeuse, et descendit de cheval.

— Il y a des gens qui en ont besoin, je suppose. Qui ont besoin de se bourrer le cerveau jusqu'au moment où il éclate. Mon père était comme ça et il me l'a transmis aussi.

Elle fouilla dans ses sacoches, en tira du pain et un livre, puis se posa sur l'herbe, m'encourageant à en faire autant. Je m'assis à côté d'elle.

Queenie ouvrit un vieux dictionnaire Webster et parcourut les pages usées jusqu'à ce qu'elle trouve le mot qu'elle cherchait, le soulignant avec son doigt.

— Irrévocable, psalmodia-t-elle sans la moindre hésitation d'une voix mélodieuse.

Elle répéta le mot et expliqua :

— C'est irrévocable : c'est définitif. Essaye à ton tour.

Elle me mit le volume dans les mains. Je déglutis, contemplai la colonne de lettres imprimées et articulai le mot presque sans erreur.

Queenie me félicita.

Fière, je prononçai le mot encore deux ou trois fois avant de lui rendre le gros livre.

Queenie éclata de rire, et je savais que c'était pour me complimenter.

Elle laissa le dictionnaire près de ma jupe.

— Garde-le jusqu'au jour où tu sauras tout.

— Je ne peux pas…

— Apporte-moi des mots nouveaux quand on se reverra, comme ça je saurai que le livre et ton cerveau ne s'empoussièrent pas, jusqu'au jour où tu seras sûre d'être prête à éclater. C'est ce que mon père m'a dit quand il me l'a prêté. (Elle se remit debout, secouant sa longue jupe et redressant son chapeau.) Comment va ton père ?

— Il travaille tout le temps. Comment vont les garçons et Willow ?

— Plutôt bien ces temps-ci. Ils iraient mieux si on pouvait partir. Tu as déjà pensé à partir, Cussy ?

Je secouai la tête.

— Où pourrais-je aller ? Et toi, où pourrais-tu aller ?

— J'irais en Pennsylvanie pour rejoindre des gens comme moi. Tu n'as jamais envie d'être entourée de gens comme toi ?

— Il n'y en a plus nulle part, des comme moi, d'après Papa. Je serais déjà bien contente si les gens étaient gentils autour de moi.

— Il paraît qu'il y en a de bien aimables près de Philadelphie.

Queenie me surprit par son regard plein d'un secret rieur.

— Qu'est-ce que tu sais d'autre à propos de Philadelphie, Queenie ?

Je haussai un sourcil dans l'espoir d'une bonne nouvelle. Elle répondit en chantonnant :

— Oh, j'ai peut-être entendu dire des choses. Comme quoi un poste de bibliothécaire adjoint est disponible en plein milieu de la grande ville de Philadelphie.

— Tu seras candidate, Queenie ?

Ses yeux pétillèrent.

— C'est déjà fait. J'ai écrit il y a une semaine.

— Philadelphie, murmurai-je, à peine capable d'imaginer la chose.

— Miss Harriett m'a elle-même donné le timbre. Elle m'a poussée à leur écrire. Et j'ai été assez bête pour le faire.

Faute de pouvoir se débarrasser de moi, Harriett aurait fait n'importe quoi pour être débarrassée de Queenie.

— Là-bas, il y a des médecins de couleur pour ma grand-mère malade et des écoles de couleur pour mes enfants. J'aurai bientôt la réponse, gazouilla Queenie. Oh, c'est un endroit extraordinaire. On dit qu'il y a un fonds de secours qui aide les familles. Avec l'assistance organisée par le président, et comme ses nouveaux programmes embauchent plus de bibliothécaires, c'est une bénédiction. Là-bas, c'est un autre monde, mon amie. Tout est possible, tu ne te rends pas compte, et les gens de la ville ne t'interdisent rien. Miss Eula a proposé de m'écrire une lettre de recommandation. Oh, les possibilités que nous aurons. Imagine !

Je ne pouvais rien imaginer. Il y avait peut-être des possibilités et des bénédictions pour sa couleur de peau, mais je n'en avais jamais rencontré une seule pour la mienne. Pourtant, je souhaitais tellement qu'elle obtienne cet emploi que je dus retenir mes mains dans mon dos pour ne pas l'embrasser.

— Ce sera merveilleux, c'est sûr.

Queenie me serra le bras. Et aussi vite, elle me lâcha pour désigner le dictionnaire :

— Apporte-moi des mots nouveaux, plein ton cerveau.

— Merci, Queenie. C'est promis. Bonne chance et rentre bien.

— À mercredi prochain. Bonne route, mon amie.

Elle s'avança vers Maude et la monta.

Je regardai Queenie jusqu'à ce qu'elle disparaisse. Je songeais à ses possibilités, à ses bénédictions, et j'aurais voulu en avoir quelques-unes pour moi. Je me représentais dans une grande ville comme celle dont on parlait dans mes livres, les visages amicaux, un bel emploi de bibliothécaire, Papa soigné par le meilleur docteur, les meilleurs remèdes. Peut-être que, dans une grande ville, je rencontrerais au moins une personne de mon espèce. Une ville comme cela pouvait autoriser plus de deux couleurs, autoriser des personnes ni blanches ni noires à mener leur vie sans chercher à les anéantir.

Distraitement, j'écartai une abeille, puis je vis la tache, je vis mon péché sous la forme de la tache bleu foncé de mes mains alors que je serrai le poing, de plus en plus fort, et j'eus honte de ma vaine jalousie.

Reprenant le dictionnaire, je me perdis plus longtemps que prévu dans la lettre B, jusqu'à ce que Junia attire mon attention.

— « Bienveillance », prononçai-je, laissant le mot s'envoler deux fois de ma bouche avant de presser la page contre mes lèvres. « Une dame pleine de bienveillance ». Ça, c'est notre Queenie Johnson, ma belle, dis-je à Junia.

Et nous repartîmes.

***

Après la tour de R. C., le chemin était moins ardu. Je déposai une brochure religieuse et une lettre chez les Evans, un vieux couple qui n'aimait guère bavarder, qui ouvrait rarement sa porte et qui refusait de me regarder lorsqu'ils devaient me parler. Ils laissaient les livres empruntés sur la balustrade de leur porche, puis tiraient le rideau pour m'observer depuis leur maison. Je remplaçais rapidement les livres avant de gagner en hâte mon dernier client.

De temps à autre, Bill le receveur de la poste me demandait de remettre aux Evans une lettre de leur fils qui vivait dans le Nebraska. C'était le cas aujourd'hui. Je contemplais toujours l'enveloppe en tâchant d'imaginer comment était l'endroit d'où elle venait, avec le cachet et le timbre comme indices.

Je me demandais à quoi ressemblaient les gens, à quoi ils occupaient leurs journées. Je me rappelais avoir lu dans le *National Geographic* un article sur un zoo célèbre, dans le Nebraska, où la Works Progress Administration avait construit de grandes cages pour les fauves et les ours. En pensant à ce zoo, je me demandais pourquoi on faisait cela, qui payait pour aller voir des animaux ainsi exposés. Ici, on en voyait autant qu'on voulait sans débourser un cent, il suffisait d'avoir l'œil vif et de tenir sa langue. Les gens du Nebraska devaient être riches pour gaspiller ainsi leur argent…

Junia sortit en trottinant de la cour des Evans et j'entendis leur porte s'ouvrir en grinçant. Mrs Evans me héla.

— Venez donc, la femme aux livres.

Je tirai sur les rênes et me tournai vers elle.

— Je peux vous aider, madame Evans ?

Elle tenait l'enveloppe dans ses mains nerveuses et la tendit vers moi.

— Mr Evans est allé à Burl Top pour la semaine. J'ai besoin d'aide pour lire la lettre de Patrick… J'ai… Enfin, je crois que j'ai encore égaré mes lunettes.

Je ne l'avais jamais vue porter de lunettes, mais c'est ce que racontaient toujours les montagnards orgueilleux qui ne savaient pas lire, certains allant même jusqu'à se munir d'un étui vide. Surprise, je descendis de ma monture.

— Oui, madame, je serais ravie de vous la lire.

Je pris la lettre et l'ouvris. Il y avait dedans des billets pliés, que je lui remis. Elle m'adressa un regard gêné mais reconnaissant, je m'éclaircis la gorge et lui donnai lecture du message de son fils.

11 avril 1936

Mes chers parents,

Le 12 mars, Abigail a accouché d'une belle petite fille et nous avons appelé Sallie notre premier enfant.

J'ai acheté trois nouvelles hereford le mois dernier, et Maybelle a mis bas deux beaux veaux mâles il y a une semaine. À quatorze ans, c'est ma meilleure vêleuse et je prévois de l'accoupler encore dans trois mois.

Abigail vous embrasse.

Votre fils qui vous aime,

Patrick

Mrs Evans se tamponna les yeux avec le bord de son tablier et renifla.

— Une petite-fille, et à qui ils ont donné mon nom. Je suis grand-mère pour la première fois et mon fils devient déjà un grand éleveur. Merci, la femme aux livres. Mr Evans sera bien content.

Je vis qu'elle l'était, quand je lui rendis la lettre. La tendresse animait son visage las, même dans ses yeux humides. J'eus le cœur touché de pouvoir apporter une bonne nouvelle, un peu de joie à mes clients.

Mrs Evans me remercia une fois de plus, puis plissa le front.

— Attendez ici, ordonna-t-elle.

Elle rentra dans sa maison et revint très vite, tenant quelque chose dans un tissu. Elle eut un instant d'hésitation et déposa délicatement l'objet sous le porche.

— J'ai encore fait cuire trop de brioche, et Mr Evans n'est pas là, donc ça va se perdre. Pour votre peine, la femme aux livres.

— Non, madame, il n'y a pas…

Mais elle disparut avant que j'aie pu refuser poliment.

Accepter ce cadeau ne me semblait pas correct. Cette brioche était sans doute la seule chose qu'elle avait à manger pour la semaine. Et la nourriture était ce que l'on pouvait offrir de plus précieux, le présent le plus généreux qu'un habitant du Kentucky puisse faire à un autre.

***

Sous le saule noir à l'embouchure de l'Ironwood Creek, j'attendais Timmy Flynn.

Timmy, onze ans, habitait de l'autre côté de ce cours d'eau que j'aurais aisément pu franchir, mais sa mère refusait les services de la bibliothèque ambulante, refusait de nous accueillir chez elle, les livres du gouvernement et moi. Pourtant, comme Timmy n'avait pas d'école à proximité, Mrs Flynn avait donné à son fils une vieille casserole et son couvercle déformé, en lui disant de les mettre sous le grand arbre face au ruisseau. Je devais « y laisser de la lecture pour le gamin, du moment que vous et ces livres du gouvernement ne bougent pas de là », avait-elle prévenu.

Après quelques minutes passées à attendre et à appeler le garçon, je tirai de la casserole le précédent emprunt de Timmy, le remplaçai par le nouveau et remis le couvercle métallique.

Redressant le dos, je sentis quelque chose me frapper le bras et rebondir sur ma chaussure. Un petit caillou avait atterri à mes pieds. Puis je vis Timmy caché derrière un gros buisson de gaulthérie, hilare, affichant un large sourire malicieux.

— La femme aux livres ! Qu'est-ce que tu m'as apporté ?

— Oh, je t'ai apporté un fameux livre, jeune homme. Viens voir, dis-je en entrouvrant le couvercle pour le tenter. Ça parle d'un gentil garçon nommé Danny.

— Tu es une gentille femme bleue.

Il accourut à mon côté, plissant les yeux pour mieux voir. Le visage de Timmy s'éclaira lorsqu'il reconnut son titre préféré, *Monsieur Nounours.*

Il s'en saisit, puis s'assit sous les branches déployées du saule. Confortablement adossé au tronc gris et écailleux, il feuilleta le volume de ses petits doigts rapides comme l'éclair.

Timmy était squelettique, gros comme un enfant de la moitié de son âge. Incapable de me retenir, je posai à côté de lui la brioche emballée. Surpris, il lâcha le livre.

— J'ai déjà mangé, m'dame, dit-il tout bas en contemplant mon cadeau.

Comme la plupart des montagnards, le gamin avait sa fierté. Il faudrait user de ruse.

— Je suis repue et je ne peux plus rien avaler, donc ça sera perdu si tu ne m'aides pas, lui assurai-je, alors que la faim protestait dans mon ventre.

Il ne nous restait plus beaucoup d'argent, et encore moins de gibier sur notre table, depuis que Papa était malade.

Timmy hésita.

— Ce serait dommage que ces voleuses de fourmis en profitent, précisai-je pour l'attirer.

— Oui, m'dame. Je suis content de vous aider. Faudrait pas que ça se perde. Je veux bien manger quand vous voudrez.

Ravi, Timmy mit la main sur la brioche, qu'il déballa et dévora en trois bouchées. Par deux fois, il manqua s'étrangler. Effrayée, je courus le rejoindre, prête à lui frapper le dos. En un instant il leva la tête, son étouffement lui ayant fait verser des larmes. Des miettes collaient à son visage, et une vive gratitude brillait dans ses yeux. Il fit tomber les fragments de brioche dans sa bouche et lécha le tissu dans lequel elle était enveloppée. Une minute après, il était à nouveau plongé dans son livre.

Je déposai dans ma sacoche son précédent emprunt et sortis un album. C'était mon plus beau, garni de recettes, d'images découpées dans les journaux et de conseils dont m'avaient fait profiter les montagnards. J'aurais voulu que Mrs Flynn puisse le voir. Mais je n'osais pas franchir le ruisseau pour l'entendre faire des embarras.

Je tendis l'album à Timmy.

— Eh, regarde un peu. Ma sacoche est pleine à craquer, et je n'aurai pas la place de remporter mon grand album.

Je regardai la casserole, puis à nouveau Timmy.

— Pour sûr qu'il est grand, la femme aux livres.

— Très grand, oui. Je pourrais peut-être le laisser ici, mais il ne tiendra jamais dans la casserole et ce n'est pas un bon endroit où le ranger.

Je me tapotai la joue d'un air méditatif. Timmy plissa les yeux et se gratta la tête, réfléchissant lui aussi.

— C'est un de mes plus beaux, et je ne voudrais pas qu'il soit déchiré ou mouillé. Dedans, il y a un conseil du vieux Pell Gardner pour sculpter le bois, et un autre qui montre comment aiguiser son canif. Il y a aussi une image qui explique comment fabriquer une bonne canne à pêche.

Là-dessus, les yeux de Timmy s'écarquillèrent et il se mit à genoux.

— Papa aime bien sculpter.

— Je n'aime pas embêter les gens, mais tu crois que ta maman te laisserait le garder à la maison ? Juste pour une fois, jusqu'à ce que je puisse revenir ?

Timmy hocha la tête et, d'un air vorace, me prit le livre des mains.

— Non, m'dame, ça l'embêtera pas du tout. Pas du tout ! Je le garderai bien à l'abri dans les cabinets.

— Merci, jeune homme. Dis à ta maman, ajoutai-je en remontant sur Junia, que dans cet album, il y a une recette de tarte au sucre qui vient de Libby Brown.

— On adore la tarte au sucre, Papa et moi, et Tata en a besoin d'une bonne à porter au bal de charité le mois prochain !

Timmy retraversa le ruisseau en courant, soulevant des gerbes d'éclaboussures, les deux livres bien haut au-dessus de sa tête.

Derrière moi, j'entendis des feuilles se disperser. Junia agitait la queue. Je scrutai les arbres sans rien voir, mais je devinai une présence. Une fois encore, mes yeux s'enfoncèrent dans le sous-bois, cherchant lentement Frazier. Junia avait le regard fixé droit devant elle, l'oreille tendue.

De l'autre côté du cours d'eau, Timmy poussa un hurlement d'excitation et appela sa mère.

Junia battit des paupières et agita la tête en entendant ces cris.

Timmy héla encore sa mère :

— Regardez, Maman, Tata, *regardez*, on va avoir de la tarte !

Les oreilles de Junia retombèrent.

Je pris les rênes et gloussai.

— Allez, ma belle, on rentre.

Junia émit un braiment, puis des hennissements saccadés, comme si elle riait elle aussi.

13

JE RÊVAIS QUE JE FABRIQUAIS UN ALBUM au sommet d'une tour d'incendie en feu quand je fus tirée de mes meilleures heures de sommeil par les cris furieux de Junia. Il me fallut du temps pour m'arracher à mon rêve.

Dans l'obscurité totale, je battis des paupières et me frottai les yeux, écoutant le silence. Je pris la bougie, craquai une allumette et consultai ma montre. Quatre heures passées, mais à peine, encore vingt minutes avant de devoir me lever.

Je me laissai retomber sur l'oreiller, m'enfouissant davantage sous les couvertures. Le froid de mai s'insinuait par les vitres branlantes et par les interstices entre les rondins. Encore une fois, la mule poussa les hauts cris, puis j'entendis retentir un coup de feu.

Je me redressai tout à coup et me dépêtrai des couvertures emmêlées.

Enfilant le vieux peignoir de Maman, je descendis l'échelle en hâte, trébuchai, manquai le dernier échelon et me fis mal au genou. Je frottai l'endroit douloureux, puis voulus attraper le fusil sous le lit de mon père, mais il n'était pas là.

Paniquée, j'allumai une lanterne et ouvris grand la porte.

La lueur étouffée de la vieille lampe frontale de Papa, d'abord vacillant sur son casque de mineur, finit par s'arrêter et éclaira fixement l'écurie.

Mon père était accroupi près d'un corps et Junia se tenait à côté de lui, frappant le sol d'un sabot furieux et mugissant dans la nuit.

— Vite, fillette, cria-t-il en me voyant. Ramène la bête à l'écurie. Vite ! (Il ôta son casque et l'agita derrière lui.) Calme-la avant que je tire à nouveau, et cette fois je ne manquerai pas ma cible. Dépêche-toi de me calmer cette foutue bête.

Je vis le fusil de Papa à terre à côté de lui et j'eus le souffle coupé.

— Junia !

Je posai la lanterne et courus à elle, les mains en l'air. Mais Junia secoua sa longue tête et continua à déchirer la terre à deux sabots, prête à se battre.

— Holà ! Recule. Recule, maintenant. Allons, allons, ma belle.

Je la contournai et tentai de la bloquer.

— Allons, ma belle. Doucement. Tout doucement.

Je tendis lentement un bras et lui touchai le flanc. Sa chair frissonna et je tapotai, frottai, caressai son épaule et son museau gris tout en lui parlant à voix basse. Bientôt elle s'apaisa et laissa pendre sa tête épuisée sur mon épaule. En regardant derrière moi, je vis ce qui la perturbait.

En le voyant étendu comme cela, j'étais sûre qu'il était ressorti de sa tombe et j'eus tellement peur que je hurlai :

— Son cœur s'est arrêté ?

— Ramène la mule à l'écurie, ordonna mon père. Ramène-la, j'ai dit ! Et vite !

Papa souleva son casque et braqua la lampe vers le corps. Junia sursauta et émit un hennissement strident, étranglé. Je pris une corde et la lui passai au cou, puis l'attirai dans le bâtiment par-dessus une planche cassée. La demi-porte en bois était défoncée là où elle avait rué, l'attache tombée à terre.

Je ramassai la porte, la redressai et la réparai avec un bout de ficelle, puis je courus m'agenouiller à côté de Papa et de Vester Frazier.

— Il est vivant ? murmurai-je, partagée entre l'espoir et la crainte.

La tête de Frazier était maculée de sang et une vilaine plaie formait un cratère dans son front. Il avait la mâchoire fendue, le nez tordu sur le côté.

— Il reste de la vie en lui et il se sentira beaucoup plus mal s'il reprend connaissance.

Je remarquai le cercle de suie autour du nez de Papa, mais ses vêtements étaient à peine saupoudrés de charbon, et non crasseux comme d'habitude.

— Papa, pourquoi rentres-tu si tôt ?

— La mine a fermé. Une des galeries s'est écroulée et l'inspecteur nous a renvoyés chez nous.

— Et ici, que s'est-il passé ?

Il avait le fusil entre les genoux. Mais j'aperçus alors un éclat dans la terre, et mon soulagement fut emporté par une fureur naissante. À côté du corps de Vester Frazier reposait un long couteau de chasse et une autre lampe à pétrole éteinte.

Je repris ma lanterne et retournai en hâte à l'écurie. Passant la main sur tous les membres de la mule, je l'inspectai de mon mieux sous la lueur vacillante.

Je remontai la mèche. Elle se mit à brûler d'une flamme plus vive, et j'examinai Junia à nouveau.

— Juste une égratignure qui lui a mis la croupe en sang, mais rien de grave ! criai-je à Papa avant de retourner m'accroupir près de lui. Qu'est-ce qu'on va faire ?

— Nous aidons notre prochain, fillette. Nous sommes croyants, répondit-il simplement.

Je savais qu'il voulait dire « Nous sommes prudents » et qu'il redoutait les conséquences pour nous si l'on découvrait ici un Blanc blessé ou pire. Comme tous les Peau-Bleue, j'avais appris à être « prudente », je savais quand courber le front, quand faire le gros dos.

— Il me suivait, soufflai-je, respirant à peine. Il se glissait dans les collines pour m'épier, Papa.

Il avait essayé à nouveau, et si peu de temps après sa première tentative, voilà ce qui m'envoyait un frisson à travers tout le corps.

Mon père me dévisagea, un regard froid dans ses yeux faibles. Il ravala ce que je pris pour un juron, puis frappa du poing sur sa jambe.

Je savais qu'il se rappelait mon lit conjugal. Il n'avait pas dit grand-chose à ce moment-là, mais je voyais tout à présent dans ses yeux. Je posai ma main sur la sienne.

— Il ne m'a pas du tout fait mal, mais Junia a été égratignée avant de le chasser. Elle nous a sauvées.

Papa jeta en direction de Junia un coup d'œil où se mêlaient la stupeur et l'admiration.

— Je voulais réparer cette porte… Heureusement que je ne l'ai pas fait. La bête a dû sentir la méchanceté du bonhomme et a démoli son box pour l'arrêter.

— Quoi qu'on fasse, il viendra nous chercher, Papa. Et il continuera tant qu'il n'aura pas obtenu ce qu'il veut de moi.

— Oui. Mais maintenant, il faut qu'il vive, sinon on aura des ennuis. Si le prédicateur meurt, les gens prendront leurs cordes…

— Je me demande où son cheval est parti, Papa.

Je regardai autour de moi et tendis l'oreille, dans l'espoir de l'entendre.

— J'imagine qu'il a détalé dans les collines à cause du coup de feu.

Frazier toussa, puis gémit et sortit un peu de son hébétude, tressaillant. Une puanteur de sang et de peur s'élevait de son corps. Lorsqu'il ouvrit complètement les yeux et nous vit au-dessus de lui, Papa et moi, il protégea son visage avec ses deux bras.

— Emmenons-le dans la maison, dit mon père.

Stupéfaite, je renâclai.

— Maintenant ! ordonna-t-il.

— Bien.

Je déglutis. Nous prîmes le prédicateur sous les bras et sous les jambes pour le porter dans la maison.

Une fois à l'intérieur, nous couchâmes Frazier sur le lit propre de Papa, le lit que j'avais fait, sur les draps que j'avais récurés. Puis mon père dit :

— On n'a surtout pas besoin d'un deuxième Frazier mort. Mieux vaut aller au village chercher le docteur.

14

— IL A LE CORPS EN MIETTES, dit le médecin en tirant la mousseline grossière par-dessus le visage gris de Frazier.

Il rangea le stéthoscope dans sa trousse et nous regarda, Papa et moi, assis à table.

— Cette mule est dangereuse.

Le docteur retira le drap et grimaça, l'examinant une fois encore avant de rabattre le tissu sur le visage du prédicateur mort.

Je savais que Junia avait défoulé sa rage sur Vester Frazier, lui avait fracturé les côtes et remué les entrailles, mais le vase à demi-rempli de digitales posé près de la bouilloire était nouveau et je l'avais remarqué dès que j'étais revenue avec le médecin. Une tasse vide avait été placée sur un tabouret à côté du lit. Je me demandais avec un malaise quelle quantité Papa en avait administré au prédicateur.

Mon père dit au docteur :

— Le pasteur pourchassait ma fille et lui voulait du mal.

Les yeux du médecin se posèrent sur Papa, sur moi, puis de nouveau sur Papa, et il hocha la tête, connaissant fort bien le mal en question. Puis il aperçut le vase et prit la tasse vide.

— Il a retrouvé ses esprits et… (La voix de mon père disparut dans une quinte de toux.) Et je lui ai donné un peu de digitale contre l'hémorragie en attendant que vous arriviez. Pas plus que j'en aurais pris pour une migraine.

Je tordis mes mains sur mes genoux, puis je les cachai sous mes fesses et sentis leur chaleur bleue me démanger.

— La bête l'a démoli pour de bon, continua Papa.

— Tu ferais mieux d'abattre cette mule avant que la ville le fasse pour toi, Elijah, prévint le médecin en frappant le tabouret avec la tasse. Abats-la tout de suite !

Je bondis de ma chaise.

— Non ! Junia essayait de me protéger, elle l'a empêché de me faire du mal.

Le médecin ferma son sac avec un bruit sec et leva une main.

— Aucune importance. Voyons, Elijah, tu sais que deux Frazier retrouvés morts, et tous les deux avec des Peau-Bleue, ça ne passera pas, malgré toutes les bonnes raisons. D'abord Charlie, et maintenant Vester.

Le docteur tritura les favoris de sa joue, frotta ses yeux fatigués et m'adressa un regard dur. Je baissai la tête, entendant encore le bruit affreux que faisait dans la maison le *cœur arrêté* de Frazier.

— Il nous a attaqués sur ma terre, fit observer Papa.

— Il est mort, Elijah. Un Blanc mort chez un homme de couleur. Ils brûleront ta maison pour ça. Ils te pendront, c'est sûr.

— Chez un Peau-Bleue, rectifia mon père.

— C'est une couleur, pour eux, et une couleur qui leur fait peur.

Je m'accrochai au bras de mon père.

— Papa, nous dirons au shérif qu'il m'a poursuivie dans ma tournée. Le défenseur de la loi a juré de nous protéger, nous, les bibliothécaires.

Papa promena une main calleuse sur son visage, accablé par un sentiment de défaite.

— C'est un parent des Frazier. Bon Dieu, la moitié des gens du village sont parents avec les Frazier d'une façon ou d'une autre.

— Le clan Frazier est l'un des plus grands de la région. Sur le nombre, il y a des ordures finies, et des gens convenables. Le shérif est un brave homme et il prend ses responsabilités au sérieux, peut-être même trop, parfois. Mais là, ça fait deux Frazier morts, ajouta le médecin en faisant la grimace comme s'il se rappelait un épisode désagréable avant de secouer la tête.

— Le prédicateur m'a attaquée, chuchotai-je. Je raconterai au shérif comment il a essayé de me...

Papa enveloppa ma main dans la sienne pour m'imposer le silence. Il la serra encore une fois, plus fort, comme un avertissement.

Je ravalai mon accusation et baissai le menton. Une femme violentée serait maudite, persécutée et chassée de son emploi comme Gracie Banks, la receveuse de la poste, lorsqu'elle avait porté plainte pour viol, l'an dernier. Justice était rarement rendue, et uniquement si la famille de la victime se chargeait d'infliger un châtiment en dehors du cadre légal. Déshonorées, profanées, les femmes elles-mêmes faisaient taire la femme souillée, la fuyaient et l'accusaient ; elles veillaient à ce qu'elle porte la tache du péché de l'homme jusqu'à la fin de ses jours. Au fil des années, j'avais vu ce fardeau dans le regard voilé de quelques femmes du village. Je me rappelle avoir entendu Maman dire à Papa, quand elle croyait que je n'écoutais pas : « Le silence des femmes permet à ces hommes sans Dieu de côtoyer librement leurs proies, de croiser leurs victimes dans les rues de Troublesome en levant la main au chapeau et en se tripotant l'entrejambe. »

— Mais il me pourchassait, répétai-je au médecin, d'une voix affaiblie.

Papa lâcha ma main, pointa un doigt vers la fenêtre.

— Sur ma terre. Sur la terre des Carter.

Le docteur inspira longuement, ennuyé.

— Les gens penseront sûrement le pire. Et la peur de tout ce qui est particulier, qui n'a pas de nom, qu'on ne comprend pas… (Son regard tomba sur nous.) Cette peur pousse même le plus saint des hommes à mal faire sous le ciel sombre de notre vieille terre.

Saisie par l'angoisse, je contemplai les joues foncées de Papa.

Le médecin s'assit à la table, ses longs doigts se mirent à pianoter sur le bois balafré, et il me regarda encore deux ou trois fois.

— On a un problème, Elijah, dit-il d'une voix endeuillée par l'inquiétude. Un problème qu'il faut résoudre. (Il frappa le bois pour y faire résonner son souci, et s'éclaircit discrètement la gorge.) Oui, oui, absolument.

— Va nous chercher à boire, fillette, dit mon père en le contemplant. Le docteur doit avoir soif.

— Bien, Papa.

Tremblante, je tirai du fond du placard une vieille bouteille de whisky et plaçai les gobelets remplis devant les deux hommes. Je prévoyais de m'asseoir moi aussi.

Mon père me saisit le bras.

— Va voir la mule, assure-toi qu'elle est bien couchée. (Il me poussa doucement.) Vas-y, fillette, m'intima-t-il d'un ton un peu plus bourru. Maintenant.

J'ouvris la porte et regardai par-dessus mon épaule.

Les hommes avaient écarté leurs gobelets et penchaient la tête l'un vers l'autre, prêts à discuter.

Avant de sortir, je jetai un dernier coup d'œil au corps drapé de Frazier. « Un problème… qu'il faut résoudre », avait dit le médecin, et je devinais qu'il voulait le résoudre avec moi.

15

JE ME BLOTTIS SOUS LE PORCHE, dans le noir, l'oreille collée à la porte pour tenter de recueillir les propos qui se tenaient à l'intérieur. Derrière moi, le cheval du médecin hennissait dans la cour où il était attaché à un piquet. Junia répondait par des braiments las, assoupis.

Je me rapprochai encore. Le bruit de la conversation allait et venait, des bribes de phrases s'échappant à travers les interstices des vieux murs.

— Frazier avait… Il l'aurait tuée, dit Papa.

Le docteur marmonna quelque chose que je ne pus comprendre. Puis la voix furieuse de mon père s'y superposa

— Bon Dieu ! Quand Frazier a consacré son dernier souffle à m'expliquer que, dans une vision, Dieu lui avait confié la mission de planter sa semence blanche dans le corps de ma fille pour éliminer le démon bleu, *j'ai prié pour qu'il meure…*

Je me couvris la bouche pour réprimer un hoquet de stupeur.

Papa murmura autre chose, après quoi le médecin parla plus doucement.

D'autres mots me parvinrent pêle-mêle.

— Frazier était le diable en personne, soutenait mon père.

— Un homme d'Église.

— Un *charlatan.*

— Il était important pour certains, insista le docteur.

— Il avait l'importance d'un imbécile et d'un ivrogne, rétorqua Papa.

Un silence s'empara des ténèbres du petit matin. Puis les mots du médecin résonnèrent distinctement :

— C'est beaucoup demander à un homme.

Silence. J'entendis mon nom, prononcé deux fois. Ils avaient baissé d'un ton avant que le docteur n'ajoute :

— Merde, Elijah, c'est vraiment beaucoup demander à quelqu'un de respectable, qu'il ferme les yeux sans... compensation.

« Pasteur... Caché... Ils ne sauront jamais », dit l'un d'eux d'une voix étouffée.

Il y eut encore un échange rapide, pincé, de mots vides et confus. « Bleu, médical, Bluette, docteur, guérison, test » se mélangeaient.

Puis j'entendis le médecin proposer :

— Je n'y vais pas par quatre chemins. Fais-moi cette petite faveur, et je te garantis ta sécurité et celle de ta fille.

Nouveau dialogue énigmatique.

Puis le docteur :

— Je te promets que tu vivras en paix aussi longtemps que je vivrai.

Plissant le front, je tâchai de percer le mystère. Je me focalisai sur le mot « faveur », que je ressassai dans ma tête.

— Donne-moi Bluette, Elijah, et je jure qu'il ne lui arrivera aucun mal, dit encore le médecin.

J'eus l'impression d'avoir fait un pas dans le vide, au sommet de la montagne, et de m'agripper à l'air pour y remonter. Mon cœur battait si fort que je glissai une main contre ma poitrine pour estomper le bruit, car je craignais qu'ils l'entendent palpiter contre la porte.

Je discernai encore d'autres mots s'entrechoquer, d'autres fragments de discussion à voix basse dont je ne pus rien tirer, brutalement suivis par un coup sonore. Puis des chaises raclant le sol.

Je reculai, quittai le porche et courus vers Junia, l'esprit embrouillé par un amas de mots. Mes genoux se dérobaient presque sous moi.

Dans l'écurie, je m'effondrai contre la mule, enfouissant mon visage et ma peur dans son doux pelage. Elle ne bougea pas le moins du monde. Et je savais qu'elle avait dû sentir quelque chose. Quelque chose qui s'avançait vers nous à grande vitesse.

16

— Mais je ne suis pas malade, je suis juste d'une autre couleur ! criai-je à Papa deux jours plus tard, martelant ma poitrine d'un poing sombre, fâché. Et je ne suis pas plus différente que l'écureuil blanc qu'on a vu sur la Thousandstick Trace, qui court avec les roux et les gris. Ce sont tous des écureuils, tous pareils…

— Cussy, insista-t-il, j'ai eu ma dose d'ennuis à la mine et je n'ai pas besoin d'en subir une autre ici. C'est juste quelques séances en ville, et seulement une fois par mois. Ça ne changera rien à tes tournées. Le docteur dit qu'il peut venir te chercher quand tu as ton jour de congé, et il promet de te raccompagner jusqu'ici.

— Papa, je t'en supplie, je ne veux aller nulle part avec lui. Je… Papa, on est samedi, et quand j'ai un jour de congé, je dois travailler à mes albums. (Je me dirigeai vers l'étagère de livres.) Je dois trier toutes mes livraisons, nettoyer cette maison et…

Il me prit le poignet.

— Tu iras, fillette. Et tu l'aideras, lui et l'hôpital de Lexington, pour leurs tests. Tu aideras le docteur pour ses expériences.

Je dégageai mon bras, essuyant les empreintes charbonneuses qu'il y avait laissées.

— Ils trouveront peut-être un remède pour notre couleur, pour toi, ajouta Papa avec quelque chose qui ressemblait beaucoup à de l'espoir. On serait soulagés de notre fardeau.

Mais cette idée mourut sur sa langue. Ses mots m'atteignirent comme une gifle violente.

— Je… je suis désolée. Désolée de ne pas avoir pu être blanche… Désolée de ne pas être la fille que tu voulais, d'être ton fardeau depuis ma naissance, Papa, murmurai-je d'une voix douloureuse.

Ses épaules se voûtèrent et ses yeux s'emplirent de tristesse.

Je ne lui avais jamais parlé ainsi, ni à Maman, ni à aucune âme qui vive, et en le voyant brisé par le chagrin, quelque chose se brisa aussi en moi. Je détournai les yeux, réunis sur mes genoux le tissu de ma jupe et m'abandonnai à une souffrance déchirante tandis que ma colère se dissolvait.

Papa s'éclaircit la gorge.

— Je veux que tu sois en sécurité, fillette. C'est la seule façon de nous éviter la corde au cou. (Il pointa un doigt vers la vitre.) Et pour qu'il reste bien six pieds sous terre. Pour que le docteur soit toujours de notre côté et se taise.

Mon regard suivit son doigt. Deux jours auparavant, alors que les premiers rayons du matin se glissaient sur le drap recouvrant Frazier, le médecin était discrètement reparti et mon père m'avait envoyée dans mon grenier en m'interdisant d'en sortir. De ma petite fenêtre, je l'avais vu traîner le corps de Vester Frazier à travers la cour et creuser en hâte derrière l'écurie de Junia, tandis que le soleil se levait, pour enterrer le pasteur dans une tombe puante dissimulée sous le crottin et les branchages.

— Papa, le docteur sait qu'il s'est introduit sur notre terrain et a essayé de nous attaquer.

— Le docteur sait une seule chose : il a trouvé un deuxième Frazier mort en compagnie d'un Peau-Bleue. Et c'est exactement ce qu'il racontera aux gens si tu ne fais pas ce qu'il demande.

Ma gêne se reflétait dans ses yeux.

— Il a attaqué la mule et elle s'est défendue. Nous, on n'a rien fait, dis-je faiblement.

La réponse de mon père fit se dresser les poils de ma nuque et de mes bras.

— Les Peau-Bleue n'ont pas besoin d'en faire beaucoup, Cussy. Des Peau-Bleue et beaucoup de personnes de couleur ont été pendus pour moins que ça. Allez maintenant, c'est ton jour de congé et il est presque six heures. Il passera te prendre dans l'heure.

Pendus pour moins que ça. Je restai immobile, ma contestation perdant toute vigueur.

— On doit éviter la pendaison, fillette.

Plein de lassitude, il retourna à la chaise et s'y affala lourdement, les coudes sur les genoux, se frottant la tête avec les mains.

***

À sept heures, le docteur entra dans notre cour, perché sur son cheval. Nous nous relayâmes sur sa monture pour rejoindre sa maison en bordure du village. Devant chez lui, il attacha la bête et ordonna à un petit garçon de s'occuper d'elle.

Sa gouvernante, Aletha, apparut sur le seuil et le salua avec son curieux accent chantant.

— Bonjou' docteu', j'a un ragout su' le feu…

Aletha s'interrompit en me voyant. Les gens disaient que cette vieille Noire de Jamaïque avait travaillé pour les parents du médecin en Caroline du Sud. Après la mort de Lydia, la femme du docteur, Aletha était venue l'aider.

— Pas le temps de manger, Aletha, répondit son employeur en montant les marches du porche. Je ne passe que pour récupérer mon sac et une revue. Je dois aller à Lexington.

Aletha parut déçue.

— Emballe-moi juste quelques fruits et un bout de fromage, ajouta le docteur en la contournant. Fais donc entrer Mrs Frazier et propose-lui une tasse de thé.

Aletha tourna les yeux vers moi.

— Mais docteu', c'est une Peau-Bleue, elle.

Le médecin ne tint aucun compte de cette objection.

— Bluette, viens. Aletha veillera à ce que tu aies à boire avant notre voyage.

Il entra précipitamment. Je gravis les marches à sa suite, mais Aletha s'interposa devant la porte, les mains sur ses larges hanches. Elle agita sa tête couverte d'un foulard et désigna le puits.

— Pas Peau-Bleue chez m'dame Lydia. Toi, tu vas bwa là-bas, au puits, dit-elle d'une voix de plus en plus aiguë. Pas Peau-Bleue dans ja'din.

— Bwa… ? répétai-je en suivant son doigt.

Hébétée, je tressaillis. Elle avait beau chanter, je ne comprenais pas les paroles.

Aletha dressa un doigt au-dessus de sa tête et l'orienta cette fois vers la maison du docteur.

— Pas Peau-Bleue dans ja'din, pas Peau-Bleue bwa dans belles tasses m'dame Lydia !

Elle frappa du pied et disparut à l'intérieur.

La porte claqua, et je battis en retraite pour attendre en bas des marches. Au bout de quelques minutes, le médecin revint avec ses affaires et m'entraîna vers son automobile.

Mes pieds s'enracinèrent quand je vis le véhicule. Les grosses galoches noires que je portais s'incrustèrent dans le sol alors que le docteur tentait de me faire monter dans cette grande machine d'acier en me promettant qu'elle était sans danger.

J'avais vu au village des automobiles et des camions à charbon, j'avais lu des choses à leur propos dans les livres et les magazines, mais je n'avais jamais imaginé que je m'approcherais d'un de ces engins, et encore moins que je devrais m'y asseoir. Je contemplai la dame ailée, toute brillante, perchée sur l'avant.

Le docteur dut constater ma stupéfaction car il dit en souriant que c'était tout simplement une décoration pour le radiateur, qu'on appelait la « dame volante ».

Non sans rougir, je rabattis le bord de mon chapeau et fixai le sol en me demandant pourquoi il l'avait mise là, et toute nue, en plus.

Puis il ouvrit la lourde portière.

— On perd du temps, Bluette. C'est juste un cheval avec des roues, affirma-t-il. Une Plymouth modèle 1932, voilà tout. Monte, tu verras que tu y seras à l'aise.

Je savais bien que c'était une automobile, mais entre savoir ce que c'était et en toucher une, il me semblait y avoir un monde. Je regardai le docteur, puis la machine, et je sortis de ma poche un des mouchoirs de Papa pour m'éponger le front.

— Juste un cheval confortable, avec des roues, qui va nous conduire en ville et nous ramener, m'assura-t-il.

— Quand serons-nous de retour ?

Je craignais de ne pas pouvoir accomplir les corvées prévues aujourd'hui, et je redoutais plus encore ce que le docteur avait prévu, lui.

— Dans l'après-midi.

D'un geste large, il m'incita à monter. Je grimpai avec précaution sur un beau siège couvert de drap fin, et j'aperçus le grand volant au bout d'une grosse barre de l'autre côté, avec les manettes et les pédales au sol.

Je tenais le mouchoir de Papa roulé en une boule humide, serrant le poing jusqu'à en avoir mal aux articulations.

Je frappai du pied ce plancher étrange pour m'assurer qu'il y en avait bien un, en vérifier la solidité, puis j'inspectai le panneau de noyer, sous le volant, d'où sortaient de drôles de boutons métalliques.

Le médecin monta à son tour, et sa main se mit à se déplacer, fébrile, saisissant les manettes, tournant, tirant et poussant sur les boutons. Un rugissement indiqua que le moteur s'était ranimé. Je m'appuyai au dossier. En moins d'une minute, le lourd véhicule démarra, et nous partîmes sur les routes de campagne pleines de trous et de bosses.

Je m'étonnai de la vitesse, alors que le moteur sonore et les gros pneus mordaient le gravier et la poussière. Je savais que même le plus sûr des chevaux n'aurait jamais galopé ainsi, aussi vite et sans heurts.

Curieusement, le bruit du moteur et le vrombissement des pneus me détendaient. Pour passer le temps, je regardais par la vitre à mesure que la route de terre s'élargissait à travers les champs cultivés bordés de clôtures en pierre sèche. Après une heure, mes paupières devinrent lourdes et, bercée par la chaleur du soleil, la régularité des sons et les scènes floues qui défilaient, je m'endormis. Près de trois heures plus tard, le docteur prononça doucement mon nom pour me tirer de mon sommeil épuisé.

— Nous sommes à Lexington, Bluette.

Je vis des automobiles qui roulaient près de nous, et derrière elles, un rideau de très hauts immeubles. Lexington ne se situait qu'à cent quatre-vingts kilomètres de la maison mais aurait aussi bien pu se trouver de l'autre côté de plusieurs océans, car la ville grouillait d'un autre type de vie : des gens convenablement vêtus, gants, talons hauts, chapeaux fantaisie, de grandes bâtisses et le rugissement étouffé des véhicules. Aux carrefours, des hommes hélaient les passants, brandissant des journaux, tandis que les gens faisaient claquer leurs talons dans les rues pavées, évitant les automobiles.

Je touchai le col de la vieille veste de Papa, défroissai ma robe grossière et aperçus mes chaussures jamais cirées, dont je m'empressai de dissimuler les talons usés.

Le docteur s'arrêta pour laisser les gens traverser la rue. Je vis plusieurs personnes acheter un journal au croisement, et je m'étonnai qu'elles puissent se procurer aussi aisément les nouvelles imprimées, à volonté.

Une fois encore, je collai mon visage à la vitre, émerveillée par cette agitation, les gens qui se hâtaient sur les trottoirs, qui se faufilaient dans les nombreux magasins, qui entraient et sortaient par des portes sans signe particulier. C'était une vie que je connaissais seulement pour en avoir lu la description dans mes livres, et mes mains avides touchaient le panneau de verre comme pour toucher ces histoires lues ailleurs.

— Vas-y, baisse la vitre. Penche-toi et tourne la poignée.

Je tâtonnai, puis finis par baisser la vitre. J'inhalai les odeurs d'essence, d'huile, de béton et d'autres que je ne pouvais identifier, je humai l'esprit spécifique au lieu, j'écoutai le bourdonnement universel, le cantique de la ville.

La suie de la ville, sa graisse, sa fumée et ses gravillons, me remplissaient le nez, me brûlaient, m'humectaient les yeux.

Une automobile nous frôla et klaxonna, me faisant sursauter. Une autre répliqua, puis encore une autre et plusieurs autres encore. Des cris, le claquement de marteaux, la musique et les saluts échangés tourbillonnaient, venus de toutes les directions.

— Il y a tellement de bruit. Comment font-ils pour le supporter ?

Je pressai mes paumes contre mes oreilles, pivotant la tête pour suivre. Le docteur éclata de rire et continua jusqu'au moment où il tourna dans une rue calme, bordée d'arbres, qui menait à l'hôpital Saint-Joseph. Le large édifice de cinq étages, en brique rose-rouge se dressait très haut dans le ciel de midi.

Le médecin coupa le moteur, sortit de la voiture, et en fit le tour pour venir ouvrir ma portière. Je restai bouche bée face à cette bâtisse, avec son portail aux colonnes monumentales précédé d'un majestueux escalier en béton. Une longue véranda de fer le surplombait. Je n'avais vu de choses aussi magnifiques que dans les magazines.

— Viens.

Le docteur prit sa trousse à l'arrière et me fit monter les marches jusqu'aux doubles portes en bois.

À l'intérieur, une femme en robe sombre et coiffée d'un drôle de chapeau blanc nous accueillit. Il l'appelait « Ma sœur ».

— Bluette, il n'y a pas de quoi s'en faire. Nous sommes dans un hôpital catholique, le meilleur de Lexington, et cette dame est une religieuse.

Je fus plus intéressée par l'immense vestibule, les salles immenses et les meubles massifs éparpillés sur le sol au dallage ciré. Cela ressemblait à un arbre en béton, les couloirs luisants me faisant penser à des branches qui partaient en tous sens.

Je sentis sur moi les yeux de la religieuse et je la surpris en train de m'examiner par-dessus ses lunettes. J'hésitai à la dévisager de même. Des comme elles, nous n'en avions pas à Troublesome ni dans les environs, mais j'avais lu des choses sur les gens de son espèce dans le *Reader's Digest* et dans le *National Geographic.*

— Bonjour, ma sœur, vous n'avez pas besoin de nous accompagner, dit le docteur.

Il prit mon bras et m'entraîna dans la gueule d'un couloir blanc et vide qui tournait, se tordait et se divisait en d'autres couloirs vides éclairés par des ampoules électriques. Plusieurs fois, je m'arrêtai pour contempler ces lumières, pour écouter le bourdonnement énervé des ampoules, jusqu'à ce qu'il me reprenne le bras pour me faire avancer.

Il ouvrit une grande porte métallique qui, après un escalier, menait à une autre porte, puis encore un couloir qui semblait ne jamais devoir se terminer. Finalement, le docteur s'arrêta devant un passage en arcade. Sur le panneau métallique, trois mots gris avaient été peints à hauteur de regard pour que personne ne puisse les manquer : PATIENTS DE COULEUR.

Une femme noire nous croisa, portant un enfant capricieux, suivie d'une religieuse avec un autre bébé dans les bras. Un petit garçon passa la tête à l'angle du couloir et disparut aussi vite.

— Nous y sommes, indiqua le docteur, un peu essoufflé.

Sur notre droite, j'aperçus une porte annonçant Chirurgien.

Mon cœur se mit à émettre un bruit de tonnerre, et ma gorge se serra comme dans un lasso.

Le docteur me fit entrer et je heurtai une longue table métallique à haut rebord. L'odeur de désinfectant et d'autres liquides inconnus était gravée dans les murs verts. Des instruments médicaux reposaient sur de petits plateaux en argent remplis de couteaux aiguisés, de flacons, de bandes de coton, de balles et de morceaux de chiffon. Une petite cuvette était encastrée dans le coin. À côté, sur le plan de travail, un bol en verre recouvert de gaze contenait des sangsues. Je reconnus une lancette, comme celles qu'on employait dans mes collines. Elle avait pour voisins un outil à saignée et des coupes utilisées pour recueillir le sang répandu par un corps.

Le docteur me contourna pour atteindre un tiroir placé sous l'évier et en tira une chemise d'hôpital en coton qu'il secoua.

— Bluette, enlève tes habits, toutes tes affaires, et enfile ça pour l'examen.

J'appuyai une main sur ma poitrine et secouai la tête, car je ne voulais pas enlever ma veste, et certainement pas mes sous-vêtements.

Il fronça les sourcils.

— Le temps presse. Je vais te donner une pilule. (Il ouvrit une armoire métallique à porte vitrée et y prit un flacon.) Avale ça pour te calmer les nerfs, ordonna-t-il en me remettant la pilule. Je vais te chercher un verre d'eau.

Le docteur se dirigea vers la cuvette et fit jaillir l'eau du robinet.

Je sursautai en entendant frapper à la porte. Un homme de couleur, en blouse blanche, entra dans la pièce.

— Docteur Randall Mills ! s'exclama le docteur. Je suis ravi que vous puissiez venir aujourd'hui. Entrez, entrez. Je vous présente Cussy Frazier, née Carter, de la famille Peau-Bleue dont je vous ai parlé. On l'appelle Bluette.

Le Dr Mills s'approcha à quelques centimètres de mon visage, hochant la tête.

— Une véritable femme bleue, dit-il en tournant autour de moi, ses yeux saisissant chaque détail de ma personne. Avez-vous procédé à un examen du cœur et des poumons, Thomas ?

— Je viens de les demander, répondit le docteur d'un air enchanté.

— Stupéfiant, cette couleur, reprit le Dr Mills en touchant ma joue.

Je tressaillis et détournai la tête.

— Tout à fait, acquiesça le docteur en tapotant l'épaule de son confrère. Randall, pouvons-nous nous voir dehors ? Bluette, dépêche-toi, prends ta pilule, déshabille-toi et mets la chemise.

Les deux hommes quittèrent la pièce sans bruit.

En dépliant la chemise usée jusqu'à la corde, je vis qu'elle était fendue de haut en bas sur le devant – ou bien était-ce l'arrière ? Pleine de réprobation, je la refermai et la posai sur la table, ainsi que la pilule.

Quelques minutes plus tard, le docteur passa la tête à la porte. Je désignai la chemise.

— Elle est entièrement déchirée.

Il secoua la tête et referma la porte, me laissant à nouveau seule.

Quelques minutes terrifiantes s'écoulèrent encore avant que le docteur rouvre et entre, escorté de deux femmes larges d'épaules, en robe de religieuse.

Les deux nonnes écarquillèrent les yeux, puis le docteur glapit :

— Mes sœurs, déshabillez-la vite et donnez-lui deux Nembutal en suppositoire.

Et il s'en alla aussitôt.

Ma gorge serrée par la peur émit un cri de protestation et je tentai de le suivre. Mais une des religieuses m'attrapa par la veste, qu'elle arracha ainsi que mon chapeau. L'autre tira un gros flacon de l'armoire à médicaments.

Ensemble, elles vinrent vers moi, m'acculant contre le mur. Je me débattis à coups de pied et de poing, hurlai et jurai jusqu'à ce que la plus grande des deux me plaque au sol, appuyant son épais genou bosselé sur mon dos. L'autre m'enleva ma jupe, puis mes sous-vêtements.

Je luttai pour me relever, mais la première appuya plus fort avec son genou, maintenant ma tête contre le sol froid.

Puis la deuxième s'accroupit et me toucha délicatement le postérieur, en murmurant :

— Vous avez déjà vu ça, sœur Doreen ? Regardez, bleu comme l'eau d'un lac quand il fait beau.

Elle appliqua son doigt glacé sur ma peau, palpant avant de me donner une fessée cuisante.

Une rage assassine surgit en moi. Je poussai un cri meurtrier en m'efforçant de me libérer, je voulais les mordre et leur cracher dessus, mais ma main n'attrapa que de l'air. La plus grande des deux religieuses ne m'avait pas lâchée.

L'autre rit et me mit une nouvelle claque sur les fesses.

— Regardez maintenant : violet comme une prune.

— Insérez-lui les deux Nembutal, ordonna celle qui me terrassait, pressant encore plus son genou contre mon dos.

Elles m'ouvrirent de force, tirant sur ma peau, et introduisirent quelque chose de dur et de douloureux dans mon derrière. L'objet pénétra en glissant et me réchauffa l'intérieur. Très vite, elles m'enfilèrent la chemise fendue. Puis elles me hissèrent sur la table en métal froid, écartèrent mes bras et mes jambes, les attachant aux rebords avec des lanières de cuir, me laissant ainsi exposée sous l'ampoule qui bourdonnait, suspendue au plafond.

Il ne fallut pas longtemps pour que mes cris s'épuisent sous ma langue pâteuse, et je pus à peine distinguer les visages des médecins qui planaient au-dessus de moi.

Droguée, je sentis le contact de la peau nue, leurs mains affairées se cognant, rampant au-dessus, au-dessous et à l'intérieur de moi, tandis que leurs voix enthousiastes flottaient en un gargouillis de mots qui s'estompaient.

— Prenez un coton… Plus de sang ici. Davantage d'échantillons… Plus. Nous allons faire l'Histoire. Les meilleures revues se battront pour nos articles, nos analyses et nos photos.

Je tentai de remuer, mais le sommeil enfonça ses dents plus profond dans ma chair, mes paupières devinrent lourdes, et la nuit tomba vite.

17

Je m'éveillai d'un sommeil médicamenteux et compris que j'avais été enfournée sur le siège arrière de l'automobile du docteur. Les souvenirs confus de l'hôpital, des échantillons et des revues médicales firent se redresser mon corps endolori. Mon chapeau froissé avait été placé sous ma tête.

Appuyée à la vitre, je sentis un malaise s'insinuer dans mon ventre et s'élever dans ma gorge, tandis que défilait le flou des arbres et de la route, me donnant le vertige.

Avec un gémissement, je me blottis sur la banquette, le souffle court, haletant. Et je me réfugiai bientôt dans le sommeil.

La voiture heurta quelque chose, le moteur grogna, et je fus tirée de ma sieste. Je plaçai mon coude devant mon visage, car la dure lumière du jour blessait mes yeux fragiles.

Aussitôt, je tendis la main. Elle était bandée sur toute la longueur de mon bras.

Je tâtai le pansement, ma chair sensible. En déroulant la bande, je suivis les traces de sang sur mes veines, la peau meurtrie et enflée, les affreuses marques des lanières, profondes et à vif. Je me levai lentement et me penchai par-dessus le siège, la voix serrée par la peur.

— Que… Qu'est-ce que vous avez fait ? Qu'est-ce…

Le docteur tourna à moitié la tête vers moi :

— Ah, tu es réveillée ! Bien. Ne t'en fais, ça ne laissera pas de cicatrices. Tout va bien se passer, ma petite, ajouta-t-il d'un air gaillard. (Il se concentra à nouveau sur la route.) Aussi bien que ça peut avec du sang couleur chocolat, j'imagine.

Chocolat. Je contemplai mon bras, tirai sur le bandage. Le sang l'avait parsemé de taches brunes.

— Je suis désolé que les infirmières aient été brutales avec toi, Bluette, mais c'était important, très important ; bientôt nous en saurons plus sur le sang de ta famille et le moyen d'y remédier. Pour ton bien, ma petite.

Je sentis l'étincelle de colère glisser derrière mes yeux, suscitant une migraine. Ce que je voulais surtout, c'était me sentir bien en tant que Peau-Bleue. Je n'avais jamais compris pourquoi les gens pensaient qu'il fallait « remédier » à ma couleur, à n'importe quelle couleur.

— Ce serait merveilleux pour toi, non ?

« Y remédier ». Ces mots glaçants étaient coincés dans ma gorge, et je regrettai soudain que ma mère n'ait pas *remédié* à ma naissance avec des herbes amères. Alors je n'aurais jamais subi l'horrible malédiction de ma couleur. Malgré tout, le docteur disait que ce serait merveilleux, et je ne pouvais m'empêcher de me demander comment seraient ma vie et celle de Papa quand il aurait *remédié* à notre problème. Ces pensées confuses faisaient palpiter ma tête encore plus fort. Je me touchai le cou, examinai mes bras et mes jambes, cherchai d'autres points sensibles. Une crampe me noua le bas de l'estomac, et plus bas encore.

— Mes intestins. J'ai… des crampes, dis-je, trop fatiguée pour être gênée.

— Tout va bien. Nous avons prélevé du sang et un échantillon de tissu dans le col de ton utérus, quelques frottis de peau sur ton cuir chevelu et l'arrière de ton épaule, rien qui puisse te faire mal ou causer une douleur durable, et rien qui résiste à une bonne nuit de repos avec un peu de laudanum. (Il secoua un sac et en tira une poire.) Aletha m'avait préparé ça et un peu de fromage. Tu as envie de manger ?

— Je n'ai pas faim. J'ai mal, j'ai mal partout. (Je me pliai en deux.) Je ne veux plus jamais recommencer.

— Rien qu'un peu, je te promets. Écoute, Bluette, nous pourrons peut-être te guérir, te rendre blanche. Ça ne te plairait pas ? demanda-t-il très gentiment tout en se garant sur le bord de la route.

Il n'y avait peut-être rien qu'un Peau-Bleue aimerait davantage que la perspective de devenir ainsi normal, mais la souffrance et la peur m'avaient ébranlée et excluaient ces possibilités.

— Ta vie serait plus sûre, ma petite. Quand tu seras blanche, tu n'auras plus à te soucier de Frazier et compagnie, ou de ceux qui pourraient te vouloir du mal parce que tu n'es pas comme eux.

Ces mots glacèrent un peu plus mon ventre pris de crampes. Si je ne laissais pas le docteur agir à sa guise, l'avenir serait encore pire pour mon père et moi. « Beaucoup de personnes de couleur ont été pendues pour moins que ça. » Je me répétais cette phrase en boucle, la peur au fond du ventre.

Assis au volant, le docteur fouilla dans sa trousse pour en sortir un petit flacon et un compte-gouttes.

— Tiens, prends-en une goutte maintenant, et deux gouttes de laudanum ce soir avant de te coucher.

À peine avais-je déposé les gouttes sur ma langue que mes douleurs commencèrent à s'apaiser. J'examinai mes bras de plus près, les égratignures n'étaient plus qu'un petit désagrément.

Intriguée, déconcertée de me sentir mieux, je refermai le minuscule flacon et le rangeai dans la poche de ma robe, tandis qu'une autre idée me préoccupait davantage.

— J'ai besoin d'une crème pour ces égratignures.

— Ah oui, bien sûr que oui. (Le docteur chercha encore dans sa trousse.) Nous ne voulons surtout pas que tu tombes malade.

— Non, et ces derniers temps, nous n'avons pas eu grand-chose à manger, et j'ai parfois les genoux très faibles…

— Tiens, prends cette poire et le fromage, je t'en apporterai bientôt davantage ; je veillerai à te procurer du pain et du fromage en quantité.

Du pain et du fromage en quantité ! Je faillis applaudir.

— Et voici un flacon d'alcool à friction, ma petite.

Il me remit le sac ainsi qu'une plus grande bouteille remplie de liquide clair.

— Et tu peux toujours utiliser du miel pour panser ta plaie après l'avoir nettoyée à l'alcool, précisa-t-il en m'offrant cette fois un beau pot de miel. Je veux que tu sois à ton aise, que tu aies tout ce qu'il te faut.

Oubliant presque l'hôpital et les épreuves de cette journée, je serrai ces trésors contre ma poitrine et réussis à sourire avant de tout stocker au creux de mon chapeau. Très vite, je m'assoupis, blottie sur la banquette.

18

NOUS FÛMES DE RETOUR à Troublesome peu avant la nuit. Le vieux médecin me ramena sur son cheval à travers les bois, puis me déposa saine et sauve chez moi.

Avant qu'il ne reparte, je le surpris à contempler mes vêtements fripés, mes cheveux mal entretenus et mes nattes dénouées.

Il chercha dans sa veste.

— J'allais oublier, Bluette. J'ai acheté ça pour toi à la boutique. (Il me donna deux rubans de satin.) Euh, oui… Les rubans de tes cheveux ont été perdus pendant nos examens.

Il s'empourpra. Je n'avais pas de rubans sur mes nattes, juste de la ficelle. Mais je fus émerveillée par ces superbes festons blancs tout neufs, murmurai un « merci » qui m'étonna, alors même que je lisais dans ses yeux pleins de sagesse que ces dons visaient à me persuader d'accepter d'autres tests. Il se montrait généreux, mais il changerait de discours si je refusais.

Mes yeux scrutèrent la cour et se posèrent près de l'écurie de Junia, là où le prédicateur gisait dans sa tombe peu profonde. Un frisson me secoua violemment les épaules.

Le docteur s'en alarma :

— Tu as froid. Laisse-moi te donner une couverture.

Je fis aussitôt un pas en arrière, pressée de prendre congé.

— Je vais bien, monsieur.

Le docteur remonta ses lunettes qui lui glissaient sur le nez et se pencha pour s'assurer que je disais vrai.

— Je veux que tu ailles très bien. Le Dr Mills et moi, nous croyons pouvoir te guérir. Il y a de grandes chances, Bluette.

Je n'osais pas espérer.

— Enfin, bonsoir. Repose-toi bien. Je t'enverrai bientôt un panier de victuailles, puis je reviendrai te chercher avant un mois, vers la troisième semaine de juin, promit-il.

Et il remonta sur son cheval sans attendre ma réponse.

Dans la maison, Papa dormait. Il battit des paupières, et je chuchotai :

— Rendors-toi. Je prépare simplement mes livres pour la semaine prochaine et j'irai m'occuper de Junia.

Je déposai mon chapeau rempli près de la porte, non sans jeter un coup d'œil aux cadeaux qu'il contenait. Papa marmonna vaguement quelque chose et toussa. Je vis alors qu'il s'était couché harassé, couvert de poussière de charbon, même s'il semblait au moins s'être un peu frotté le visage et les mains avec un chiffon propre.

— Chut, repose-toi encore une heure, dis-je en le recouvrant avec son drap.

Plissant les yeux, il chercha mon bras.

— Toi… ça va, fillette ? Il s'est bien occupé de toi ?

— Oui, Papa. Ferme les yeux, maintenant.

Je m'empressai de le border sous le drap de mousseline grossière, car je ne voulais pas l'inquiéter avec mes soucis de cette journée. J'espérais qu'il dormirait encore un peu, et qu'il ne découvrirait pas dans mon regard ce que j'avais subi.

Avec le pouce, il désigna le tabouret où il avait posé une enveloppe tachée de charbon, destinée à R. C. Cole.

— Beck m'a transmis ça pour le gamin qui guette les incendies, dit-il d'une voix somnolente.

À l'extérieur, je pris ma sacoche à livres et y emballai avec soin les flacons du docteur, le miel et la lettre de R. C., puis j'allai voir Junia.

La mule hocha la tête, souffla, hennit bruyamment. Elle avait hâte de me voir. J'ouvris la barrière et la laissai sortir de l'écurie. Elle se frotta à mon menton, étira le cou pour que je la gratte, puis se laissa tomber à côté de moi pour se rouler dans l'herbe.

Junia se défoula un bon moment avant que je la reconduise dans son box pour la nourrir. La barrière était un peu branlante et je tâchai de la remettre d'aplomb tout en jetant des regards vers la tombe. Papa avait essayé de réparer cette porte le jour où il avait enterré le prédicateur, mais il aurait fallu remplacer le poteau et installer un loquet plus solide. Après l'avoir enfin refermée de façon satisfaisante, je me baissai pour attraper le savon, la serviette et un vieux miroir à main ayant appartenu à Maman, puis je ramassai ma lanterne et partis me baigner dans le ruisseau, cette journée de printemps disparaissait derrière les collines et un rideau rafraîchissant frémissait à sa suite.

Méfiante, j'inspectai mes bras sous toutes les coutures. J'avais lu des choses sur la médecine et ce que font les médecins. Mais j'étais troublée à l'idée que cela m'ait été fait à moi. Mes parents et d'autres habitants des collines se soignaient grâce à des remèdes naturels – fortifiants, racines, écorces et herbes – sauf lorsqu'une maladie obstinée résistait aux potions artisanales. Ils appelaient rarement le docteur.

Je tins le miroir devant mon visage. J'avais beau m'y être regardée de nombreuses fois, j'étais toujours blessée comme si j'y voyais quelque chose d'horrible pour la première fois. Ma peau était encore assombrie par cette dure journée, avec des hématomes d'un bleu intense. Comment les médecins pourraient-ils jamais changer mon teint ? J'étais certaine que même la potion la plus puissante en serait incapable.

En déplaçant le miroir vers mon dos, je vérifiai mes épaules, mes mollets et mes fesses. Une fois certaine de n'avoir subi aucun dégât permanent et ayant constaté que ma fierté avait plus été bafouée que le reste, je m'essuyai dans une serviette.

En revenant à la maison, je trouvai mon père qui déambulait d'une pièce à l'autre, en train de s'habiller pour la mine.

— Papa, c'est samedi, tu dois vraiment y aller ? Je vais te préparer un souper…

— Pas le temps, fillette. Ce soir, il y a une réunion spéciale avant le travail.

Il voulait parler d'une réunion *secrète*, et syndicale, qui plus est. Ce genre d'assemblée était aussi dangereux que les effondrements, les explosions et la silicose, c'était ce que la Compagnie redoutait et combattait le plus férocement. Les hommes réclamant de meilleures conditions de travail et un meilleur salaire constituaient pour les houillères le plus grand danger. Et si la Compagnie l'apprenait, elle interdirait la réunion par des menaces ou par la violence, elle brûlerait une ou deux maisons de mineur, ou ferait disparaître les meneurs de ces débats.

Papa encastra ses pieds dans ses chaussures restées près de la porte.

— Cussy, ça s'est bien passé, en ville ?

J'aurais voulu le harceler comme le faisait Maman lorsqu'il assistait à ces réunions, le supplier de ne pas y aller, mais je n'avais pas la force de discuter avec lui ou de l'inquiéter en lui racontant ma journée. Il avait déjà assez d'ennuis.

Penchée par-dessus le matelas, je roulai ses draps en boule et je constatai son air soucieux en lui jetant un coup d'œil.

— Oui, Papa. Ils m'ont pris des échantillons de sang et de peau, c'est tout. Je n'ai pas eu mal du tout. Rien que des égratignures.

— Mets du baume dessus. Et justement, j'ai envie de louer le cheval de Murphy cette semaine et d'emporter la faucille pour débroussailler un peu tes routes. Faire de la place, t'enlever les ronces.

— C'est bien gentil.

J'appréciais qu'il veuille faire cela pour moi et pour Junia. Je pris sa gamelle et y glissai la poire et le fromage du docteur, en ajoutant une galette prise sur le poêle.

Il grommela quelque chose que je ne compris pas, attrapa sa veste et sa gamelle, puis sortit en lançant un « bonne nuit » par-dessus son épaule, sa lampe frontale allumée et le guidant sur un large chemin qui disparaissait dans la brume, encadré par les grands pins silencieux.

Mon ventre gargouillait, j'étais affamée. Je dévorai le reste des galettes refroidies et rassises que j'avais fait cuire ce matin-là. Rassasiée, je mis des draps propres dans le lit de Papa, fis bouillir les sales, préparai son bain et me dépêchai d'accomplir mes corvées. Enfin, je réunis de vieux morceaux de tissu, les lessivai et les rinçai, puis les suspendis à sécher près du poêle.

Bientôt, mes pensées retournèrent à l'hôpital, je m'approchai du miroir pour parcourir tout mon corps d'une main légère, mon visage devenant plus foncé à mesure que je tentais d'imaginer ce que les médecins avaient fait, ce qu'ils m'avaient pris.

Absolument épuisée, mais l'esprit parfaitement éveillé, je cherchai quelque chose, n'importe quoi, pour me nettoyer, pour anéantir la souillure de cette journée. Dans le grenier, j'ôtai mes habits et mes sous-vêtements, me changeai et redescendis. Quand j'eus lavé et rincé tout ce que je portais jusque-là, quand je les eus récurés et frottés à nouveau, puis une fois encore, jusqu'à ce que des étincelles jaillissent de mes mains à vif, en sang, et éliminent toute l'impureté de ce jour et toutes mes idées troubles, alors seulement je m'arrêtai.

Satisfaite, je grattai mes mains avec de l'onguent pour cheval, puis je m'assis et parcourus les derniers livres et imprimés que j'avais reçus. Il y avait dans le *Louisville Times* un article sur un incendie contre lequel les gardes forestiers avaient courageusement lutté dans la forêt mémoriale de Jefferson. Enthousiasmée par cette trouvaille, je repliai le journal afin de le garder pour R. C.

Je mis de côté une brochure sur la santé des bébés, pour Angeline, puis je tirai de l'étagère un des romans de Maman. C'était son préféré et le mien aussi, et je le serrai contre ma poitrine, décidant tout à coup ce que j'allais en faire. Ce serait mon action la plus téméraire, mais c'était sans importance après ce que j'avais enduré aujourd'hui. Prise de vertige, je l'emballai avec les autres.

Je me rappelai l'élève de Winnie qui demandait une recette de tarte pour sa sœur et j'en écrivis deux différentes sur un bout de papier que je fourrai dans mon sac.

Contente, je me rassis pour lire mon autre magazine favori, le *National Geographic,* déchiffrant lentement chaque mot, m'imprégnant de tous les articles sur les pays lointains et leur population, en quête d'autres individus qui me ressemblaient.

Plusieurs heures après, je roulai les morceaux de tissu une fois secs et tirai le médicament de mon sac. Mes mains tremblaient un peu en tenant les précieux récipients contenant le laudanum, le miel et l'alcool.

Je me dirigeai vers le poêle et attrapai l'écorce de saule de Loretta. Pleine d'une force et d'une gratitude renouvelées, je l'emballai soigneusement avec les cadeaux du docteur et mis le tout dans mes sacoches.

D'une valeur supérieure à de l'or ou à des poulets, c'était exactement ce dont Mr Moffit avait besoin pour vivre, et ce sans quoi la famille Moffit ne survivrait pas.

19

SOUS LE BROUILLARD FRISSONNANT, Angeline travaillait dans son jardin, entassant des pommes de terre, une chanson s'échappant de ses lèvres, l'air de mai agitant ses cheveux. Plus loin, des rafales printanières effleuraient les tiges de moutarde et la verveine jaune arrivait à la taille. Près du porche, un fil à linge ployait mollement entre un poteau et un arbre au tronc épais. Une autre brise basse jouait entre les humides draps usés et les habits rapiécés, les balayant à travers la terre brute.

Elle se leva et essuya ses mains sales sur ses jupes lorsqu'elle entendit le salut de Junia.

— Bluette !

Angeline accourut vers nous, faillit trébucher dans sa longue jupe boueuse, pataugeant pieds nus dans les flaques et éclaboussant partout.

— Junia ! cria-t-elle avant d'embrasser le museau de velours de la mule.

Elle tira une petite carotte de sa poche et la lui donna. Je descendis de ma monture et en confiai les rênes à Angeline. Elle attacha Junia au poteau.

— Le docteur va venir ? On l'attend tous les jours. Regarde ce que j'ai fait pour ma petite Honey.

Angeline glissa la main dans une poche et en tira un pantin. C'était une minuscule poupée sans visage, faite d'enveloppes de maïs, la robe taillée dans un bout de tissu à fleurs qu'Angeline avait arraché à sa propre jupe.

— C'est drôlement joli. Le docteur est très occupé, Angeline. Je suis désolée.

Je sortis ses graines que j'avais enveloppées dans une étamine. Elle les prit et contempla le paquet pendant un temps interminable, l'effroi s'accumulant sur son visage pâle, en sueur.

— Mais la fièvre de Willie a viré mauvaise à présent, murmura-t-elle, remettant la poupée du bébé dans sa poche, les larmes aux yeux. J'ai rien pu y faire.

Je lui donnai *Madame Trotte-Menu* et la brochure sur la santé des nouveau-nés.

— Angeline, j'ai autre chose.

— Une fièvre vraiment mauvaise, dit-elle en s'éloignant.

Une fois sous le porche déglingué, elle jeta les graines dans la boue et disparut dans la maison.

— Angeline ! criai-je après elle, cherchant les médicaments dans mes poches.

Je gravis en hâte les marches branlantes, enjambant les hautes herbes urticantes qui poussaient à travers les planches pourries. Ouvrant la porte, je jetai un coup d'œil à l'intérieur et prononçai tout bas son nom. De la vapeur montait d'une casserole sur le poêle. Un parfum de plantes sauvages mises à bouillir emplissait toute la cabane.

Angeline était agenouillée à côté du lit, le visage enfoui dans les couvertures au-dessus de son mari, sanglotant sans bruit, ses minuscules épaules secouées par un terrible chagrin. À la tête du lit était suspendu un calendrier qu'Angeline avait confectionné à partir d'une planche vermoulue. Elle avait gravé le mot HONEY en haut. Une croix colorée avec du jus de baie marquait chacun des jours qui devaient encore s'écouler avant la naissance de son enfant.

— Angeline, la hélai-je tout bas en m'approchant d'elle. Ne vous en faites pas. Je vous ai apporté des médicaments. Regardez.

Mr Moffit grogna dans son sommeil et les couvertures glissèrent de sa jambe, dévoilant sa blessure. Le pied était d'un rouge furieux, tacheté de pus jaune-vert, une plaie infectée semblant dévorer presque tout son pied. La puanteur de l'infection vint me piquer les yeux et me barbouiller l'estomac.

Angeline se leva et passa une main brutale sur ses joues mouillées. Je lui plaçai les flacons dans les mains.

— J'ai de l'écorce de saule pour sa fièvre et nous pouvons lui nettoyer le pied avec cet alcool. Ensuite vous pourrez panser la plaie deux fois par jour avec une couche de miel et utiliser ce bandage. Et voici du laudanum pour qu'il se repose.

Angeline posa délicatement le tout au pied du lit, étudiant ces trésors, promenant ses doigts sales sur les flacons tandis que les larmes ruisselaient de ses yeux. Elle prit une respiration agitée, eut un hoquet soudain et serra ma main contre son ventre.

— Oh, oh. Tu sens ça ? Honey est contente, elle aura un papa ! s'exclama-t-elle en ouvrant grand ses yeux brillants.

Je sentis le robuste coup de pied du bébé, puis lâchai la main d'Angeline.

— Occupons-nous de cette blessure, proposai-je.

Nous nous mîmes à l'ouvrage. Angeline continua à parler gaiement de l'enfant, de l'avenir et du pique-nique organisé au village pour la fête nationale, le 4 juillet, où Mr Moffit avait promis de l'emmener. Je fis bouillir le saule pour obtenir une infusion, puis je portai jusqu'au lit un bol d'eau et un chiffon pour nettoyer la plaie. Mais quand je soulevai la jambe de Mr Moffit, il se réveilla et jura.

— Me touche pas, bon Dieu ! éructa-t-il en redressant la tête avant de s'écrouler à nouveau.

— Chut, Willie, dit Angeline. Bluette va te soigner.

— Non, non. (Il toussa.) Je me laisserai pas toucher par une Peau-Bleue, pour que ça s'infecte encore plus.

— Willie ! Arrête d'être désagréable, ordonna sa femme.

— Elle me touchera pas, aboya encore Mr Moffit.

Tout en reculant, je trébuchai sur une chaussure. Je voyais la peur sur son visage. Elle ressemblait beaucoup à de la haine, ou à quelque chose d'affreux qui s'était enraciné depuis bien longtemps en lui et en tous les gens comme lui. Je détournai la tête.

— Portez-vous bien, monsieur Moffit.

— Oh, Bluette, il est pas dans son état normal, cria Angeline, la main tendue.

— N'oubliez pas de laver la blessure avec l'alcool avant de faire le pansement, murmurai-je avant de m'en aller bien vite.

20

PLUSIEURS HEURES APRÈS, j'avais terminé mes livraisons aux trois adresses et j'entrai dans la cour de Jackson Lovett alors que la brise charriait des odeurs de pluie fraîche, d'oignon sauvage et de terre retournée. Dans le ciel, de gros nuages filaient vers l'est, les rideaux de pluie se drapant autour des crêtes qui s'élevaient plus loin.

Jackson travaillait dans son jardin de fin de printemps, maniant la houe dans l'un des nombreux sillons qu'il avait creusés.

Junia émit plusieurs braiments, chargeant son dernier cri d'un avertissement. Jackson redressa les épaules posa sa houe et vint à notre rencontre.

— Doucement, ma belle, dis-je pour qu'il ne s'approche pas plus quand Junia envoya une patte en avant.

Jackson tira un chiffon de sa poche arrière et s'essuya le cou.

— Eh là, ma jolie ! J'avais complètement oublié qu'on était lundi. Mais je suis bien content de vous voir, vous aussi.

Je me laissai glisser au bas de ma mule, lui tapotai la jambe afin qu'elle cesse de se tortiller. Je finis par mettre pied à terre pour saluer correctement Mr Lovett et lui remettre son livre.

Il plissa le front.

— Qu'est-ce que c'est ?

— Votre nouvel emprunt. Enfin, pas un emprunt officiel. Ce volume est à ma mère, et c'est moi qui vous le prête.

C'était un exemplaire assez présentable du roman *Le Meilleur des mondes.*

Surpris, il examina la jaquette et feuilleta le volume. C'était un ouvrage interdit ici, mais Papa avait économisé pendant six mois et payé son contremaître pour qu'il aille le lui acheter en ville, pour le Noël de Maman, il y a quelques années. D'un œil inquiet, je sondai le regard de Jackson.

— Il n'y a rien de sale dedans, dis-je sur un ton de défi, alors que je me sentais devenir bleu paon.

Je cachai mes mains dans mon dos. Le livre était en effet plus propre que les histoires bien réelles qui se déroulaient dans nos collines souillées. Dans le monde futur qu'imaginait Aldous Huxley, personne n'était en danger, personne ne souffrait de maladie ou de famine, personne ne vivait dans la misère, et il n'y avait plus de guerres. Un de mes passages préférés était celui où une émeute était réprimée : les forces de l'ordre n'employaient ni fusils, ni flèches, ni bâtons, ni leurs poings. Elles vaporisaient une étrange drogue sur la foule, qui rendait tout le monde heureux.

J'imaginais la police fabriquant des tonneaux de potion antidouleur à base de pimprenelle bleue pour en faire autant quand elle en avait besoin ici.

J'écartai une mèche de mon visage pour la ranger sous mon chapeau, puis je dénouai mes mains monstrueuses. Je craignais à présent d'avoir été trop audacieuse devant ce client. *Et s'il allait tout raconter à la bibliothèque ?* Je risquais de perdre mon emploi pour avoir fait circuler un titre défendu. Je n'aurais plus le droit de toucher un livre. Ils inventeraient même peut-être une punition pire encore. Mes mains avaient envie de reprendre le volume afin que je puisse m'enfuir.

Jackson dit :

— Votre mère a bon goût.

— « Avait », elle n'est plus de ce monde.

— Toutes mes condoléances, répondit-il avec sincérité avant de se pencher à nouveau sur le livre. Hum, vous dites qu'il n'y a rien de sale ? J'avais très envie de le lire mais je n'ai jamais pu mettre la main dessus. Merci, Cussy Mary.

J'étais contente. Mieux que contente. Ravie.

— Je vous apporte mon dernier emprunt, annonça-t-il.

Il traversa la cour, entra dans sa maison et revint une minute plus tard, tenant une pomme et le Cobb que je lui avais laissé la fois précédente, ainsi qu'un autre volume par-dessus.

Il s'agissait du roman de Pearl Buck, *Les Fils de Wang Lung*.

— Vous l'avez déjà lu ?

— Non, mais j'en ai entendu dire du bien, et j'ai lu *La Terre chinoise*, qui a remporté le prix Pulitzer.

Je tentai de lui rendre le livre, mais il leva la paume

— Ça me ferait plaisir que vous le lisiez. Et, oui, *La Terre chinoise* a été primé, mais j'ai perdu mon exemplaire dans l'Ouest. Un excellent roman.

— O-Len est mon personnage préféré.

O-Len se savait trop laide pour être aimée. Jackson me dévisagea un instant.

— C'est la véritable héroïne, vous savez ?

Je l'admirais pour cette remarque.

— Oui, O-Len est très courageuse. Et j'aime aussi le fait qu'elle parle peu.

— Ce qu'on ne dit pas est parfois aussi important, commenta Jackson.

Je hochai la tête, charmée de pouvoir discuter de mes lectures avec lui.

— J'ai particulièrement apprécié l'amour de la terre qu'exprime Lung le fermier, reprit Jackson en contemplant son champ avec admiration. La puissance de la terre, c'est une chose avec laquelle je peux m'identifier… Pour moi, elle est source de vie, et sans elle, nous n'avons rien, pas le plus petit souffle.

— Mon père dit que si nous faisons du mal à la terre, elle ne voudra pas nous nourrir. C'est ce que font les houillères.

— Il a raison. Et les houillères devraient prendre garde. Je ne vois plus autant d'abeilles ici que quand j'étais jeune. Si on blesse notre vieille mère la Terre, elle nous mettra une raclée. Comme elle l'a fait au fermier Lung.

Je serrai le livre contre ma poitrine.

— Je le commencerai ce soir.

— Si ce roman vous plaît, j'ai le dernier de la trilogie, *La Famille dispersée.* Je vous le prête volontiers aussi.

— Merci beaucoup. Je ne croyais pas pouvoir un jour lire ses autres livres. Miss Eula et Miss Harriett prétendent que ses ouvrages ne sont pas corrects pour les habitants du Kentucky et pourraient corrompre les mœurs des gens, offenser les esprits profondément religieux.

— Miss Eula et... ?

— Les directrices de la bibliothèque.

— Je pense que ces livres pourraient élargir les esprits étroits.

Jackson eut un sourire joueur, jonglant avec sa pomme.

— Ah, ce ne serait sûrement pas une mauvaise chose, dis-je en prenant conscience de son ton cordial et de son air chaleureux. Merci beaucoup, il faut que je continue ma tournée.

— Et moi, je dois avoir labouré ce champ et débité mon bois avant que le soleil soit couché.

Il était robuste comme un arbre, les traits de son visage évoquaient les montagnes environnantes.

— C'est sûr que vous avez toute la place pour construire.

Je n'avais aucune envie de partir, mais je savais qu'il le fallait.

— Je finirai par le faire. Ça demandera beaucoup de travail. Et je ne suis pas riche, je suis juste un pauvre idiot qui a le dos solide.

Il se redressa, relâchant ses membres moulus par l'excès de labeur.

Je joignis les mains.

— Je ne voulais pas être indiscrète.

— Il n'y a pas de mal. Je vends mon bois. Je reçois plus de commandes que je ne peux en traiter moi-même. J'ai assez de forêt et de travail pour occuper deux vies.

Je détestais l'idée de la terre entièrement dénudée de ses arbres, et donc blessée, mais l'abattage du bois était une activité considérable et il y avait de quoi s'y enrichir à condition de travailler dur.

— C'est une bonne chose, c'est sûr.

— Je n'abattrai que les arbres nécessaires pour me construire une vraie grange, histoire de désépaissir un peu cette forêt et de renouveler le sous-bois.

J'acquiesçai. J'avais déjà trop parlé, déjà trop prolongé ma visite.

— Repartons porter nos livres, Junia. Merci pour le prêt. Bonne journée.

— C'est un très beau roman. J'ai hâte de savoir ce que vous en aurez pensé.

Il s'avança vers Junia avec moi. Je m'arrêtai. Sa sollicitude m'étonnait, et je ne pus que bêler un autre remerciement.

— Comment va ma jolie, aujourd'hui ? demanda-t-il à la mule en lui tendant la pomme.

Junia dressa les oreilles, remua les muscles de son dos alors que je la montais.

Jackson sortit son canif, découpant un beau quartier de pomme.

Je gigotai sur la selle, un grondement inconfortable faisant vibrer mon ventre. J'avais pris mon petit déjeuner des heures auparavant, et j'avais encore deux livraisons à effectuer avant le dîner.

Junia ne fit qu'une bouchée du morceau de fruit, le savourant avec ses grandes dents.

Jackson mordit dans la pomme, avala et dit :

— Vous en voulez un peu ?

Il en débita un autre gros quartier pour moi.

Le cadeau me parut très gentil. Joint à celui que j'avais dans mes sacoches, il me permettrait de tenir jusqu'au souper. Avant d'avoir pu réfléchir, je me penchai sur le côté pour prendre le morceau au même moment où Jackson s'approchait. Je saisis le fruit, nos mains se touchèrent.

Junia poussa un cri, balança la tête de droite à gauche avec des braiments sonores. La pomme glissa de nos mains et tomba à terre.

Je tirai sur les rênes. Jackson faillit partir à la renverse. Junia piétina le fruit, puis s'élança à toute allure. Je m'accrochai à elle de toutes mes forces, ses cris indignés retentirent dans la cour et se mêlèrent au rire amusé de Jackson.

21

PEU APRÈS, les nuages se dissipèrent alors que j'entrais dans la cour de l'école, dispersant une couvée de poulets et une bande de garçons bruyants.

Winnie sortit de l'école en hâte, chassant de son chemin les volailles et les élèves.

— Je ne pensais plus vous voir ce lundi, Cussy Mary. Je suis ravie que vous ayez pu venir.

Je restai montée sur Junia.

— Désolée, j'ai pris du retard. Je vais remporter vos livres.

Je me sentais coupable parce que j'avais passé trop de temps chez les Moffit et chez Jackson Lovett.

Winnie envoya Clementine chercher les derniers prêts dans la classe.

Les enfants, tous curieux de voir les nouveaux volumes, firent cercle autour de leur institutrice. J'appelai Nessie et lui remis les recettes de tartes destinées à sa sœur pour le bal de charité ; elle fit la révérence et tournoya sur elle-même, agitant le papier.

— Je vais devoir lui apprendre, vu qu'elle sait pas lire. Merci, la femme aux livres.

Les autres fillettes se groupèrent autour d'elle pour l'écouter lire les recettes à haute voix.

Je scrutai tous les visages, à la recherche d'Henry. Il se tenait à l'arrière, le regard mal assuré.

Une minute plus tard, Clementine revint à toute allure, trébucha et fit tomber les livres, faisant s'envoler un kaléidoscope de machaons.

Henry se jeta sur elle, sourcils froncés, ramassa les volumes et les épousseta sur ses manches et sur les jambes de son pantalon, grondant sa camarade alors qu'il accourait vers moi.

— Les voilà, m'dame, dit-il.

Il souffla sur les livres, essuya à nouveau les couvertures avec ses bras.

Henry avait le visage plus creux, ses os pointaient à travers ses haillons portés par trop d'autres enfants avant lui, dans lesquels il était engoncé.

— Merci, Henry.

Je me penchai et vis le collier rouge luisant qui entourait son cou, les épaisses plaques rouges sur ses paumes. Il avait la pellagre, il mourait de faim. Et sous mes yeux.

D'une main ferme, je pris les livres et les glissai dans mes sacoches, me penchai vers mon autre sac d'où je tirai mon dîner que j'avais mis de côté. Je lui tendis la pomme.

— Tout le monde à l'intérieur !

Winnie frappa bruyamment dans ses mains.

— Si seulement nous pouvions obtenir davantage de programmes d'aide. Si seulement ils pouvaient nous envoyer un morceau de fromage avec chaque livre, ou une miche de pain.

Elle pencha la tête comme si elle adressait ce discours à Dieu. Moi aussi, je formulais les mêmes vœux. Leur désir de livres pourrait leur enseigner une vie meilleure, libérée de la faim, mais sans nourriture ils ne vivraient pas assez longtemps pour la trouver ou n'auraient jamais la force nécessaire.

— Rien qu'un morceau de fromage, bon sang, murmura Winnie.

Je songeai au fromage que le docteur m'avait promis. Si j'arrivais à le convaincre de m'apporter plus à manger, je pourrais en donner une partie aux enfants de l'école.

Winnie soupira, caressa le cou de Junia, puis prit délicatement la pomme que je tenais et la rangea dans sa poche de sa robe.

— Le bébé de la maman d'Henry n'a pas vécu, expliqua-t-elle tout bas.

Attristée, je me tournai vers l'école et aperçus des garçons à la fenêtre. Henry était l'un d'eux.

— Je veillerai à lui donner ce fruit, dit Winnie en tapotant sa poche. Bonne route et saluez pour moi Martha Hannah et les enfants.

Elle pivota sur les talons, sa longue jupe se hérissant alors qu'elle repartait vers ses élèves.

De l'intérieur, Henry m'observait, la tête contre la vitre. Je lui offris un sourire et jurai en silence de lui apporter de quoi s'alimenter. Tandis que les coins de sa bouche se relevaient avec une lenteur d'escargot, le petit garçon tenta d'ouvrir la fenêtre, une fois, deux fois, mais il était trop faible. Il toussa, appuya à la vitre sa main couverte de rougeurs, et articula : « Au revoir, la femme aux livres. » Lorsqu'il eut disparu, son empreinte se fondant dans le verre comme un fantôme laiteux, un frisson parcourut ma poitrine.

22

UNE FOIS SORTIE DE LA COUR de récréation je m'arrêtai sur le chemin et vérifiai mes sacoches. Comme je n'avais pas de magazine pour Mr Prine, je me dirigeai aussitôt vers chez Martha Hannah, avec l'espoir d'avoir un peu de temps pour bavarder avec elle et les enfants.

Je chantonnais alors que Junia traversait un bosquet de chênes, piétinant le maïs d'ours et les impatientes voyantes. Tout à coup, elle s'arrêta et sonna l'alarme.

Je pensais aux tests médicaux, à la nourriture. Combien pourrais-je en obtenir du docteur en échange, si je lui offrais davantage de mon sang ? Je m'étais demandé combien de sang on pouvait perdre, puis je m'étais rappelé un article que j'avais lu sur Marie-Antoinette qui avait été saignée pendant un accouchement. Cela ne lui avait fait aucun mal.

Puis j'avais songé au livre que Jackson Lovett m'avait prêté, et j'étais si accaparée par l'image de cet homme que je n'avais pas fait attention au chemin. Je m'interrogeais sur sa vie, sur sa famille. Jackson Lovett s'était introduit dans ma tête comme une mélodie que l'on ne parvient pas à chasser de son esprit, comme la fameuse chanson *Blue Moon* de Benny Goodman que l'on entendait parfois à la radio d'Harriett. Je me grondai, jurai de ne plus me mêler des affaires d'un de mes clients et de tenir ma langue en sa présence. J'avais été trop audacieuse et c'est mon emploi que je mettais en danger.

Junia souffla fort, comme pour me réprimander. Je redressai la tête et posai une main sur mon cœur au galop, m'attendant presque à voir Frazier rôder dans les bois, encore sur mes traces.

Je me protégeai les yeux contre le soleil, soulagée de voir le mari de Martha Hannah, John d'Enfer, et non un nouveau Frazier. Mais sa posture n'avait rien de réconfortant, au contraire : elle avait quelque chose d'inquiétant, d'inflexible, qui n'augurait rien de bon pour moi.

— La femme aux livres ! héla-t-il.

Vêtu d'une culotte mince et d'une chemise délavée, il portait un fusil en bandoulière. Dans son alambic, John d'Enfer produisait ce qui se faisait de mieux en matière d'alcool clandestin, d'après la rumeur. Au bord de son chapeau mou était attachée une bite de raton laveur, que les distillateurs plaçaient au bout du serpentin de cuivre pour diriger le liquide vers la cruche, afin de ne pas en perdre une goutte ; c'était aussi un bon moyen de faire connaître sa profession aux assoiffés.

— Monsieur Smith.

Je risquai un sourire incertain et me raidis sur ma selle.

— M'dame, répondit-il en levant son chapeau. Je suis venu vous annoncer qu'il y a un problème avec vos livres.

Je sentis mon sourire s'affaisser.

Junia émit un souffle chaud et je serrai les rênes autour de mes mains moites.

John d'Enfer continua :

— Les gamins ne veulent pas faire leurs corvées, et hier Martha Hannah a servi le souper presque une heure en retard. Une heure ! C'est la faute aux bouquins, ça rend tout le monde paresseux. Les filles laissent la lessive et la couture s'entasser jusqu'au plafond, et les garçons lisent au bord du ruisseau au lieu de pêcher et de bêcher le jardin. Pas moyen de les faire travailler parce qu'ils passent leur temps à lire ces âneries que vous leur apportez tout le temps. Et ça, je n'en peux plus. Je n'en veux plus.

— Je suis désolée, monsieur Smith.

J'étais secrètement touchée d'apprendre qu'ils aimaient tant les livres. Sans mes prêts, ces enfants ne pourraient rien apprendre puisque leur père refusait de les envoyer à l'école. Aucun homme, aucune loi ne pourrait obliger les montagnards à scolariser leur progéniture. La plupart d'entre eux ignoraient même que la loi l'exigeait. La terre avait ses propres décrets, elle imposait ses rudes manières de gérer une vie plus rude encore. Les habitants du Kentucky n'envoyaient leurs enfants en classe que si cela leur convenait, et non à cause de mots écrits quelque part bien loin par des gens de la ville qu'ils n'avaient jamais vu et qu'ils ne verraient jamais.

— Ils ont gaspillé le kérosène, brûlé toutes les chandelles, et ils ont bien failli me ruiner, se plaignit John d'Enfer.

Je cherchai dans ma sacoche et en tirai un magazine rafistolé et un album.

— Ces deux-là aideront peut-être, monsieur.

John d'Enfer grimaça, secoua la tête.

— J'ai pas besoin de tous ces bouquins prétentieux qui servent qu'à perdre son temps. Ça me coûte de la bonne essence, des chandelles et du manger, la femme aux livres ! Ma ferme va droit dans le mur à cause de leur paresse. *Du gâchis !*

— Celui-ci, c'est *Le Journal des garçons.* Et regardez, monsieur, dans cet album, il n'y a que des conseils pour le ménage et la couture.

Il serra les poings et croisa les bras.

— Monsieur Smith, les scouts viennent de nous envoyer le dernier numéro de leur magazine. Ça parle de chasse et de pêche, et de la Bible.

Il consacra une minute à ruminer.

— Monsieur, *Le Journal des garçons* apprend aux enfants à nouer une corde, à fabriquer une canne à pêche et des pièges à lapins. C'est plein de bonnes idées pour la chasse, monsieur.

Je quittai ma monture pour lui tendre le magazine et l'album. On prétendait qu'il ne buvait jamais une goutte d'alcool, se contentant d'en fabriquer pour nourrir sa famille, mais John d'Enfer sentait quand même l'eau-de-vie à force de faire chauffer son alambic – l'évaporation, et ce qui s'échappait des barils, sans doute. Il me dominait d'une tête, juché sur les blocs de bois sculptés en forme de sabots de vache qu'il attachait à ses chaussures afin de laisser des traces animales et ainsi tromper les agents fédéraux.

— Monsieur Smith, il y a aussi un article intéressant sur la façon de tanner les peaux, et de belles prières que vos enfants pourront apprendre. Dans l'album, il y a de vieilles brochures de l'église et des sermons du pasteur.

— *Des sermons !* cria-t-il en rivant ses yeux sur moi. J'ai pas besoin d'un charlatan qui me fourre son doigt dans le cul pour me promettre le pire. Les menteries de ce vieux cochon de pasteur Frazier, j'en veux pas chez moi.

Junia se mit à frapper le sol. Le souffle court, je détournai mon regard, frissonnant intérieurement dès que j'eus compris sa dernière phrase. Mon esprit était ramené à l'attaque de Frazier. J'avais vu une ombre et entendu un bruit ce jour-là. John d'Enfer avait-il trouvé Junia et me l'avait-il renvoyée ? Avait-il vu Frazier m'aborder ? Vu où gisait Frazier ?

John d'Enfer voyait beaucoup de choses dans ces bois, il en connaissait la moindre brindille, la moindre odeur. Je repris enfin ma respiration et couinai :

— Non, monsieur. Bien, monsieur.

Il fronça les sourcils et réfléchit tout en scrutant la forêt :

— Ça fait un moment que j'ai pas vu le faux pasteur, et si j'entends plus jamais sa voix, ça sera pas une grosse perte.

Je ravalai mon assentiment. Il s'apaisa un peu.

— Ma Martha Hannah s'occupe de leur faire étudier la Bible, elle leur lit dès qu'il fait jour et tous les soirs.

Ses yeux allaient et venaient entre *Le Journal des garçons* et moi. Il me prit le magazine des mains et le feuilleta rapidement.

— Oui, monsieur, je suis sûre que Martha Hannah fait ça très bien. Et il y a un tas d'autres choses utiles pour elle dans l'album, de bonnes recettes qu'elle pourrait vous préparer. (Le livre tremblait dans ma main.) Il y a un modèle de culotte et des instructions pour fabriquer un bon panier en osier, des conseils pour les conserves. Un tas de choses pour bien travailler, monsieur Smith.

J'ouvris l'album et lui montrai une recette de gâteau, puis une autre, de tourte à la viande et aux oignons.

— C'est la fameuse tourte qui a valu un prix à Mrs Hamilton.

Je frappai la page et la lui tendis, dans l'espoir qu'il donnerait son accord.

— Mon jardin n'est même plus retourné parce qu'ils lisent trop.

Il prit malgré tout l'album pour vérifier s'il pouvait se fier à ma parole. John d'Enfer ne savait pas lire et se contentait donc de nous regarder, les recettes et moi. Il rouvrit *Le Journal des garçons* et souligna un titre sous la photo d'un poisson.

— Qu'est-ce que ça raconte, la femme aux livres ?

— « Le guide du jeune pêcheur », lus-je laborieusement en suivant les mots du doigt.

— Le guide du jeune pêcheur, répéta-t-il, les yeux fixés sur l'imprimé. Ce mot-ci, c'est « guide ».

— Oui, monsieur. Guide, *g-u-i-d-e*.

Sa langue épela à son tour le mot.

— Alors, celui-là, c'est « pêcheur » ?

— Pê-cheur, prononçai-je lentement en découpant les syllabes. *P-ê-c-h-e-u-r*.

— Pê-cheur.

Non sans effort, il répéta les lettres, puis jeta à nouveau un coup d'œil à l'album.

Junia me frôla le dos et posa la tête sur mon épaule, ses grands yeux rivés sur lui.

— Euh, monsieur Smith, je vous ai dit que le mari de Mrs Hamilton donne aussi un conseil sur le meilleur endroit pour trouver des baguettes de coudrier ?

John d'Enfer glissa sous son bras *Le Journal des garçons* et parcourut l'album.

— De vrais bons trucs de sourcier, monsieur.

Les montagnards et les fabricants d'alcool clandestin étaient toujours à la recherche d'eau pure et de lieux où creuser un puits. Mr Hamilton jouissait d'une excellente réputation en tant que sourcier, et il utilisait des fourches de coudrier depuis des décennies, en se fiant à la vibration du bois quand l'eau était à proximité. On ne creusait pratiquement jamais en vain quand Mr Hamilton promettait un puits. Ses indications étaient si précises que, prétendait-on, il pouvait prévoir à combien de pieds sous terre se trouvait l'eau rien qu'au nombre de fois où sa baguette s'agitait.

— Eh bien, j'imagine que ça peut pas faire de mal. Ça les fera peut-être travailler, dit paresseusement John d'Enfer en tirant sur sa barbe, laissant ensuite s'écouler un long silence. Mais les livres de recettes et de conserves, faudra les rapporter après qu'on aura planté et moissonné. *Seulement ceux-là. Seulement à ce moment-là.* Ils en auront pas d'autres tant que c'est l'hiver, et seulement quand ils auront fini leurs corvées, pas une minute avant. (Il coinça les livres au creux de son bras et leva un doigt.) Pas une seconde avant, la femme aux livres.

Je déglutis avec peine.

— Oui, monsieur. Vous voudrez bien transmettre mes amitiés à Martha Hannah et aux enfants, s'il vous plaît.

Je le regardai se faufiler entre les arbres comme un chat, malgré ses grosses chaussures encombrantes. Un homme dangereux et en même temps un homme fort, protecteur, mais que l'on n'osait pas contrarier. J'essuyai mon front humide et pressai Junia vers chez Miss Loretta. Nous ne nous reposerions pas avant d'être loin des dangers de la forêt.

23

MERCREDI EN FIN DE MATINÉE, quand R. C. Cole m'aperçut, il leva le bras et poussa un cri du haut de sa tour, puis dégringola l'escalier pieds nus comme poursuivi par une guêpe tueuse, le bruit de ses pas sur les marches d'acier projetant un écho retentissant contre la paroi du mont Hogtail.

Une fois en bas, il me rendit distraitement son précédent emprunt. Il se mit presque à danser pour obtenir l'enveloppe mais fourra le journal sous son aisselle en sueur, sans lui accorder un regard.

— J'ai trouvé un article sur un feu de forêt, dis-je avant de lui remettre la lettre de Mr Beck.

Je remontai sur Junia, le laissant savourer sa lecture en toute intimité. Il déchira l'enveloppe. J'entendis un sifflement, me retournai et vis son visage qui blêmissait tandis que les larmes brouillaient et rougissaient ses yeux.

— Il dit que non, murmura R. C. en se frottant les paupières avec le revers de la main. *Non.* Il dit que je suis pas assez bon pour Ruth, que mon métier est pas honorable et que j'ai pas de maison convenable à offrir à sa fille. (R. C. secoua la lettre.) Il veut qu'elle prenne un mineur comme mari. *Un mineur de charbon.*

De dépit, il brandit un poing contenant la lettre froissée.

Je répondis que j'étais désolée pour lui.

— J'ai un bon salaire et je gagnerai plus quand je serai garde forestier. Je lui construirai une belle maison, plus belle qu'un mineur pourrait faire. Promis juré ! s'exclama-t-il en claquant le papier contre sa cuisse.

— Je sais que vous pouvez le faire, R. C. Vous, continuez à lire, et moi je continuerai à vous apporter des livres.

— Regardez, dit-il en frappant la feuille. Il dit qu'il accordera sa fille à personne qui est employé par la WPA. Il dit que c'est du travail de fainéant.

Je tressaillis. Certaines personnes considéraient en effet ces programmes comme un simple moyen d'occuper les paresseux. Dans cette région, beaucoup auraient préféré mourir de faim que d'y participer. Ils ne voyaient là qu'une forme de charité infamante, et c'était pour eux un péché que d'accepter les soixante-quinze cents par jour que le gouvernement versait pour la construction de toilettes extérieures chez ceux qui n'en avaient pas, de routes traversant les collines ou de ponts en rondins par-dessus les ruisseaux. « Du travail de fainéant », affirmaient les montagnards les plus fiers.

R. C. tendit le cou vers le sommet de sa tour, le chagrin plissant son front moucheté de taches de rousseur. Il replia lentement la lettre et la roula dans le journal, glissant le tout à sa ceinture.

— Mais je l'aime… Je la lâcherai pas. Je laisserai pas un mineur crasseux mettre la main sur elle.

Je frémis en songeant à Papa et aux mineurs, mais je savais que le jeune homme souffrait et ne réfléchissait pas à ce qu'il disait.

— Je dois aller à la gare de triage. Chercher ma fiancée, dit-il en serrant les mâchoires.

Et il partit, ses pieds martelant cette déclaration dans le chemin de terre rouge menant en bas de la montagne.

J'ignorais tout des affaires du cœur à part ce que j'avais lu dans les livres, mais mon poing se serra pour approuver cette déclaration de victoire.

24

En attendant le bal de charité, le reste du mois de mai fut occupé par les discussions sur la disparition de Vester Frazier, et par quelques hypothèses quant au lieu où il se trouvait, après s'être enfui avec une putain, avoir été dévoré par un ours affamé ou par une meute de chiens hargneux. Les gens avaient eu vent de mon bref mariage avec Charlie Frazier, mais ils ne savaient pas du tout que son parent m'avait abordée.

Ces racontars ne m'affectaient guère. Les Peau-Bleue avaient la réputation de ne pas fréquenter les églises ou les prédicateurs. Pourtant, je ne pouvais m'empêcher de craindre que son corps soit découvert, déterré par un chien de chasse, de redouter ce que John d'Enfer avait pu voir, de craindre surtout que le docteur ne sache pas tenir sa langue. Depuis peu, je m'affairais derrière l'écurie de Junia, je répandais des feuilles sur la tombe du prédicateur, j'y amassais des brindilles, des pierres, je traînais par-dessus des bûches du tas de bois. Je m'assurais qu'il ne bougerait pas, qu'il ne pourrait pas creuser la terre noire avec ses doigts pourris et menaçants pour attraper un autre pécheur.

Mon père n'aimait pas ça et m'avait ordonné d'arrêter : selon lui, j'aggravais les choses en formant un tel tumulus. Mais c'était plus fort que moi, je me tourmentais à cause de la tombe de Frazier, j'y apportais sans cesse de nouveaux débris. La dernière semaine de mai arriva, et mon père fit en sorte que je cesse pour de bon. À mon réveil, je trouvai les lieux évacués, la tombe vidée, et la conversation de Papa tout aussi creuse.

Les bavardages passèrent du prédicateur disparu à la lutte du syndicat afin d'obtenir un salaire plus élevé et de meilleures conditions de travail pour les mineurs et les jeunes garçons qui ramassaient l'ardoise au fond de la fosse, ou afin que l'on construise de meilleurs logements au camp de la mine situé à l'autre bout de la ville. La Compagnie s'en prit encore plus sévèrement au syndicat ; il y eut davantage de violence, on parla de fermer les mines, et certains mineurs disparurent étrangement.

À commencer par Papa.

Deux jours auparavant, il était absent lorsque j'étais revenue de ma tournée, et j'avais cru qu'il assistait à une de ses réunions. Mais le lendemain matin, comme il n'était pas rentré, je paniquai. Je me mis à arpenter la maison en crachant des prières, usant le vieux plancher jusqu'à ce que le rythme des grincements m'use les nerfs et me pousse à sortir. Je courus jusqu'à l'écurie de Junia et criai :

— Il faut qu'on le retrouve.

Nous suivîmes le chemin qu'il prenait pour aller au travail, en quête de traces d'une attaque par un animal, de n'importe quel indice qui pourrait me mener à lui, jusqu'au moment où nous vîmes la mine au loin.

Je tirai sur les rênes et Junia s'arrêta. J'avais désespérément besoin de nouvelles, mais je n'osais pas m'approcher plus, et je ne pouvais pas poser de questions en ville. La veille, dans l'espoir d'apprendre où était mon père, j'avais rédigé une lettre adressée à Mr Moore, un mineur dont Papa parlait avec sympathie, puis j'étais courageusement allée chez Queenie et j'avais demandé à sa grand-mère de la lui donner. Cela m'avait pris la moitié de la matinée, et j'avais passé le reste de la journée à chevaucher à vive allure pour compenser le temps volé à ma tournée.

Papa était absent depuis trois jours maintenant, et je n'avais pas eu trois secondes de tranquillité.

Quand les coursiers laissèrent au dépôt des bibliothécaires un message me demandant de venir au village une semaine plus tôt que prévu, pour que j'aide à examiner une grosse livraison arrivée en train, j'accourus, pensant que Queenie aurait des nouvelles, ou que je verrais mon père en personne.

À la bibliothèque, je triai à ma table le courrier et les livres, tout en gardant un œil sur le magasin de la Compagnie de l'autre côté de la rue, au cas où j'apercevrais Papa. Dès que j'entendais du bruit à l'extérieur, je me précipitais vers la fenêtre pour voir si c'était Queenie, à qui sa grand-mère n'avait peut-être pas oublié de transmettre ma lettre.

Plusieurs fois je fis tomber des choses, à bout de nerfs. Quand Harriett jeta bruyamment sur ma table une pile de fiches, je sautai en l'air et renversai plusieurs livres.

— Qu'est-ce que vous avez ? glapit-elle en m'observant avec méfiance, non sans plaquer une autre série de fiches sur la table. Ce que vous pouvez être maladroite, ce matin ! Vous êtes malade ou quoi ?

— Non, madame. Désolée, marmonnai-je.

Je récupérai les livres à terre et entrepris de classer les fiches dans les classeurs que j'avais fabriqués à partir de boîtes à fromage que le magasin de la Compagnie avait jetées à la poubelle, tandis que Eula et Harriett discutaient du bal à venir ce vendredi.

Du coin de l'œil, je remarquai le docteur, qui m'adressa un salut amical. Il ne m'avait pas encore fourni ce panier de nourriture qu'il avait promis et j'aurais aimé lui en toucher deux mots. Quand nous étions allés à Lexington, il avait laissé entendre qu'il reviendrait le troisième samedi de juin, je devrais donc attendre cette date pour en parler avec lui.

Mon regard revint vers Eula et Harriett ; j'étais tentée de me glisser au-dehors pour bavarder avec le docteur, mais je perdis bientôt courage lorsqu'il entra dans le magasin de la Compagnie. Je veillerais à lui demander la nourriture quand nous irions en ville. C'était un soulagement de savoir que Winnie pourrait en disposer pour ses élèves, et pendant quelques minutes je m'autorisai à imaginer les enfants gavés et heureux, ressemblant aux jeunes héros engraissés de mes livres d'histoires.

Eula changea de sujet et la conversation roula sur le fonds de bienfaisance que Lena Nofcier avait créé. Je tendis l'oreille. Miss Nofcier était la présidente de l'association de parents d'élèves du Kentucky et elle incitait tous les participants à donner un penny pour acheter de nouveaux livres. Ce serait formidable d'avoir une salle remplie de livres neufs, des sacs pleins, et de voir la tête que feraient les montagnards. Quel bonheur de leur distribuer les derniers journaux, des magazines aux couleurs vives et des livres à la couverture impeccable, aux pages fraîchement imprimées !

Je continuais à surveiller la rue tout en triant les fiches, saisissant des bribes de phrases échangées par

Eula et Harriett : un effondrement partiel à la mine, les houillères qui mettaient un terme à la production de charbon, un chien de chasse perdu, la naissance récente de plusieurs bébés.

J'avais entendu parler de l'effondrement plusieurs semaines auparavant, quand Papa avait évoqué les deux petits garçons qu'il avait fallu retirer de l'éboulis.

Après avoir lancé des regards autour d'elles, mais comme si je n'étais pas là, les deux femmes baissèrent la voix. Peu leur importait que je capte leurs murmures. Je ne comptais pas plus qu'un insecte écrasé sur un rebord de fenêtre. Je restai néanmoins à l'affût des choses désagréables et douloureuses qui pourraient être dites sur moi et les miens. J'avais appris à très bien écouter quand on m'en croyait incapable.

Harriett jacassait tout en reliant un livre.

— Mrs Vance a eu son bébé sept mois après s'être mariée, mais elle prétend que l'accouchement a été déclenché en avance par une fièvre.

— Il avait des ongles comme une vieille femme, répliqua Eula. Des ongles de neuf mois, j'en jurerais.

— Neuf mois après que son homme a commencé à lui faire la cour, ricana Harriett.

— Oh, avez-vous vu le nouveau bébé de Mable Moss ? (Les yeux d'Eula s'arrondirent.) Il est né avec une vilaine tache rouge sur sa longue langue qui sort de sa bouche.

— Oui, oui. Et Mable soutient que c'est parce que le bébé est tombé de son berceau. J'ai pitié du pauvre Mr Moss qui a dû épouser une fille aussi laide et qui se retrouve père d'un menteur avec sa grande langue.

— C'est à ça qu'on reconnaît les menteurs, acquiesça gravement Eula.

Je me rapprochais des deux femmes pour aller ranger des livres sur les vieilles échelles de meunier suspendues aux murs en guise d'étagères. M'avançant derrière leurs tables, je les épiais, les espionnais encore, dans l'espoir d'obtenir des nouvelles des mineurs disparus, de Papa.

Elles évoquaient tout bas les derniers maux d'autres personnes. Les soucis d'Harriett, et l'antiseptique qu'elle s'injectait pour y remédier. Je tendis l'oreille pour découvrir sa maladie choquante. Harriett se pencha vers Eula, s'accrochant au bord de la table, et poursuivit dans un murmure théâtral :

— C'est... Eh bien, c'est cette horrible démangeaison. Je ne peux pas montrer ça au médecin, ce ne serait pas convenable.

Harriett désigna les parties intimes d'Eula, puis releva son visage empourpré quand le regard d'Eula tomba en dessous de son ventre. Rouge comme une tomate, Harriett s'interrompit, lançant des regards en tous sens, au cas où quelqu'un se serait introduit dans le bâtiment. Eula hocha la tête comme si elle comprenait, même s'il n'y avait aucune compassion dans ses yeux élargis.

Harriett baissa encore la voix et je dus redoubler mes efforts pour l'entendre.

— Eh bien... J'ai vu une réclame dans *Ciné-Actu*. Enfin, je feuilletais ce torchon pour vérifier s'il contenait des choses atroces qui auraient pu choquer nos lecteurs les plus pieux, quand j'ai vu une image du flacon de Lysol. Il était question du vaporisateur qui permettait d'éliminer les microbes.

J'avais vu moi aussi ces annonces concernant l'hygiène féminine dans les magazines et les journaux. Les images d'une dame en pleurs, un mouchoir en dentelle devant les yeux, montraient qu'elle était « bonne mère, bonne ménagère, bonne hôtesse, bonne cuisinière », tout cela jusqu'à dix-huit heures.

La réclame pour l'antiseptique féminin réprimandait cette créature attristée, en affirmant que cette parfaite femme au foyer avait commis un acte odieux que son mari ne lui pardonnerait pas, en oubliant ses parties intimes nauséabondes. Les dames étaient alertées quant aux dangers encourus par celles qui négligeaient leur hygiène corporelle : elles devaient « utiliser le spray féminin pour éviter le naufrage de leur couple ». Ce « germicide puissant », promettait l'annonce, qui éliminait toutes sortes de choses terribles, et d'autres plus étranges encore, dont je n'avais jamais entendu parler, comme la « matière organique »...

J'insérai un autre livre sur l'étagère et regardai dehors, avec une prière pour la sécurité de mon père.

Harriett continuait :

— J'ai demandé à ma cousine de Virginie de m'envoyer tout de suite du Lysol. Mais quand Bill de la poste m'a remis mon paquet, il était déchiré. Cet imbécile m'a donné le flacon aux yeux de Dieu et de tout le monde.

Tandis qu'Harriett plaquait une main contre sa poitrine, Eula frappa du poing la sienne.

— Quelle horreur !

— Bill a bafouillé une histoire de « nettoyage de printemps », je lui ai pris le flacon des mains et je suis vite rentrée chez moi. Eh bien, ce Lysol a réglé tous mes problèmes, proclama Harriett, fière de sa guérison. Il était grand temps. Ah, et puis, Cory Lincoln sera au bal, vendredi, ajouta-t-elle d'une voix soudain plus forte.

Cory Lincoln était un cousin d'Harriett pour lequel elle avait un faible. Il avait été embauché à la mine après avoir été libéré du pénitencier le mois dernier. Et par « il était grand temps », elle faisait référence à l'imminence du bal annuel et de la vente aux enchères de tartes.

— J'ai terminé ma robe, confia Harriett à Eula en haussant un sourcil narquois.

— Ah oui ? Vous avez utilisé la dentelle pour le bas, ou bien… ?

— Vous verrez, chantonna Harriett, l'œil malicieux, gardant le secret.

Tout excitées, elles débattirent de l'homme qui remporterait ce soir-là le privilège d'être leur cavalier, de celui qu'elles espéraient obtenir, et attribuèrent aux autres participantes des partenaires sans intérêt, ponctuant chaque insulte d'éclats de rire.

Je poussai les livres vers le mur et passai à la section suivante, puis j'entendis Junia s'agiter et me tournai vers la fenêtre. Elle piétinait le sol et tirait sur la corde qui l'attachait au poteau.

Jackson Lovett se trouvait devant elle, élégamment vêtu d'un pantalon à taille haute retenu par des bretelles comme j'en avais vu dans les magazines. Il avait à la main un bouquet de fleurs bleues liées par un ruban. Il semblait vouloir passer devant elle, peut-être pour pénétrer dans la bibliothèque, ou plus vraisemblablement pour aller chercher quelque chose à la poste. Mais la vieille mule lui barrait le passage.

Je savais qui finirait par gagner. J'avais envie d'ouvrir la fenêtre pour le mettre en garde, mais l'idée d'agir ainsi sous les yeux des directrices m'arrêta.

Junia lui souffla dessus, ses reniflements sonores remplissant la matinée tranquille et ensoleillée.

Après un regard par-dessus mon épaule, vers les directrices, puis de nouveau vers Jackson, j'ouvris la fenêtre, en veillant à ne pas déranger la corde déjà usée qui retenait les contrepoids en plomb. J'étais résolue à l'avertir quant au tempérament de la vieille mule.

Je me tournai une fois encore vers Eula et Harriett, enfoncées dans leurs ragots comme deux tiques gorgées de sang. Puis je tendis la tête au-dehors alors que Junia dressait les oreilles, retroussant les narines au-dessus du bouquet de fleurs qu'elle attrapa et se mit à mâchouiller, à broyer comme s'il s'agissait d'un cadeau spécial pour elle. Elle n'en fit qu'une bouchée, puis agita les oreilles vers lui, satisfaite.

Jackson lâcha un juron discret et récupéra le ruban qu'elle avait encore à la bouche. En même temps, une fleur voltigea jusqu'à terre.

Junia montra ses dents comme pour le remercier, effleurant la main avec son museau.

— Alors, tu aimes aussi les fleurs, ma jolie ? plaisanta Jackson.

Il gratta l'oreille de Junia, lui tapota le cou, et elle le laissa faire ; c'était le premier homme auquel je la voyais concéder ce privilège.

Je pressai ma main sur ma bouche et ravalai un gloussement, surprise par les fleurs si vite avalées, par la bonne entente entre l'homme et ma mule, par mes propres vœux.

— Elles étaient pour une belle dame, dit-il à Junia sans laisser paraître qu'il m'avait vue lorgner à la fenêtre.

Je me demandai à qui Jackson faisait la cour, à quelle femme il rendait visite.

Jackson leva les yeux, regarda autour de lui puis fixa son attention sur moi. Il me héla :

— J'imagine que Junia est comme toutes les dames, elle aime bien recevoir des fleurs de temps en temps.

Je fis un petit pas en arrière et me cognai à Harriett, qui s'était collée derrière moi. Elle hurla et m'écarta d'un coup de hanche.

Les yeux d'Harriett se braquèrent sur Jackson, puis sur moi, puis de nouveau sur Jackson.

— À un de ces jours, Cussy Mary, dit-il.

Toujours avec le sourire, il ramassa une unique fleur à terre, la rangea dans la poche de sa chemise, salua en inclinant son chapeau et partit.

— Vous avez passé toute la journée à rêvasser. Remettez-vous au travail.

Pressée de fermer la fenêtre, Harriett tira sur la corde du contrepoids et les vitres épaisses tremblèrent bruyamment.

— Et ne la rouvrez plus ! Cette pièce sent déjà assez mauvais sans qu'on y ajoute la puanteur du crottin de votre mule.

Harriett haussa le menton, pinça les narines et repartit vers sa table à pas lourds. Elle se laissa tomber sur sa chaise, éparpillant des papiers.

— Dégénérée crasseuse ! soupira-t-elle.

Eula fit semblant de lire son courrier.

— Jackson est bien gentil de dire bonjour à notre Peau-Bleue. C'est charitable d'avoir pitié d'elle, de perdre sa salive en saluts pour quelqu'un comme elle.

Je me détournai, les yeux concentrés sur Junia, une larme roulant sur ma joue. Je savais que la mère d'Harriett avait épousé un cousin, et qu'il y avait de la consanguinité dans sa famille. Mais cela ne se voyait pas à sa chair blanche comme un lavabo, seulement dans ses petits yeux trop proches de son nez retroussé vers le ciel. Son clan était le même que celui de la plupart des gens dans la région. Courtiser une fille était dur, un cheval et une mule ne pouvaient pas aller bien loin, ce qui rendait difficile de se rencontrer et de se marier en dehors de ces collines. Malgré tout, c'était exactement ce qu'avait fait mon arrière-grand-père, qui était venu de France jusqu'ici. Et c'était Harriett qui avait des vues sur son cousin.

Je me tournai à demi vers elle. Elle était penchée au-dessus d'une boîte de fiches. Elle m'avait traitée de « crasseuse ». Inclinant la tête, je relevai l'épaule et humai mon aisselle. Je sentais comme tout le monde, et meilleur que certains.

— J'ai dit : remettez-vous au travail, couina Harriett.

Je risquai un dernier regard vers la fenêtre, inquiète pour Papa, avant de me diriger sans bruit vers l'étagère.

Une autre bibliothécaire arriva dans notre salle après avoir traversé le bureau de poste, et le silence se fit. À dix-huit ans, Birdie était la plus jeune employée de la bibliothèque ambulante. Sa tournée longeait les rivières au lit empierré et s'aventurait jusqu'à Silver Shale, sur la rive opposée. Birdie attachait son cheval à un arbre, prenait une barque pour aller porter ses livres, puis refaisait à pied tout le chemin en sens inverse.

C'était une grande fille mince dont Harriett se moquait et qu'elle appelait « Nid d'oiseau », la narguant toujours en demandant si elle en cachait un là-haut, riant à chaque fois de sa propre blague lamentable.

— Salut, Bluette ! me lança Birdie avec un sourire radieux. J'ai eu un mal fou à ramener le vieux Paul. Ce paresseux de cheval ne voulait plus bouger, il prétendait ne plus sortir de son écurie. Et moi non plus.

Elle m'adressa un clin d'œil et je lui rendis la pareille. Birdie prit une caisse de manuels scolaires mis au rebut et la hissa sur une table inutilisée, avec un bâillement.

— En plus, le bébé a pleuré presque toute la nuit.

Le mari de Birdie avait quitté Troublesome pour aller travailler en usine à la ville, la laissant seule avec leur bébé en attendant de pouvoir venir la rechercher.

— Bonj…, chuchotai-je.

— Bonjour, Nid d'oiseau, lança Harriett par-dessus mon salut.

— Et bonjour à vous aussi, répondit Birdie avant de grommeler « Miss Cervelle d'oiseau » dans le dos d'Harriett.

Constance Poole arriva ensuite, très élégante dans sa belle robe voyante, et elle passa sans m'accorder une seconde d'attention.

— J'ai de nouveaux modèles pour vous aider avec votre couture, déclara-t-elle à Eula.

Constance présidait les réunions mensuelles du club de couture, et de temps à autre, elle offrait à la bibliothèque des patrons de robe et de couvre-lits pour nos albums. Elle adorait venir nous raconter les derniers potins de son club : les jeunes dames talentueuses s'amusaient énormément à partager leur tissu, leur fil et leurs bonnes histoires.

Eula et Harriett firent cercle autour d'elle et penchèrent la tête pour discuter du bal de charité, avec force ricanements et murmures.

Au bout de quelques minutes, Constance dit aux directrices qu'elle partait acheter du fil et les ingrédients d'une tarte.

— Plus que trois jours avant le grand bal, mesdames, et je n'ai pas encore choisi ma recette !

Elle fit un détour pour éviter ma table, mais me salua sèchement d'un « veuve Frazier » sans desserrer les dents.

Queenie entra par la porte arrière et posa son panier sur une table, puis fouilla dans son sac.

Harriett alluma la radio.

Je fixai mon regard sur Queenie, pour tâcher de détecter si ses yeux recelaient un secret pour moi, si elle avait reçu mon message, si elle avait des nouvelles de Papa, mais Queenie se promenait dans la pièce.

— Bonjour, Queenie, criai-je avec Birdie, tandis que Eula et Harriett faisaient comme si elle n'existait pas.

Queenie nous répondit tout bas, continuant à fouiller dans ses sacs.

— Commencez donc par les caisses que le train a apportées, lui ordonna Harriett.

— Pas aujourd'hui, répliqua Queenie.

Toutes les six semaines environ, des caisses de livres arrivaient des bibliothèques du Kentucky. Nous échangions des livres et en renvoyions, à raison d'une cinquantaine de volumes par caisse, à déposer à la gare. Les chemins de fer de Louisville & Nashville payaient les frais de transport, emportaient les livres vers d'autres bibliothèques et nous en déposaient de nouveaux sans que cela nous coûte rien.

Déballer les nouveaux livres, remplir une fois de plus les caisses, puis les préparer en vue de leur expédition, tout cela pouvait être exténuant. Harriett voulait toujours en charger Queenie d'abord, disant que cela mettrait fin à son verbiage, et quand Queenie n'était pas là, cette tâche retombait sur moi.

Queenie brandit une enveloppe.

— J'ai obtenu le poste. *Bibliothécaire assistante* à la grande bibliothèque gratuite de Philadelphie. Je suis venue ranger mes livres, et ensuite je file à la poste envoyer ma lettre d'acceptation. Vous les remplirez vous-mêmes, vos caisses.

Queenie alla plaquer l'enveloppe sur la table d'Harriett. Celle-ci eut un mouvement de recul et ses mains s'agitèrent devant elle. Sous aucun prétexte elle ne toucherait cette lettre. Eula vola au secours de son adjointe et ouvrit l'enveloppe.

Après l'avoir parcourue, elle jeta un regard à Queenie. Elle finit par replier la lettre et la ranger.

— Vous publierez une offre d'emploi, Harriett, dit Eula en s'essuyant les mains dans un mouchoir. Que tout le monde soit au courant.

— Très volontiers, gazouilla Harriett, qui s'empara d'une grande feuille de papier pour rédiger l'annonce.

— Faites circuler l'information, vous autres, nous ordonna Eula. Nous ne pouvons pas nous permettre de perdre cette tournée.

Il ne serait pas facile de trouver une volontaire pour cet itinéraire pénible, et nos clients allaient en souffrir, les livres leur manqueraient cruellement. Je passai en revue tous mes lecteurs, toutes mes tournées, et m'arrêtai mentalement chez un de mes clients hommes.

— Bien, m'dame. Félicitations, Queenie ! s'exclama Birdie, dérangeant mes réflexions.

Queenie était aux anges.

— Félicitations, dis-je à mon tour, mais en sondant encore son regard pour y trouver des nouvelles de mon père.

— C'est une promotion formidable, ajouta Birdie.

— Ah, c'est sûr, Miss Birdie, merci. Et je gagnerai tous les mois un supplément formidable de quatre dollars quatre-vingt-cinq.

Harriett émit un sifflement.

— C'est un crime de payer une Noire plus cher. Nous, on ne touche que quatre-vingt-quinze cents de plus par mois, n'est-ce pas, Eula ? N'est-ce pas ?

— Tout à fait.

Eula respirait à peine, son regard dur ne se détachait pas du dos de Queenie.

— Eula, vous devez immédiatement écrire pour demander plus. Je vais envoyer une plainte à la bibliothèque de Philadelphie et leur dire que c'est une honte de dépenser de l'argent pour des gens comme celle-là !

Harriett fronça les sourcils en direction de Queenie, et de moi encore plus.

Je savais que mon travail allait devenir plus dur après le départ de Queenie ; je serais la seule employée de couleur, et je souffrirais deux fois plus. Pourtant, même Harriett ne put me faire perdre le sourire. J'étais si fière de Queenie. J'admirais son courage et je l'enviais en même temps. Philadelphie ! Bibliothécaire assistante !

Je rejoignis Queenie, elle me tendit les mains et je les serrai avec ardeur.

— Quelle excellente nouvelle ! dis-je avec sincérité. Ce sera un endroit formidable pour ta famille et toi. (Je lui tins les mains encore un instant, scrutant toujours son visage.) *Papa* ? murmurai-je.

Mais Queenie avait les yeux emperlés de larmes, et ils ne lui servaient qu'à voir son avenir.

— Oh, tu sais, ils ont toute une collection de lettres de Charles Dickens, et puis des manuscrits, et...

— Tu vas pouvoir les regarder, les toucher, approuvai-je, sachant combien elle aimait le grand romancier anglais.

— Maintenant, à l'Institut Hampton, ils forment des bibliothécaires noirs.

Elle s'essuya la joue avec le revers de la main.

— Tu en feras une très bonne, c'est certain. (Je lui donnai mon mouchoir propre, laissant s'attarder ma main dans la sienne. Je me penchai plus près pour murmurer à nouveau.) As-tu pu...

— Remettez-vous au travail ! ordonna Harriett. Mon Dieu, confia-t-elle à Eula, ces filles de couleur sont si paresseuses que la moindre excuse leur est bonne pour ne rien faire.

Queenie la foudroya du regard.

Quelques minutes plus tard, elle se glissa à côté de moi, rangea un livre par-dessus mon épaule et me fourra discrètement un message dans la main.

— Ça vient de ton père. Je repasserai avant de partir.

Elle regagna sa table pour finir de s'occuper de ses livres.

Mon cœur battait si fort que j'avais peur qu'il ne fasse éclater les boutons de ma robe et ne s'évade de ma poitrine. Je fourrai en hâte le billet dans ma poche et m'empressai d'aller ranger les derniers livres de ma pile, non sans en laisser tomber près de la moitié en chemin. Harriett grommela un reproche brutal, et je terminai au plus vite. Puis je tirai un journal d'un râtelier placé près de la table d'Harriett, fabriqué à partir de manches à balai, et je sortis, la porte grillagée se refermant sur la fureur des directrices.

— Veuve Frazier ! cria Eula.

— *Bluette !* Bluette, il vous faut ma permission pour les périodiques, glapit Harriett. Revenez, ou je vous envoie à quatre pattes sur vos fichus genoux bleus récurer les toilettes des dames et cirer les parquets. Eula, obligez-la…

Pour une fois, je me moquais bien de ce que pensait Harriett ou de la punition qu'elle me réservait. J'avais un journal pour mon client, Queenie allait devenir bibliothécaire assistante dans une grande ville, et surtout, mon père était sain et sauf.

25

J'ATTENDIS D'ÊTRE BIEN LOIN DU VILLAGE avant de me reposer. Le soulagement m'envahit à l'idée que Papa était en vie. Il était l'unique membre de ma famille qui me restait, rien n'était plus important que lui, aussi j'oubliais tout le reste. Puis, je fus glacée par la peur de ce qu'avait osé faire Queenie. Si la Compagnie l'avait surprise transmettant les messages de syndicalistes, ils l'auraient rouée de coups, peut-être assassinée, ils auraient incendié sa maison, ils s'en seraient même pris à sa famille. J'avais mis Queenie en danger pour faire passer un mot à Papa. Tout à coup, j'en étais honteuse, terrorisée pour elle.

L'année précédente, les houillères avaient envoyé leurs agents chez Gordon Brown, au camp de la mine, ayant appris que sa femme faisait circuler des lettres de son mari afin de rassembler les mineurs pour une grève. N'ayant pu trouver Mrs Brown, ils avaient pillé la maison, détruit le moindre objet, puis attendu toute la nuit pour abattre son mari. Le lendemain, comme

Brown n'était toujours pas rentré, les dirigeants de la Compagnie avaient chassé de leur logement son épouse et leurs sept enfants. Moins d'une semaine après, un charmant avocat du comté voisin était allé trouver ces dirigeants au nom de la famille Brown et d'autres mineurs lésés. Deux jours plus tard, le jeune juriste était tué dans l'explosion de son automobile.

Mes mains se mirent à trembler et je tâtai ma poche, appliquai ma main sur la lettre. Queenie était hors de danger. Mon père était hors de danger. C'était tout ce qui comptait, me répétai-je. Lentement, j'observai les arbres, lançant des regards derrière moi et tout autour. Deux fois, puis une troisième pour m'assurer que j'étais bien seule.

Junia nous conduisait dans un chemin boisé lorsque j'ouvris l'enveloppe et lus la lettre de mon mieux, m'interrompant à nouveau pour jeter un coup d'œil par-dessus mon épaule, au cas où les patrons de la Compagnie auraient été à ma poursuite.

Papa disait qu'il se trouvait près de la frontière du Tennessee pour une « discussion familiale », qu'il était en bonne santé et qu'il reviendrait dans deux nuits. Selon notre code, « discussion familiale » signifiait « réunion de mineurs ».

Encore deux nuits…

Il n'avait jamais quitté nos vallées plus de deux minutes. Je me faisais du souci à cause de cette discussion et des ennuis qu'il risquait de s'attirer – l'agitation des mineurs, les dangers au-devant desquels ils couraient.

En son temps, Maman s'inquiétait haut et fort. Mais chaque fois que j'essayais d'en parler à mon père, il commençait par se moquer de moi, puis s'en allait en grommelant.

Junia s'arrêta, et c'est là que je vis le serpent sur notre chemin. La mule piétina, frappa du sabot en guise d'avertissement, mais le crotale s'immobilisa, se roula lentement en un *s* serré, dressa la tête, sortit sa langue fourchue, puis fit tinter sa sonnette, refusant de s'éloigner.

Je tirai sur les rênes, pour inciter Junia à contourner l'obstacle. Mais elle ne voulait pas en entendre parler. Remuant la queue, elle regardait vers la gauche et montrait les dents.

Je fis claquer les rênes.

Le serpent secoua plus fort sa sonnette relevée.

— Allez, ma belle. On va passer sur le côté.

La mule renifla, fit un pas en arrière, puis vacilla, car elle ne voulait plus quitter sa place. Je tirai à nouveau, lui ordonnant de reculer pour faire le tour, comme nous l'avions déjà fait, pour laisser au serpent le temps de traverser.

— Allez, Junia, en arrière. Allez ! commandai-je en enfonçant plus fort mes talons dans ses flancs. Doucement !

Puis je dégringolai et percutai le sol près du crotale. Mes mains protégèrent mon visage, je me roulai en boule pour éviter le coup mortel.

Des sabots frappèrent la terre, puis un cri étranglé s'éleva à travers les pins. Pendant une seconde, je ne pus déterminer qui l'avait poussé : moi, Junia, ou une autre voix.

La respiration saccadée, j'osai enfin ouvrir les yeux. Horrifiée, je vis le message de Papa tombé à côté du serpent. À force de me tortiller, je roulai sur le ventre, rampai peu à peu vers le papier et tendis lentement la main, les yeux fixés sur la bête, les doigts presque sur la lettre.

Une explosion retentit et Junia émit un braiment par-dessus le tonnerre de la détonation. Je reculai et posai ma tête sur le sol, frappée de terreur à l'idée que la Compagnie m'avait débusquée.

Le visage dans la poussière, j'enveloppai mon crâne dans mes bras, le poids de mon crime martelant ma poitrine, m'inhumant dans une tombe peu profonde, ma chair mise à nu, proie du serpent venimeux ou des balles tirées par les hommes de la Compagnie. Quelques secondes plus tard, j'entendis des pas, puis le silence, et j'osai redresser légèrement la tête pour regarder.

Angeline se tenait sur le chemin jonché de feuilles, soutenant son petit ventre. Un lapin mort pendait dans ses jupes, suspendu à une vieille corde qu'elle avait nouée autour de sa taille. Un feutre brun couronnait ses cheveux blonds, une moue déformait sa bouche, et les articulations blanchies de sa main agrippaient un fusil à pompe.

— Junia, ma vieille apôtresse au sale caractère, va-t'en ! (Angeline frappa doucement les genoux de la mule avec la crosse de son arme, pour l'éloigner du serpent mort.) Recule. C'est mon souper, et je te laisserai pas l'écrabouiller avant que je le mette dans ma poêle à frire.

— Ange… Angeline, articulai-je avec peine.

Je me redressai sur les genoux, les mains contre ma poitrine pour en freiner les palpitations. Je pris une inspiration tremblante, me mis lentement debout.

Angeline s'accrocha à mon bras et m'aida à retrouver l'équilibre.

— La mule… elle ne voulait pas quitter le chemin, dis-je.

Junia hennit bruyamment. Elle avait le nez sur le côté, les oreilles vibrantes, et contemplait un tas de pierres dans l'herbe haute.

— Merde, s'exclama Angeline avant de me lâcher le bras.

Elle ouvrit son fusil à un coup, retira la cartouche utilisée, en sortit une nouvelle de ses jupes et rechargea. Je cherchai les rênes de Junia. Visant à la base du rocher, elle tira, faisant voler en l'air de la terre, de l'herbe, et un nœud de bébés serpents.

Une odeur de poudre brûlée emplit l'air.

Angeline courut vers les pierres.

— Je les ai eus. C'est le nid, pour sûr. C'est pour ça que Junia voulait pas faire le tour, elle avait peur de marcher dessus. (Angeline pointa le canon vers le cadavre.) Et ce vieux serpent à sonnette voulait pas non plus qu'elle avance. Oh, Bluette, t'es pas blessée, j'espère ?

Je soufflai enfin. Je m'époussetai les manches, fléchis les mains et cherchai des yeux d'éventuelles blessures.

— Ça va. Merci, Angeline. Je ne m'attendais pas à vous voir ici.

Angeline retira de mes cheveux une feuille déchirée, essuya un peu de terre que j'avais sur la joue.

— Maintenant qu'on a les balles du rémouleur, je nous attrape à manger. Willie lui a donné des racines de ginseng en échange.

Ses pieds basanés confortablement plantés sur de vieilles racines noueuses comme si le sol était sa pantoufle de Cendrillon, elle avait un air un peu sauvage, farouche. La tresse de ses cheveux blonds brillait dans une lame de soleil.

Pendant une minute, je l'enviai, j'eus envie de renvoyer Junia à la maison, de défaire mes chaussures lourdes et serrées pour courir librement avec elle, fuir Frazier, le docteur et ses tests médicaux, et tout ce qui m'accablait ; pour chasser et pêcher dans les bois comme quand j'étais enfant. Pour être sauvage. Avoir un cœur sauvage dans ce pays aux arbres noirs, peuplé de créatures sauvages. Il y avait dans ces collines des failles où un étranger n'aurait pas osé se risquer – les creux étroits, les zones aveugles derrière les rochers, les étranglements des montagnes d'un vert noirci –, mais Angeline et les montagnards, habitués à cette vie sauvage, n'avaient peur de rien. Et j'aspirais à fouler pieds nus les antiques sentiers, à m'ensauvager à nouveau.

— Willie pourra bientôt aller nous chercher des victuailles. Il est en train de guérir. Tous les jours il fait son petit tour dans le jardin. Les flacons que tu nous as donnés, ça l'a bien arrangé.

— J'en suis ravie.

Angeline porta ma main à sa bouche et la baisa.

— Merci de me l'avoir sauvé, Bluette.

Je repris vivement ma main.

— Il ne faut pas faire ça, Angeline. Quelqu'un pourrait vous voir me toucher. Moi, une Peau-Bleue. Et ils pourraient vous causer des ennuis. Ça pourrait mettre Willie en colère…

— Peuh. Willie aurait la fierté mal placée, vraiment. Sans toi, il serait plus de ce monde. Et je me fiche pas mal de ceux qui se fichent de moi et de ma famille. (Elle eut un sourire éclatant.) Nous voilà déjà en juin, Honey sera là le mois prochain, et grâce à toi, elle aura un papa.

Angeline se baissa pour ramasser le serpent, qu'elle attacha à sa corde.

— Et je nous ai trouvé de la bonne viande, qui nous fera plus d'un souper.

Souper. Je me léchai les lèvres, l'appétit en éveil. J'avais bien peu soupé, ces derniers temps. Ce soir, j'irais cueillir des orties pour manger de la soupe.

26

Ce vendredi, je cuisinai une marmite d'orties, dans l'espoir du retour de Papa. Le bouillon vert vif mijotait sur le poêle tandis que la brise de juin s'insinuait dans la maison chaude et remuait des odeurs terreuses. La longue journée invitait le crépuscule.

Je tentai de lire le livre de Jackson, mais je faisais un bond au moindre grincement du bois, au moindre tintement de vitre, et bientôt ce malaise m'obligea à sortir. Impatiente, je scrutai les arbres, sursautant dès que tombait une feuille ou un gland. La nuit était proche, et je guettai jusqu'à ce que le dernier oiseau ait rejoint son nid en hâte.

Incapable d'en supporter davantage, je pris une lanterne et, montée sur Junia, je partis vers Troublesome.

Au village, nous fîmes plusieurs fois le tour du magasin de la Compagnie, enveloppées par le ciel nocturne comme par un manteau. Je vérifiai à l'arrière du tribunal s'il y avait là mon père ou d'autres mineurs, ainsi qu'au bureau de poste, puis je me dirigeai vers la vieille graineterie.

De la musique et des rires se répandirent dans la rue. Surprise, j'arrêtai Junia, descendis et l'attachai à un poteau. J'avais oublié le bal de charité, nous étions le premier vendredi de juin. Me glissant vers une fenêtre, je jetai un coup d'œil à l'intérieur.

Les hommes s'étaient plaqué les cheveux en arrière et s'étaient rasés de près. Pour la plupart en veste et pantalon à taille haute, comme à la ville, ils formaient de petits groupes, s'observant entre eux et lorgnant les femmes. C'était une soirée distinguée, une de celles auxquelles je n'avais accès qu'à travers mes livres.

J'admirai les robes moulantes des dames, les tissus imprimés, les manches bouffantes, les jolis boutons et les ceintures élégantes. J'aperçus quelques coiffures à la Bette Davis, telles que la star en arborait dans les magazines. Assises sur des chaises à dossier droit, les femmes attendaient l'ouverture de la vente, frappaient les planchers usés de leurs talons nerveux, bavardant entre elles avec agitation, lançant des regards vers les hommes et vers la table aux enchères.

Une longue table était couverte de tartes. Derrière, trois hommes jouaient du violon tandis qu'un autre tenait un harmonica contre sa bouche, leur musique guillerette se répandait allègrement dans la salle enfumée et s'échappait par les fissures dans les rues calmes de Troublesome. Quelques gaillards enhardis s'étaient choisi une cavalière, et les couples dansaient gaiement sur le sol saupoudré de sciure, entre des volutes de fumée de cigarette.

Je repérai Constance Poole. Les membres de son club de couture se massaient derrière elle, l'épiant du coin de l'œil tandis qu'elle parlait aux hommes. Ce soir, elle était vêtue d'une robe vert poire très chic, une écharpe de soie soulignant sa taille fine, ses cheveux parfaitement coiffés retenus par un ruban assorti. Constance discutait avec deux bûcherons, que je voyais se pencher pour boire chacune de ses paroles.

Promenant mes regards vers la table aux tartes, je me demandai laquelle elle avait préparée, et combien d'enchérisseurs elle attirerait. Je songeai à ma propre recette, la tarte au sorgho noir et sucré, à la croûte beurrée que je faisais parfois pour Papa. Pendant un moment, je m'autorisai à imaginer un homme s'en portant acquéreur, puis je ris de cette pensée et plaquai une main sur ma bouche. Je n'avais pas entendu ma propre sottise depuis la mort de Maman. Entendre ce qui se taisait depuis si longtemps me donnait l'impression de l'avoir volé à quelqu'un d'autre. Je refis l'expérience plus fort cette fois.

Junia renifla, comme pour souligner ma vanité et mon mensonge. Je lui adressai un regard sévère pour qu'elle se taise, puis me tournai à nouveau vers la fenêtre.

Harriett se tenait dans un coin, au bras de son cousin, montrant ses jambes nues presque jusqu'aux genoux, grâce à une robe audacieusement courte.

Un homme chanta les premiers mots de *Liza Jane*, et les violoneux reprirent cette chanson alors que tout le monde s'avançait vers le centre de la salle en deux rangs, les dames d'un côté, les messieurs de l'autre. Les deux personnes placées tout au bout se saluèrent avec une révérence, puis se prirent bras dessus, bras dessous et se mirent à tournoyer, joignant leurs paumes, levant haut les talons entre les rangées. Un nouveau couple leur succéda, décrivant les mêmes figures tandis que les autres danseurs battaient des mains et frappaient du pied.

Tout cela était comme un rêve, comme une réclame sur le papier glacé d'un magazine de la ville. Le menton contre le rebord de fenêtre, je m'appuyai un peu plus à la vitre.

Les violoneux ralentirent le rythme pour interpréter une mélodie suave, dont les notes se mêlaient aux trémolos crus de l'harmonica, les couples quittant les rangs pour danser dans les coins de la salle.

Je sentais vibrer la musique dans mes hanches, l'air léger chanter dans mes mains. J'avais envie de tourbillonner, de danser comme Papa et Maman le faisaient sous notre porche quand mon oncle passait chez nous avec son violon. À la fin, l'oncle Colton ralentissait lui aussi, et Maman chantait en français *Au clair de la lune.* Sa voix s'élevait doucement dans l'air humide de la nuit, se perdait dans les gouttelettes d'obscurité. Je joignais ma voix à la sienne, tandis que Papa nous accompagnait en anglais. Maman avait toujours la larme à l'œil lorsqu'il terminait.

Emportée par l'émerveillement, les danseurs sur leur trente-et-un, la musique et l'énergie enthousiasmante, j'étais fascinée. Au cours de mes dix-neuf années de vie, je n'avais jamais rien vu de tel, je ne pouvais m'imaginer la splendeur du bal de charité dont parlaient Eula et Harriett, et encore moins croire qu'une chose pareille pouvait se produire à Troublesome.

Le nez collé à la fenêtre, je ne le vis se faufiler que trop tard. Son haleine chargée de whisky me brûla la nuque, ses grands bras m'encerclèrent et il empoigna mes seins. Mon cri se superposa à celui de Junia.

L'homme qui s'enfonçait dans mon dos me susurra à l'oreille, d'une voix pâteuse :

— Mais qu'est-ce qu'un joli brin de fille comme toi fait dehors toute seule ?

— Laissez-moi tranquille !

Je tentai de me dégager, mais il resserra son étreinte. La terreur montait dans ma gorge, épaisse, avec un goût de bile.

— C'est pas une façon de traiter un gentil gars qui a envie de tarte.

— Laissez-moi partir. *S'il vous plaît !*

Je tâchai de m'écarter du mur de brique pour m'enfuir. Mais il m'avait coincée contre le bâtiment.

Du coin de l'œil, je vis Junia tirer sur sa corde et ruer, elle s'efforçait de se libérer, ses cris se mêlant à la musique. Si elle parvenait à se détacher, elle tuerait cet homme.

Une fois encore, je hurlai et me débattis. Il me plaqua la tête contre le mur, me blessant le front, une main en guise de bâillon tandis que l'autre descendait le long de ma robe.

— Allez, ma jolie, donne au vieux Allen un petit peu de ta bonne tarte.

J'entendis un coup sonore, et l'homme s'affaissa à terre. Pivotant sur mes talons, je le vis s'agiter dans la poussière et se tenir la tête entre les mains.

Le shérif Davies Kimbo le tenait en respect, sous la menace de son revolver.

Je m'adossai au mur, dans les ténèbres.

— Allen Thompson, tu as une minute pour emmener ton sale cul d'ivrogne à Cut Shin. Si je te retrouve ici, tu feras un séjour dans ma prison. Fous-moi le camp.

Il lui donna un violent coup de pied dans les côtes et lui frappa la paume avec la crosse de son arme.

Les cris de Junia se répandaient dans l'air de la nuit, graves et frémissants.

Comme une tortue sur le dos, l'homme fit des efforts pour se relever, une main à l'arrière du crâne, l'autre sur le ventre. Il titubait et s'écroula sur moi. Puis sa bouche s'ouvrit lorsqu'il put me voir, et ses yeux affreux striés de rouge s'arrondirent. L'ivrogne pointa un doigt vers moi.

— *Toi !* Bon Dieu, t'es un monstre de foire !

Il me cracha dessus, et sa salive atterrit sur ma poitrine. Je me protégeai le visage avec un bras, reculai vers le mur pour prendre la fuite.

Avec un juron, le shérif saisit l'homme par les épaules et le jeta dans la rue. L'ivrogne détala.

Le shérif se tourna vers moi et je tentai de me mettre encore plus à l'ombre, sous la toiture du bâtiment.

— Qui est-ce ? demanda-t-il en plissant les yeux. Bluette ? C'est toi, ma fille ?

Je miaulai un faible oui.

— Qu'est-ce que tu fais au village ?

Le shérif rangea son revolver.

— Euh… je…

— Elijah sait que tu es ici ?

Je baissai les yeux.

— Tu viens porter des livres ? Qu'est-ce que tu fais là, ma fille ?

Je tentai d'inventer un prétexte. Avant que j'en aie eu le temps, il désigna la porte de l'épicerie.

— Le bal de charité. Tu veux aller danser, c'est ça ?

— Non ! Je… Oh, non, shérif. Je voulais juste voir comment c'était.

Il secoua la tête et fronça les sourcils.

— Vois-tu, Bluette, j'ai une fille d'à peu près ton âge, qui allait au bal avant qu'elle soit mariée, mais les règles, c'est les règles. Je ne peux pas te laisser violer la loi et faire un scandale le grand soir. (Il tendit son menton couvert d'une barbe épaisse vers le panneau INTERDIT AUX PERSONNES DE COULEUR.) Il y a là-dedans toute une bande de buveurs impénitents, et c'est moi qui en ai la responsabilité. Je ne pourrai pas les tenir si je te laisse entrer. Retourne chez Elijah, ma fille.

— Oui, bien sûr, shérif. Je m'en vais. Désolée pour le dérangement, ça ne se reproduira plus.

Je me tournai vers Junia et fis deux pas avant que le shérif me rappelle :

— À propos, Bluette, tu as vu mon cousin quelque part, pendant tes tournées ? Le vieux Vester est dans ta partie de la forêt ? Depuis un moment, il se fait discret ce vieux renard.

Je m'immobilisai, presque fauchée par cette question *Six pieds sous terre.* Mon esprit agité décrivait des cercles autour de cette horrible réalité.

— Le prédicateur n'est nulle part, poursuivit le shérif et même s'il ne me manque pas spécialement, j'espère qu'il ne s'est pas mis dans le pétrin.

Les yeux fixés sur Junia, je m'obligeai à continuer à marcher vers la mule sans regarder le représentant des forces de l'ordre. Quand j'eus atteint Junia, mes mains caressèrent son pelage, tapotèrent, palpèrent pour reprendre vigueur.

— Le prédicateur Frazier ? demandai-je d'un air désinvolte. Non, shérif, je ne croise jamais personne pendant mes tournées, personne sauf mes clients.

Ah, mais j'avais vu les morts, et je savais que si le shérif avait pu lire dans mes yeux malgré la nuit noire, il les y aurait vus aussi.

27

J'OBLIGEAI LA MULE à regagner la maison, en jurant de ne pas souffler mot à Papa de cette excursion au village et en priant pour que le shérif se taise lui aussi. Je n'avais pas besoin que mon père aille essayer de défendre mon honneur, pour nous mettre en plus grand danger encore.

Comme je ne tenais pas en place, je m'acquittai de mes corvées en attendant son retour. Quand j'eus fini de balayer le plancher, je m'arrêtai devant le miroir pour lisser mes cheveux, examiner mon reflet, songer aux dames du bal, à leurs robes élégantes et à leurs coiffures à la mode. Je me penchai vers la glace et enroulai une mèche de cheveux autour d'un doigt ; je me rappelai alors un article que j'avais lu et je vidai ma sacoche pour feuilleter les vieux magazines jusqu'à ce que je le retrouve. Grâce à des dessins explicatifs, on y montrait comment se friser les cheveux avec des épingles. En dessous de l'illustration, une dame indiquait comment se faire de belles boucles à l'aide de morceaux de tissu.

Je contemplai la pièce. Il n'y avait pas de bigoudis chez moi, mais les chiffons ne manquaient pas.

Dans le grenier, je fouillai l'ancienne malle de Maman et découvris un morceau de tissu qu'elle avait conservé. Je redescendis l'échelle et débitai ce morceau en bandes étroites, que je mouillai ensuite avec un petit seau d'eau.

Devant le miroir, je soulevai une partie de mes cheveux, en enroulant soigneusement les pointes autour de la bande de tissu, avant de rouler le tout contre mon cuir chevelu pour nouer le chiffon bien serré.

Quand j'eus terminé, je me dévisageai. Une vieille ballade s'échappa de mes lèvres et je tendis un bras en faisant mine d'accepter de danser avec un beau gentleman qui avait gagné ma tarte. Je tournoyai dans la pièce une fois, deux fois, puis encore et encore, jusqu'au moment où je me cognai l'orteil contre le lit de Papa. Je criai, grimaçai et repartis en boitillant vers le miroir. Je me sentais stupide, j'avais l'air stupide, j'arrachai tous les morceaux de tissu et détournai mon visage qui fonçait, démêlant mes cheveux humides et me grattant la tête.

Après une nuit agitée, Papa arriva à l'aube, épuisé et grognon. Il avait un œil au beurre noir et une balafre sur une joue. Il jeta sur la table son sac à dos bien rempli.

— Je nous ai trouvé des lapins. Et j'ai aussi eu ce satané lynx. (Il désigna le porche.) Je te ferai un manchon bien chaud pour l'hiver. Et avant que j'oublie, j'ai rencontré le docteur. Il m'a rappelé qu'il passerait te prendre samedi en quinze.

Je vidai le sac à terre, envoyant promener à travers le vieux plancher toutes ces créatures au corps mou.

— Papa, il faut que tu arrêtes ! Ces « discussions » sont trop dangereuses…

— Tais-toi donc ! Les hommes m'ont choisi, je dois être leur porte-parole pour réclamer un meilleur salaire et des conditions de travail plus sûres ! C'est du vol, dans la fosse, la silicose nous prend notre dernier souffle. Les heures sont interminables. Et les patrons de la Compagnie seraient prêts à tuer le premier qui demande mieux que ça ; ils dépouillent notre terre, ils ne laissent que de la poussière et des cendres, leurs camions de débris de charbon et des campements fantômes. Ils mettent les empreintes sales de leurs belles chaussures partout, sur tout, sur le dos des pauvres gens. Même les poissons meurent à cause des cochonneries qui s'écoulent dans nos rivières.

— Pourquoi toi ? Personne d'autre ne pourrait le faire ?

J'eus soudain les mains humides, et je ne pus m'empêcher de me demander si les autres mineurs l'avaient choisi à cause de sa couleur – parce qu'ils pensaient que sa vie valait moins cher, comme les mules qu'ils envoyaient en cas de fuite de gaz.

— Papa, c'est parce que tu es un Peau-Bleue ?

Il ne voulait pas répondre, mais je la voyais dans ses yeux, cette vérité qu'il cachait, et j'aurais souhaité plus que tout qu'il soit blanc, que le fardeau de son travail dangereux ne soit pas redoublé par notre vilaine couleur.

Si seulement je pouvais le protéger. Je sentis ma gorge se nouer et je compris qu'à présent, j'aspirais plus que tout pour lui à la blancheur de peau, à une paix dont il n'avait jamais joui. L'espace d'un instant, je me permis d'imaginer combien la vie serait plus facile, plus sûre, pour lui comme pour moi si nous n'avions pas été des personnes de couleur. Je récitai une prière silencieuse pour que le docteur trouve un remède, et vite.

— Papa ? C'est parce que tu es un Peau-Bleue…

— C'est parce que je suis un mineur du Kentucky, et un sacrément bon ! rugit-il d'une voix rauque.

— Oh, Papa, pardonne-moi. Je ne…

Mes mots se brisèrent. Enveloppée dans mon propre malheur, je l'enlaçai, le serrai, et je sentis bientôt son pardon dans la manière dont il me tapotait le dos.

***

Le troisième samedi de juin, le docteur arriva à sept heures du matin pour notre voyage à Lexington, alors que la brume matinale remontait l'écorce des cèdres, s'insinuant hors de notre creux.

Dans son automobile, le docteur me remit le dernier numéro du *Lexington Herald-Leader*. Malgré cet aimable cadeau, j'étais morose. J'avais envie de lui parler de la nourriture promise, mais je ne voulais pas réclamer. J'aurais voulu l'interroger au sujet des tests à venir, mais j'avais trop peur d'entendre ses réponses. Nous roulâmes en silence jusqu'à l'hôpital, sauf lorsqu'il me montrait certains endroits remarquables et m'indiquait le nom de grands élevages de chevaux.

— Des bêtes magnifiques, pas vrai ? Ces bâtiments-là sont des écuries.

— Ils vivent là-dedans ? m'étonnai-je.

Le docteur ralentit et je contemplai les majestueuses constructions qui abritaient les rois des courses, les princes du Kentucky, j'admirai les bêtes magnifiques qui broutaient dans des pâtures vertes comme l'émeraude, douces comme le velours, satisfaites et engraissées de leur richesse.

— Exactement, acquiesça le docteur.

— Je n'ai jamais rien vu de pareil. De grandes maisons comme ça. Et rien que pour des animaux, en plus ! Leurs maîtres doivent habiter des palais !

— Des palais, tout à fait, dit-il en souriant.

Je scrutai la campagne, tâchant d'en apercevoir un.

Quand nous nous garâmes devant l'hôpital, je pris mon courage à deux mains.

— Je vais faire vos tests, mais je ne veux pas de ces bonnes sœurs.

J'avais terriblement envie que Papa et moi devenions blancs, je voulais pouvoir distribuer à manger aux enfants affamés, mais j'avais trouvé bien plus effrayante la couleur mesquine du cœur de ces religieuses et je craignais qu'elles me tuent.

Le docteur haussa un sourcil.

— Je suis sérieuse, réussis-je à ajouter, tremblant intérieurement de mon audace.

J'entrouvris mon manteau pour dévoiler le couteau de chasse de Papa dans son fourreau de cuir rouge craquelé.

— Elles… Elles ne me toucheront plus. Et je n'enlèverai pas mes sous-vêtements !

Je vis le début d'une protestation se former sur le visage du docteur, mais il se ravisa.

— Nous veillerons à ce qu'elles ne te gênent pas, ma fille… Et je protégerai ta pudeur.

Encouragée, je soutins son regard, attendant sa promesse.

— Je t'en donne ma parole.

Je refermai mon manteau.

— Et il me faut de la nourriture, beaucoup de nourriture, exigeai-je en pensant aux élèves de l'école. Nous avons faim. *Nous mourons de faim.*

— Il y a une caisse à l'arrière. Tu verras qu'elle est pleine.

Je me retournai et aperçus un carton débordant de pain et de fromages. Soulagée, je collai mon visage à la vitre pour contempler les grands jardins, le cœur gonflé de gratitude, prêt à éclater.

Prenant ma reconnaissance pour de l'inquiétude, le docteur se pencha et me tapota l'épaule.

— Nous allons trouver un remède, Bluette. Nous allons en trouver un.

Avoir à manger pour les enfants, et à présent cette déclaration, c'était un prodige comme il n'y en avait dans aucun de mes livres.

À l'intérieur de l'hôpital, nous croisâmes les religieuses, et je leur lançai le regard le plus hostile dont j'étais capable, un grondement dans ma gorge menaçant de franchir mes lèvres pour les atteindre au visage. Le docteur m'entraîna d'un pas vif vers le pavillon réservé aux personnes de couleur, sans s'arrêter quand une des sœurs le salua.

Dans le pavillon, une petite fille passa la tête à une porte. Quand elle me vit, elle poussa un cri et se mit à pleurer.

Une religieuse accourut et emmena l'enfant hystérique, la soustrayant au spectacle de mon visage.

Le docteur me prit le bras et me conduisit plus loin. Dans la salle d'examen, le chirurgien et le docteur me posèrent un tas de questions, prenant note de chacune de mes réponses.

— Buvez-vous ? Votre famille consomme-t-elle de l'alcool ? En distille-t-elle, peut-être en y mélangeant autre chose que des céréales ? demanda le Dr Mills.

Je verrouillai ma bouche, répondant par des regards négatifs.

— Bluette et son père sont d'honnêtes travailleurs, à la réputation irréprochable, Randall, intervint doucement le docteur, un peu vexé.

Personne n'avait jamais rien dit de tel à propos des Peau-Bleue, aussi je fixai le docteur d'un œil approbateur, voyant qu'il était sincère.

— Des maladies, des maux particuliers ?

Le Dr Mills m'observait de près. Je portai la main à ma mauvaise oreille, la touchai légèrement et secouai la tête, car je ne voulais pas lui parler de Frazier et des douleurs qu'il m'avait laissées. J'avais encore mal au bras parfois et mon oreille était à peu près perdue.

Une dame élégante pénétra dans la pièce, s'assit sans un mot dans un coin, munie d'un stylo et d'un bloc-notes, et se mit à écrire elle aussi.

Je l'étudiai avec méfiance, pour m'assurer que ce n'était pas une religieuse déguisée.

Les médecins consultèrent des graphiques, des radios.

— Le cœur et les poumons sont normaux, commenta le Dr Mills. Et le père, Thomas ?

Le docteur répondit tout bas :

— C'est un mineur souffrant. Nous parlerons plus tard de Mr Carter, voulez-vous ?

Ils prirent ma température, me posèrent des questions curieuses sur le reste de ma famille.

— Connaissez-vous les antécédents de vos parents ? demanda le Dr Mills. Leur nom ? Qui ils ont épousé ?

— Oui, monsieur. Voudriez-vous que je vous les mette par écrit ?

— Vous savez écrire ?

Le docteur plaça une main sur mon bras.

— Notre Bluette est employée à la bibliothèque ambulante. Une bibliothécaire intelligente pour notre petit village.

Il avait la voix fière, comme un père faisant l'éloge de son enfant.

— Bibliothécaire ? À Troublesome ?

Le front sombre du Dr Mills se plissa et il échangea un regard avec le docteur.

— Oui, confirma celui-ci avec un sourire. Bibliothécaire à Troublesome.

— Apportez-lui du papier et un stylo, Miss Palmer, ordonna le Dr Mills à la femme.

— Bien, docteur.

La dame me remit un stylo et une belle feuille de papier, et je me penchai sur la table pour griffonner des noms tandis que les deux médecins examinaient mon écriture.

Je ralentis délibérément, soignant mes pleins et mes déliés comme Maman me l'avait appris, avec de jolies boucles et des jambages parfaitement droits.

Je m'interrompis, appliquai le bout du stylo contre mes lèvres, et réfléchis encore un peu.

J'étais capable de nommer presque tous mes parents, mais j'avais oublié le nom de quelques-uns d'entre eux. Il y avait des cousins, des grands-tantes et des grands-oncles, certains que je n'avais jamais rencontrés, ceux qui avaient subi la gêne, la honte, qui avaient été chassés plus loin dans les collines, d'autres qui avaient été pendus, ceux qui avaient fui les vieilles montagnes, qui étaient perdus et avaient fini par s'éteindre, selon Papa.

— Je suis la dernière, à ce que dit mon père, et je ne suis pas sûre d'avoir tous les noms. Papa vous renseignerait mieux que moi.

— C'est très bien, Bluette. Je demanderai à Elijah de compléter.

Le Dr Mills ne semblait pas très convaincu de mon éducation, et il suspendit à la porte un tableau avec des rangées de lettres qu'il me demanda de lire à partir du haut.

— Je vous ai déjà montré que je connaissais l'alphabet.

Offensée, je croisai les bras et refusai. Le docteur m'expliqua qu'il s'agissait d'un tableau spécial dont le but était de vérifier ma vision.

— Si tes yeux ne sont pas forts, Bluette, nous pourrons les corriger et te prescrire des lunettes.

Quand j'eus réussi ce test-là, ils me questionnèrent sur la nourriture, ce que nous mangions ou ne mangions pas.

— Des lapins, des écureuils, des baies et beaucoup de salade d'épinards… Comme tout le monde, ça dépend de ce qu'on trouve. Quand il revient de la chasse ou qu'il a ramassé des racines et des herbes, mon père les échange contre des œufs, du maïs et des tomates. Parfois, on mange de la dinde ou du sanglier.

Je ne précisai pas que, dernièrement, nous n'avions plus mangé grand-chose à cause de la maladie de Papa, à part le fameux sac de lapins qui m'avait bien étonnée.

Les deux hommes voulurent connaître l'âge de tous les parents dont je me souvenais, et combien de temps ils avaient vécu. Je fus catégorique.

— À part Maman qui a eu la grippe et Papa qui a la maladie des mineurs, tous les gens de ma famille sont en bonne santé et ont eu une vie longue, certains avaient dans les quatre-vingts ou même quatre-vingt-dix ans, c'est ce que j'ai toujours entendu dire. Sauf Daniel et ceux qui ont été tués à cause de leur couleur… Il y en a au moins quelques-uns, plus que mon père ne m'a raconté. Tout est noté dans notre bible, à la maison.

— Remarquable longévité, vous ne trouvez pas, Thomas ? commenta le Dr Mills.

— Nous sommes solides, quand on nous laisse en paix, répliquai-je.

Le visage du docteur prit la même teinte que les briques roses de l'hôpital. Le chirurgien noir baissa les yeux. Puis le docteur s'éclaircit la gorge, ramassa un papier et l'examina. La dame qui prenait des notes s'arrêta et m'adressa un sourire aimable, comme si elle était fière, ou avait un peu pitié.

Le Dr Mills toussa légèrement. Il me regarda en silence pendant un moment inconfortable, puis se tourna vers notre vieux docteur des montagnes.

— Eh bien, je suis abasourdi, mon vieux.

Le docteur s'enthousiasma.

— Avez-vous lu le rapport de Scott sur les troubles sanguins héréditaires qu'il avait découvert parmi les Esquimaux et les Indiens d'Alaska ?

— Mais oui. Je me rappelle son hypothèse selon laquelle ils étaient causés par l'absence d'une certaine enzyme. Pourrait-il s'agir d'un cas similaire ?

— Je n'en suis pas sûr. Cela mérite qu'on y réfléchisse.

— J'aimerais la garder ici, déclara le Dr Mills. Quelques jours, peut-être une semaine. Miss Palmer, allez chercher les formulaires.

La femme acquiesça et sortit. Alarmée, je glissai une main dans mon manteau et serrai le manche du couteau.

— Je ne resterai pas, dis-je d'une voix tranchante en reculant vers la porte.

— Inutile, Randall, intervint le docteur. Bluette doit aller à son travail et s'occuper de son père. Nous ne voudrions pas l'éloigner de son papa souffrant et de l'important emploi qu'elle exerce pour le gouvernement.

Le Dr Mills secoua la tête et croisa les bras, adossé à l'armoire.

— Je n'ai pas besoin de son consentement, Thomas. Je pourrais la mettre en quarantaine. Disons que ce serait dans l'intérêt sanitaire de la population. Mon devoir envers le public…

— Jamais de la vie ! gronda le docteur. Je ne permettrai pas de garder enfermée ici cette jeune femme en bonne santé, uniquement dans votre intérêt personnel ! Vous êtes pourtant bien placé pour savoir à quoi ressemble la persécution. Vous en portez les cicatrices depuis que vous êtes né.

Le Dr Mills tressaillit et se toucha le bas des reins, comme s'il avait réellement des marques dans le dos.

— Venez avec moi dans le couloir, docteur Mills. Toi, Bluette, reste là.

Les deux médecins sortirent et fermèrent la porte. J'entendis au son de leurs voix qu'ils étaient en désaccord. Ils se calmèrent, puis il y eut un juron. D'autres jurons, et des mots encore plus agressifs. Puis quelque chose ou quelqu'un heurta la porte. Je courus vers l'autre bout de la pièce et préparai mon couteau alors qu'ils rentraient.

Le Dr Mills tira sur sa blouse blanche froissée qui avait en partie glissé de son épaule.

— Eh bien, dit le docteur, lissant sa propre blouse et se passant les doigts dans ses cheveux blancs comme l'hiver. Bluette, j'aimerais prélever encore quelques échantillons de sang afin de procéder à un nouveau test, pour voir s'il manque aux Peau-Bleue la même enzyme qu'aux Indiens et aux Esquimaux. C'est d'accord ? Tu n'aurais qu'à retrousser une manche, rien de plus.

Je tournai les yeux vers le bocal de sangsues et vers le matériel de saignée, et le regard du docteur suivit le mien.

— Nous le prendrons dans ton bras avec une seringue, et juste une petite quantité. Ça ne te fera pas mal du tout, Bluette. Et puis nous repartirons parce que nous avons déjà assez abusé du temps du Dr Mills. N'est-ce pas, Randall ?

Le Dr Mills épousseta sa blouse et hocha la tête à contrecœur.

Je levai légèrement le bras.

— Très bien. Tu risques d'avoir la tête qui tourne, peut-être même un peu la nausée. Mais ça ne durera pas.

Effrayée, je collai mon bras contre mon flanc et regardai les deux médecins. Je m'étais évanouie quand les religieuses m'avaient donné le médicament. Ils m'avaient fait toutes sortes de choses horribles pendant que je dormais.

— Ne t'en fais pas, ce n'est qu'une minuscule piqûre, m'assura le docteur. Après, je te ramènerai saine et sauve à Elijah. Si nous voulons trouver un remède, c'est le seul moyen, Bluette. Le seul moyen.

Les paroles de Papa me revinrent à l'esprit. « C'est la seule façon de nous éviter la corde au cou. »

— Il est absolument nécessaire de trouver un remède, insista le docteur. Je veux te voir guérie. Aider ton père. Pas toi ?

Ses yeux s'adoucirent. L'idée que je pourrais me débarrasser de ma couleur mais aussi débarrasser Papa de la sienne, ainsi que des attaques et des souffrances qui allaient avec, voilà qui valait bien tous les dangers. Les tests les plus terrifiants. En pensant à la maison, aux gens de Troublesome, à mon travail et à celui de mon père, il n'y avait rien qui me ferait plus plaisir, aussi je remontai une manche. Les médecins restèrent bouche bée en voyant comment l'excitation avait rendu mon bras bleu foncé.

— Bluette ? redemanda le vieux docteur.

— Oui ! lançai-je, désireuse de partir, de m'en aller de ne plus perdre de temps.

Je lui tendis énergiquement le bras.

28

Il y avait deux blocs de fromage, trois miches de pain, un pot de confiture, quatre fruits et une douzaine de petits carrés de caramel dans la caisse de nourriture offerte par le docteur. J'avais recompté trois fois, en touchant tout d'une main tremblante. Au loin, la cloche d'une église s'envolait dans la vallée, appelant les fidèles. *Dimanche, quel meilleur jour que celui du Seigneur pour aider les enfants ?* Le lendemain, la plupart arriveraient en classe le ventre vide. Je partis donc avec Junia dans la pénombre matinale, l'air humide de juin sur mon visage.

Ma lanterne projetait des rubans de lumière à travers la cour déserte et j'éteignis la flamme, descendis de ma monture, détachai en hâte le lourd panier qu'elle portait. Dans l'obscurité, les poules émettaient de petits gloussements. Junia leur répondit par un *hi-han* qui les fit taire.

M'approchant du porche sur la pointe des pieds, j'accrochai le sac de nourriture à une poutre, en hauteur, inaccessible aux animaux.

Je sortis de la cour et inspectai mon œuvre. Alors que le soleil se levait par-dessus les montagnes, éclairant la vieille terre endormie en orange et en jaune poussiéreux, j'avais l'impression d'assister à un office religieux. Et je ne pus m'empêcher de courber la tête pour prier Dieu, en le remerciant pour ce bienfait. La perspective que les enfants auraient le ventre plein le lendemain matin valait bien tous les tests du docteur.

— Allez, ma belle, on rentre, dis-je à Junia avant de remonter en selle, le cœur plein, à deux doigts d'éclater.

***

Le mercredi, je fus effrayée lorsque des coups sonores frappés à la porte de la maison ébranlèrent les fenêtres, menaçant les vieilles vitres.

Ce soir-là, j'avais veillé tard, car je découvrais ce qu'était devenu le plus jeune des garçons du fermier chinois dans *Les Fils de Wang Lung*. Surprise, je sursautai, repoussant la chaise en arrière. Mes pieds nus claquèrent sur le plancher, et j'attrapai le fusil.

— Bluette, retentit une voix familière de l'autre côté de la porte. C'est moi.

Je remis le fusil sous le lit et courus ouvrir, le cœur battant.

— Docteur, qu'est-ce que vous faites là ? Oh, vous avez failli me faire perdre toute ma couleur.

Je posai la main sur ma poitrine, puis je ris nerveusement. Le docteur sourit et brandit sa trousse.

— C'est exactement mon but. Rentrons vite. J'ai quelque chose à te montrer. (Il jeta sa trousse sur la table.) Ça n'a pas été simple, mais j'ai découvert ta maladie.

Intriguée, je restai muette.

— Eh bien, ma fille, ta famille et toi, vous êtes atteints de méthémoglobinémie.

— Méthé… quoi ?

— Assieds-toi, je vais t'expliquer.

Je pris un siège, il ramassa la chaise tombée à terre et s'attabla à côté de moi.

— C'est un problème sanguin, Bluette. (Ses yeux étincelèrent.) Les nouveaux tests ont révélé qu'il te manquait la même enzyme qu'aux Indiens et aux Esquimaux. Tu souffres de ce qu'on appelle méthémoglobinémie, répéta-t-il.

Je n'en revenais pas : il y avait enfin un nom à ma différence, un nom si long que j'en avais peur.

Le docteur dut deviner mon soulagement et ma crainte, car il se pencha pour me tapoter la main.

— Tu vas bien. Tout ira bien. C'est un trouble rare de l'hérédité qui rend la peau bleue. Tes parents étaient porteurs du même gène récessif. Un gène très rare.

— *Un gène très rare.*

Hébétée, je ne comprenais toujours pas.

— Les Carter l'ont tous dans leur sang, depuis tes arrière-grands-parents et même avant. Votre sang n'est simplement pas oxygéné. Donc il a plus de mal à irriguer les tissus corporels. Ta peau.

Il pinça le gras entre son pouce et son index.

— Méthémo…

Je me débattais à nouveau avec ce long mot.

Le docteur leva un doigt et le prononça très lentement.

— Mé-thé-mo-glo-bi-né-mie.

Je sentis le goût du mot sur ma langue. Puis je l'affrontai à nouveau, un peu plus correctement.

— Mé-thé-mo-glo-bi-né-mie.

Le docteur hocha la tête. Je répétai ce nom une fois de plus pour me l'approprier.

Il plongea la main dans sa trousse, en tira un stéthoscope et écouta mon cœur.

— Très bien.

Puis il prit un flacon en verre et une aiguille.

— Et maintenant, voici le meilleur. Ce médicament, c'est du bleu de méthylène, ma fille. J'ai appris que ça pourrait être le parfait antidote.

Perplexe, je regardai de plus près la grosse aiguille.

— J'aimerais t'en injecter une dose. Si ça marche, tu n'auras plus besoin de retourner à Lexington. Je peux t'étudier… euh, te soigner ici, à Troublesome.

Là-dessus, je m'empressai de retrousser ma manche.

— Nous commencerons avec cent milligrammes. Ce produit donnera plus d'oxygène à ton sang et changera ta couleur. On a commencé à s'en servir il y a quelques années comme antidote dans les cas d'empoisonnement au monoxyde de carbone et au cyanure.

Le cyanure. J'avais lu des choses là-dessus dans mes livres.

— Préviens-moi si quelque chose te tracasse, si ton cœur fait des siennes, s'il te donne du souci.

Du souci. Je posai une main sur mon cœur et retins ma respiration. Certaines plantes médicinales pouvaient remettre une personne sur pied, ou empêcher un cœur de battre.

Avant que j'aie pu changer d'avis, il injecta la dose dans ma veine. Je fléchis le coude, frottai la minuscule trace. Quelques instants plus tard, j'eus la stupéfaction de voir mes mains devenir d'un blanc normal.

Le docteur serra ma paume dans la sienne.

— Un miracle, un vrai miracle ! s'écria-t-il. Bluette, tu es blanche comme de la farine ! Viens voir. (Il me tira vers le miroir suspendu dans un coin, au-dessus de la cuvette.) Incroyable… Comment te sens-tu ? Une gêne, quelque chose ? (Il écouta mon cœur à nouveau). Bon...

— Je me sens la même qu'avant, docteur.

Mais je revins au miroir et je sus que je n'étais plus, que je ne serais plus jamais la même. Je passai lentement la main sur mon visage, touchai mes lèvres qui avaient pris un joli rose, mes joues un rouge tendre. *Normale.* J'observai à nouveau l'inconnue dont le reflet me regardait, puis je braquai vers le docteur un œil interrogateur.

— La médecine moderne ! s'exclama-t-il.

— Je suis une inconnue, dis-je en me contemplant dans la glace.

— Et une bien jolie inconnue, commenta le docteur.

Je me mis à examiner mon reflet de plus près.

Jolie. Était-ce possible ? Mon cou paraissait blanc, comme du linge assorti à mes mains. Je portai une paume à la base de mon cou. Une larme roula sur ma joue, puis une autre, et plusieurs autres, éclaboussant ma main blanche. J'étais blanche, et cette jolie inconnue blanche c'était moi. *Moi.*

Le docteur me pressa l'épaule.

À part les cordes de ses veines, ses mains et ses avant-bras étaient presque de la même couleur que les miens. Je soulevai ma robe au-dessus de mes chevilles et observai mes pieds.

— Même eux sont blancs, dis-je, incrédule.

— Blancs comme de la farine, répéta fièrement le docteur.

— *Blancs.*

Je me pinçai les joues, fis claquer mes lèvres deux fois de suite, étonnée qu'elles ne virent pas au bleu. Puis j'ouvris la bouche pour exprimer ma surprise quand, tout à coup, une douleur s'empara de mon crâne et me martela la tête. En quelques secondes, j'eus un haut-le-cœur.

Me couvrant la bouche, je courus à la porte, filai dans la nuit. Au milieu de la cour, je me pliai en deux et vidai mon estomac, une première fois, puis à nouveau.

Derrière moi, le docteur cria :

— Bluette, ma fille…

J'agitai la main pour le chasser. Il me toucha l'épaule.

— La nausée disparaît, en général. Ce ne devrait être qu'un bref désagrément, ne t'inquiète pas.

— J'ai mal au crâne.

— Rentrons vérifier ton cœur, et tu te reposeras un peu. Ce n'est qu'un état temporaire, redit-il en me prenant par le bras.

***

Ce fut temporaire, en effet.

Je veux parler de mon teint blanc comme la farine.

Le jeudi matin, quand je m'éveillai, je vis le remède miracle évacuer ma peau, se vider avec ma pisse. Je descendis le pot de chambre et jetai dehors mon urine bleue.

Le docteur arriva peu après que Papa était revenu de la mine. Il posa un flacon sur la table.

— Elijah, prends au moins un comprimé si tu ne veux pas de piqûre. J'en ai apporté assez pour que vous en preniez tous les deux pendant une semaine, et j'en apporterai d'autres. Une journée suffirait.

— Prends-en, Papa, suppliai-je. Ça arrangera tout…

— Essaye donc, Elijah, insista le docteur.

— Regardez-moi bien, répondit mon père en levant ses mains maculées de charbon, puis il désigna son visage noirci et se frappa la poitrine pour en éjecter un nuage de poussière. La seule chose qu'il faut me guérir, c'est cette maladie noire que j'ai là-dedans. Vous avez un tonifiant pour ça, docteur ?

Puis il se frappa à nouveau et toussa. Le docteur fit la grimace et appuya sur l'épaule de Papa. La plupart de ses patients souffraient des poumons.

Déconcertée par le refus de Papa, je plongeai une louche dans un seau d'eau, en bus une grande gorgée et avalai un comprimé, dans l'espoir qu'il changerait d'avis.

— Papa, s'il te plaît, rien qu'un. *Un seul.*

Il agita une main, repoussant l'offre.

Le docteur posa des questions à mon père, sur le nom de nos parents. Papa lui répondit distraitement. Le docteur les nota dans son calepin, puis l'interrogea encore lui soutirant des informations sur notre famille.

Bientôt, mon cœur se mit à palpiter et me donna la migraine, tout en me soulevant l'estomac. Je vis que mes mains étaient redevenues blanches.

Ébahi, Papa toussa violemment.

— Blanche comme lys. Comme lys, aboya-t-il.

Pendant un instant, j'eus le sentiment d'être sa petite fille parfaite. Je souris et allai lui chercher de l'eau.

— Une fille blanche, murmura Papa avant de boire un peu d'eau.

Sous le choc, il s'affala sur la chaise et me dévisagea. Le docteur lui parla des tests et de l'article qu'il prévoyait d'écrire pour une revue médicale.

— Papa, tu pourrais aller travailler en tant qu'homme blanc. Prends un comprimé.

Mais il n'écoutait ni le docteur ni moi, et quelques minutes plus tard, je courus soulager mon estomac dehors, comme la veille.

Quand j'eus terminé, je revins sur la pointe des pieds. Mon père me regarda avec inquiétude.

— Fillette, tu as mal ?

Le docteur secoua la tête.

— Non, Elijah, c'est temporaire. Comme le médicament.

— Temporaire ? Alors c'est une imposture, pas une guérison !

La repartie de mon père me fit tressaillir.

— Elle devrait très vite aller mieux. Ce n'est qu'un petit inconfort qui ne durera pas, Bluette, assura le docteur avec compassion.

— C'est de la vanité, grommela Papa. Dangereuse.

— C'est un remède sans danger, insista le docteur. Et Bluette est vigoureuse.

Mon père fronça les sourcils.

— La belladone aussi guérit des maladies, mais quand elle est méchante, elle peut tuer les plus vigoureux.

— Tu arrêtes les médicaments quand tu veux, ma fille, si la réaction est trop forte, me précisa le docteur.

Je pus seulement murmurer mon assentiment, mais la pensée de renoncer à ma nouvelle couleur pour retrouver l'ancienne, affreuse, m'écœura une fois de plus.

Je pressai à nouveau Papa de prendre un comprimé lui aussi, mais il se contenta de me toiser avec sévérité.

Enthousiaste, le docteur lui raconta tout ce qu'il avait découvert sur les Peau-Bleue, nos ancêtres, le gène rare et l'oxygène manquant, tandis que Papa gardait l'œil rivé sur moi, m'observant, observant ma peau.

Mais je le remarquai à peine. Je ne cessais de contempler mes mains et ma peau blanche, je ne pouvais m'empêcher de me toucher pour voir si le contact de cette chair nouvelle était différent.

Dans le miroir, j'aperçus le reflet de Papa. Devant son air réprobateur, je reculai. Pourtant, une minute après, je revins devant la glace pour m'admirer, ravie, envoûtée par ma peau normale, blanche et jolie. Bientôt, j'en vins à m'entraîner à sourire à mon reflet et à lui parler de ma plus belle voix de présentatrice radio.

29

Une fois le docteur parti, Junia émit un long braiment joyeux et je regardai par la fenêtre, surprise de voir Queenie.

Elle approcha sa monture du porche.

— Je m'en vais chercher ma dernière paye, indiqua-t-elle en descendant de son cheval, puis elle appuya une main sur sa poitrine. Doux Jésus, qu'est-ce qui t'est arrivé ? Tu as perdu ta couleur. Tu n'es plus du tout myrtille.

Elle avait dit cela sans méchanceté, mais ses paroles me firent rougir. Je retroussai mes manches ; la chaleur était poisseuse en cette fin de mois de juin.

— Hum hum, émit-elle en découvrant mes bras.

— Le docteur m'a fait essayer des comprimés. Ils ont l'air de marcher.

— Ah oui, pour sûr que ça marche. *Seigneur.* (Elle me prit la main et l'étudia.) Comme si tu n'étais pas assez jolie avant, tu l'es encore plus maintenant. Tout entière !

Ce compliment me fit rougir encore plus.

— Allez, viens avec moi au village et montre-toi jolie à ces vilaines dames. Elles vont se battre comme des chattes en chaleur quand elles te verront. Surtout ce vieux lynx puant, Miss Harriett. (Elle me tira par la main en riant.) Viens, c'est jeudi, et tu n'as rien à faire aujourd'hui qu'aller voir ton dépôt.

— Je prévoyais d'aller chercher ma paye plus tard, mais je pourrais aussi bien y aller maintenant. Prête-moi ton dictionnaire.

Elle leva la main.

— Garde-le, parce que là où je vais, j'en aurai des salles entières.

— Mais il était à ton père.

— Mon cher Papa serait bien content si tu devenais la gardienne des mots. Moi aussi, et puis tu continueras à me donner tes mots. La seule différence, c'est que tu les posteras dans des lettres.

— *Lettres.* Libation, litanie, lithographie, logorrhée, luxuriant.

J'énonçai mes mots nouveaux les plus récents, souriant de les entendre voler en l'air comme une musique.

— C'est que tu as un très beau vocabulaire ! s'exclama Queenie, tout aussi fière que moi. Tu en es déjà aux mots en *l*, tu es allée très vite. Garde ce dictionnaire, je ne veux pas que tu restes bloquée au *l*.

— Un immense merci. J'en prendrai bien soin et je t'écrirai.

— Tu pourras peut-être me rendre visite, un jour. Ce serait formidable de voir la ville ensemble.

— Ah ça, ce serait quelque chose, opinai-je, même si je n'aurais jamais de quoi me permettre une telle extravagance.

Elle me tapota le bras.

— Tu essayeras de venir. Ce serait bien de rencontrer des gens différents des montagnards.

Nous partîmes pour le village. Quand la nausée recommença, je dus m'arrêter pour me vider l'estomac au bord du chemin, haletante, le cœur soulevé.

— Seigneur ! s'écria Queenie en accourant auprès de moi. Ça va, tu es sûre ? Tiens, je vais te donner quelque chose pour faire passer le mauvais goût. Tu as fait un vrai repas ce matin ?

Elle s'affairait autour de moi, me relevait les cheveux.

— Ça passera dès que mon corps sera habitué au médicament. Tout va bien, assurai-je entre deux hoquets.

En une minute, elle me mit dans la main un gâteau fourré à la confiture et m'ordonna de manger. Je refusai.

— Je ne te prendrai pas ta nourriture.

Je n'aurais pas osé. Ç'aurait été du vol, et uniquement à cause de ma vanité. Cette pensée me nouait l'estomac, et j'y appliquai mon poing.

Queenie posa doucement la main sur mon épaule.

— Si, tu la prendras, parce que je sais très bien qu'à ma place, tu me donnerais la tienne. Mange, je t'en prie.

Je m'assis à terre et dévorai tandis qu'elle veillait à ce que je n'en laisse pas une bouchée. Quand j'eus fait disparaître la dernière miette, je me sentis plus forte et prête à reprendre le trajet.

Queenie m'obligea à me reposer encore quelques minutes. Quand nous remontâmes en selle, une demi-heure s'était écoulée. J'étais à la fois exaltée et terrifiée à la perspective du regard des gens, de leurs réflexions.

Queenie bavardait à propos de son nouvel emploi.

— En plus, j'y serai juste à temps pour la fête de l'Indépendance. *Mon indépendance.* (Elle sourit.) J'imagine qu'ils auront un fameux défilé, dans cette ville. Cette année, tu devrais assister à celui de Troublesome.

— Je n'y suis allée qu'une fois.

Il restait onze jours avant le 4 Juillet.

— Ils ne pourront pas t'en empêcher, maintenant que tu as perdu ta couleur.

Je méditai sur cette suggestion. Queenie revint à son emploi :

— J'ai envie de passer le diplôme de bibliothécaire.

— Un diplôme ! dis-je, impressionnée.

— J'en rêve depuis toujours. C'est important d'avoir accès à toutes les possibilités. C'est ça qui donne vie au corps.

Je cueillis ses mots et les retournai dans ma tête.

— Mes fils et leurs fils y auront accès, poursuivit-elle, ils ne seront pas retenus par leur couleur, étouffés par ceux qui voudraient nous coincer bien serré dans leurs cordes.

Jusqu'à présent, je ne pouvais imaginer que ce genre de possibilités s'offrirait à mon monde bleu. Maintenant, mon esprit se laissait entraîner par sa conversation animée, et s'aventurait dans de nouvelles pensées, vers ce que je pourrais devenir, dans des univers féeriques bien loin d'ici. En sécurité dans ma tête, j'avais assez de courage pour saisir les opportunités tirées des livres et en faire mon trésor personnel.

Nous arrivâmes au village et, après avoir attaché nos montures à l'arrière du bureau de poste, nous entrâmes ensemble dans la bibliothèque. Queenie gazouillait gaiement et me transmettait son enthousiasme.

En pénétrant dans l'arrière-salle, je défroissai ma jupe et commençai à retrousser mes manches quand Harriett remarqua mon visage et mes bras. Elle resta bouche bée, puis bondit et hurla, le doigt pointé vers la porte :

— Dehors, dehors, *dehors* ! Je savais que vous aviez la maladie en vous. Vous attendiez seulement de la transmettre aux bons chrétiens. Toutes les deux. *Dehors !* Eula… Eula, forcez-les à sortir.

Bill, le receveur de la poste, glissa la tête dans l'encadrement de la porte.

— Veuve Frazier ?

Il baissa la tête pour s'adresser à quelqu'un qui se trouvait dans le bureau de poste.

— La veuve Frazier est *malade.* Vous devriez peut-être aller la voir.

Là-dessus, le docteur surgit, son courrier à la main. Il écarta le receveur.

— Que se passe-t-il, Bill ?

Bill me montra du doigt.

— Mais que diable… qu'est-ce que cela signifie ? demanda le docteur, perplexe.

— Oh, docteur, c'est une de ces personnes de couleur. La Bleue, cria Harriett. Regardez ! Elle devient blanche à cause de sa maladie, et elle va tous nous contaminer.

Eula, hoquetant derrière un mouchoir pressé contre ses narines, s'était empressée de rejoindre Harriett.

J'avais envie de prendre mes jambes à mon cou, mais Queenie me retenait fermement par le bras.

— J'ai dit « Dehors », ordonna Harriett. Emportez loin de nous votre sale maladie. Vous êtes licenciée. Eula, renvoyez-la.

J'avais l'impression de ne plus pouvoir respirer. Queenie me tapota l'épaule, me murmurant à l'oreille des paroles douces. Le docteur s'avança.

— Elle n'est pas malade. Mrs Frazier est ma patiente, je la soigne, et je l'ai déclarée aussi saine de corps et d'esprit que n'importe qui dans ce pays.

— Mais elle est blanche. *Blanche,* protesta Harriett.

— Et c'est une bien jolie Blanche, je peux l'affirmer, moi qui en ai vu beaucoup, Miss Hardin, riposta le docteur en la fusillant du regard par-dessus ses lunettes.

Les yeux d'Harriett s'emplirent de rage. Elle me jaugea de haut en bas, puis redressa le menton, pleine d'une jalousie muette.

— Mais regardez-la, regardez-la donc. Toute sa silhouette, sa…

Harriett désigna mon visage, mon cou, mon corps.

— Silence, madame ! cria le docteur, le doigt d'abord sous le nez d'Harriett, puis baissé vers son ventre. Vous devriez, ma chère, veiller vous-même à votre silhouette ; si vous n'êtes pas capable de vous occuper de votre santé, personne d'autre ne le fera, soyez-en sûre.

Le vieil homme manifestait une force et une hargne que je n'avais jamais vues, et un éclair dans son regard révélait une ardeur juvénile.

Queenie réprima un rire, serrant les lèvres.

Harriett montra les dents et émit un sifflement.

Je me rendis compte que je retenais ma respiration et je la relâchai lentement avant de m'évanouir, ou pire.

Le docteur durcit sa mâchoire en direction de la directrice adjointe.

Les bras autour de la poitrine, Harriett ouvrit, puis referma la bouche. Ses lèvres tremblaient, et une colère plus dure jaillissait dans ses yeux, répandant des larmes brûlantes. Elle remua la bouche une fois encore, serra le poing. Effrayée, je baissai les yeux et fis un pas en arrière. Elle releva ses jupes et courut aux toilettes des dames. Toutes les huisseries vibrèrent lorsqu'elle claqua la porte.

Eula s'avachit sur la chaise la plus proche, triturant son mouchoir.

— Bluette, rugit le docteur, assez fort pour qu'Harriett l'entende, ainsi que tout Troublesome. Puis-je dire que tu es très jolie aujourd'hui ?

Queenie murmura son accord tandis que mon visage me picotait de fierté et de gêne. Jamais de ma vie on ne m'avait dit que j'étais jolie. Ma langue tenta de formuler un « merci », mais le mot resta bloqué, clapotant dans ma gorge comme une grenouille qui se noie.

— Oui, reprit le docteur, la plus jolie du Kentucky, je parie… Madame Johnson, Miss Foster. Bonne journée, mesdames.

Il nous adressa un salut et il sortit. Je poussai un soupir entrecoupé.

Eula avait encore les mains dans son giron ; elle repliait et dépliait son mouchoir, comme si elle attendait qu'on lui indique comment procéder ensuite, ou même qu'on le fasse à sa place.

C'est exactement le service que Queenie eut la bonté de lui rendre. Elle s'avança et lui dit :

— Miss Foster, je viens chercher ma dernière paye, s'il vous plaît.

— Oui, oui, bien sûr, réussit à croasser Eula en se tamponnant la bouche avec son mouchoir.

Elle se leva, ramassa une enveloppe sur sa table et la posa sur le bord, où Queenie la prit.

Eula déglutit deux fois avant de parler.

— La… (Elle renifla, reprit son souffle.) La bibliothèque ambulante vous remercie pour votre travail. Bonne chance, veuve Johnson.

Queenie afficha un sourire tendu, puis me toucha le bras.

— Je t'écrirai, Cussy, dès que je serai installée. Et tu m'écriras aussi.

— Bien entendu, promis-je.

Sur ce, Queenie disparut. La porte grillagée claqua deux fois, comme pour l'acclamer.

Je restai pétrifiée, pensant aux endroits qu'elle allait voir, aux gens qu'elle allait rencontrer, aux possibilités qui s'offriraient à elle. Finalement, elle allait vivre la vie décrite dans les livres qu'elle lisait.

Eula m'appela.

— Veuve Frazier.

— Madame ?

Elle plaça mon enveloppe sur le bord de la table.

— Votre paye.

— Merci, madame.

Je glissai l'argent dans ma poche et me dirigeai vers la porte au moment où Birdie entra, son bébé sur la hanche. En me voyant, elle s'arrêta net, ses jeunes yeux éteints par les nuits sans sommeil.

— Bluette, tu es…

— Blanche, dis-je gaiement.

— *Blanche.* Oh ! Tu es blanche.

Je hochai la tête.

— Le docteur m'a donné un remède.

— Ça alors. Si jolie, tu es la plus jolie demoiselle que j'aie vue. Pas vrai, Samuel ? (Elle fit sauter sur sa hanche le bébé qui couina de plaisir, mit un doigt dans sa bouche baveuse et me sourit.) Oui, monsieur, notre Bluette est une belle fille, et les gars vont avoir envie de l'hameçonner. Mais regarde-toi un peu, Samuel, te voilà déjà à lui conter fleurette.

Harriett sortit des toilettes.

— Oh oui, une jolie demoiselle, répéta Birdie.

Le talon d'Harriett se posa près de moi. Elle pencha la tête dangereusement près de la mienne.

— Un cochon avec du rouge à lèvres, ça reste un cochon qui pue, cracha-t-elle, son mépris virevoltant dans l'air tandis qu'elle regagnait son bureau.

Je me retournai. Ses yeux rouges perforaient les miens. Alors, je soutins son regard sans broncher, levant très haut mon menton, pour reconquérir un peu de l'humanité qui m'avait été volée.

30

Ç'avait été une parfaite matinée de juin et je quittai le village ravie d'avoir de l'argent à donner à mon père, ravie de ma nouvelle couleur.

Je trouvai un endroit près du ruisseau pour laisser Junia boire et je m'attardai un peu plus, pensant à la conversation intelligente que je pourrais avoir lundi prochain avec Mr Lovett, à qui j'avais hâte de montrer ma nouvelle couleur.

Je me remis en selle et partis vers mon dépôt, anxieuse de savoir ce que le coursier m'aurait déposé. Je fus bientôt rattrapée par les moments éprouvants que j'avais vécus à la bibliothèque, le départ de Queenie, les simagrées d'Harriett et Eula, et la migraine atteignit vite mes tempes, enserrant mon crâne dans un cercle de fer.

Je me pressai un mouchoir sur le front, m'éventai le cou. Sur Knob Trail, je croisai quelques personnes qui allaient au village, un homme tirant un chariot plein de marchandises, une femme et un petit enfant portant des paniers. Quelques minutes plus tard, j'entendis le hennissement aigu de la monture de quelqu'un d'autre.

Je tirai les rênes de Junia vers la droite, m'écartant légèrement du chemin pour laisser passer le cavalier.

La mule s'arrêta et tendit les oreilles en le voyant.

Jackson Lovett venait vers nous, sur un robuste alezan. Junia souffla deux fois pour leur indiquer qu'ils devaient s'écarter. Il s'élança au galop et s'arrêta près de nous.

— Cussy Mary, j'emmène mon nouveau cheval au village, je dois y discuter d'une vente de bois. Et vous voilà, juste à temps pour vous dire bonjour.

Son sourire s'effaça. Penché en avant, les yeux fixés sur moi, le front plissé, l'œil soucieux, il scrutait mon visage.

Ma peau devint brûlante et ma bouche poussiéreuse lorsque je répondis à son salut. Puis tout se brouilla et je me sentis tomber. Tomber. *Tomber.*

Je heurtai le sol, puis la tête de Jackson apparut au-dessus de la mienne, ses mains saisirent et frictionnèrent les miennes.

Je m'étais évanouie ou j'étais morte, peut-être les deux, je ne pouvais en être sûre. Mais je sentis un sourire rêveur sur mes lèvres et une chaleur dans son contact comme je n'en avais jamais connue.

— Cussy Mary.

Il me serra la main et m'appela une fois, deux fois. Il me tapota légèrement l'épaule, me frotta les doigts. Je me redressai d'un bond et observai les alentours, certaine qu'il s'agissait d'un rêve.

— Cussy, vous êtes malade ? Parlez-moi. Êtes-vous blessée ? Êtes-vous…

Il m'empoigna le bras, je battis des paupières en entendant sa voix et je le vis écarquiller les yeux.

— Je… Je vais bien. C'est juste le médicament.

Je plaquai mes mains sur mes joues chaudes, m'arrachant à ma torpeur.

— Le médicament ?

Je m'agenouillai et soufflai. Jackson m'aida à me remettre debout. Junia émit un faible braiment, un œil fixé sur nous.

— J'ai... Euh... Le docteur a trouvé un remède à ma couleur.

Je me recoiffai et époussetai ma jupe, horriblement gênée.

— Et ça vous cause des évanouissements ?

— Non, ça me chavire l'estomac et ça me donne des migraines terribles. C'est la première fois que ça m'arrive... ces pertes de connaissance. En général, ça s'arrange au cours de la journée, et quand le médicament sort de mon corps, je redeviens bleue.

Je secouai à nouveau ma jupe.

— Vous redevenez... C'est temporaire ?

J'hésitai, j'aurais voulu que ce soit définitif, qu'il me voie toujours ainsi.

— Oui, avouai-je avec une soudaine tristesse en guettant la déception dans son regard. Oui, l'effet est... temporaire.

Jackson secoua la tête.

— Vous auriez pu vous briser le cou à l'instant. (Il marqua une pause.) Il y a beaucoup de remèdes qui sont pires que la maladie. Vous êtes obligée de le prendre, ou vous pouvez arrêter ?

— Ah, balbutiai-je, le docteur a dit que je pouvais arrêter n'importe quand si je ne supportais pas les réactions.

Je sentis la rougeur colorer mes oreilles et se répandre sur tout mon visage. C'était la vanité qui m'avait poussée à prendre le remède du docteur et à continuer. La vanité était l'un des péchés capitaux selon le Seigneur tout-puissant. À présent, Jackson me trouvait sotte et vaniteuse.

— Il n'y a rien de mal à votre couleur, vous êtes qui vous êtes, déclara-t-il fermement. Il n'y a rien de mal dans ce que le Seigneur nous donne dans Son univers, Cussy Mary.

Il ne savait pas, il ne pouvait savoir quel fardeau je portais en tant que Peau-Bleue, le mépris, la haine, et mon mariage sinistre. Comment Papa avait-il osé me trouver vaniteuse, et maintenant Jackson. *Comment osait-il, lui aussi ?*

— Il n'y a rien de mal, répéta Jackson.

Je reculai et tendis une main tremblante.

— Non, Jackson Lovett, vous vous trompez. Il n'y a rien de mal à avoir *votre* couleur dans *votre* monde, un monde qui ne veut que du blanc.

Il tressaillit et ses yeux se remplirent d'un mélange de douleur, de tristesse, peut-être de pitié, je ne savais pas trop, mais je n'avais pas l'intention d'attendre pour le savoir.

Je pivotai sur mes talons et m'agrippai aux étriers de Junia. Une fois en selle, je fis claquer les rênes, et nous partîmes à toute allure.

— Seigneur Dieu, soufflai-je quand nous fûmes loin, enfonçant mon visage et ma honte dans la fourrure de Junia. Seigneur, que m'arrive-t-il ? Que suis-je devenue, comment suis-je devenue si vile ? Maman aurait tellement honte de moi…

Et en songeant à elle, au fardeau que portaient les membres de ma famille, et à la grâce avec laquelle ils le portaient, je me sentis plus vile encore.

31

La chaleur de ce 2 juillet m'accablait. Lors de ma tournée sur le mont Hogtail, je me reposai plus souvent que je n'osais d'habitude, me trouvant chaque fois plus faible et plus malade. Je prenais le médicament du docteur depuis neuf jours, et je me sentais encore mal, la gorge desséchée, surtout le matin. J'avais l'impression qu'à chaque jour qui passait, le remède me rendait plus mal portante. À tel point que je me mis à laisser les livres sous les porches, pour éviter mes clients. Ce jour-là, j'avais essayé de manger, mais tout était ressorti.

Les grands yeux de Junia s'inquiétaient par-dessus mon épaule et elle vint frotter son museau dans mon dos la deuxième fois que je dus me vider le ventre sur le bord de la route. J'avais la peau fiévreuse, la gorge à vif à cause des haut-le-cœur. Malgré les coups de marteau sous mon crâne, je finis par atteindre la tour de guet de R. C.

R. C. regarda par-dessus la balustrade, me fit signe, puis disparut à nouveau à l'intérieur. J'attachai Junia et regardai vers le haut de l'escalier raide. Puisant dans ma sacoche, j'en tirai un magazine et l'un des prospectus des fêtes du 4 Juillet que le magasin de la Compagnie avait déposés à la bibliothèque pour que nous les diffusions. J'espérais que R. C. n'avait pas un incendie quelque part, je priai pour ne pas devoir grimper les marches jusqu'en haut, surtout un jour comme aujourd'hui. Néanmoins, j'avais toujours envie de satisfaire mes clients en laissant les livres là où ils le désiraient.

J'attendis un long moment, mais ses pas ne résonnaient pas sur les marches métalliques, sa voix ne me parvenait pas. J'allais devoir affronter l'escalade. Je maudis le médicament bleu, puis ma vanité, tandis que je me hissais jusqu'au premier palier. Au-dessus de moi, j'entendis R. C. ouvrir la porte et descendre à pas lourds.

Je poussai un soupir, m'accrochai à la rambarde et patientai.

Quand R. C. devint visible au-dessus de moi, je me couvris la bouche pour étouffer un cri.

Mais il me devança. Il courut jusqu'à moi, abandonnant la jeune fille qui le suivait.

— Miss Bluette, qu'est-ce qui est arrivé ? hurla-t-il, sautant d'un coup les trois dernières marches, lâchant les livres qu'il me rendait sur le palier à côté de moi.

L'acier tinta, la vibration remonta dans mes pieds et son écho secoua ma tête. Je vacillai un peu.

Il avait été victime d'un accident, ou peut-être pire. Son visage était couvert d'ecchymoses, de la même couleur que le liquide dont je remplissais tous les matins mon pot de chambre après avoir bu du bleu de méthylène.

— Tenez, asseyez-vous, dit-il en désignant la marche. Vous êtes blanche comme le brouillard sur les hauteurs, après une grosse pluie.

Combien de fois avais-je envié ces mots, « blanche comme » ? Dans mon orgueil, j'avais désespérément voulu les entendre appliqués à moi. Je pouvais encore enrayer cette folie, me débarrasser du médicament, mais j'aspirais plus encore à cette couleur.

— Je ne suis pas dans mon assiette, R. C.

Une jeune fille se tenait derrière lui, je la voyais pardessus son épaule. Elle était mince comme un roseau, avec de grands yeux de biche. Elle avait une entaille à la bouche et un œil enflé, violacé.

Le jeune homme semblait encore plus mal en point. Il avait le nez dévié et un bras qui pendait mollement, tordu sur le côté. Il lui manquait une dent de devant et une bonne partie de son oreille gauche avait été arrachée.

— R. C., que s'est-il passé ? Vous souffrez ? Ça doit être très douloureux. Asseyez-vous donc.

Je lui fis de la place sur la marche. R. C. balaya ma sollicitude d'un revers de la main.

— Mais non, m'dame. Restez où vous êtes, je vais aller chercher de quoi vous requinquer.

— Je n'ai besoin de rien. Ne vous donnez pas ce mal.

Je craignais qu'il ne se blesse davantage en s'occupant de moi, mais il était déjà parti, remontant vers sa cabine en prenant les marches quatre à quatre.

La jeune fille me dévisageait, se balançant sur la pointe des pieds. Elle leva les yeux vers l'escalier et dit tout bas

— Mon homme, c'est un bon gars. Malin. Il va m'apprendre à lire les livres aussi.

Nauséeuse, je ne pus que hocher la tête. Ruth continua son bavardage :

— Mon père dit qu'on pourrait habiter chez lui, mais dans la cabane en fer là-haut dans le ciel (elle haussa le menton), c'est plus grand que la maison de mon père

R. C. n'a pas voulu. Il a dit qu'il avait envie qu'on élève nos bébés là-haut, comme ses parents avaient fait pour lui. Il va travailler autant qu'il faudra pour être coordinateur des pompiers, pour gagner de quoi faire des études et avoir un meilleur métier comme garde forestier. Il fera la police dans toute la forêt. Il est vraiment malin pour ça, répéta-t-elle avec fierté.

— C'est vrai. Je suis sûre que vous serez heureux ici.

Je le leur souhaitais.

— Pour sûr que je suis heureuse d'être avec mon homme. Mes frères étaient vraiment pas contents, mon père et eux, ils m'ont drôlement battue, mais R. C. a juré qu'il me taperait jamais.

De retour, R. C. me donna une tasse d'eau et me fourra dans la main un généreux morceau de yellowroot.

Je murmurai un remerciement entre deux minuscules gorgées et grignotai la racine jaune, sous les regards de R. C. et Ruth. En une minute, la plante atténua mes symptômes. Je me levai et les remerciai à nouveau, posai la tasse sur la balustrade et empochai la racine. Nous fîmes l'échange de son vieux journal contre le prospectus et un numéro assez récent du magazine *Forêts d'Amérique.*

— Il vient d'arriver de Lexington, dis-je, ravie de le lui remettre.

— Oh, miss Bluette, c'est sûrement un magazine formidable ! s'exclama R. C. C'est ce qu'il y a de mieux ! Regarde, Ruth. (Il lui tendit l'annonce des commémorations du 4 Juillet.) C'est la fête dont je t'ai parlé. Zut, m'dame, voilà que j'oublie mes manières. Je vous présente Ruth. Ruth Cole, ma fiancée. Ruth, je te présente la femme aux livres, mais tu peux l'appeler Bluette, même si elle ne ressemble pas trop à une libellule aujourd'hui.

— Bonjour, Ruth.

Je m'efforçai de sourire. Ruth baissa les yeux vers ses pieds nus.

— On a déjà fait connaissance, R. C. Enchantée, m'dame.

Elle me fit une sorte de demi-révérence. R. C. était aux anges.

— Vous croyez que vous pourriez lui apporter deux ou trois magazines féminins et vos albums, m'dame ? Je vais lui apprendre à lire.

— Bien sûr.

— Ruth, tu ferais mieux de monter surveiller l'Osborne, il fait chaud dans ce coin-là aujourd'hui. Je vais raccompagner la femme aux livres.

Elle me salua timidement :

— J'espère vous voir demain à la fête de l'Indépendance, m'dame. R. C. m'a tout raconté. Et l'office des forêts donne à mon homme deux jours de congés payés à partir de demain.

R. C. m'aida à redescendre les marches. Tout en bas, il me dit :

— Je ne vous ai jamais vraiment remercié d'avoir porté ma lettre, l'autre fois, madame. Mr Beck n'avait pas voulu laisser Ruth s'en aller et il l'a fouettée. (Il inclina la tête vers le ciel, plissant les yeux.) J'ai dû me battre pour elle.

J'avais entendu parler de prétendants malheureux qui devaient en arriver là. Jouer des poings pour sa fiancée. Comme une épreuve pour rejoindre un autre clan.

— Je suis désolée, R. C.

Il fronça son nez cassé et grimaça, puis se frotta l'épaule.

— Ses fils et lui me sont tombés dessus, ils m'ont démoli. Ça n'a pas d'importance, vu que là-dedans, c'était déjà déglingué. (R. C. se frappa la poitrine.) Je me suis laissé taper dessus, et ils y allaient pas de main morte… Mais je me suis défendu, attention, et après, ils ont dit que j'avais mérité Ruth, et on a trinqué ensemble.

Son sourire était enfantin, mais une assurance virile s'affirmait sur son visage après ce qu'il avait fait.

— On a demandé au prédicateur de Crooked Branch de célébrer la noce, et ensuite, la famille Beck a donné un vrai banquet.

— Félicitations pour votre mariage. Portez-vous bien.

J'eus l'audace de lui toucher légèrement le bras. Il ne se dégagea pas, mais se contenta de se gratter la tête, toujours aussi radieux.

— Je me ferais battre une bonne douzaine de fois pour cette fille-là.

Je le dévisageai, impressionnée par ce que les gens acceptaient par amour.

— Oui-da, et même deux douzaines de fois, ajouta fièrement R. C.

Je ne pouvais imaginer trouver un homme qui se ferait battre une douzaine de fois pour moi, mais j'essayai un instant.

— Vous avez l'air d'aller mieux, m'dame. Grignotez bien la racine et ça s'arrangera. On a trop besoin de vous. On peut pas vous laisser tomber malade, ou pire.

Pire. Ce mot glissa sur moi et laissa sa morsure. Avec ce médicament susceptible de provoquer des réactions aussi violentes, je me demandai tout à coup si cela pourrait être pire.

32

La chaleur faisait vibrer l'air au-dessus des pinèdes décharnées et léchait la roche des montagnes qui s'élevaient au-dessus de Troublesome. La petite aiguille de ma montre n'avait pas encore atteint le huit que cette matinée de juillet bouillait déjà. L'atmosphère était comme un couvercle humide, soulevé par les bourdonnements enthousiastes du village, à l'occasion de sa minuscule fête de l'Indépendance.

Je refermai l'étui et rangeai la montre dans mes jupes. Montée sur Junia, derrière un bosquet de broussailles et de hautes aubépines qui poussaient sur un tertre, j'observais les gens qui, en contrebas, dressaient des tables et décoraient les rues pour ces deux jours de festivités.

Plusieurs fois, je contemplai mes mains pâles, chaque fois avec soulagement, de plus en plus excitée à l'idée que j'oserais me joindre aux Blancs.

Les femmes apportaient des gâteaux, des tartes et des plats salés qu'elles disposaient sur les nappes à carreaux rouges. Les hommes débitaient des pastèques et préparaient un bel étalage de saucisses de cerf et d'autre gibier capturé pour l'occasion. Les gens s'assemblaient devant le magasin de la Compagnie afin de bavarder. Les familles occupaient des zones herbeuses, à l'ombre, déployaient des couvertures et des paniers débordant de recettes primées.

Je promenai ma main sur ma grosse sacoche. Elle contenait un gâteau-Évangile, une des premières recettes que Maman m'avait enseignées pour que j'apprenne mes versets de la Bible tout en cuisinant. Je l'avais farci de figues à la cannelle et d'un peu de ce sorgho coûteux que mon père avait acheté au magasin quand Queenie avait suggéré que j'assiste à la fête. En général, Papa répugnait à dépenser de l'argent ainsi, à gaspiller sa paye durement gagnée, mais il avait cédé quand je lui avais expliqué que c'était la recette de Maman. J'avais confectionné un gâteau plus petit pour lui, et il l'avait mangé de bon cœur, grommelant des compliments après chaque bouchée.

C'était sûrement bien assez bon pour aujourd'hui.

Impatiente, Junia hennit pour que nous nous mettions en route. Je luttai afin de retrouver ma témérité, hésitant entre rentrer à la maison et me joindre aux villageois. Je regardai la foule, levai un bras et admirai ma nouvelle couleur. Je n'avais pas à suivre cette fête à travers une fenêtre, aussi je respirai profondément et fis claquer les rênes.

— On y va.

La mule accepta et descendit la pente à vive allure.

Je la menai au bureau de poste, descendis et observai les allées et venues des gens heureux, des enfants curieux aux yeux écarquillés, des hommes en costume du dimanche et en chapeau élégant, des femmes dans leurs robes toutes neuves. Les gamins jouaient à chat et au ballon dans la rue poussiéreuse. Un groupe de petites filles brandissaient les nouvelles poupées que leurs mamans avaient faites en pelant et sculptant de grosses pommes vertes, montrant les fruits au visage rieur. Trois garçons assis sur les marches de la poste, à côté d'un tas de bâtons, fabriquaient des *whimmydiddles* : ils taillaient des encoches dans le bois avec leur canif, choisissaient soigneusement les branches les plus solides pour les hélices à placer au bout. L'un d'eux poussa un cri, souleva son nouveau jouet et se mit à frotter avec rage le bâton à encoche pour faire tourner l'hélice.

Quelques personnes avaient dressé des étals pour vendre des peaux de cerf, des bonnets en raton laveur, des pattes de lapin porte-bonheur et d'autres fourrures obtenues grâce à leurs chasses. Junia leva le nez vers un gros pot en fonte suspendu au-dessus d'un petit feu. La soupe à la tortue emplissait l'air d'un parfum d'ail, d'oignon et d'épices.

Le magasin de la Compagnie avait installé un stand sous une banderole, orné de fanions aux couleurs des États-Unis. Un homme avec un nœud papillon jaune se tenait devant la construction en bois et hélait les passants.

— Prenez vos billets pour gagner le patchwork du meilleur club de couture de Troublesome ! Demain, au crépuscule, l'heureux gagnant emportera chez lui le couvre-lit de cette année. C'est ici que ça se passe, entrez et prenez votre billet ! aboyait-il.

Le stand était rempli de drapeaux miniatures, de cierges magiques et d'autres produits à distribuer aux villageois. Le 4 Juillet était le seul moment de l'année où la Compagnie fermait la mine pour deux jours de congé et offrait quelque chose à Troublesome. Les familles descendaient de leurs vallées, franchissaient des ruisseaux et venaient profiter des festivités gratuites, s'empiffrer et s'amuser avec leurs voisins.

Ma famille m'y avait emmenée un jour quand j'étais petite. Nous y étions allés avec l'oncle Colton. Une bagarre avait éclaté lorsqu'un ivrogne avait mis la main sur la femme de Colton. Tandis que les insultes pleuvaient comme des coups sur les Peau-Bleue, Papa nous avait entraînés, l'oncle Colton, sa femme, Maman et moi, et nous avions bien vite regagné la vallée. C'était la dernière fois que j'avais vu mon oncle, la dernière fête de l'Indépendance à laquelle nous avions assisté.

— Mais je suis blanche désormais, et je suis une bibliothécaire respectable, avais-je déclaré à mon père la veille alors qu'il insistait pour que je reste chez nous.

— Fillette, ça ne te vaudra rien de bon, de te mêler à ces gens-là, m'avait-il avertie.

— Je suis comme eux, à présent, Papa. Regarde-moi, regarde ma couleur.

— Je n'aime pas ça, avait-il grondé. Ceux qui ne savent pas voir au-delà de la couleur de la peau ont en eux une différence qui n'en finit pas de brûler. Quand ils te voient, ils voient encore une Peau-Bleue. Les remèdes de la ville ne changeront rien aux petits esprits, à ce qu'ils pensent des particularités. Pour ces gens-là, il n'y a pas de rédemption pour notre espèce. Reste à ta place, Cussy.

Deux gamins passèrent en courant, frôlant mes jupes. Je reconnus l'un des élèves de Winnie. Il s'arrêta et se retourna vers moi, agitant une poignée de cierges magiques.

— Regardez ça, la femme aux livres. On est le 3 juillet, et c'est pour moi ! J'ai huit ans aujourd'hui, Papa dit que les feux d'artifice c'est pour mon anniversaire ! Et on va le fêter jeudi *et* vendredi.

Il sourit et partit rattraper son ami, sans remarquer ma couleur ni s'en soucier. Une fois de plus, je vérifiai mes mains.

L'attroupement grossissait et les rires flottaient dans la rue. J'attachai Junia à son poteau près du bureau de poste, réajustai mes habits et portai ma tarte vers l'une des tables dressées par les villageois, soudain consciente de ne pas réellement attirer l'attention des gens excités. Papa se trompait. J'étais ici à ma place, comme tous les autres.

Marchant d'un pas léger, je me surpris à sourire. J'aperçus Jackson qui arrivait et qui attacha son cheval à côté du magasin de la Compagnie. Harriett, vêtue d'une robe neuve à motifs de fleurs, accourut pour le saluer, pleine de cette fièvre qui accompagnait le grand jour du village, une seule fois par an.

Elle se mit à jacasser gaiement et s'efforça de suivre ses longues enjambées, jusqu'au moment où Jackson lui dit quelque chose, porta la main à son chapeau et se dirigea vers un petit groupe d'hommes. L'un d'eux, Mr Dalton, le banquier de Troublesome, l'accueillit avec une tape amicale dans le dos et les autres lui serrèrent la main de bon cœur.

Il ne me vit pas lorsque je me hâtai dans la direction du cercle de couture. Il ne voudrait sans doute pas me voir, après la scène que j'avais faite sur le chemin. Tant mieux. C'était un de mes clients, rien que cela. J'avais été sotte de penser que notre amitié signifiait davantage, ou pourrait un jour devenir autre chose.

Je m'approchai de la table autour de laquelle sept femmes étaient assises. Constance Poole et son groupe conversaient joyeusement par-dessus les plis du tissu, apportant les dernières touches au couvre-lit annuel. J'admirai leur travail à distance respectueuse, examinant le motif en étoile élaboré à partir de morceaux de tissu rouges, blancs et bleus, et j'écoutai leurs propos enthousiastes.

Je rectifiai mon col, puis inspectai mes mancherons, fruit de mon propre travail de couture. J'avais écumé les réclames des magazines à la recherche de robes et de coiffures, puis fouillé nos malles et trouvé d'anciennes dentelles et quelques minuscules perles de Maman. J'avais cousu le tout autour du col et sur les manches de ma vieille robe brune pour la rendre plus élégante et moins terne. Pendant une semaine, je m'étais entraînée à me friser les cheveux. Ce matin, je m'étais éveillée plusieurs heures avant l'aube et j'avais enroulé avec soin mes boucles mouillées autour des morceaux de tissu. Une fois mes cheveux secs, je les avais attachés avec les nouveaux rubans blancs du docteur.

Constance Poole et les autres partageaient des histoires amusantes tandis que leurs doigts experts parcouraient le patchwork, cousant et nouant avec dextérité. Une dame incita Constance à aller dire bonjour à quelqu'un, à « échanger un vrai salut festif, car ce serait sûrement un bon parti ». Les autres renchérirent, murmurant leur accord, et j'entendis le nom de l'intéressé. Constance regarda par-dessus son épaule, droit vers Jackson. Ses joues rosirent alors que le chœur des jeunes filles mêlait gloussements et potins sur le dernier homme à marier de Troublesome.

Leurs bavardages abordèrent aussi quelques autres hommes, il fut question d'avances acceptées, mais je surpris deux fois Constance à jeter un coup d'œil en direction de Jackson. Je voyais qu'elle était amoureuse de lui. Ils formeraient un beau couple, elle avec son joli visage d'ivoire et lui avec ses traits virils et affirmés. Ils auraient pu être ces mariés éblouissants que j'avais vus dans les magazines. *Une Cendrillon et son prince charmant.*

Mon ancienne couleur me revint à l'esprit, le doute me prit, et je détournai les yeux. Je me sentais effacée par sa beauté, sachant que ma blancheur nouvelle n'était que temporaire : je pourrais tout aussi vite me retransformer en citrouille. Contrôlant mes mains, je fus soulagée de voir qu'elles ne trahissaient pas ma jalousie.

Mes pensées furent troublées par les cris d'enfants qui se poursuivaient près de la table. Tenant fermement le gâteau, je défroissai ma jupe avec ma main libre et fis bouffer mon col, après quoi mes doigts anxieux se risquèrent vers ma nouvelle coiffure.

Le gâteau me parut soudain lourd dans mon autre main, et la chaleur, pesante, oppressante. Un mal de tête sourd occupait la base de mon crâne, remontait derrière mes oreilles ; je battis des paupières et roulai un peu des épaules pour le chasser. En silence, je comptai les pas qui me ramèneraient à ma mule, en sécurité, chacun de ces pas m'incitant à retourner tout de suite auprès de Junia. La table des dames explosa de rire sans que je puisse entendre pourquoi. Je scrutai les visages roses, observai mes bras. *Je suis blanche, blanche.* Je martelais cette déclaration dans mon cerveau pour dissiper toute appréhension. Respirant par petites bouffées, je m'avançai vers Constance.

— Miss Poole, mesdames, bonne fête ! (Je tendis le gâteau et leur adressai mon plus beau sourire.) Madame, j'ai préparé un gâteau-Évangile et j'ai pensé que ces dames de la couture aimeraient en avoir une part. C'était le préféré de ma mère… une vieille recette familiale qui lui venait de sa grand-mère.

Constance eut tout à coup les yeux exorbités et un silence interloqué fit taire toutes les langues.

— Eh bien, veuve Frazier, vous voilà toute blanche. Seriez-vous malade ?

Elle tira un mouchoir des plis de sa jupe, tapota son front brillant et ses lèvres pincées. Les autres femmes se rapprochèrent, leurs chaises se cognant les unes contre les autres, leurs six visages braqués vers le mien et me toisant de haut en bas.

— Je vais très bien, madame. J'ai ajouté une bonne dose de sucre à la recette.

Je présentai le gâteau et tâchai de le lui remettre. Mais elle tressaillit et retomba contre le dossier de sa chaise.

— En fait, je… Disons que je voulais passer voir si je pouvais me joindre à vous, peut-être vous donner un coup de main pour le couvre-lit. Mon point de chaîne est très précis ; ma mère disait toujours qu'elle n'en avait vu nulle part d'aussi droit et… (Je glissai un doigt sous mon col, tirai doucement dessus et scrutai leurs visages.) Je ne me rappelle pas un 4 Juillet aussi chaud, ajoutai-je pour paraître plus cordiale, plus sûre de moi.

Un silence malaisé planait au-dessus du groupe, faisant frémir l'air brûlant. Un pétard éclata non loin de là, qui nous fit toutes sursauter, et les dames se mirent à bêler nerveusement.

La main de Constance forma un poing au-dessus du patchwork auquel elle travaillait.

— Mon point de chaînette n'est pas mal non plus, quant à mon point invisible…

J'hésitai, le désespoir s'insinuant dans ma voix qui vacillait.

Sans un mot, la femme interrogea du regard chacune de ses compagnes. Une réponse agitée tremblait dans leurs yeux étroits. J'offris un sourire timide à tout le groupe, gardant espoir. Constance s'éclaircit la gorge.

— Veuve Frazier, nous sommes sept dans notre groupe de couture et nous aimerions en rester à ce chiffre confortable.

Avec un sinistre sourire satisfait, elle se retourna pour recueillir l'approbation des autres, reprit son aiguille, la piqua par-dessus et par-dessous le couvre-lit, de plus en plus vite. Un moment pesant s'écoula, des voix dures se remirent à bourdonner, avant que ces dames ne reprennent leur discussion sur la couture et sur la fête, me congédiant.

— On n'a pas idée, une païenne qui fait un gâteau-Évangile.

— Affreux spectacle, persifla une femme plus âgée tandis que sa voisine lançait vers moi un regard de pitié.

Une jeune fille aux joues creusées de fossettes et aux yeux bleus et froids me considéra comme si j'étais un léger désagrément. Une autre prit un air triomphal, les yeux d'une autre brûlaient de colère.

« Affreux spectacle. » « Païenne. » Je baissai la tête. Ces mots précipités me percutaient comme des pierres. L'air semblait en feu, comme un vêtement dans lequel j'étais prise au piège.

Un autre pétard éclata et brisa ma prison, m'envoyant retrouver Junia bien vite, le gâteau toujours entre mes mains. Je risquai un coup d'œil vers les tables des dames qui ricanaient, puis je me pinçai le poignet et vis la peau blanche se plisser, se renfoncer dans la chair, dans ma honte et ma tristesse. Je pinçai plus fort, le châtiment n'étant pas encore assez sévère pour ma grave transgression.

J'avais été sotte. J'avais atteint le *pire.* Le remède n'avait pas été pour moi une rédemption. Ma place n'était pas au sein de ce joyeux assemblage, de ces gens heureux et de ces conversations animées. Ma place était dans les lieux sombres où me maintenaient mes sombres pensées, où jamais le soleil, une voix gaie ou un toucher chaleureux ne m'atteignait. Aucune pilule n'y changerait jamais rien.

Je jetai le gâteau dans un buisson et montai sur Junia, avec un ultime regard vers la foule. De l'autre côté de la rue, Jackson discutait avec un groupe d'hommes et de femmes souriants. Il tourna la tête vers moi, leva une main et me héla.

— Cussy Mary…

Je ne pouvais supporter qu'il soit témoin de mon infamie, qu'il voie celle que j'étais réellement, celle que j'étais devenue à leurs yeux.

— Allez ! dis-je à la mule avec un brutal coup de genoux.

Et Junia partit au galop vers notre noire et morte vallée.

33

MÊME SI LES EMPLOYÉES de la bibliothèque ambulante avaient deux jours de congé pour le 4 Juillet, je quittai la fête et allai m'isoler auprès de mon dépôt de livres, m'arrêtant deux fois pour me vider le ventre, usée par le médicament et par mes nerfs. Déterminée, je remontai en selle et continuai mon chemin.

Puisque j'étais là, je décidai de prendre les nouveaux paquets du coursier pour ma tournée du vendredi. Je ne pouvais décevoir le petit hameau qui attendait les nouveaux prêts le lendemain, et j'avais besoin de me réfugier dans la chapelle avec mes sombres pensées. Bientôt, à mesure que je plongeais dans les livres qui m'offraient une échappatoire, je me rassérénai et mon ventre s'apaisa.

Le vendredi, il me fallut la journée entière pour atteindre mon client à travers les cols obscurs. Junia était fatiguée par mes lourds sacs, qui pesaient plus de vingt kilos.

La mule avançait à pas lents dans les défilés escarpés, replis de branches, de ronces et de plantes grimpantes ; elle traversait le filet d'eau des ruisseaux et serpentait à travers les fourrés de pins de Virginie. Nous finîmes par arriver devant un passage minuscule qui nous empêchait d'aller plus loin.

À cet instant, les cieux s'ouvrirent et une pluie drue s'abattit sur nous, faisant remonter des odeurs de terre nouvelle et de décomposition. Peu m'importait. Cela contribuait à engourdir mes réflexions sur le groupe de couture, sur Jackson Lovett, sur ce qui avait été dit et ce qu'il valait mieux ne pas dire, et sur ce qui n'adviendrait jamais, désormais. Je tendis mon visage pour laisser la pluie le laver, me frapper.

Soudain, je vis mon client devant nous. Le temps ne l'arrêtait jamais, et même si je ne me sentais pas très bien, j'essuyai mon visage et lui fis signe.

Il était comme une douce lumière, et tout aussi accueillant, baigné dans sa propre couleur ensoleillée. Oren Taft, quadragénaire, se tenait là, souriant, en haillons mouillés, une casquette vert vif par-dessus ses longs cheveux bruns, et il attendait à côté des petites tombes surgissant des mauvaises herbes.

Je lui rendis son sourire, dont je goûtai la chaleur en ce jour nuageux.

Non loin du minuscule cimetière se dressait la maison abandonnée de ses grands-parents, soutenue par des poutres inclinées, les murs gris affaissés, le bardage pourri et plein de trous, affaibli par des années de pluie. Une épaisse glycine courait sous le toit recourbé vers le ciel. Des rosiers sauvages grimpaient sur la cheminée écroulée, par-dessus un tas de pierres éboulées, les fleurs rose tendre se mêlant à la folle glycine, dégageant un léger parfum qui s'élevait sous la pluie en cette sombre journée.

— Bon après-midi, la femme aux livres, je ne vous attendais pas vraiment aujourd'hui, puisqu'on est le 4. Mais je me suis dit que j'allais quand même tenter, et je suis bien content de l'avoir fait, annonça-t-il gaiement, montant la garde sur deux sacs de jute.

— Bon après-midi, monsieur Taft. Joyeuse fête à vous.

La mule étira le cou et lui souffla dessus. Mr Taft s'écarta du chemin que prit Junia pour aller jusqu'à la maison de ses grands-parents ; il se tint sagement à distance de son mauvais caractère jusqu'à ce que je l'aie attachée à côté d'une tombe effondrée.

Je déchargeai les volumes sur une planche placée sous une épaisse arche de vigne vierge que Mr Taft avait taillée afin qu'elle offre une protection aux livres.

De l'autre côté de la montagne, le minuscule hameau de Mr Taft, Tobacco Top, était composé de onze familles. Le col était infranchissable même pour les bêtes les plus petites. Ils étaient les plus pauvres des habitants de ces vallées, et méprisés par la plupart des montagnards. Tous les vendredis, sans exception, Mr Taft me guettait près de la vieille ferme familiale après avoir parcouru douze kilomètres pour échanger ses anciens prêts contre de nouveaux et les emportait aux familles isolées qui l'attendaient.

Oren Taft me jetait des regards à la dérobée, intrigué par ma nouvelle couleur.

— Vous allez bien, aujourd'hui ? demanda-t-il en s'avançant vers moi. J'espère que vous ne travaillez pas trop dur.

Je rangeai soigneusement les livres sous l'arche.

— Je suis en pleine forme, monsieur, c'est juste la pluie qui me fatigue.

Je rabattis mon chapeau sur mon front blanc, laissant la pluie ruisseler du large bord jusque sur mes chaussures.

Le médicament me faisait encore vomir à chaque fois. Au moins une fois par jour, Papa me poussait à arrêter les comprimés et menaçait de les jeter.

Mr Taft me présenta un petit sac en toile.

— Voilà quelque chose qui guérit toutes les maladies. Ma femme m'a dit de vous donner ça et de vous remercier pour les livres.

Quand j'ouvris le gros sac, une forte odeur d'oignon me chatouilla le nez. Il y avait à l'intérieur de gros poireaux sauvages.

— Elle a aussi mis un mot pour vous.

Je tirai le papier et le tins sous le bord de mon chapeau, à l'abri de la pluie. C'était une recette de tourte au poireau et à la joue de porc.

— C'est drôlement bon et ça fait les meilleures tourtes de la région, m'assura Mr Taft.

— Je veux bien le croire.

— Il faut juste frire un peu le porc, pour le mettre avec les poireaux dans la pâte. (Il tapota son ventre mince.) Mieux que celle de ma grand-mère.

— Papa va adorer ça et les gens utiliseront sûrement cette bonne recette. Remerciez bien votre dame. Merci à tous les deux.

Je lui rendis le sac, réticente à prendre les poireaux, surtout après avoir jeté mon gâteau de fête alors que tant de gens mouraient de faim.

Il secoua la tête.

— Oh non, madame. Ma femme va me faire la peau si je ne vous donne pas tout.

Ce cadeau enrichirait plus d'un maigre repas. Des repas que je craignais de dérober à d'autres, des repas que je ne méritais pas. J'observai ses bras minces comme des baguettes, ses chaussures déchirées.

Mr Taft insista.

— C'est délicieux dans les œufs, et quand on a une grosse dinde, eh bien, ma femme la farcit avec. On se régale.

Il se frotta à nouveau le ventre.

— Elle doit être bonne cuisinière.

— Oui, madame, il n'y en a pas de meilleure dans ces montagnes. Les meilleures tourtes que j'ai mangées sur cette bonne terre.

Il rayonnait.

— Merci, monsieur Taft. C'est un beau cadeau. Je devrais mettre vos anciens prêts dans ma sacoche et les nouveaux dans vos sacs avant que l'orage n'éclate.

Une fois l'échange accompli, Mr Taft me remercia à nouveau avec effusion tout en nouant ses sacs.

Je remontai Junia et le regardai emporter ses livres. Comme moi, il n'avait jamais manqué un jour, qu'il pleuve, qu'il grêle ou qu'il neige. Il ventilait ses emprunts dans toute la vallée, et à ce titre il était bibliothécaire à part entière. C'est pour cela que je le hélai.

— Monsieur Taft ?

— Madame ?

— La bibliothèque ambulante recrute un nouvel employé. Et j'ai pensé à vous, monsieur.

Je m'arrêtai, craignant d'être allée trop loin, d'avoir été trop audacieuse pour cet homme si humble. Y verrait-il un geste de charité, se fâcherait-il ? Je regardai à nouveau ses chaussures, au cuir usé et plein de trous. J'espérais ne pas l'avoir offensé. Alors que je m'apprêtais à lui présenter des excuses, il haussa un sourcil.

— Employé de la bibliothèque ?

Son visage s'éclaira de plaisir et de surprise.

Le poste était encore vacant. Il était difficile de trouver un volontaire pour reprendre la tournée de Queenie. Mais si quelqu'un en était capable, c'était bien lui.

— Oui, monsieur, la bibliothèque emploie aussi des hommes désormais, et vous seriez très bien. Le salaire est correct.

Il ouvrit de grands yeux.

— Un salaire ? Ça fait longtemps que je n'en ai plus vu un.

Les directrices l'embaucheraient, ne serait-ce que pour avoir un homme devant lequel se pavaner, pour porter les caisses et les plus gros paquets, pour les travaux plus durs.

Je me tournai vers l'ancienne demeure de sa famille. Avec quelques réparations, cela pourrait faire un bon dépôt où le coursier laisserait les prêts pour lui.

— Au village ? demanda-t-il.

— Oui, monsieur. Vous trouverez aussi le formulaire au bureau de poste.

— Merci beaucoup, la femme aux livres. Ce serait un honneur, et une bonne fortune pour ma famille et moi. Dieu vous bénisse. Bibliothécaire ! En voilà, une affaire. C'est ma femme qui va être surprise.

Il hissa ses sacs sur son dos et secoua la tête, essayant encore de saisir l'idée.

— Mais j'oublie les bonnes manières ! J'espère que vous irez bientôt mieux, madame. Je regrette mon joli Picasso.

Il sourit. Je le dévisageai sans comprendre, et il ajouta :

— Le portrait de la jolie dame bleue par Picasso, *La Femme au casque de cheveux*, que j'ai vu dans un des magazines que vous nous avez apportés ? Vous me faites penser à elle. Votre jolie couleur. Ma femme dit toujours que Dieu a gardé la meilleure couleur pour Sa maison. (Il désigna un pan de ciel bleu qui divisait les nuages gris.) Je suppose qu'il a dû s'en garder un petit reste.

Stupéfaite, je sentis mon visage s'échauffer. Personne, pas une âme, ne m'avait jamais dit que mon ancienne couleur était jolie. *La meilleure.*

Puis il partit.

La mule garda les yeux sur l'homme jusqu'au moment où elle fut sûre qu'il était à bonne distance.

— Il est temps de partir, ma belle.

J'observai Mr Taft encore un instant, puis fis claquer mes jambes contre les flancs de Junia.

Il portait les livres sur son dos comme le Père Noël sur les images, sifflant dans l'air pluvieux. Il descendit le chemin sinueux et disparut dans l'ouverture brumeuse en forme de chas d'aiguille.

34

Ce week-end-là, je m'évanouis à nouveau alors que je descendais le dernier barreau de l'échelle du grenier et je m'effondrai dans les bras de mon père. Quand je revins à moi, il me reprocha ma vanité et ma nouvelle couleur, puis il maudit notre peau bleue.

Il me saisit les épaules.

— Au diable, Cussy ! Tu ne peux pas avoir tes pilules et tes tournées. C'est de l'orgueil, c'est dangereux et je te l'interdis !

Je me dégageai de son étreinte et m'écroulai à terre. Papa s'agenouilla à côté de moi, ses os raides grinçant ; il me prit dans ses bras et me berça.

— Fillette, je suis désolé. Je suis tellement désolé de t'avoir transmis cette malédiction. Dieu bon, je voudrais tant ne pas l'avoir fait. Dieu bon, pardonnez-moi.

Une larme jaillit de ses yeux, m'éclaboussa la poitrine. Effrayée pour nous deux, honteuse de mes grands airs, incapable de rester témoin de sa douleur, de sa tristesse, je ne pouvais qu'appuyer mon visage contre sa poitrine et sangloter.

Ce fut la dernière matinée où je pris le bleu de méthylène, la dernière fois que je regrettai ce que je ne pourrais jamais avoir et que j'avais la sottise de regretter. Mon orgueil, les épreuves que je nous imposais à mon père et à moi, tout cela avait un coût plus élevé que je ne pouvais supporter. Je ne pouvais perdre davantage, et je ne voulais pas perdre mes tournées. Les pilules avaient déjà affaibli mon esprit, usé mes nerfs. Je devais porter mes livres aux gens, qu'importe la couleur de ma peau.

Les paroles de Jackson sur le chemin recelaient une dure vérité. Il y avait eu les mots d'Oren Taft la veille, et plus je songeais à sa Dame bleue de Picasso, à sa « jolie couleur », la « meilleure couleur », plus je concluais que Dieu m'avait voulue ainsi. Si ce bleu était assez bon pour Lui et pour le célèbre artiste, il serait bon pour moi.

Le bleu doit me suffire, tel fut mon serment. Le lendemain matin, je me regardai dans la glace, un peu craintive. Le blanc s'était vite fané et le bleu remontait dans ma chair, fonçant, meurtrissant, tandis que je plissais les yeux et murmurais à mon reflet :

— Cela doit me suffire. *Je* me suffis.

Papa se glissa derrière moi, plaça sans bruit ses mains bleues et noueuses sur mes épaules et les serra légèrement.

Lorsque je lui fis part de ma décision, le docteur ne parut pas s'en indigner.

— C'est très bien, ma fille. Il ne s'agirait pas d'ajouter plus d'inconfort à ton fardeau.

Et je compris que, par « fardeau », il voulait dire mon sort, ma couleur.

— Si tu changes d'avis, Bluette, préviens-moi et je t'en apporterai davantage, me rappela-t-il lorsqu'il vint déposer un petit panier de pain et de fruits.

Il avait été accaparé par son travail – écrire un article pour les revues médicales, rédiger de nouvelles lettres – expliqua-t-il avant de vérifier rapidement les poumons et le cœur de Papa, ainsi que les miens.

Mais ses visites se firent plus courtes, et plus rares, tant et si bien que nous ne le vîmes plus guère ; il se contentait désormais de nous saluer gaiement, de loin, lorsqu'il passait.

***

En fin d'après-midi, j'arrivai dans la cour de récréation déserte. Une chaude brise taquinait cette longue journée de juillet tandis que je tirais sur mon col moite et détachais ma jupe collante. La chèvre et les poules ignorèrent l'appel de Junia. Des poussins pointaient leur tête du fond du poulailler, intrigués par notre arrivée. Une poule s'envola de son perchoir pour venir protéger ses petits.

Les élèves faisaient preuve d'un calme inhabituel pour un lundi, et je me dis qu'ils étaient peut-être en pleine interrogation. Les écoles de montagne n'avaient pas de programme très strict et adhéraient plus ou moins au calendrier naturel. Moins de jours de classe au cours des hivers rigoureux signifiait des journées plus nombreuses et plus longues quand le climat s'adoucissait. En temps de canicule, les leçons étaient dispensées à l'ombre d'un arbre.

Enfin, Winnie apparut sur le pas de sa porte, munie de ses derniers prêts. Je dirigeai Junia vers elle. À l'instant où je quittai ma monture, la mule s'enracina, refusant de se laisser attacher. Je tirai sur ses rênes, sans résultat. Elle ne voulait plus bouger. Je lâchai prise, sachant que Junia n'irait nulle part et que je n'étais pas obligée de gagner à tous les coups.

— Cussy Mary, me héla Winnie en descendant les marches en bois, les enfants seront désolés de vous avoir manquée une fois encore.

La semaine précédente, quand j'étais malade, je m'étais contentée de laisser les livres sur le perron, ne voulant pas montrer ma nouvelle couleur, ou la maladie qu'elle me causait.

— Désolée, madame. Vous les avez libérés de bonne heure ?

Nous procédâmes à l'échange de volumes.

— L'école est fermée pour la journée. L'inspecteur nous a rendu sa visite annuelle pour contrôler les progrès des enfants. J'imagine qu'il était temps, puisqu'il n'était pas revenu depuis deux ans.

Ensemble, nous rangeâmes les précédents emprunts dans mes sacoches.

— L'inspecteur m'a appris que la Works Progress Administration construit une nouvelle école en pierre, reprit Winnie.

— Une école en pierre, répétai-je, abasourdie.

C'était ce dont Winnie rêvait. Ce dont tout le monde rêvait.

Winnie jouait nerveusement avec son tablier et tapotait le chignon serré qu'elle avait sur la nuque.

— Je ne la verrai pas. Albert a parlé de moi à l'inspecteur. Je dois le rejoindre à Detroit. Il viendra me chercher à la gare de triage le 8 août.

— Il sera heureux de vous voir, madame. Vont-ils envoyer une nouvelle maîtresse ? m'enquis-je, attristée par la nouvelle de son départ.

— Peut-être pas tout de suite. J'aimerais pouvoir attendre que l'on me trouve une remplaçante. J'ai demandé, mais… (Winnie baissa les yeux vers ses mains, vers l'extrémité rougie de ses doigts aux ongles courts.) Enfin, il a hâte que j'arrive.

— Je regrette que vous ne puissiez pas rester.

— Moi aussi, mais vous savez ce que c'est. Il pourrait s'écouler six mois ou une année entière avant que quelqu'un ne reprenne mon poste.

Winnie était l'enseignante qui était restée le plus longtemps en fonction, pendant près de trois ans. Il était quasiment impossible de recruter un enseignant dans nos collines, surtout pour un salaire de misère. La plupart des institutrices n'étaient pas taillées pour ça et elles pliaient bagage avant le milieu de l'année.

— J'aimerais rester un peu plus longtemps, soupira-t-elle, mais l'inspecteur a annoncé qu'il m'accorderait cette permission seulement avec l'assentiment de mon mari

Winnie aurait sans doute de la peine à quitter ses élèves. Malgré tout, elle ne pouvait rien faire sans le consentement marital.

Elle s'essuya le front, tapota son cou écarlate.

— Cussy Mary, j'ai besoin d'une faveur.

— Je serais ravie de vous rendre service.

— Une bonne âme nous a déposé de la nourriture, mais forcément en quantité limitée et… (Elle frotta ses yeux humides.) Eh bien, il s'agit d'Henry. Il ne reviendra pas. Il est trop faible, à présent. Sa mère a sollicité une dispense pour qu'il s'instruise chez lui.

J'accusai le choc.

— Oui, madame. Je veillerai à l'inclure dans ma tournée.

— J'ai adressé une requête à la bibliothèque. Bon courage, dit Winnie.

Elle me transmit son message avec une pression de la main, puis rentra en hâte dans l'école vide.

***

Le mardi, la requête de l'institutrice m'attendait à la bibliothèque. Le lendemain, je modifiai ma tournée et, au lieu d'aller à la tour d'incendie, je me rendis chez Henry, le cœur gros, chevauchant sur des kilomètres avant de trouver la minuscule maison cousue à la paroi d'une montagne, enténébrée par les pins noirs et un soleil avare.

Dans la cour, deux corbeaux buvaient aux flaques boueuses. Au-dessus, d'autres croassèrent avant de descendre griffer le sol. Deux poules malades passèrent la tête au coin de leur cabane, leur crête et leur jabot touchés par la variole des oiseaux. Un chien n'ayant que la peau sur les os somnolait sous le porche en ruine. Quand Junia renifla, l'animal souleva son corps famélique et aplatit ses oreilles rongées par les puces avant de déguerpir.

Dans cette vieille terre, il y avait plus de morts qui remuent que de morts qui dorment, et la mère d'Henry, spectre pâle et décharné, en offrit la preuve lorsqu'elle ouvrit la porte.

— Vous voilà. J'ai prié pour vous voir, la femme aux livres, dit-elle faiblement, une main plantée sur la poitrine. Je suis Comfort Marshall, la maman d'Henry.

Il n'y avait aucune consolation à tirer d'un joli prénom que le sort avait si cruellement dépouillé de tout son sens.

— Y en a plus pour longtemps. Merci d'être venue, la femme aux livres. Le bon Dieu soulagera Henry de ses douleurs avant demain et emportera mon gentil petit garçon chez Lui.

— Je vous apporte à manger, madame.

Je tendis à la femme mon sac de nourriture. Ses yeux morts s'emplirent d'une surprise molle. Le docteur avait déposé un carton la veille, et j'avais tout fourré dans le sac pour la famille d'Henry.

— Merci, merci. Entrez... Attendez, que je vous donne...

La mère d'Henry regarda par-dessus son épaule, cherchant désespérément quelque chose, n'importe quoi, à me donner en échange. Elle fouilla dans les poches de son tablier, se tapota les flancs, puis frappa sa poitrine creuse.

— *Ça.*

Glissant une main sous sa robe trop large, elle en tira une cordelette en cuir à laquelle était accroché un crucifix en métal noirci.

— C'était à ma mère, dit-elle en retirant l'objet de son cou pour le brandir comme si c'était un sac d'or. Prenez-le, et que Jésus vous protège.

— Non, madame. Jésus a besoin de rester avec vous.

Je franchis le seuil. S'il y eut jamais un lieu où l'on avait grand besoin du Christ, c'était ici.

— Dieu vous bénisse, ma bonne femme aux livres.

Elle baisa les pieds de Jésus et remit la cordelette à son cou, frottant la médaille avec ses doigts déformés.

Dans la baraque silencieuse flottait une vague odeur de maïs. Plusieurs enfants étaient empilés sous des couvertures, sur un vieux matelas rempli d'enveloppes de maïs. Ils sortirent la tête dès que j'entrai, les enveloppes raides craquant sous leur poids, la lumière de la chandelle tremblant sur leurs visages.

Le garde-manger ouvert était vide, à l'exception d'un sac de noix noires qui s'échappaient de la toile rongée par les souris. Une poêle de morilles garnies d'herbe à ail reposait sur le poêle, les champignons étant les seules victuailles de la famille. À côté mijotait une casserole de soupe aux chardons dont l'odeur emplissait l'atmosphère.

Un petit garçon à genoux dans un coin se soulageait à travers un trou dans le sol ; un bébé nu blotti près du poêle ventru mâchouillait un bâton.

La mère d'Henry pointa le doigt vers l'autre bout de la pièce.

— Henry, appela-t-elle faiblement.

Elle boitilla à travers le plancher pour me conduire là où l'enfant gisait sur une maigre paillasse à côté du mur.

— La femme aux livres…

Henry voulut sourire et tendre les bras, mais sa gorge se bloqua et une quinte de toux entrava nos salutations.

— Henry, chuchotai-je, je t'ai apporté ça.

Je lui montrai le livre. Il était trop faible pour le prendre.

— *Peter Pan,* miaula-t-il, les yeux concentrés sur la couverture.

— Exactement. Je t'ai apporté le merveilleux conte de Mr Barrie.

— C'est… c'est sûrement le mieux, m'dame.

Henry tenta de se redresser sur les coudes, mais retomba, frissonnant, ses os heurtant sa peau tendue.

Je m'agenouillai à son chevet et tirai le couvre-lit sur lui, bordai le sac de farine crasseux que quelqu'un avait essayé de transformer en couverture par-dessus son corps chétif. Ses omoplates et ses hanches pointaient à travers la toile grossière. Henry avait les lèvres bleu pâle, les joues creusées, avec des taches sombres.

La lumière filtrait à travers les trous béants des murs. Sous nos pieds, des poules restaient blotties dans la terre, la puanteur de leurs déjections et de leur maladie montant à travers les planches disjointes.

J'ouvris le livre défraîchi, le feuilletai pour arriver au premier chapitre, et sortis un petit insigne en forme de cheval que j'avais fabriqué avec des chutes de tissu. Je le plaçai dans la paume de l'enfant.

— Tiens, Henry, c'est ton insigne de bibliothécaire.

Ses yeux fiévreux se mirent à loucher.

— Votre main, monsieur.

Henry obéit et je me saisis de son bras.

— Henry, je te déclare solennellement employé honoraire de la bibliothèque ambulante. Promets-tu de prendre soin de tes clients, de leur apporter des livres et de leur faire la lecture ?

Les yeux larmoyants d'Henry s'épanouirent, et il avala ces promesses, les déglutissant d'un coup. Tout fier, il pressa l'insigne artisanal contre son cœur.

Derrière moi, j'entendis un sanglot grave et douloureux. La mère d'Henry s'accrochait au chambranle, le tablier à la bouche, tamponnant ses yeux baignés de larmes, son corps osseux accablé par le chagrin.

Les enfants entassés dans le lit firent chorus avec leurs doux murmures, la surprise édentée s'affichant sur leurs visages pâles et maladifs, leur cou squameux et leurs joues attaquées par la pellagre.

Je fis signe à ses timides frères et sœurs.

— Venez, les petits. N'ayez pas peur. Installez-vous pour écouter notre nouvel homme aux livres nous lire une histoire.

Le visage d'Henry se gonfla de fierté. Une fois encore, il tenta de se lever mais s'effondra, son gémissement lugubre franchissant ses dents serrées. Je remis la couverture sur lui et frictionnai son épaule frêle.

La mère d'Henry intervint avec douceur :

— Allez, les enfants. Écoutez la femme aux livres.

Un par un, ils quittèrent le lit, venant en silence se masser à côté de moi et d'Henry, à même le plancher. La plus petite se blottit contre lui, lui posant sa tête lourde sur le bras. Avec un effort pénible, il lui adressa un sourire en s'efforçant de partager la couverture avec elle.

J'enlevai mon chapeau que je pliai afin d'en faire un oreiller pour Henry. Je me penchai, ouvris le livre et le tins devant son visage.

— Homme aux livres, veux-tu nous lire *Peter Pan* ?

Henry hocha solennellement la tête, puis porta un doigt sur la page, soulignant chaque mot d'un ongle rongé jusqu'à la chair, et déchiffra la première phrase d'une voix rocailleuse.

— Tous les en… (Il leva les yeux vers moi et avala bruyamment sa salive.) Tous les enfants, sauf un…

Henry s'interrompit vers la fin de la phrase pour tousser, les yeux enflammés par le bonheur, la fièvre léchant sa lumière. Il toussa une fois encore et déclama enfin le mot « grandissent ».

35

John d'Enfer s'avançait sur le chemin alors que je revenais de chez Henry. Je m'étais emmitouflée dans mon chagrin et je ne le vis pas avant que Junia m'avertisse.

— La femme aux livres, dit-il en ôtant son chapeau qu'il tortilla dans ses mains et en tirant sur sa longue barbe, je voulais vous faire savoir que les gamins travaillent, désormais. Mon jardin est entretenu et les corvées sont faites. Martha Hannah a obligé les filles à faire leur couture et le souper est sur la table à l'heure.

— Tant mieux, monsieur.

Je ne pouvais penser qu'à Henry, que j'aurais voulu bercer contre moi. Mais je n'avais pas le droit de priver une mère du dernier rite à accomplir auprès de son enfant. J'avais laissé le petit garçon mourant entre les bras de sa mère et m'étais esquivée discrètement, pour laisser à la famille sa dignité. D'ici demain matin, Henry nous aurait quittés, sans doute suivi par le reste de la famille Marshall en moins de trois mois.

John d'Enfer reprit :

— Carson, c'est mon aîné, a demandé si vous pouviez lui apporter d'autres livres des scouts. Il aime lire plus que tout, ce gamin-là, ajouta-t-il avec plus de fierté que d'agacement. Il avance à toute vitesse dans les pages et maintenant il aide Martha Hannah à lire pour les bébés. Il s'habitue aussi à me faire la lecture. (Il marqua une pause pour s'éclaircir la gorge.) Et il s'amuse à améliorer un peu mon orthographe. J'ai une liste de mots que je dois apprendre pour ce petit casse-pieds.

Il rougit, mais je voyais que cela ne lui déplaisait pas, et qu'il était plutôt content de lui.

— C'est vraiment gentil de la part de Carson, monsieur.

— Eh bien, il a tué un gros sanglier et il a rapporté un seau plein de truites. Le journal des scouts, j'ai l'impression que ça fait de mal à personne.

— J'essayerai de l'avoir lundi prochain, répondis-je, désireuse de reprendre ma route.

— Et aussi une meilleure bible pour Martha Hannah. À force de mettre son doigt mouillé, elle a presque effacé tous les mots.

— Oui, monsieur, nous avons un tas de bibles.

C'était vrai. Nous en distribuions à tous nos lecteurs et beaucoup venaient de Lexington, Louisville ou Cincinnati, en si grand nombre que nous ne réclamions jamais ces prêts. C'était comme si les gens de la ville avaient mis leur religion à la poubelle, avaient renoncé à Jésus.

En cette heure de vide, de deuil, je me demandai si je ne devrais pas en faire autant.

Je sentais sur moi les yeux de John d'Enfer. Il voyait les miens, rouges et enflés. Je tâchai de lui adresser un sourire.

— Bonne journée, monsieur. Je vous livrerai ça la semaine prochaine.

— Une bible et les scouts, rien que ça, stipula-t-il. J'imagine que c'est un peu fatigant pour une femme aux livres de trimballer tout ça aux gens d'ici. Et ça doit vous user l'âme, tout ce travail.

Il m'examina avant de tirer de derrière son dos une pinte d'alcool illégal qu'il posa sur le chemin. Puis il remit son chapeau et partit.

Je descendis de ma selle, pris l'alcool et le rangeai dans mon sac.

Deux heures plus tard, j'atteignis ma dernière étape, je confiai une nouvelle lecture à Timmy Flynn sans quitter ma monture, et je fourrai son dernier prêt dans mes sacoches.

Timmy se jeta au pied de l'arbre et plongea le nez dans le nouveau livre.

Je fis demi-tour mais j'entendis quelqu'un me héler.

— La femme aux livres, la femme aux livres, attendez !

C'était Mrs Flynn.

— Une minute ! ordonna-t-elle.

Je tressaillis, espérant qu'elle ne ferait pas de difficultés. J'avais été téméraire de lui laisser l'album, mais je pensais qu'elle y trouverait quelque chose d'utile et j'avais très envie de compter toute la famille de Timmy parmi mes clients.

Mrs Flynn fit quelques pas dans le ruisseau, brandissant l'album, le bas effrangé de sa robe noirci par l'eau, ses pieds progressant avec soin parmi les pierres roulées. Son chapeau glissa et resta pendu dans son dos.

À bout de souffle, elle s'arrêta près de Junia et me tendit le volume.

— La femme aux livres, ça ! Apportez-m'en un autre comme ça.

Elle le poussa dans ma main, puis repartit en hâte vers sa maison.

Je la regardai filer. Mes épaules tendues se voûtèrent, et je lâchai un long soupir. Après tout ce temps, elle venait de solliciter son premier prêt et deviendrait ma cliente. La famille lirait ensemble. Malgré la tristesse de cette dure journée, une joie ténue éclaira mon cœur.

Timmy leva les yeux de son livre et sourit.

— Papa a dit que c'était la meilleure tarte de toutes celles que Maman avait faites. Et ma tante avec. Elle a fait la recette pour le bal et elle s'est trouvé un grand bel homme.

***

Pour revenir de chez les Flynn, je longeai le ruisseau. Au bout de quelques minutes, Junia se mit à tirer vers l'eau ; je descendis et m'assis sur l'herbe afin de la laisser se reposer. Je remontai les genoux sous mon menton. Une mouche cannibale voltigea près de moi, se posa sur une sauterelle et en fit son déjeuner.

Je m'éloignai de l'affreux insecte. Bientôt, Junia revint auprès de moi d'un pas tranquille. Je sortis de mes sacs ma gourde enrobée de cuir et vis qu'elle était vide. J'avais la gorge desséchée, mais je n'osai pas boire au ruisseau. On ne pouvait jamais savoir qui avait construit ses cabinets en amont, ou ce qui avait ruisselé des mines.

Je contemplai l'alcool de John d'Enfer pour tâcher de décider s'il devait étancher ma soif. « Tout ce travail », avait-il dit. Je pris la bouteille, l'emportai vers une autre zone herbeuse sur la berge. L'eau glissait par-dessus les pierres grises et lisses, et je frottai le verre avec le pouce tout en inhalant l'odeur du ruisseau.

Au loin, quelqu'un jouait du violon, chatouillant les notes lugubres, la musique douce grimpant dans les branches hautes, se diffusant au fil de cette longue journée.

Une grive des bois siffla au-dessus de moi et mêla sa mélodie de flûte à celle des cordes.

Je débouchai la bouteille et avalai une gorgée d'alcool, recrachant une partie de sa brûlure, toussant et essuyant avec mon épaule ce qui avait coulé.

Je risquai une deuxième gorgée et toussai à nouveau Une troisième. Puis d'autres encore. La liqueur, qui ne m'irritait plus, me réchauffait le ventre et atténuait mes ennuis.

Lorsque son effet atteignit ma tête, j'eus un entretien avec le Seigneur, avec le Jésus d'Henry, et je me moquai du cher Dieu tout-puissant, choquée et apeurée d'être aussi en colère contre Lui pour ce qu'Il avait fait à Henry et à ses frères et sœurs.

— Seigneur, murmurai-je, qu'est-ce qu'il Vous avait fait, le petit Henry, pour que Vous lui fassiez subir Votre courroux ? Qu'est-ce qu'il pouvait bien avoir fait ?

Junia se rapprocha et émit un puissant hennissement.

Je frappai la terre du poing et hurlai :

— Pourquoi, mais pourquoi ne l'avez-Vous pas aimé comme je l'aimais ?

Je bus encore quelques rasades, puis essuyai les gouttelettes d'eau-de-vie sur mon menton.

— Pourquoi ne pas l'avoir laissé grandir ?

Je me roulai en boule sur le sol imbibé de sang du Kentucky, pleurant sur le sort d'Henry et de tous les Henry de ces sombres vallées qui ne seraient jamais des *adultes ordinaires*. Tous à jamais Peter Pan.

36

Au dépôt, je faillis ne pas la voir tandis que j'engrangeai dans mes sacs les brochures et prospectus laissés par le coursier. Quand je la découvris, je la contemplai sans y croire, passant les doigts sur l'élégante écriture qui avait composé mon nom, m'étonnant que la lettre n'ait pris que seize jours pour me parvenir.

Je m'accrochai à l'enveloppe toute la journée, jurant de ne pas l'ouvrir avant d'être rentrée à la maison. Plusieurs fois sur le chemin, je m'arrêtai, la sortis de ma poche, admirai le cachet de Philadelphie, le timbre violet à trois cents représentant la femme nommée Susan B. Anthony, avec « Le suffrage féminin » inscrit sous sa photographie. Quel drôle de timbre, et que signifiait ce mot « suffrage » ?

Le soir, je m'assis en tailleur sur mon lit et je pressai ma toute première lettre d'amie contre mes lèvres bleues, humant la petite enveloppe, la retournant, la tenant à la lumière de la bougie, puis recommençant, dans une transe émerveillée.

Je suivis de mon doigt sombre l'adresse de Queenie à la ville, les caractères élégants, l'encre bleue. Penchée vers la lumière, je pris le couteau de Papa pour ouvrir l'enveloppe avec lenteur et avec d'infinies précautions.

9 juillet 1936

Très chère Cussy,

Nous sommes arrivés sans encombre à Philadelphie. J'ai loué un appartement situé à deux kilomètres de la bibliothèque. Nous sommes cinq à nous entasser dans un minuscule deux-pièces, sans porche ni collines où nous enfuir.

Philadelphie est grise, du ras du sol jusqu'au sommet de ses hauts immeubles en béton. Les nuits sont sans étoile, ce qui me déçoit beaucoup. La ville est chaude, bruyante et ne se couche jamais. Bizarrement, alors que Troublesome émerge tard de ses ombres bleues de fumée et a bien du mal à voir clair, la grande ville refuse d'éteindre sa lumière aveuglante !

Partout où l'on regarde, il y a des mendiants dans les rues. Un voleur m'a arraché mon sac, et un autre a fait tomber mon petit Aaron pour lui prendre son chapeau. La faim est courante. Les hommes, les femmes et les enfants forment de longues files d'attente là où l'on distribue des repas.

C'est la frénésie permanente et les gens n'arrêtent pas de voler comme des abeilles. Oh, j'aimerais que tu puisses voir cette grande ville et les gens qui vont et viennent ! Ici, les Blancs ne me regardent même pas comme ils me regardaient à Troublesome.

La bibliothèque est grande, plus grande que tout le village de Troublesome. Je n'ai pas encore tout vu, mais mon chef, Mr Patchett, a promis de bientôt prendre un jour de congé pour me la faire visiter. Mr Patchett vient d'Angleterre et il me trouve « perspicace ». Il dit que je suis une femme compétente, une Noire intelligente. Il me pousse à m'inscrire à l'école de bibliothécaire de l'Institut Hampton et insiste pour me donner une lettre de recommandation.

Écris-moi vite, ma chérie.

Dieu te bénisse ainsi que ton papa,

Queenie Johnson

Je relus la lettre à plusieurs reprises, jusqu'à ce que la bougie perde sa flamme et ne veuille plus tenir, jusqu'à ce que la lumière du matin et des rêves terrifiants de la vie en ville m'entraînent dans un sommeil agité.

37

JE CHEMINAIS VERS LA FERME des Moffit alors que la brume se dissipait et que le soleil perçait une nouvelle matinée, la dernière semaine de juillet aussi misérablement brûlée que l'avait été celle du 4 Juillet.

Nous le vîmes en même temps. Alarmée, Junia avança au trot, puis hésita à la limite de la cour des Moffit. Les pattes arrière de la mule glissèrent sous son ventre jusqu'à ce qu'elle soit presque assise. Une mince écume blanche s'accumula aux coins de sa bouche et ses pupilles étaient cerclées de blanc lorsqu'elle tenta de s'écarter, de marcher n'importe où plutôt que d'affronter ce qui se trouvait devant elle.

Je ne pouvais en détacher mes yeux, alors que je me débattais pour maîtriser Junia et lui frappais les flancs. Elle se dressa sur ses jambes raides et tendit le cou, prête à foncer. Gardant les yeux fixés droit devant moi, je m'assis fermement sur la selle et parlai doucement à l'animal apeuré. Je tâchai à nouveau de l'éperonner. Lorsqu'elle recula de côté en levant haut les sabots – tout sauf en avant –, je détachai mes talons et les rabattis brutalement contre ses flancs. Junia partit en un galop maladroit, filant à travers la cour avant de s'arrêter net. Je tirai sur les rênes. Devant moi, un corps se balançait à la grosse branche d'un arbre.

Des cris furieux jaillissaient de la terre, et je baissai le regard vers le sol.

Un bébé gisait dans la poussière, à côté du grand bidon de saindoux d'Angeline. Emmailloté dans le tablier de sa mère, l'enfant agitait ses minuscules bras, les poings tendus vers le cadavre aux yeux morts et au corps mou, qui se balançait au gré des bouffées de vent chaud.

La branche grinçait, ployait sous son lourd fardeau. Une chaussette sanglante se détacha d'un pied couleur bleu de méthylène et atterrit à côté du bébé qui geignait.

J'eus le courage de relever les yeux, puis je portai ma main devant mon visage bleu, pour comparer ma chair assombrie à celle du cadavre pendu.

Junia martela le sol, tourna la tête et souffla fort.

Je descendis de ma selle et courus jusqu'au nouveau-né, le ramassai puis me précipitai vers la maison.

— Angeline ! Angeline !

À l'intérieur, Angeline était étendue sur le lit, par-dessus les draps souillés. À terre, le sang s'était répandu et le placenta visqueux s'étalait, s'infiltrant par les fissures du plancher. L'air était à vif, enveloppé d'acier, s'infectant dans la cabane brûlante.

Quelque chose avait horriblement mal tourné au cours de l'accouchement. Un couteau de chasse moucheté de sang gisait à terre, le cordon ombilical recroquevillé tout autour.

— Bluette..., gémit Angeline, tendant vers moi une main tachée de sang.

— Oh, Angeline, m'écriai-je, surprise qu'elle soit en vie.

— Mon bébé… mon petit bébé, bégaya-t-elle asphyxiée.

— Il est ici.

Je m'agenouillai près du lit, où l'odeur du sang, de la vieille paille et des draps moisis me frappa au visage

— Donne-la-moi. Ma petite Honey. Elle doit avoir faim…

Je plaçai le bébé au creux de son bras, contre le sein. Les cris râpeux de l'enfant se turent dès qu'elle trouva le téton.

Angeline grimaça.

Il y avait tant de sang. Beaucoup trop. Du sang qui tacherait, qui laisserait à jamais sur le sol de pin une marque de naissance.

— Quand est-elle née ?

— J'y suis depuis hier matin. Ça fait seulement une heure environ qu'elle est sortie, répondit Angeline, pinçant chaque mot. Mais Willie est devenu fou, Bluette, et il l'a emportée. Il m'a pris Honey.

Elle embrassa le front de la petite fille et un sanglot s'accrocha au front d'Honey.

— J'avais peur qu'il lui fasse mal… Vraiment mal. Il disait qu'elle sentait mauvais.

— Quoi ? Pourquoi son père ferait ça ?

Je regardai par la vitre sale, me demandant comment lui annoncer que Willie était dehors et que le mal puait désormais en lui.

Les yeux d'Angeline s'emplirent de larmes.

— Willie voulait pas d'elle. Il voulait pas de notre Honey. Il disait qu'il avait épousé une Blanche, pas une femme de couleur. Et les gens le sauraient bien.

— Une femme de couleur… Mais ce n'est pas vrai ..

— Il voulait pas d'elle. Pas de moi. Il disait qu'il aimerait mieux mourir que d'être sali par nous.

Angeline détacha les langes de l'enfant, et je compris. Je vis ce dont Willie ne voulait pas, ce qu'il refusait de cacher. Le bébé n'était pas entièrement bleu, mais il n'était pas blanc non plus. Honey avait la peau éclaboussée du sang poisseux de sa mère, mais on voyait sur elle un bleu tendre, pâle comme un ciel de crépuscule naissant, et les ongles bleutés de ses mains.

Le bébé remua les jambes, alors je vis que les ongles de ses orteils étaient semblables.

— Willie a du sang de Peau-Bleue, ça se voyait quand il est tombé malade, dit Angeline, haletante. C'est moi qui me suis mariée sans le savoir à une personne de couleur.

Les paroles du docteur me revinrent soudain à l'esprit. « Tes parents étaient porteurs du même gène récessif. » Puis celles qu'avaient prononcées Angeline bien auparavant. « Dans le temps, Willie avait de la famille là-haut, à Enfer-pour-Sûr. Moi aussi… »

Était-ce possible ?

Elle toussa.

— Mais ça compte pas, et j'ai essayé de lui dire.

Je pensai aux ongles de Willie, au peu que j'en avais aperçu.

— Il faut que j'aille chercher le docteur.

Angeline secoua la tête avec un gémissement.

— J'ai tellement mal. Y a plus le temps. Je sens que je m'en vais et que le froid arrive.

Une tache rouge s'étalait sur le drap mince, en dessous de ses jambes, plus sombre sous les cuisses et le postérieur.

— Je dois aller chercher le docteur.

— Me laisse pas. J'ai pas le temps…

Elle émit un râle de souffrance. Le bébé s'agita, poussa un cri perçant, puis se remit à téter.

— Bluette, tu… Prends Honey.

Je me redressai.

— La prendre ?

— Y a personne d'autre. Il viendra jamais la rechercher. Y avait que Willie et moi. Mes parents sont morts, Willie a jamais eu de papa, et sa maman l'a confié à des inconnus quand il était bébé.

— Angeline, s'il vous plaît, je veux vous aider. Il vous faut un docteur.

Je fouillai des yeux la minuscule cabane, dans l'espoir d'y trouver quelque chose – des herbes, de quoi la secourir. Mais la maison était vide, à part les murs tapissés de papier journal noirci par les caractères imprimés et les mots écrits par Angeline. J'appliquai mes doigts sur mon front noué et je tentai de réfléchir.

— Y a plus le temps, lâcha-t-elle en se redressant sur un coude tremblant, s'agrippant de l'autre bras à son bébé. J'ai vu ça quand ma mère a accouché de son dernier. Garde-la, Bluette, implora-t-elle avant de retomber à plat sur le lit.

J'eus un geste rapide de la main pour protéger la tête du bébé.

— Mais je ne peux pas…

— C'est une Peau-Bleue, et elle a personne pour l'aimer. Personne sauf toi, me rappela Angeline, les yeux creusés par la lumière qui les frappait en diagonale.

Lorsque je touchai la main du bébé, mes propres yeux se mouillèrent, mon esprit dut affronter ses pertes, la douleur intolérable de la solitude. Au cours de mes dix-neuf années de vie sur terre, aucun villageois, aucun bon chrétien ne nous avait accueillis, moi et les miens, dans leur ville, leur église ou leur foyer.

Au contraire, chaque seconde de notre dure existence dans le Kentucky avait ouvert en nous un vide à cause de leur haine et de leur mépris. C'était comme si les Peau-Bleue n'étaient pas autorisés à respirer le même air que leur avait donné leur Dieu d'amour, comme si nous étions indignes de la plus minuscule cuillerée qu'Il accordait à la plus petite créature des forêts. Dans leur monde, je n'étais rien. Pour eux, je n'étais rien. En regardant dans les yeux mourants d'Angeline, je vis ces vérités qui étaient les miennes, et qui seraient celles de sa fille. Je sus que, sans amour, en fin de compte, son bébé n'aurait rien ni personne, qu'il serait voué à mourir seul dans sa propre étreinte douloureuse. *Rien.* Les vérités me frappèrent la poitrine avec fracas.

— *S'il te plaît,* tu es tout ce qu'elle a, implora Angeline.

Le bébé gigota et un cri faible s'échappa avec son souffle. Je pris sa petite main, caressai les minuscules doigts bleus.

Cet enfant devrait tout subir, et seul. La haine des autres, la solitude éprouvante. Honey méritait de recevoir de l'amour, et davantage que la parcimonieuse cuillerée concédée par le monde blanc.

— Je t'en prie, Bluette. Promets-moi que tu seras sa maman.

Maman ? Sa maman.

Angeline laissa rouler sa tête, la sueur éclatant sur son front.

— S'il te plaît, aide mon bébé. Dieu bon, aidez-moi… Recueillez cette Peau-Bleue auprès de Vous.

— Chut, chut, ne vous tracassez pas.

L'enfant porterait le terrible fardeau d'être à présent la dernière des Peau-Bleue, elle serait pourchassée et blessée si je ne la protégeais pas.

— Je l'emmènerai, Angeline, et j'aimerai Honey autant que vous l'aimez. Je le promets.

Ces mots surgirent du plus profond de moi, d'un lieu plus profond que la pensée, du tréfonds de mon cœur réservé et de mon âme blessée. Et je jurai silencieusement à Dieu d'aimer ce bébé, de lui éviter toutes les haines, tous les maux infligés à ma famille et à moi, ainsi qu'à leurs familles.

Cela s'arrête avec Honey. Je fermai les yeux et adressai cette déclaration féroce à Dieu, à l'humanité.

Angeline attira ma main à sa bouche, la baisa et la pressa contre sa joue pâle et humide.

Je pris sa main et la baisai à mon tour, puis posai sur Honey une paume légère.

— *C'est promis,* répétai-je.

La respiration d'Angeline devint difficile alors qu'elle pointait le doigt vers le magazine.

— Il a… Il a… Il a été abîmé quand Willie a piqué sa crise, dit-elle, tremblante mais toujours avec son sourire timide et doux.

Je ramassai son prêt, le vieux numéro du magazine *La Bonne Ménagère.* La couverture, où une petite fille brune lisait un livre, avait été déchirée et gisait à terre, marquée par une empreinte de pied sanglante. Celle de Willie. À côté, la poupée en enveloppe de maïs qu'Angeline avait fabriquée était maintenant en morceaux.

— Je devrais être capable de réparer la reliure, dis-je en luttant pour sourire à mon tour.

— Tu me le lis ?

— Oui.

— Lis la page sur la jolie maman et son bébé heureux. Lis-nous ça, à Honey et à moi, Bluette.

J'ouvris le magazine à la page qu'Angeline avait marquée avec un lambeau de papier et je vis une très belle femme, vêtue d'une élégante robe de printemps, avec des chaussures blanches à talons. Assise dans un superbe fauteuil à bascule, elle faisait la lecture à un gros bébé souriant, paré d'une layette à dentelles. L'enfant tenait une précieuse poupée arborant des vêtements assortis aux siens. Cet enfant ne connaîtrait jamais cette terre hostile, il n'aurait jamais faim, il ne succomberait pas à la famine, il ne verrait pas mourir sa mère.

Je lus le titre : « Avoir un bébé heureux ».

Angeline chuchota à Honey :

— Il faudra tout lire quand tu seras grande, connaître tes lettres comme moi, parce que ta nouvelle maman m'a appris.

Elle m'adressa un regard attendri, embrassa à nouveau le bébé, puis ferma les yeux.

Je passai légèrement le revers de ma main sur sa joue et sa mâchoire, car je souhaitais me rappeler ses traits pour Honey. Angeline soupira, je lus à haute voix pendant cinq minutes, risquant un œil par-dessus la page pour voir son visage blême éclairé par la douleur, niché à côté du minois paisible d'Honey, la bouche du bébé endormi constellée de gouttelettes de lait.

Bien que Peau-Bleue, Honey ressemblait à tous les autres bébés dans les bras de leur mère, mais elle grandirait et sentirait le regard différent du monde sur sa couleur.

Pendant cinq minutes encore, je lus l'article, d'une voix vacillante, étranglée par les larmes, égrenant les phrases en hâte à mesure que je sentais s'en aller la fragile mère de seize ans.

Je m'interrompis quand Angeline toussa à nouveau et dit, somnolente :

— Honey et moi, on aime quand tu lis pour nous.

— Et moi, j'aime lire pour vous. Je vous aime, Angeline.

— C'est de bien jolis mots, comme le paradis.

Elle tâtonna vers ma main, entrelaça ses doigts aux miens et appuya le tout contre sa bouche, glissant notre double poing sous son menton.

— Il faudra lire plein de livres, murmura-t-elle au bébé endormi. Avec les livres, tu apprendras, Honey.

Je poursuivis ma lecture jusqu'à ce que la pression se relâche. Ma langue ne put bientôt plus articuler un seul mot, et mes yeux inondés osèrent regarder ses yeux morts.

Le magazine glissa à terre. Une prière bourdonna doucement sur mes lèvres. Une autre, puis une autre encore. Les suppliques à un Dieu que j'avais abandonné réclamaient maintenant la résurrection d'Angeline, accompagnaient le départ de son âme à travers les murs tapissés de journal.

— *Bon Dieu.*

Je frappai du poing un endroit inoccupé sur le matelas, éparpillant de la paille. Le lit avala ma fureur, berçant la mère et la fille. Le bébé sursauta, lâcha un cri, puis se calma.

Je me couchai à côté d'Angeline et de l'enfant endormie. Blottie contre les deux corps, je les pris au creux de mon bras et je pleurai, hurlai – un hurlement sec, comme le lit d'une rivière tarie par le chagrin, les blessures et les épreuves – jusqu'à ce que les sanglots déchirent les vallées, les profondes cavernes rocheuses de mon âme, et suscitent des rivières de souffrance.

38

Je restai un long moment étendue sur le lit des Moffit, les yeux tournés vers la fenêtre, anéantie par l'affliction, puis je fredonnai le cantique que Papa avait chanté à Maman sur son lit d'agonie.

Je me suis aventuré loin de Dieu,
Maintenant je reviens au bercail ;
J'ai trop longtemps parcouru les sentiers du péché,
Seigneur, je reviens au bercail.
Je reviens, je reviens,
Pour ne plus jamais vagabonder ;
Ouvre-moi à présent tes bras si pleins d'amour,
Seigneur, je reviens au bercail.

J'écartai doucement une mèche de la joue d'Angeline alors que je terminais le refrain.

Quelque chose passa en vrombissant et me tira de mon chagrin. La première mouche à viande se posa sur le rebord de la fenêtre, remuant ses pattes noires squelettiques, désireuse de se repaître de la chair d'Angeline. Indignée, je la chassai d'un cri et d'un geste.

Une autre la remplaça bien vite, ses vilains yeux fixés sur Angeline.

Je l'éloignai.

Le bébé gigota et je bondis, me hâtant de le prendre dans mes bras. Qu'allais-je faire d'un bébé ? Et d'un bébé Peau-Bleue, en plus !

J'enveloppai Angeline dans son édredon, sortis sous le porche avec le nouveau-né et m'assis sur les marches. Je levai les yeux vers l'arbre et berçai le bébé au rythme où se balançait son père mort. Sur une branche au-dessus de Mr Moffit, un cardinal rouge associait son doux gazouillis au chant lointain d'un train, ces deux hymnes purifiant les vieilles montagnes.

Je me forçai à détourner les yeux. Autrefois, on disait que lorsqu'un cardinal rouge appelait, c'était les morts qui vous embrassaient, et pour la première fois je pensai que c'était peut-être vrai.

Je pressai Honey contre ma poitrine et pris son visage entre mes mains pour la protéger. J'embrassai sa tête, caressai sa joue bleu pâle. Elle était la toute dernière de mon espèce. Et je la berçai plus près, regrettant fébrilement de ne pouvoir soulager l'innocente de ce titre funeste.

Junia était au bout du porche, tournant le dos à l'arbre, comme si elle non plus ne pouvait supporter de le voir. La mule avait la tête baissée, sans joie, la chair tremblante. Elle ne voulait pas venir me saluer.

Je tentai de mettre de l'ordre dans mes idées. Si je demandais l'aide de Papa, les gens pourraient nous reprocher les deux décès. Pire, ils pourraient faire du mal à Honey. La disparition de ce bébé laisserait tout le monde indifférent. Angeline et Willie recevaient-ils du courrier, et le vieux facteur avait-il vu Angeline enceinte ? Elle avait le ventre si mince sous ses jupes… Pendant tout le temps que j'avais passé avec les Moffit, je n'avais jamais vu de lettres pour eux. Ils m'auraient sûrement sollicitée pour leur en faire la lecture s'ils en avaient eu. Je savais qu'elle avait perdu ses parents, mais je savais très peu de choses de lui, sauf qu'il venait de plus loin dans les collines. C'était comme si le monde n'avait jamais su que ces deux-là avaient planté ici leurs racines et avaient tenté d'y vivre, avaient lutté chaque jour pour rester en vie. Avais-je été le seul témoin de leurs efforts ? Quelqu'un d'autre remarquerait-il leur absence ? Il fallait néanmoins que je veille à leur offrir une sépulture correcte.

Honey s'étira dans mes bras, battit des paupières. Je la posai à côté de moi, me levai et, une main au-dessus des yeux, je me tournai vers l'ouest pour réfléchir.

Au bout d'une minute, je me dirigeai vers Junia.

— Nous devons emmener ce bébé en lieu sûr, dis-je à la mule. Et nous devons le faire avec de grandes précautions. (Junia frotta mon cou avec son museau, et je lui caressai la crinière.) Ramenons Honey chez nous, pour l'amour d'Angeline.

Junia dressa les oreilles comme si elle comprenait, contempla le porche avec de grands yeux solennels, dans l'espoir que la fille aux carottes allait apparaître. Je pressai ma joue contre son museau et y déposai un baiser.

— De la part d'Angeline.

Je rassemblai tous mes livres dans une des deux sacoches, car je ne faisais pas confiance à mon corps frissonnant pour tenir l'enfant dans mes bras. La sacoche vide était assez vaste pour accueillir le minuscule bébé qui n'était pas plus grand que la poupée de tissu jadis cousue par ma mère. Satisfaite, je pris mon chapeau et en fis un coussin avant de placer Honey à l'intérieur, en veillant à ce qu'elle soit bien installée, et en repliant le rabat en cuir pour qu'elle ait de l'air.

Je remontai sur Junia et la dirigeai vers la maison de Jackson Lovett, la plus proche de ma tournée, en priant pour qu'il soit dans les parages et prêt à m'aider pour deux enterrements.

— Doucement, ma belle, dis-je en me tournant sur le côté, vers Honey endormie, avant de jeter un dernier regard à la maison des Moffit.

En un instant, je trouvai une des berceuses d'Angeline nichée dans mon cœur. Junia ajouta à la mélodie un hennissement délicat. Je haussai un peu la voix et chantai pour le bébé. Même elle n'était ni triste ni effrayée comme moi.

39

Je gravis la montagne avec bien des appréhensions. Plusieurs fois, je fis demi-tour pour ensuite repartir en avant, le malaise croissant collant à mon col humide.

Ne voyant pas Jackson dans la cour, je descendis de ma selle et sortis Honey de son sac. Je restai un long moment devant la porte, le poing tantôt fermé, tantôt ouvert, avant d'oser frapper. Je ne l'avais pas vu depuis des semaines, depuis le 4 Juillet. Chaque fois que j'essayais de lui déposer des livres, il était introuvable.

Il ne voulait peut-être pas que je le trouve, il ne voulait peut-être plus de ma présence, ni des livres.

Désemparée, je m'apprêtais à m'en aller lorsqu'il ouvrit, uniquement vêtu de son pantalon de travail, un crayon glissé derrière l'oreille. À l'intérieur, la table était jonchée de livres et de papiers.

— Cussy Mary, entrez.

Il me regarda à peine, attrapa des vêtements sur une chaise et les jeta à l'autre bout de la pièce, fit une pile avec ce qu'il y avait sur la table afin de me faire un peu de place.

— Excusez-moi pour le désordre, je n'attendais personne. Comment allez-vous ? lança-t-il par-dessus son épaule. Écoutez, je suis désolé d'avoir gardé si longtemps ce livre. (Il se frotta la tête tout en cherchant des yeux le volume en question.) Ah, le voilà. Ces derniers temps, j'ai dû aller en Géorgie plusieurs fois pour aider un ami qui récolte la résine de ses pins. Ça fait plaisir de vous voir…

Le bébé gigota dans mes bras. Jackson le dévisagea, perplexe, puis éclata de rire.

— Vous vous l'êtes procuré où ? Vous faites les livraisons à la place de la cigogne, à présent ?

Il observa mon visage, remarqua ma mine épouvantable, le sang d'Angeline sur ma jupe, et je perçus l'alarme dans ses yeux.

— Qu'est-ce que… Tout va bien ? Que s'est-il passé, Cussy Mary ? S'il vous plaît… entrez, je vous en prie.

Il s'écarta pour me laisser passer.

— Les Moffit, m'empressai-je de répondre. Ce sont les Moffit, ils sont morts. Morts.

— Parlez moins vite. (Jackson me fit à nouveau signe d'entrer.) Que dites-vous ? demanda-t-il, les yeux braqués sur le bébé.

— C'est la fille des Moffit. C'était leur fille, bafouillai-je en franchissant le seuil. Sa mère me l'a confiée lorsqu'elle est morte après l'avoir mise au monde.

— Où est le père ?

— Il s'est pendu.

— Quoi ?

J'entrouvris les langes.

— Mr Moffit a déclaré à sa femme qu'il ne voulait pas de l'enfant, à cause de la couleur de sa peau. (Je sentis mon cœur se fendre.) Il s'est suicidé dans la cour.

— Merde. Le bébé va bien ?

— Honey. C'est le prénom qu'Angeline lui a donné. Elle ne pleure jamais.

Je baissai les yeux et vis qu'elle suçait son pouce, heureuse de découvrir le monde.

— J'ai besoin d'aide, monsieur Lovett.

— Jackson. Appelez-moi Jackson.

— Jackson, j'ai besoin de lait. Et j'ai besoin de les enterrer tous les deux avant que les animaux les mangent. Pouvez-vous m'aider ?

— Où vit leur famille ?

— Ils n'en avaient pas. C'est pour ça qu'elle m'a confié le bébé. J'ai de quoi vous payer…

Jackson me fit taire d'un geste.

— Vous comptez enterrer un voleur de poules ? Adopter l'orpheline ?

Je serrai Honey contre moi comme si ce vilain mot risquait de l'atteindre et de lui faire mal.

Je sentis des larmes brûlantes couler sur mes joues et je fis un pas en arrière.

— Je… Je… Je suis sa maman ! (J'assenai ces mots pour les changer en vérité.) *Sa maman.* Et je veux enterrer les Moffit, les enterrer convenablement, Jackson Lovett. Je le ferai moi-même.

Je sortis, ma jupe bruissant comme un juron sur le pas de la porte.

— Attendez, dit-il en me suivant.

Junia cria, agita sa tête d'avant en arrière, tenta de se libérer de sa corde.

— Restez où vous êtes, ordonnai-je à Jackson. Restez là le temps que j'emmène mon bébé ailleurs ! Allez, Junia, on y va.

Jackson repartit sous le porche, comme agacé par la protection que m'offrait ma mule.

Avec Honey bien calée au creux de mon bras, je détachai Junia de ma main libre, serrai les rênes et guidai ma monture hors de la cour.

— Cussy Mary, je veillerai à ce qu'ils soient correctement enterrés.

Je m'arrêtai face à lui.

— Aussi correctement que possible dans ce fichu pays. (Ses yeux étaient tristes, troublés.) Je les aurai mis en terre avant le coucher du soleil. Vous avez ma parole.

Je ne pus faire mieux que hocher la tête et émettre un « merci » râpeux avant de continuer mon chemin.

40

Je plaçai Honey près du poêle pendant que refroidissait la bouillie préparée pour elle. Au bout de quelques minutes, je trempai un tissu dans cette soupe de mie de pain et je fis couler la mixture dans sa minuscule bouche ouverte. Mon père se tenait à proximité et laissa ce moment de silence étouffer notre querelle.

— Fillette, ça n'est pas bien, finit-il par dire.

— Papa, j'ai l'intention de la garder. (Je posai le bout de chiffon et berçai le bébé.) Elle est à moi…

— Tais-toi. Qu'est-ce que les gens diraient ? Une mère célibataire ? Réfléchis un peu. Ça n'est pas un animal que tu peux recueillir parce qu'il te plaît.

— C'est une Peau-Bleue. Je prendrai une semaine de congé, et les gens croiront que je l'ai eue avec Charlie Frazier.

Personne n'en saurait rien, à part Jackson. Le docteur devinerait sans doute en m'examinant, mais il n'avait jamais vu Angeline et il était trop accaparé par ses patients et ses revues médicales. Je pensais que ni l'un ni l'autre des deux hommes ne me dénoncerait, et les fantômes ne parlaient pas.

— Ça tomberait juste au bon moment, et un tas de femmes cachent leur gros ventre sous leurs épaisseurs de jupes. Papa, regarde. Regarde-la, elle doit être de notre espèce. C'est une Bleue !

— Pas du tout, elle est malade. C'est toi, la dernière Peau-Bleue.

— Elle est solide, je t'assure, et ce n'est pas vrai. Le docteur dit que tous les Peau-Bleue sont parents entre eux. Parents avec nous. Mr Moffit avait le bleu en lui. Je l'ai vu de mes yeux. Comme Honey. Et sa mère devait avoir ça dans ses gènes aussi. (Je brandis le bébé endormi.) C'étaient des Peau-Bleue, Papa, exactement comme nous.

Mon père regarda l'enfant de plus près et marmonna un juron en se frottant la barbe.

— D'après la rumeur, mon oncle Eldon avait eu un bâtard. Ce serait-il possible qu'il ait trouvé une autre Peau-Bleue qu'on ne connaissait pas ?

— C'est arrivé à mon arrière-grand-père. C'est obligé, on ne peut pas laisser orpheline une des nôtres.

— On disait que la femme d'Eldon était partie dans l'Ohio et qu'on n'avait plus jamais eu de ses nouvelles.

Mon père examina Honey et se gratta encore un peu le crâne.

— Papa, la femme d'Eldon a abandonné son bébé. Elle a abandonné Willie. Je t'en prie, je dois me charger d'Honey comme mon propre enfant. Lui offrir une maison, une maman. Il n'y a personne, pas une seule âme dans ce monde noir et blanc qui s'occupera d'elle si nous ne le faisons pas. S'il te plaît, je l'ai promis à sa mère.

Il toucha l'ongle bleu du bébé et lui passa un doigt sur la joue. Quelque chose l'attendrit.

— Henry, un de mes clients, est mort. Il est mort de la pellagre, ce petit. La maladie du Kentucky l'a emporté, et elle va sûrement emporter Honey elle aussi. Sans nous, c'est ce qui va lui arriver, à notre dernière cousine.

Les yeux du bébé s'ouvrirent et se fixèrent sur mon père. Un minuscule sourire releva les coins de ses lèvres lorsqu'elle s'agita pour sucer son pouce. Papa lui effleura la bouche avec son auriculaire tout en ruminant l'affaire. Honey s'accrocha à son doigt pour le sucer aussi.

Papa écarquilla les yeux.

— Quel genre de mère es-tu donc ? grommela-t-il en reprenant sa main. Fais-lui un lit à côté du poêle, et puis conduis ta sale bête au village pour aller chercher du vrai lait à ce bébé affamé !

Je le dévisageai, abasourdie et reconnaissante.

— Vas-y tout de suite, avant qu'elle se mette à pleurer et qu'elle me dérange.

— Oui, Papa.

Et je sortis, tout sourire alors que je courais jusqu'à Junia.

41

Après avoir sellé Junia, je jetai un coup d'œil dans la maison et vis qu'Honey dormait. Mon père s'était assis près de son lit et s'était endormi lui aussi, tenant sur ses genoux l'un de mes livres d'enfant.

Je partis pour la ferme des Moffit, où je voulais passer avant d'aller chercher du lait pour le bébé. Je voulais m'assurer que les parents d'Honey auraient droit à l'enterrement que Jackson avait promis.

À mesure que nous nous approchions de leur cabane délabrée, Junia s'arrêtait tous les deux ou trois pas et se mettait à marcher sur le côté, le nez pointé vers chez les Moffit, un doux braiment s'échappant de ses lèvres comme si elle appelait son amie Angeline.

L'air sentait la boue. Des urubus tournoyaient dans le ciel, laissant des traces noires dans le soleil dur du Kentucky.

Je trouvai Jackson à l'arrière de la maison, son cheval attaché à un poteau. Il venait de creuser deux tombes dans la terre argileuse, sous l'unique source d'ombre, un arbre à moitié cassé. Jackson me tournait le dos, un bras sur la bêche, la tête baissée, en méditation ou en prière. Un cercle humide trempait sa chemise alors que le soleil de juillet dardait ses rayons sur lui.

Je quittai ma monture et gardai un moment les rênes en mains avant de les lâcher. Au lieu de rester immobile, la mule trotta vers Jackson, souffla sur son épaule, puis – à ma grande surprise – se frotta à son bras.

— Pas de fleurs aujourd'hui, lui dit-il d'un ton solennel en lui caressant le cou.

Je m'avançai jusqu'à lui et fouillai dans ma poche.

— Merci, Jackson. Voilà votre salaire.

Je sortis l'argent. Il laissa tomber la bêche et leva la main en signe de protestation.

— Gardez ça pour la petite. Comment va-t-elle ?

— Je l'ai installée chez nous, mon père s'occupe d'elle. Elle a l'air d'aller bien.

Jackson désigna l'un des deux trous dans le sol et s'éclaircit la gorge.

— Il faut vraiment une femme extraordinaire pour recueillir comme ça l'enfant d'une autre, Cussy Mary. Pour élever la fille de Mrs Moffit.

Je contemplai la tombe d'Angeline. Le monticule de terre, qui n'était lui-même pas si grand.

— C'est vraiment un bébé extraordinaire, répondis-je aux cieux, dans l'espoir que ces mots atteindraient la chère Angeline.

— Et chanceux. J'ai pensé qu'Honey voudrait peut-être un souvenir de ses parents.

Il fouilla dans sa poche, en tira un petit bracelet de cheveux tressés qu'il me donna. La tristesse s'accrochait à chacun de ses mots.

Il avait fait cela pour Honey, il avait eu l'idée de couper quelques cheveux sur le crâne de son papa et de sa maman. Jackson les avait nattés séparément, puis réunis avec soin pour former une troisième tresse, qui représentait Honey.

Comme s'il lisait dans mes pensées, il expliqua :

— Ma mère est morte de la variole quand j'avais douze ans, et j'ai perdu mes deux petits frères une semaine plus tard. (Il grimaça.) J'entends encore mon père dire qu'il était important d'honorer les morts en maintenant en vie quelque chose d'eux. Il avait glissé des mèches de leurs cheveux dans notre bible. J'ai fait la même chose avec lui, deux ans après, lorsqu'il est mort d'avoir trop bu.

— Je suis désolée. (Sans réfléchir, je poursuivis.) Après la mort de ma mère, mon père s'est sauvé, il s'est caché quelque part dans les bois. Il s'est imbibé d'alcool et, je suppose, a mené une fameuse bataille avec les démons et les anges. Il n'est revenu qu'au bout de trois nuits, et encore, parce que les mineurs l'ont déniché et l'ont ramené à la maison. Je croyais avoir perdu mes deux parents.

Je n'avais jamais parlé à personne de la fugue de Papa. Le fait que j'aie pu aussi facilement m'en ouvrir à Jackson m'effraya, aussi je scrutai son visage pour voir si mes mots aussi avaient eu un effet sur lui.

Jackson hocha la tête, accueillant ce que nul autre ne savait.

— J'ai fini par m'en aller d'ici quand j'avais quatorze ans, en jurant de ne plus jamais revenir. J'ai voyagé à travers le pays jusqu'au jour où je me suis arrêté dans l'Ouest. J'ai beaucoup travaillé pour tâcher d'oublier. Mais tout le monde sait qu'un homme du Kentucky ne laissera jamais ses jambes vagabondes se planter ailleurs qu'ici ; il a beau avoir un pied en terre étrangère, l'autre pointe toujours vers la terre natale.

Ses propos mêlaient regret et soulagement, et un éclair des vieilles douleurs passa dans ses yeux. Je lui offris un sourire de compassion.

— Mon arrière-grand-père venait d'un petit village de France, mais ma famille a toujours prétendu qu'il était venu ici pour trouver son cœur de Kentuckien. Il paraît que je lui ressemble, alors on m'a donné pour prénom la ville où il était né.

— Cussy, en France ?

Jackson me regarda comme s'il voyait quelque chose de nouveau.

— C'est un joli petit endroit, d'après ce que j'ai lu dans le *National Geographic.*

J'admirai le bracelet qu'il avait fait.

— Merci beaucoup, Jackson. C'est un cadeau à part, et je le garderai dans la bible pour Honey.

Je serrai entre mes doigts ce minuscule souvenir où les cheveux bruns de Willie s'entrelaçaient aux cheveux blonds d'Angeline. Un précieux morceau de leur existence, qu'Honey pourrait conserver tout le long de la sienne. Je le pressai contre ma bouche avec une prière silencieuse, puis le glissai dans ma poche, heureuse que Jackson ait eu cette idée.

— Cette vieille terre..., murmura-t-il, les yeux dans le vague. On a envie à la fois de la fuir et d'y vivre.

— Je n'ai jamais eu l'occasion de partir.

Je me demandai s'il repartirait d'ici, si moi, je partirais un jour. À cette pensée, une souffrance inédite s'empara de moi.

Jackson fixa son regard sur moi.

— Queenie Johnson veut que j'aille lui rendre visite. Elle dit qu'il y a des possibilités à Philadelphie.

C'est un bon endroit pour élever des enfants de couleur.

Pour la première fois, je réfléchis sérieusement à l'avenir d'Honey, au genre de vie que nous pourrions avoir là-bas ; n'importe quelle ville serait plus accueillante pour nous.

— Cussy Mary, je voulais vous présenter mes excuses pour ce que j'ai dit l'autre jour sur le chemin. Je n'avais pas le droit de décider ce que vous deviez ressentir. Je ne peux pas prétendre connaître des choses que je n'éprouverai jamais. Je n'ai jamais connu la haine ou l'exil à cause de ma peau. Je n'ai jamais été exposé aux mauvaises langues ou aux coups de fouet à cause de ma couleur.

Je me mis à danser d'un pied sur l'autre, mal à l'aise. Jackson s'approcha.

— Pardon. J'ai été bête, aveugle, parce que je voyais seulement une bibliothécaire intelligente, une jolie fille. Je vois davantage de choses à présent... Je vois votre chagrin, votre fardeau, et j'en suis désolé.

Le silence se fit tandis que je scrutais ses yeux angoissés et saisissais ses mots.

Il allait ajouter quelque chose, mais il se ravisa et désigna la colline derrière les tombes.

— Je n'ai pas fini mon travail.

Mon regard suivit le sien.

— Il faut ajouter un genre de pierre tombale.

Jackson gravit la pente rocheuse et ramassa deux pierres grosses comme la main, les soupesa, puis redescendit. Il en plaça une à la tête de chaque tombe et recula pour en juger l'effet.

— Je les emporterai chez moi et je verrai si je peux graver leur nom dessus. Je reviendrai demain à la première heure.

— Merci beaucoup.

Jackson prit une poignée de terre qu'il laissa tomber en pluie au-dessus des tombes. Il baissa la tête.

Je l'imitai, remplis mon poing de terre et en saupoudrai le sol affamé.

— Allez en paix, vous avez mérité votre sommeil. Reposez-vous bien, dit Jackson en reprenant les pierres.

Il les porta jusqu'à son cheval et les fourra dans les sacoches. Puis il partit au galop.

Je restai un moment immobile, balbutiant à l'adresse d'Angeline, priant, lui promettant de veiller sur Honey jusqu'à ce qu'elle soit grande, jusqu'au jour de ma mort. Je réitérai mes prières et mes déclarations jusqu'au moment où le sol parut trembler. Junia cria un avertissement. Je fermai les yeux, puis les rouvris et vis que les vautours avaient resserré le cercle qu'ils décrivaient dans le ciel. Leurs ombres cupides s'étaient agrandies.

42

HONEY AVAIT UNE SEMAINE lorsque je parcourus les trois kilomètres menant à la porte de Loretta Adams.

— Si c'est bien Bluette, entre donc, mon enfant.

— C'est moi, la femme aux livres, madame.

— J'y vois mal, mais je ne suis pas sourde, répondit-elle comme chaque fois.

Des chandelles allumées projetaient une lumière supplémentaire dans la maison. La tête baissée sur le tissu, Loretta cousait à sa table.

— Je fais un nouveau tablier. Celui-ci est tout usé.

Elle tira sur le cordon de celui qu'elle portait.

— Il sera très joli, Miss Loretta.

Loretta piqua encore quelques points dans le nouveau tablier, inspecta sa bordure en dentelle de coton.

— Ça fait longtemps que tu n'es pas venue, me réprimanda-t-elle. Je n'ai pas de thé préparé.

Elle planta son aiguille dans une pelote et écarta les longs morceaux de tissu.

— Non, madame. Je ne suis pas venue pour lire, aujourd'hui.

Je m'avançai et me penchai au-dessus de sa chaise.

— Je viens vous présenter Honey.

Je soulevai les langes du bébé et l'approchai du visage de Loretta. Honey émit de petits bruits.

— Honey ? Un bébé ?

— Oui, madame, mon bébé. Elle est à moi.

Loretta ne répondit pas, et je sus que sa politesse ne lui autoriserait aucune question indiscrète. Elle regarda Honey de plus près : le bébé gazouilla, dressa ses poings minuscules et bâilla.

— Posons-la sur mon lit.

Myrtle et Milkweed surgirent de sous le poêle, et Loretta les fit sortir par la porte. La vieille dame boitilla jusqu'au lit plus vite que je ne l'avais jamais vue se déplacer.

— Je vais la tenir un peu, mon enfant. Pourrais-tu ouvrir un peu plus les rideaux ?

Elle s'assit sur le matelas et je lui mis Honey dans les bras. Quand je tirai les rideaux, le soleil se répandit sur son sourire d'adoration.

— Miss Loretta…

— Assieds-toi. *Viens*, insista Loretta en tapotant le lit à côté d'elle tandis qu'elle examinait Honey.

— Merci, madame.

— Elle est superbe.

Loretta souleva la petite main bleue d'Honey, lui caressa doucement les doigts.

— Oui, madame, c'est un beau bébé, c'est sûr.

— Parfaite. Ça fait des années que je n'en ai plus tenu un, dit-elle d'une curieuse voix étouffée. Merci de l'avoir amenée.

— Miss Loretta, je dois vous demander si vous seriez disposée à la garder quand je fais mes tournées, enfin, si vous vous en sentez capable. Je vous payerai, et le bébé n'a pas besoin de grand-chose…

— Si je m'en sens capable ? Pas besoin de voir clair pour savoir de quoi Honey a besoin, mon enfant. J'ai élevé ma petite sœur, je l'ai nourrie, nettoyée, habillée et bercée, et c'était un bébé difficile. C'est devenu une belle petite fille et une belle jeune femme. Quand elle est morte, j'ai élevé son garçon. Pour sûr que je peux m'occuper de ta gentille petite Honey.

Je soupirai, soulagée.

— Oui, madame, je pensais que vous feriez ça très bien, voilà pourquoi je vous l'ai amenée. Et je vous payerai au jour dit.

— Je n'accepterai pas d'argent, déclara fermement Loretta. Je ne peux pas accepter d'être payée pour avoir la compagnie de ce petit ange. (Elle adressa à Honey un grand sourire édenté, agitant sa tête près du bébé.) Un ange, un joli petit pétunia. Une vraie beauté aux yeux bleus…

— J'insiste, madame. Ça ne serait pas correct.

— Pas question.

Elle battit des paupières, frotta ses yeux fatigués, et je vis qu'ils la faisaient souffrir. Je compris que Loretta serait trop fière pour accepter un salaire.

— Seulement si je peux payer le docteur pour qu'il vienne soigner vos yeux avec ses bons remèdes de la ville.

— Le docteur est un homme malin. Je le connais depuis longtemps.

— Il est malin, c'est vrai, et il vous soignera bien, Miss Loretta. Il pourrait vous faire fabriquer des lunettes.

— *Des lunettes.*

Loretta scruta par la fenêtre puis plissa les yeux vers Honey.

— Elles vous aideraient à y voir clair, vos yeux faibles seraient comme neufs.

— Ah, revoir comme avant… Ce serait une belle chose. Une bien belle chose. Merci, mon enfant, merci de m'avoir amené Honey. Elle ne manquera de rien. Je m'occuperai bien d'elle.

Tandis qu'elle prenait ma main et la serrait, mon cœur me dit que Miss Loretta tiendrait parole.

— Je vous apporterai du lait pour elle, et des couches propres.

Mais elle n'entendit pas, car elle était envoûtée par Honey. Loretta se pencha et effleura de ses lèvres le crâne doux du bébé, lui prit sa minuscule main, déploya ses doigts et embrassa chaque articulation. Quand Loretta leva les yeux, je vis qu'ils étaient brillants, jeunes et vigoureux.

— Honey et moi, on s'entendra très bien, mon enfant, dit-elle en me la rendant. Où est mon balai ? (Miss Loretta bondit comme une jeune fille et se mit à s'affairer.) Il faut que je fasse le ménage. Oh, pour l'amour du ciel, je dois secouer les tapis. Nettoyer le poêle. Cet endroit-ci n'est pas comme il faut pour un nouveau-né. Pas pour ma petite Honey.

43

Le bébé avait à peine deux semaines quand, le 7 août 1936, mon père alluma une nouvelle bougie à prétendant, versant la cire chaude sur une soucoupe et y fixa la chandelle nue pour qu'elle brûle pendant une durée inquiétante. Un fil de fumée monta droit vers les poutres, puis fut dévié par la brise qui soufflait par la fenêtre ouverte.

— Ça fera l'affaire, dit-il. Il faut bien, puisque je n'ai pas de quoi en acheter une neuve. Je ne peux déranger les morts pour déterrer l'ancienne.

Je tournai autour de lui, le bébé dans les bras, et l'inquiétude me donnait la chair de poule.

— Papa, ne fais pas ça.

— Fillette !

Il m'imposa le silence, m'indiquant que cette discussion le fatiguait. Il se pencha pour éteindre la bougie. Satisfait, il la porta sous le porche. Il était déterminé. Déterminé à caser sa fille célibataire et chargée d'âme, déterminé à donner un père au bébé.

Je plaçai Honey dans le berceau qu'il lui avait construit et je le suivis.

— S'il te plaît, Papa, je ne me remarierai pas.

— Cussy. Je veillerai à ta respectabilité, comme je l'ai promis à ta mère. Et je m'assurerai qu'Honey ait un papa. Cette fois-ci sera la bonne.

— Je suis déjà respectable…

— Honey a besoin d'un père, et tu as besoin d'un homme. D'un bon mari qui s'occupera de toi.

— Je t'en prie. Tout va bien. Je suis payée par la bibliothèque ambulante et Loretta garde Honey pendant que je travaille.

— Loretta est vieille… et… aveugle, articula-t-il en ravalant une quinte de toux.

— Elle peut se servir de l'argent que je donne chaque mois au docteur pour elle. Et jusqu'ici, elle s'en sort très bien avec Honey. Tu te rappelles Lila Dawson ? Elle est aveugle, elle est veuve et elle a élevé quatre bébés…

— Jamais de la vie ! (Il s'étouffa en frappant la balustrade.) La mine ferme dans une semaine, je dois être sûr qu'il y aura quelqu'un pour s'occuper de toi !

— Tu pourras travailler pour la Works Progress Administration, Papa. Il y a tant de métiers faciles maintenant, pour les hommes qui en ont besoin…

Mon père me foudroya du regard.

— Que je mendie les restes, que j'accepte l'aide du gouvernement ? Si un homme est capable de se débrouiller, il s'en passe.

— Ils ont des tas d'emplois respectables pour les hommes…

— Tu veux que je prononce leur serment des pauvres ? s'indigna-t-il.

Une main noircie de charbon vola jusqu'à sa poitrine.

Je tressaillis. En effet, quiconque voulait travailler pour la WPA devait jurer être pauvre, prêter serment, et laisser ses placards ouverts au cas où un inspecteur viendrait vérifier que l'on restait bel et bien sans le sou. J'avais eu de la chance. Aucun envoyé du gouvernement ne s'était encore risqué dans notre coin. Et ce n'était pas faute d'essayer, mais parce que nous étions trop bien cachés, même si j'avais plusieurs fois donné les indications exactes à la directrice qui les avait transmises à sa hiérarchie. Les inspecteurs avaient renoncé et tourné les talons.

— Papa, laisse-moi prendre soin de nous. Je ne veux pas d'un autre prétendant, d'un autre mari. Tout ira bien pour nous, pour toi.

Je me tordais les mains, crevassées et noircies à force de faire bouillir les couches d'Honey ainsi que les habits et les draps de mon père.

— Je vais te dire une chose, Cussy : un mineur a la vie courte.

— Oh, Papa…

D'un geste, je tentai de disperser ses paroles.

— Fillette, ils en ont enterré huit en janvier, après l'éboulement. Ils ont fermé la fosse avec huit pauvres gars piégés dedans.

J'avais appris toute l'horreur de cette histoire. Des hommes et de jeunes garçons avaient été bloqués si profondément dans la poussière de minuit et la roche effondrée que personne ne pouvait les atteindre. Puis une fuite de gaz toxique les avait endormis. Il n'y avait rien à faire, aucun moyen de les sauver, à part recouvrir la tombe et demander à un prêtre de célébrer une cérémonie en surface.

— Je ne quitterai pas cette terre en confiant mes deux filles au monde que créent des hommes cupides dans nos collines.

Papa tendit le menton en avant. Je fus réconfortée en l'entendant considérer Honey comme son enfant, et touchée par la facilité avec laquelle le bébé l'avait conquis, avait adouci son humeur ces deux dernières semaines. Elle avait fait entrer la lumière dans notre maison lugubre et dans nos cœurs lourds. Et cette chaleur m'avait offert une paix incomparable. Malgré tout, mon estomac se nouait lorsque mon père tenait des propos aussi entêtés, aussi effrayants.

— Papa, ne te mets pas dans un état pareil. Nous pourrions partir pour la ville, pour Philadelphie. Ils ont de très bons médecins pour les personnes de couleur.

— *Assez.* J'ai promis à ta mère.

Il toussa encore un peu, la colère attaquant ses poumons. Je me laissai tomber dans le fauteuil et changeai de conversation.

— Papa, qui voudrait épouser une Peau-Bleue ? Une Peau-Bleue qui a un bébé bleu ? (Je joignis mes mains froides et craintives et les cachai dans ma jupe.) Sûrement pas quelqu'un de bien.

Mon père grimaça, ses yeux gris se posèrent sur le ruisseau.

— Je n'ai pas envie de quitter ma maison. De te quitter, toi.

— Cussy, soupira-t-il en se rasseyant. C'est moi qui dois te quitter. Le docteur dit que je ne suis pas en bonne santé.

— Nous irons à Lexington chercher de meilleurs médicaments. Dans un véritable hôpital de la ville. Je t'en prie, Papa, laisse-moi rester ici et m'occuper de toi…

— Ça n'est pas un bon endroit pour toi et Honey.

— Je gagne de quoi nourrir mon bébé, je n'ai pas besoin d'un mari pour ça. J'ai mes livres.

Sa voix devint pâteuse.

— Vous méritez mieux que ça, l'enfant et toi. Vous méritez ce que je n'ai pas pu vous donner, à toi et à ta mère.

— Qui aurait mieux à nous offrir ? Qui le voudrait ? Même la moins jolie des Blanches est plus belle que moi. Pour eux, je suis comme une tache, Papa, une exclue… S'il te plaît, Papa, regarde-moi.

Il s'y refusait, mais je vis ses yeux rougis, sa peau plus bleue sous le charbon qui la maquillait.

— Il n'y a que deux ou trois hommes épousables au village, dis-je calmement. La plupart m'ont déjà rejetée. Les autres ont trop peur.

Ses épaules se voûtèrent un peu.

— Je dois faire en sorte que vous soyez protégées, toi et la petite.

J'insistai à nouveau.

— Qui épouserait une Peau-Bleue ? Mais qui ?

Au loin, quelqu'un sifflotait gaiement, par-dessus les hennissements d'un cheval. La mélodie s'égrenait à travers les pins, jusqu'aux eaux chantantes, par-dessus les pierres lisses.

— Celui-là, dit Papa, le menton tourné vers le ruisseau.

Il prit son chapeau et sa gamelle, me souhaita bonne nuit, descendit les marches du porche et partit pour la mine.

Dans son écurie, Junia poussa plusieurs longs braiments en guise de mise en garde.

Penchée pour écouter se rapprocher l'air que sifflait le prétendant, je plaquai mes mains furieuses sur la balustrade, puis sur mes oreilles.

Je m'emparai de la bougie et la lançai dans la cour. La soucoupe dansa violemment en l'air, puis se brisa sur un caillou, et la chandelle roula dans un coin ; c'était ma manière d'indiquer que je n'étais pas disponible. Je raconterais à mon père que le prétendant avait déguerpi en me voyant de plus près.

Je me rassis et fredonnai un air à mon tour, tout en contemplant mes mains qui reprenaient un bleu brumeux plus doux.

44

Il était comme la chaleur d'une bougie en hiver sur un livre fatigué et chéri. Plein d'une fameuse audace, Jackson Lovett ramassa à terre ma bougie à prétendant, l'apporta sous le porche et la fourra dans sa poche.

— Cussy Mary, j'aurai besoin de ça pour ma fille quand on commencera à lui faire la cour.

Je me levai.

— Vous ?

De derrière son dos, il tira un bouquet de jolies collinsies bleues qu'il tenait dans son poing.

— Si vous voulez bien de moi, vous et Honey ?

Il y avait une promesse dans sa voix, un espoir dans ses yeux, et un soupçon d'obstination sur son visage.

— Mon bébé et moi, nous avons ici tout ce dont nous pouvons avoir besoin, Jackson Lovett.

De son autre main, Jackson saisit la mienne. Je la dégageai et me détournai, apeurée, glissant mes vilaines mains bleues sous mes bras. Je redoutais les sentiments qui me parcouraient.

De son écurie, Junia poussa un cri à la nuit tombante. Dans la cour, le cheval de Jackson répondit. Les grenouilles et d'autres bêtes nocturnes chantaient pour faire venir la fraîcheur apaisante, se heurtant à mon inconfort.

Jackson posa les fleurs sauvages sur la balustrade, fit le tour du porche pour être face à moi et me prit délicatement les mains.

— Je n'accepte pas la charité, Jackson. Je n'en ai pas besoin. J'ai un emploi respectable, une vie convenable avec mes livres. Et je nous ferai une bonne existence, à Honey et à moi.

Je détachai à nouveau mes mains et voulus rentrer dans la maison. J'attrapai le loquet de la porte.

Il fit un pas en avant, plaça un doigt sous mon menton, cherchant mon regard pour nous lier l'un à l'autre.

— Cussy Mary, la Works Progress Administration fait maintenant des exceptions pour les femmes mariées, et je ferai en sorte que vous obteniez la permission d'aller porter les livres. Vous et vos livres, vous êtes une lumière qui brille pour les gens d'ici. Pour moi.

J'avais entendu, mais je le repoussai, l'œil méfiant.

— J'ai lu les documents, continua Jackson. Malgré ces dames de la bibliothèque qui ne m'ont pas vraiment aidé quand je leur ai expliqué pourquoi je voulais les lire, pour vous.

J'imaginais bien la mine confuse et pincée d'Harriett et d'Eula, leurs joues empourprées et leur pingrerie jalouse.

— Cussy, je suis allé trouver votre père et je lui ai demandé la permission de vous faire officiellement la cour, je lui ai demandé votre main.

Les yeux écarquillés, je pivotai vers lui.

— Vous… C'est vous qui êtes allé voir Papa ?

J'étais persuadée que mon père était allé le trouver, lui, pour qu'il soit mon prétendant.

— Bien sûr. La première fois quand vous m'avez apporté des livres dans ma colline, la deuxième après que je vous ai vue à la bibliothèque. Il y a eu une troisième fois, après qu'une certaine mule a mangé vos fleurs. (Il s'éclaircit la gorge.) Une quatrième et une cinquième. Votre père m'a refusé six fois en tout. *Six fois.*

Il me présenta six doigts, les agita et secoua la tête.

— Six ?

— Et il n'y en aurait pas eu de septième, comme j'ai dû l'expliquer à Elijah Carter. Comme j'ai fait avec les dames agaçantes de la bibliothèque quand elles ont essayé de m'empêcher de lire les documents.

— Pourquoi voudriez-vous épouser une Peau-Bleue ?

— J'ai dit à votre père que je vous aime, et je vous le dis maintenant, et je le répéterai à toutes les vallées du Kentucky, je l'afficherai sur toutes les portes. Je vous aime, Cussy Mary. Et j'aimerai nos enfants, qu'ils soient bleus ou blancs, ça n'a pas d'importance.

Depuis toujours, je laissais la misère et les ténèbres vivre en moi, je laissais les autres les maintenir en moi. Les mots que Jackson prononçait étaient beaux comme une prière, et j'avais grande envie de tomber dans ses bras pour trouver mon salut, mais après avoir accepté si longtemps ce que les autres pensaient de moi, il était plus simple, plus sûr de refuser.

— J'ai promis à votre père de vous aimer et de vous protéger, vous et le bébé. Je vous le promets à présent.

Penser que le bébé serait en sécurité, protégé, c'était ce que toute mère souhaitait sur cette terre sauvage et inhospitalière du Kentucky. Pourtant, j'avais mes tournées, mes livres, et je trouvais une sauvegarde, une nécessité dans ces trésors, j'y puisais ma propre force sans autre pareille.

— Je vous donne ma parole, mon amour absolu. Cussy…

Je posai une main apaisante sur la planche fendue de la vieille cabane où j'étais née, où mes parents m'avaient élevée, la mère qui n'était plus de ce monde et le père qui n'y tenait plus que par un fil.

— Non, Jackson, je ne peux pas. Je ne laisserai pas seul mon père malade.

— Il y a de la place pour Elijah dans la montagne, de la place pour nous tous.

Très délicatement, il passa son pouce sur ma joue.

La souffrance de la pauvreté, les années de honte, de mépris et de solitude s'évanouissaient. Je tâchais de me libérer pour saisir cet espoir, pour accueillir ce sentiment bizarre et merveilleux qu'on nomme amour.

— Je vous aime, vous. Je compte bien être le bon mari que vous méritez, et je promets de devenir l'homme meilleur que vous ferez de moi. Je veux que nous puissions nous asseoir tous les soirs au coin du feu, faire la lecture à nos enfants et vieillir ensemble. S'il vous plaît… (Il tendit sa paume, dans l'expectative, ses mots enveloppés d'une étrangeté que je n'avais jamais entendue.) Cussy Mary, soyez ma femme et quittons ce creux sombre. Venez dans la montagne avec moi.

À cet instant, je sus en regardant dans ses yeux qu'il pensait chacun de ces mots tendres. Et je sus que je voulais habiter dans cette montagne avec lui pour toujours.

Il m'attira contre lui, pressa ses promesses sur mes lèvres, qu'il enflamma de nuances rouges et orangées.

— Pour ma belle maîtresse des livres, murmura-t-il en me mettant dans les mains les fleurs bleu ciel et blanches.

Jamais personne ne m'avait adressé de telles paroles, ne m'avait vue autrement que comme une couleur, une vilaine couleur – sans me le cacher, qui plus est. Personne ne m'avait jamais fait entendre de tels mots comme une vérité. Jackson Lovett le fit pourtant. Pour la première fois de ma vie, la laideur disparut, et je sentis une lumière danser en moi, jaillie des ténèbres.

— Épousez-moi.

J'entendais une pureté dans sa demande, la prière de son cœur, et la certitude qu'il la gardait depuis toujours, rien que pour moi.

— Épousez-moi, Cussy Mary, et je promets que je consacrerai chaque instant de ma vie à essayer d'être digne de vous.

Ma voix étranglée par les larmes, je ne pus répondre que par un hochement de tête fiévreux.

45

PENDANT DES HEURES après que Jackson fut parti, je ne pus tenir en place, il fallait que je bouge, je ne cessais de m'émerveiller de ce sentiment neuf qu'était l'amour, et de son énergie.

J'allai voir le bébé plusieurs fois, pour la nourrir et la changer. Honey devait ressentir mon agitation car elle ne voulut pas se rendormir. Mais elle ne pleurait pas non plus. Je pris un des volumes de *Milly-Molly-Mandy* et commençai à le lui lire.

— Il était une fois… (Je m'interrompis pour désigner l'image d'une fillette portant une robe à rayures.) Tu vois la petite fille, Honey ? Elle s'appelle Milly-Molly-Mandy.

Honey battit des paupières et regarda le personnage. Je lui grattai le ventre et elle gazouilla.

— Oh, mais toi aussi, tu es une jolie petite fille intelligente, tu as envie d'apprendre tous les mots.

Quand j'eus terminé le premier chapitre, elle ferma les yeux et s'assoupit.

Sous le porche, je me mis à plier des couches en fredonnant un air, le picotement du baiser de Jackson encore frais sur mes lèvres. Puis je ramassai un livre sur la table et le feuilletai. La lanterne projetait une douce lumière sur mes doigts affairés, mon esprit prêt à éclater à l'idée de nous trois lisant ensemble. Un jour, je montrerais à Honey ma tournée et je lui présenterais mes clients. Je pensai à toutes les possibilités qui s'ouvriraient à elle. Avec ses livres, la bibliothèque ambulante m'avait fait découvrir des lieux et des gens bien au-delà de ces collines, et m'insufflait à présent une nouvelle vie avec Jackson. Honey aurait tout cela. « Avec les livres, tu apprendras », tels avaient été les derniers mots d'Angeline à Honey, et je jurai de donner au bébé tous les livres. De lui donner ce que désirait la chère Angeline, et les rêves que je lui souhaitais désespérément. Le cœur léger, je fermai le volume et repris mes corvées.

Les hennissements nerveux d'une monture me rappelèrent à la réalité. En levant les yeux au-dessus du linge propre que je suspendais, je vis des lanternes fantomatiques, deux mules s'approcher, et ce qu'elles traînaient raclant le sol.

Le linge tomba à terre, et je me redressai lentement, ravalant mes pensées joyeuses, mes jambes alourdies par la peur, enfoncées dans mon ventre. Une des bêtes tirait un brancard.

Je plissai les yeux face aux visages des deux hommes, noirs et tendus, et je descendis les marches, entendant dans mes oreilles le galop de mon cœur.

— Papa ? Non, Papa… Papa…

Je courus et m'effondrai près du brancard, lui secouai les épaules.

— Papa ? Oh, Papa, réveille-toi.

Je m'agenouillai en hurlant, le secouai à nouveau, ma voix réduite à un affreux crépitement, le suppliant de ranimer son corps inerte, mes mains désespérées de ramener le mort à la vie.

— *Je t'en prie.*

J'agrippai sa chemise tachée de charbon, secouai plus fort, tirai sur le tissu grossier, la mine répandant dans l'air les ultimes vestiges de son souffle meurtrier.

— Ne me quitte pas. Réveille-toi et laisse-moi te parler du prétendant. Papa ! Je me marie.

Je pris sa main froide et sans vie, je berçai sa tête souillée de charbon.

— Papa, oh, Papa, cette fois-ci était la bonne.

Je me penchai au-dessus de son visage.

— La très bonne. Et c'est un très bon mari que tu m'as choisi. Papa, ne nous quitte pas, implorai-je. Je t'en prie, ne t'en va pas.

Je posai ma joue humide et brûlante contre sa joue dure et froide.

Les braiments irrités de la bête, mêlés à mes cris rauques, s'envolaient au gré des rafales désolées qui malmenaient le bardage de la maison, les vieilles fissures et les fentes des fenêtres, emportant à travers les pins des bouffées de démence nocturne.

— Madame, me héla la voix douce d'un homme.

Je levai la tête alors que le mineur descendait de sa mule et s'approchait, muni d'une lanterne.

— Madame, euh, Miss Cussy, je suis Howard Moore. Bien désolé de vous le ramener comme ça. (Il grimaça et secoua la tête, ferma ses yeux rouges.) Cette nuit, on enlevait des piliers.

C'était l'une des missions les plus dangereuses d'un mineur, à laquelle la plupart répugnaient : retirer les piliers de charbon qui soutenaient la voûte du tunnel et empêchaient de s'effondrer le sommet de la montagne.

— Elijah a été bloqué. Vraiment désolé.

Mr Moore posa sa lanterne, joua une seconde avec le casque. Il ôta la poussière de la lampe frontale de Papa, puis me montra l'objet.

— Votre père, c'était un des meilleurs, madame. Il s'est porté volontaire pour retirer les piliers avec moi quand personne d'autre ne voulait. C'était un travailleur dur à la peine, qui s'occupait de nous tous. Il m'a fait sortir en premier. Il a insisté. Après, je ne l'ai pas trouvé à l'entrée… Quand je suis reparti le chercher, il n'était déjà plus de ce monde… (Le mineur s'étouffa et frotta son poing serré sur sa bouche noircie.) J'ai tenu la main d'Elijah, on a prié et on a parlé deux ou trois minutes avant que le Seigneur le rappelle. Il nous manquera, à tous, et son ombre flottera longtemps sur ces vieilles montagnes du Kentucky.

Les murmures des autres hommes firent écho aux propos du mineur.

Il essuya le casque de Papa sur sa manche, me le remit, et je le serrai contre ma poitrine, je pressai le casque plein de suie contre mes lèvres tremblantes.

Les mineurs remontèrent la colline jusqu'à notre petit cimetière familial et creusèrent un long moment dans la nuit. Par la suite, quand je les entendis parler doucement sous le porche, je jetai un coup d'œil et les vis faire circuler une bouteille. Une tradition des mineurs. L'un d'eux au moins resterait auprès du corps, pour veiller leur camarade, sans jamais laisser le défunt affronter seul ses ultimes instants sur terre avant qu'il ne soit bien installé dans le sol.

Vers cinq heures du matin, j'entendis hennir un cheval et j'ouvris la porte.

Quelqu'un entra dans la cour avec une carriole. Je sortis sous le porche, levai ma lanterne et vis le cercueil. Puis je vis celui qui l'apportait.

Jackson.

Je descendis les marches en courant. Jackson sauta à bas de la carriole et écarta les bras pour m'accueillir dans son étreinte.

— J'étais au village pour discuter avec Amos Dalton d'une livraison de bois quand j'ai appris qu'il y avait eu un accident à la mine. Je suis désolé, Cussy Mary. J'ai vu les mineurs partir de chez vous. Je voulais aider. Ils se sont cotisés pour qu'Elijah ait un beau cercueil, et j'ai emprunté la carriole d'Amos pour l'apporter ici. Elijah sera enterré comme il faut. Le prédicateur sera là à la première heure.

J'avais perdu Henry et Angeline en si peu de temps, et maintenant mon seul parent. Le chagrin déborda, m'engloutit. Jackson m'attira plus près et j'enfouis mon visage dans sa poitrine. D'énormes sanglots agitèrent mon corps tandis qu'il me serrait contre lui de ses bras fermes et consolateurs.

À l'aube, je trouvai Mr Moore assis dans l'herbe à côté du brancard de Papa, tandis que les autres somnolaient sous le porche. Les hommes se réveillèrent et me dirent que Jackson allait arriver avec le prédicateur.

Le ciel se changea en une bête grise. Tandis que le vent arrachait les chapeaux, tirait sur nos manteaux et balayait les prières vers la cime des arbres, Papa fut inhumé sur le tertre de notre petit cimetière Carter, à côté de Maman et des autres Peau-Bleue.

46

PAPA PENSAIT TOUJOURS qu'un mariage à l'automne déboucherait sur une renaissance, une lente éclosion qui surgirait peu à peu de la saison où la nature mourait, alors qu'un mariage en plein été chaud serait éphémère et se flétrirait vite. La date de notre union fut fixée en octobre. Honey aurait trois mois et serait prête pour sa première visite au village.

J'avais acheté du tissu à la boutique qui avait ouvert après la fermeture de la mine et du magasin de la Compagnie, et j'utilisai le patron très simple que j'avais trouvé dans un carton de dons faits à la bibliothèque.

Le bas de la robe m'arrivait aux mollets. C'était un joli imprimé chocolat et or, avec la ceinture assortie, un col arrondi, très pudique, et de longues manches flottantes. Parfait. Pas trop sévère, pas trop guindée, ma robe de mariée s'accordait avec le beau temps d'automne que nous avions.

— En voilà une belle robe, mon enfant. Et je n'ai pas souvent vu d'aussi jolies coutures, déclara Loretta sous le porche de sa maison, me scrutant à travers ses lunettes neuves. Le tissu va bien avec ton grand jour et les vieilles montagnes du Kentucky.

Cet automne, les collines affichaient leurs couleurs les plus téméraires, écarlate, citrouille et or. Les feuilles mortes scintillaient sous la brise, insufflant vie à cette saison de déclin.

Le matin du 20 octobre, je me rendis sur la tombe de Papa, je songeai à lui et aux jours écoulés depuis son décès, à sa longue ombre encore vivante à travers les montagnes endormies.

— Papa, tu me manques. Vous me manquez, Maman et toi. C'est le jour de mon mariage et j'aurais voulu que tu puisses le voir, que tu voies comment les livres nous ont réunis. Je suis pleine d'amour. Jackson est un homme bon, le meilleur qui soit. Honey est en pleine forme, elle grandit. Tout ira bien, très bien. Tu peux reposer en paix, maintenant.

Et je posai une main sur la pierre tombale de mes parents.

Une heure plus tard, Jackson nous conduisit à Troublesome et gara le petit chariot près du bureau de poste. Avant de nous aider à descendre, il leva un doigt.

— J'ai un cadeau de mariage pour toi.

Il tira de sa veste un paquet brun.

— Mais je n'en ai pas pour toi, protestai-je alors qu'il prenait Honey et me remettait mon cadeau.

— Ouvre-le.

Je déballai avec soin un recueil de poèmes de Yeats.

— Merci. C'est un beau volume.

Je promenai mes doigts sur le tissu gris et les bords biseautés de la couverture, suivis le titre sur l'étiquette de cuir.

— Ce sera un début parfait pour une bibliothèque, Cussy Mary.

— *Une bibliothèque*, murmurai-je, impressionnée par son amour des livres.

— Notre bibliothèque. (Il ouvrit le recueil à la page de titre, me regarda, et lut la dédicace qu'il avait inscrite avec une strophe de l'un des poèmes.)

Pour ma chère épouse et femme aux livres, Cussy Mary Lovett, 20 octobre 1936.

Et timide comme un lapin,
Serviable et timide.
Vers une île au milieu de l'eau
Avec elle je volerais.

Je suivis son écriture du bout du doigt, pour dérober ces précieux mots et les garder dans mon cœur. Avec lui, je m'envolerais partout où les vents nous emporteraient. Jackson posa sa main sur la mienne et sur le livre.

Il nous fit descendre, attacha le cheval à un poteau, puis prit Honey dans un bras et passa l'autre sous le mien.

Harriett et Eula sortirent de la bibliothèque, le visage rouge, les yeux plissés.

Je ne leur avais pas parlé de mes affaires, et elles ne m'avaient rien demandé. Encore en deuil de Papa, je n'étais pas allée à la bibliothèque en septembre et m'en étais tenue à mes tournées. Quand octobre était venu, elles ne m'avaient pas vue davantage car Honey avait eu de la fièvre. J'avais bien respecté le règlement de la WPA et j'avais rattrapé ces deux jours d'absence par des livraisons le week-end.

Jackson tourna la tête vers les bibliothécaires avec un grand sourire et s'arrêta pour les saluer avec son superbe feutre mou tout neuf.

— C'est une belle matinée, mesdames.

Je levai la tête vers ses yeux joyeux.

— Oui, madame, une bien belle journée pour épouser la plus jolie fille de Troublesome, claironna presque Jackson.

Les mains collées à leur poitrine, Harriett et Eula restèrent bouche bée, invitant les mouches.

Honey enleva son nouveau bonnet et je le lui renouai sous le menton, avec un baiser sur sa joue toute ronde.

Le visage d'Eula s'adoucit un peu. Elle tira un mouchoir d'une poche, se tamponna les yeux et le pressa contre son nez. Harriett lui donna un soudain coup de coude en chuchotant quelque chose. Tout en émoi, Eula s'écarta et secoua la tête. Puis Harriett hurla, levant un bras :

— Bluette ! Bluette, vous avez manqué deux jours à la bibliothèque. (Elle s'avança d'un pas.) Vous serez ici lundi, et à l'heure ! Vous mettrez des livres en caisse toute la journée, et le lendemain aussi, pour Oren.

J'étais ravie d'apprendre qu'elles avaient embauché Mr Taft, et cela ne me dérangeait pas du tout de manipuler des volumes. J'étais prête à faire leur travail toute la journée, tous les jours, du moment que j'avais les livres et que je passais mes nuits avec Jackson. Je me tournai vers lui, enthousiaste à la perspective de notre première nuit.

Jackson éprouvait les mêmes sentiments. Je surpris le désir dans son regard brillant et je vis que son amour serait tendre et beau.

— Sept heures précises, Bluette, et pas une minute plus tard, glapit Harriett, cet ordre résonnant dans la rue.

Jackson se retourna et dit d'une voix suave :

— Je veillerai à ce que mon épouse ne soit pas en retard.

Puis il adressa un clin d'œil effronté aux dames de la bibliothèque, avant de me donner un fougueux baiser public.

Honey couina, Jackson lui embrassa la joue et me lâcha, alors que nous n'avions aucune envie de nous détacher.

Harriett émit un hoquet et ses lèvres articulèrent des insolences. Les deux femmes tendirent le cou dans notre direction et me dévisagèrent avec un mélange de surprise et d'admiration. Puis Harriett dit quelque chose à l'oreille d'Eula, mais la bibliothécaire en chef secoua la tête et disparut dans le bâtiment.

Harriett partit d'un pas lourd vers l'épicerie, sa jupe furieuse dispersant les feuilles mortes.

Jackson nous conduisit au tribunal, dans un petit bureau.

— Voici les futurs mariés, s'exclama gaiement Mr Dalton, le banquier, ami de Jackson.

Il était très élégant, en costume. Le docteur s'avança et m'embrassa sur la joue, donnant à Jackson une tape dans le dos.

— Quelle jolie mariée tu fais, Bluette. Un jour béni pour un mariage, vraiment.

Le célébrant glissa un doigt sous son nœud papillon pour le redresser. Une minute plus tard, sa femme entra, munie d'une bible.

— Bonjour. J'espère que je ne vous ai pas fait attendre, dit-elle, ses yeux explorant tous les visages avant de tomber sur le mien.

— Ah, bonjour, Margie, je te présente notre charmant couple, Jackson et Cussy, dit le juge de paix.

Margie murmura un bonjour timide. Elle ouvrit la bible, trouva une page, puis passa le volume à son mari et s'assit à côté de lui.

— Nous sommes aujourd'hui réunis devant Dieu et les hommes afin d'unir ce couple par les liens sacrés du mariage.

Honey posa la tête sur l'épaule de Jackson, et il prit ma main.

Un coup sec frappé à la porte interrompit la procédure, et le mineur Howard Moore glissa la tête à l'intérieur.

— Pardon, monsieur, mais vous devez arrêter la cérémonie.

— De quoi s'agit-il ? gronda le juge. Il s'agit d'un mariage légal et sacré.

Un chœur d'interjections étonnées fit le tour de la salle. Jackson se tendit, et ma main moite s'empara de la sienne.

— Allez-vous-en, exigea le docteur.

Il lança au mineur un regard courroucé, mais Mr Moore secoua la tête.

— Il faut que je dise deux mots au célébrant. C'est très important. Ça ne sera pas long.

Il tordait son chapeau entre ses doigts, anxieux. Le juge de paix nous présenta ses excuses et quitta la pièce. Le docteur se pencha entre nous, ses bras sur nos épaules :

— Je suis sûr que le juge va revenir tout de suite et que vous serez mariés dans l'heure.

Il hocha la tête d'un air catégorique et prit place derrière nous.

Nous contemplions la porte. Honey s'agitait à cause de la chaleur, elle gigotait dans les bras de Jackson. L'air semblait enrober la salle de mélasse.

Quand le juge reparut, quelques minutes plus tard, Mr Moore et deux autres mineurs qui avaient ramené mon père à la maison en août pénétrèrent également.

— Cussy, dit le juge, les hommes ont quelque chose d'important à te demander.

Les mineurs avaient le visage rose, récuré, leur chapeau usé tenu contre leur ventre, vêtus d'une chemise repassée et d'un pantalon de travail propre mais taché par le charbon.

Intriguée, je murmurai mon assentiment, et Mr Moore fit un pas en avant.

— Madame, euh, Miss Cussy, les derniers mots de votre cher père ont été pour vous. Il a demandé que je prenne sa place si ce mariage avait lieu. Et j'ai promis que je le ferais… Et si ça vous convient, Miss Cussy, j'aimerais bien dire un mot et être sûr que vous êtes mariée comme il faut. Avoir l'honneur de vous mener à l'autel, madame.

— Oui, consentis-je d'une voix à peine audible.

— Très bien, monsieur Moore, dit le juge. Nous pouvons maintenant commencer la cérémonie avec votre extrait de la Bible.

Mr Moore vint occuper la place libre à côté de moi, sortit un morceau de papier déchiré et annonça :

— Elijah m'a demandé de lire ça, Cantique des cantiques, VIII, 6.

Et avec de grandes précautions, Mr Moore s'exécuta.

— « Mets-moi comme un sceau sur ton cœur, comme un sceau sur ton bras ; car l'amour est fort comme la mort, la jalousie est inflexible comme le séjour des morts. Ses ardeurs sont des ardeurs de feu, une flamme de l'Éternel. »

Je me tournai lentement vers le mineur et je vis Papa qui lui parlait, tenant sa bougie allumée.

La cérémonie fut un tourbillon qui ne dura pas plus de cinq minutes et qui prit fin quand Jackson m'embrassa, le juge de paix nous déclarant Mr et Mrs Lovett, sans oublier « Miss Honey Lovett ». Une volée de baisers, de félicitations et de claques dans le dos remplit cette pièce étouffante.

Dehors, j'eus la surprise de voir Birdie et son petit garçon qui attendaient sur les marches du tribunal. R. C. et sa jeune épouse se tenaient à côté, ainsi que Martha Hannah, John d'Enfer et leurs enfants, avec quelques autres badauds.

Une lueur de mystère traversa le regard de Jackson.

— C'est toi qui as invité ces gens-là ? demandai-je.

— J'ai peut-être mentionné le mariage à quelques-uns pendant que je déblayais le chemin de tes tournées.

J'étais ravie qu'il ait voulu que mes clients soient là, et encore plus de savoir qu'il avait repris le rôle de mon père : tailler les épineux et les buissons sur les chemins afin que Junia et moi soyons plus en sécurité.

Au fond de l'attroupement, j'aperçus Timmy Flynn et sa mère. Timmy courut à moi, m'offrit une marguerite décharnée et me serra la taille avant de repartir derrière les jupes de sa maman.

De menues acclamations et des vœux de bonheur s'élevèrent quand mes clients se réunirent pour assister à notre départ.

Jackson nous aida à remonter dans le chariot. Un jeune homme boitilla jusqu'à nous et se présenta comme Alonzo, le neveu de Loretta Adams. Il me tendit un paquet volumineux.

— Tante Retta m'a envoyé vous porter un cadeau. Dieu vous garde, monsieur et madame Lovett.

Son élocution était ralentie par le whisky.

— Merci d'être venu, Alonzo.

Je confiai Honey à Jackson et ouvris le présent. C'était un couvre-lit en calicot, multicolore et plié avec soin. Le message de Miss Loretta disait :

20 octobre 1936

Mon enfant,

Puisse ton union s'épanouir et puissent vos vies être pleines de toutes les précieuses couleurs des glorieux tissus de Dieu.

Ta cliente de la bibliothèque.

Miss Loretta Adams

Je regardai Jackson et notre beau bébé, puis je me tournai vers les montagnes colorées du Kentucky, et de nouveau vers mes chers clients. Je me sentais bénie par la glorieuse tapisserie qu'il m'avait offerte, grâce à leur vie qui enrichissait la mienne. Je ne voulais pas m'en aller, j'avais besoin de remercier, de m'attarder et de partager cet instant, cette heure, avec chacun d'eux. J'aimais ces gens, et pour la toute première fois, je sentais qu'ils m'aimaient en retour.

Derrière moi, j'entendis quelqu'un appeler Jackson. Puis, de façon plus insistante :

— Les mains en l'air, Lovett.

C'était le shérif et son adjoint, ils semblaient agités. Le docteur les suivait sur leurs talons, le visage tout aussi rouge.

Une porte s'ouvrit avec un grincement : Harriett sortit de la bibliothèque et croisa les bras, visiblement très contente d'elle.

Perplexe, raidie sur mon siège, je sondai le visage des représentants de la loi.

— Davies Kimbo, tu n'as rien à reprocher à ces braves gens.

Le docteur se planta à côté de Jackson. La plupart de mes clients ouvrirent de grands yeux, tendirent l'oreille.

Le shérif Kimbo ne tint aucun compte de l'intervention du docteur.

Malgré la fraîcheur de cette journée d'automne, Honey avait chaud et laissa échapper un gémissement. Je la tapotai, lui frottai le dos avec ma main qui s'assombrissait, je la fis sauter sur un genou.

— Jackson Lovett, je vous arrête, dit le shérif.

Jackson se retourna, la stupeur s'insinuant dans son regard.

— Quoi ? Qu'est-ce ça signifie ?

— La loi contre le métissage. Selon la loi du Kentucky, tout mariage avec des Noirs ou des personnes de couleur est interdit et passible d'un châtiment.

— C'est absurde, protesta le docteur. Ton cousin Charlie l'a épousée, Kimbo.

— Bluette ne peut pas se remarier, répliqua sèchement le shérif. La loi a été révisée en juin, et elle dit désormais clairement que ça vaut pour n'importe quelle couleur, n'importe quelle union.

Une foule plus nombreuse s'était rassemblée et s'avançait maintenant.

Quelqu'un cria :

— Les pécheurs, il faut les enfermer, c'est immoral !

— Non ! riposta un autre.

— Païens ! hurla un troisième.

J'eus le souffle coupé. Cela ne s'était jamais produit ici, mais j'avais lu dans les journaux de la ville des articles à ce sujet et je savais que cette loi était appliquée ailleurs. Des gens avaient été inculpés et jetés en prison pour avoir fait la cour à quelqu'un qui ne leur ressemblait pas, pour s'être mariés avec une personne d'une autre couleur. C'était une loi affreuse qui permettait à certains de décider qui l'on avait le droit d'aimer ou non.

— Vous n'avez rien à me reprocher, shérif, dit Jackson en mettant un pied dans le chariot.

Le shérif roula des épaules.

— La loi dit clairement qu'épouser une personne de couleur détruit la suprématie morale de notre peuple chrétien et nuit à notre paix sociale.

— J'emmène chez moi ma femme et ma fille, répondit Jackson.

— Écoutez-moi, Lovett. Vous croyez pouvoir revenir dans le Kentucky comme une fleur, avec vos grands airs, et souiller les braves gens. Non, monsieur, on n'est pas au Far West !

Le visage du shérif brûlait de rage. Les voix de la foule s'élevèrent comme un essaim d'abeilles irritées.

Honey sursauta, gémit, frotta ses yeux en larmes. Je lui tapotai le dos à nouveau et la serrai plus près de moi.

— C'est vrai ! rugit quelqu'un

— Ils méritent d'être fouettés ! C'est contre-nature, c'est pas normal, shérif !

— Boucle-la, Horace ! C'est toi qui es pas normal dans ta tête, répliqua un troisième.

— Vous feriez mieux d'obéir sans discuter, Lovett, conseilla l'adjoint.

Mr Dalton se fraya un passage jusqu'à eux.

— Vous en répondrez devant le maire Gibson, Davies Kimbo.

Et il repartit vers le tribunal.

— Arrête tes bêtises, shérif, clama le docteur. Il n'y a pas infraction à la loi. Il suffit d'une pilule pour que Bluette devienne blanche.

Le silence s'abattit sur Troublesome, puis un nouveau bourdonnement monta dans l'air et sembla m'assourdir, me donner le vertige.

On me regardait, on me montrait du doigt, et les langues allaient bon train.

— C'est la vérité, insista le docteur.

Le shérif m'observa, hésitant, puis secoua la tête :

— Ça n'a pas de sens, Thomas, garde ton boniment pour le juge. Lovett est légalement accusé de fornication, de mariage illégal et de cohabitation avec une personne de couleur et de race mixte.

Fornication. Abasourdie, j'ouvris la bouche et la refermai, et les démentis s'échappèrent malgré moi.

— Non, non…

La voix de Jackson couvrit la mienne.

— Allez vous faire voir, Kimbo.

— Nom de Dieu ! (Le juron du docteur se superposa à celui de Jackson.) C'est légal, et je peux attester que Bluette souffre d'une maladie susceptible d'être guérie par un traitement.

R. C. s'avança à son tour.

— C'est vrai, shérif. Absolument. Je l'ai vu de mes yeux. Miss Bluette, euh, la femme aux livres, elle a été blanche sous mes yeux.

— C'est une fille de couleur, bon sang ! déclara le shérif à la foule.

Un homme et une femme éclatèrent de rire, un autre badaud resta ébahi.

Une fois encore, Honey s'agita, gigota entre mes bras, et je tentai de la bercer.

Jackson leva les yeux vers nous, le visage raidi par le chagrin, l'inquiétude et un pressentiment troublant.

— Je l'ai vu, shérif, et ma Ruth aussi, s'obstina calmement R. C.

— Toi, retourne à ta tour, gamin, ou tes gardes forestiers de patrons te foutront au cul un fameux incendie, aboya le shérif.

Quelques personnes éclatèrent de rire. R. C. tressaillit, et son visage couvert de taches de rousseur vira à l'orangé.

Le docteur jura, puis supplia :

— Davies, c'est une jeune femme convenable, pour l'amour du ciel…

Le shérif me lança un coup d'œil et tendit vers moi un bras accusateur.

— Je sais que Bluette est une bonne fille, mais elle est quand même de couleur. Et je sais bien que tu as déjà attesté qu'elle était saine de corps et d'esprit !

Harriett sortit de la foule pour nous dévisager, et je baissai les yeux, me rappelant le moment où le docteur lui avait précisément fait cette déclaration.

Le docteur observa Harriett et le shérif, réfléchit, puis se tourna vers l'adjoint, le mépris s'affichant sur son front plissé. Le regard froid d'Harriett était plein de défi, et elle dressa vers le ciel un menton triomphant.

Jackson étrécit les yeux, jeta son chapeau à l'arrière du chariot et détacha le col de sa chemise fraîchement repassée.

Le docteur secoua la tête et répéta :

— Elle n'est pas de couleur. Je t'ai dit : c'est un problème médical et…

— Bien sûr qu'elle l'est, gronda le shérif. Elle est un problème pour les braves gens. Recule-toi.

— Nous sommes mariés devant la loi, shérif.

Jackson chercha dans sa poche et en tira le certificat de mariage qu'il déplia.

Je tentai de parler, mais les mots s'épaississaient dans ma gorge, m'asphyxiaient. Honey pleura, et je la posai sur le siège d'une main tremblante, tâchant de la calmer pour que je puisse rejoindre mon mari. Elle se tut, et je pus descendre du chariot.

Quelques-uns de mes clients haussèrent la voix.

— Il a raison. Laissez-les partir. Laissez-les tranquilles, shérif, dit un homme à l'arrière de la foule, et je reconnus la voix de John d'Enfer.

— Tu ferais mieux de circuler, d'Enfer, à moins que tu aies envie de quelque chose d'un peu dur à avaler. Ou bien tu veux passer à nouveau du temps avec moi et laisser tes clients avoir soif ? cria le shérif.

Quelques ricanements flottèrent dans l'air.

John d'Enfer fit un grand pas en avant, mais Martha Hannah le rattrapa et lui chuchota quelques mots à part.

— Tout ça ne tient pas debout, j'emmène mon épouse chez moi. Partons, Cussy Mary.

Jackson voulut prendre mon bras.

— C'est la loi, et la loi dit qu'elle n'est qu'une Négresse.

Le shérif cracha et saisit Jackson par la manche.

Les mots s'entassaient par-dessus les murmures énergiques de la foule. Puis le persiflage d'Harriett atteignit mes oreilles :

— Damnation. Les pécheurs !

Jackson grommela un juron tout bas et se pencha vers le shérif, puis lui balança un coup de poing en pleine tête. Le certificat de mariage voltigea jusqu'au sol.

Le shérif se redressa, essuya ses lèvres fendues et cracha du sang. L'adjoint courut derrière Jackson, s'empara de ses deux bras pour le maîtriser. Le shérif prit son élan et frappa Jackson dans le ventre, puis à la tête, et encore une fois dans l'estomac.

Je poussai un cri. Le docteur m'empêcha de m'interposer.

L'adjoint poussa Jackson en avant.

Jackson tituba, je hurlai et me libérai à l'instant précis où mon mari tombait à terre. Je voulus me pencher au-dessus de lui, mais l'adjoint du shérif me l'interdit.

Le docteur se précipita vers nous.

— Arrête ça, Davies ! Arrête, j'ai dit !

— Prends le chariot, Cussy, dit Jackson dans un râle alors qu'il tentait de s'agenouiller. Je... (Il appuya une main contre son flanc.) Je te rejoins tout de suite.

Le docteur lui posa une main soucieuse sur l'épaule, mais Jackson se dégagea et reprit sa respiration, alors que le sang ruisselait sur son front. Il s'était presque remis debout quand le shérif lui administra un coup de pied dans les côtes, et à nouveau dans le ventre.

Jackson s'écroula, lutta pour se redresser. Le shérif lui assena un nouveau coup, encore plus brutal.

— *Couché !* ordonna-t-il.

La mâchoire de Jackson percuta le sol, soulevant un nuage de poussière. L'adjoint leva le pied pour écraser la jambe de mon mari. J'entendis le bruit écœurant d'un os brisé se fondre dans le hurlement de Jackson son cri faisant écho au mien.

Dans la foule, il y eut une personne pour applaudir et plusieurs pour protester, mais nul n'osa intervenir.

Jackson étira le bras pour tenter de ramasser le certificat de mariage qui gisait dans la poussière. Il y laissa une empreinte sanglante.

— J'ai dit « Couché », mon gars, à moins que tu veuilles finir mort comme les autres Nègres qui jouent les amoureux. (Le shérif tira son arme de son étui.) Rentrez chez vous, les amis, sinon je vous boucle pour entrave à la loi.

Quelques villageois tournèrent lentement les talons, leurs grognements diminuant peu à peu.

Jackson gémit. Le shérif braqua sur lui son revolver.

— Non, je vous en prie, ne le frappez pas. (Je me laissai tomber à côté de Jackson, à moitié couchée sur lui pour le protéger.) Je vous en supplie, shérif, nous ne voulons de mal à personne. Laissez-nous partir, simplement.

Jackson émit un dernier son et s'évanouit. Je pris son visage dans mes mains.

— Jackson, réveille-toi, *réveille-toi*…

Le shérif rengaina son arme, puis me frappa la cuisse avec sa botte, laissant une trace sale sur ma robe de mariée.

— Debout.

Un cri de guerre éclata, et R. C. chargea tête baissée, visant le ventre du shérif. Mais son adversaire était plus fort que le jeune homme et, plus rapide que lui, le prit par les épaules pour le jeter à terre.

Le représentant des forces de l'ordre planta un pied sur la poitrine de R. C.

— Tu m'attaques encore, gamin, et tu finiras en prison si je ne t'enfonce pas d'abord dans les feux de l'enfer.

R. C. roula sur le côté et se releva.

— Je vous… Je vous défends de mettre vos sales pattes sur la femme aux livres !

Ruth appela son fiancé, courut et l'entraîna plus loin.

— Bluette, dit le shérif, va-t'en, ma fille. Remmène chez toi ton bébé de couleur avant que je t'arrête, ou pire.

Le ciel parut basculer, et la terre trembla tandis que je frottais mes yeux brûlants. « Ou pire. » Les propos de mon père résonnèrent comme une lame d'acier froid. « Des Peau-Bleue et beaucoup de personnes de couleur ont été pendus pour moins que ça. »

— Qu'on m'apporte ma trousse ! exigea le docteur alors qu'il plaçait sa veste pliée sous la tête de Jackson et promenait ses mains guérisseuses par-dessus les os brisés de mon mari.

Un cri aigu me fit tressaillir, mêlé au vieux vent du Kentucky et perdu dans les pins. Je recouvrai mes esprits et reconnus la voix d'Honey.

— Je m'occupe de lui, Bluette. Laisse-moi la place, dit le docteur.

Je me levai et mes jambes faillirent se dérober sous moi. Mes mains se tendirent vers le chariot pour s'y accrocher.

En voyant mon mari roué de coups, mon cœur devint pesant comme une pierre.

Le shérif s'approcha et adressa un signe de tête à son adjoint.

— Portons-le jusqu'à la prison. Le docteur pourra le soigner là-bas.

L'adjoint fit venir deux autres hommes. Ils prirent Jackson par les extrémités et allèrent le déposer dans une cellule, de l'autre côté de la rue, suivis de près par le docteur.

Le shérif frictionna sa mâchoire douloureuse, toucha délicatement son nez tordu. Il grimaça, puis me dit tout bas :

— Je te laisse libre, Bluette, à cause d'Elijah et des sacrifices qu'il a faits pour nos braves mineurs. Et je sais bien que Lovett n'a pas dû avoir beaucoup de mal à tromper une simplette de Peau-Bleue.

Je dévisageai le shérif, hébétée. Les couinements d'Honey se changèrent en une plainte lugubre, et j'entendis dans ces cris déchirants les fardeaux, les luttes et les indicibles horreurs de ma famille. Une rage aveuglante me fit serrer les poings, alluma en moi une flamme et me fit dresser une main de plus en plus foncée.

— Papa était votre sacrifice de mineur, *votre mule,* dis-je sans quitter le shérif des yeux. Et mon *courageux* père et beaucoup de *courageux* Peau-Bleue ont fait des sacrifices pour que vous et votre espèce n'aient pas à en faire. (Je me tournai vers la foule.) Pour que vous et vos familles blanches vivent en sécurité, pour que vous ayez la protection, la vie que nous n'avons jamais eue, la vie qui, pour vous, va de soi.

Le dégoût faisait monter ma voix, qui devenait mince et laide. Des murmures s'élevèrent, et je vis la vérité de mes propos se refléter sur les visages solennels.

Le shérif baissa les yeux, poussa du pied le certificat de mariage, puis le déchira en deux avec son talon.

— La loi dit que c'est fini. Et que je ne te reprenne pas à rôder dans les parages, sauf pour porter tes livres.

Notre mariage avait été fendu en deux comme une pomme, et cette fracture plongeait mon cœur dans une affliction intolérable.

— Allez, Bluette, va-t'en avant que je t'arrête et que j'envoie ce maudit bébé à Frankfort, à l'asile pour demeurés, trancha le shérif d'un ton sans réplique.

— *Mon bébé,* dis-je d'une voix si faible qu'elle se perdit dans le vent.

Ébranlée, je me rattrapai au hayon du chariot et contemplai l'enfant en pleurs que j'avais laissé dedans. Honey tendit les bras vers moi, hoquetant entre deux geignements.

Il en serait capable, de l'envoyer au vieil asile pour enfants attardés et simples d'esprit, ce lieu horrible pour les jeunes déments ou différents dont personne ne voulait.

Je sentis mes genoux s'affaisser. La peur me déchirait les entrailles, me tordait, me rendait faible et malade.

John d'Enfer vint avec colère se planter à mon côté.

— L'élection n'est que dans trois semaines, Davies Kimbo, et je prendrai beaucoup de plaisir à m'assurer que tu ne sois plus shérif à nouveau. Pour ce que tu as fait, tu devras renoncer à ton insigne. *À ton gagne-pain.*

Une formule psalmodiée par la foule se changea en rugissement :

— *Qu'on lui prenne son insigne. QU'ON LUI PRENNE SON INSIGNE !*

Entendant les protestations, Harriett pivota sur ses talons et se réfugia dans la bibliothèque. Eula en sortit et l'empêcha de franchir la porte. La directrice avait le visage déformé par la rage, ses mots et ses mains éloquentes atteignirent de plein fouet son adjointe minaudière.

— *L'INSIGNE, L'INSIGNE*, grognait la foule dont le slogan martelait la rue poussiéreuse et s'élevait dans les vallées boisées et sans âge de Troublesome.

Le shérif recula et posa la paume sur l'étui de son revolver.

— Rentrez chez vous, les amis, avant que je vous mette tous derrière les barreaux.

L'adjoint de Kimbo se rapprocha de lui et saisit son arme, ses regards nerveux partant dans tous les sens.

— Vous avez entendu. Circulez. Maintenant !

Les gens se calmèrent et se dispersèrent lentement.

— Je peux vous ramener chez vous avec votre bébé, la femme aux livres, proposa John d'Enfer.

Je secouai la tête et me retins au banc du chariot.

Le shérif, dont je ne voyais que le dos, indiqua à son adjoint qu'il devait détacher notre cheval de son poteau.

— Retourne à ta place, ma fille, dit-il pour me congédier, une main levée. Là où la loi et Dieu jugent bon que vivent les gens de ton espèce.

Je regardai le certificat de mariage déchiqueté et maculé de sang. Je montai dans le chariot sans sortir de ma torpeur. Il n'y avait rien de plus à ajouter. Le shérif, Dieu et le Kentucky l'avaient dit à ma place.

J'avais été bien bête de rêver.

Je fis claquer les rênes.

Les rêves, c'était bon pour les livres.

47

27 novembre 1940

Chère Queenie,

Merci pour les livres. Mes clients ont été enchantés de les recevoir. Je suis contente d'apprendre ta grande nouvelle : tu as presque terminé tes études de bibliothécaire et tu obtiendras bientôt ton diplôme. Bibliothécaire ! J'ai l'impression qu'hier encore, tu étais à Troublesome. Je suis heureuse que ta famille aille bien, et je suis ravie de t'informer que nous allons bien aussi.

Je te remercie bien pour le nouveau livre que tu as envoyé à Honey pour ses quatre ans. C'est un de ses préférés. Elle exige que je le lui lise dès qu'il fait jour et tous les soirs, et elle insiste pour que je l'appelle Mei Li.

Hier, ma fille a déclaré qu'elle serait bibliothécaire, et j'en rêve pour elle.

Notre nouveau bâtiment monte peu à peu, et Troublesome inaugurera bientôt sa première bibliothèque de prêt. Le mois dernier, j'ai reçu une invitation de la Fédération des clubs féminins du Kentucky, à Louisville, et j'ai reçu une distinction pour services éminents et mon dévouement au projet de la bibliothèque ambulante.

À ma grande surprise, et malgré les récriminations véhémentes d'Harriett, quand je suis retournée à la bibliothèque, Eula a décroché sans bruit l'écriteau « Interdit aux personnes de couleur » et l'a jeté à la poubelle.

Jackson va bien, même si je crains qu'il ne souffre encore des coups qu'il a reçus et qui n'ont jamais guéri complètement depuis sa libération de prison. Il cherche un endroit pour nous au nord, près de Meigs Creek, dans l'Ohio. Il paraît que là-bas, ils ont aussi grand besoin des services de la bibliothèque ambulante.

Mr Dalton s'est montré très généreux. Comme une des conditions de la libération de Jackson était qu'il ne réside plus dans le Kentucky pendant vingt-cinq ans, il nous a aidés et a finalement pu vendre le dernier terrain des Lovett. Davies Kimbo n'a jamais été réélu shérif, mais l'on m'a raconté qu'il guette le retour de Jackson au village et qu'il considère que son devoir moral est de faire respecter le bannissement.

Nous prions pour que les lois du pays évoluent et en viennent un jour à accepter tous les mariages de toutes les personnes. Je garde l'espoir pour notre sécurité et notre avenir.

Je dois en rester là et confier cette lettre à Mr Taft pour qu'il puisse la poster demain à Warbranch. Toutes mes amitiés à Willow et aux garçons. Écris-moi vite.

Ton amie, Cussy Mary

— Maman, je veux lire le livre que Miss Retta m'a donné, dit Honey.

Je relevai la pointe de mon crayon après avoir signé et je levai les yeux du papier brun qui s'enroulait, s'incurvait sous ma main.

Honey brandit son livre coloré, *L'Alphabet du lapin*. Un sourire tordu éclairait son visage bleu pâle, illuminant le creux rempli d'ombres et réchauffant notre cabane que Papa avait construite pour Maman et moi il y a bien longtemps.

Honey brandit le livre plus haut et s'avança vers moi.

— Je te lis une belle histoire, Maman. C'est le lapin qui a toutes sortes d'amis. Le chat, la grenouille et le… porc-épic ! Avec les livres, tu apprendras, Maman. Je suis la femme aux livres et je te lis celui-là.

— Viens, ma petite femme aux livres, allons lire sous le porche pendant que ta maman finit sa lettre, dit Jackson en me serrant doucement l'épaule.

Il repartirait pour le Tennessee avant le lever du soleil, mais il ne pouvait se lasser d'Honey – ni moi de lui – lors de ces précieuses visites secrètes.

Je levai la tête pour croiser son regard.

— Je veux entendre notre belle histoire. Lis-la-moi, ma petite femme aux livres. Lis à ton papa la belle histoire.

Les yeux de Jackson rencontrèrent brièvement les miens, puis il prit Honey dans ses bras et l'emporta à l'extérieur.

Le cœur plus léger, je lissai la feuille avec ma paume et ajoutai « Lovett » à ma signature, avec une prière pleine d'espoir.

Note de l'autrice

Inspiré par l'authentique histoire des personnes à peau bleue du Kentucky et par le dévouement des employées de la bibliothèque ambulante créée dans le cadre du New Deal du président Franklin D. Roosevelt, *La Bibliothèque ambulante des Appalaches* développe un épisode fascinant et important de l'histoire des États-Unis.

En écrivant ce roman, j'espérais présenter comme des êtres humains à part entière les « Peau-Bleue » du Kentucky, rendre hommage au courage des femmes qui travaillèrent pour la bibliothèque ambulante… et proposer une intrigue située dans un paysage unique.

La méthémoglobinémie est une maladie extrêmement rare qui donne à la peau une couleur bleue. Aux États-Unis, elle a été observée pour la première fois dans la famille Fugate de Troublesome Creek, dans l'est du Kentucky.

En 1820, Martin Fugate, orphelin français, vint s'installer sur une concession foncière située dans une zone déserte du Kentucky, au bord de la Troublesome Creek. Martin y épousa une jeune femme rousse à la peau blanche, Elizabeth Smith. Ils n'avaient aucune idée de ce qui les attendait. Ils eurent sept enfants, dont quatre étaient bleus.

Contre toute attente, après avoir traversé l'océan, Martin avait rencontré une femme porteuse du même gène récessif.

La méthémoglobinémie est généralement la conséquence d'une maladie du cœur, d'une obstruction des voies respiratoires, ou d'un abus de certains médicaments. Lorsqu'elle est acquise à l'âge adulte, elle peut mettre la vie en danger.

Chez les Fugate, en revanche, cette maladie était congénitale. La plupart d'entre eux vécurent jusqu'à un âge avancé, et moururent octogénaires ou nonagénaires, sans aucun problème de santé lié à leur peau bleue.

La méthémoglobinémie congénitale est due au déficit d'une enzyme, qui entraîne dans le sang un niveau anormalement élevé de méthémoglobine l'emportant sur l'hémoglobine normale, d'où une baisse de la faculté de lier l'oxygène. Lorsqu'il contient moins d'oxygène, le sang devient chocolat plutôt que rouge, et la peau paraît bleue plutôt que blanche. Les médecins peuvent diagnostiquer une méthémoglobinémie congénitale grâce à la couleur du sang. Cette mutation est héréditaire et portée par un gène récessif.

J'ai modifié une date historique dans mon récit, afin de pouvoir inclure des informations pertinentes quant aux découvertes de la médecine. Ce n'est pas dans les années 1930, mais dans les années 1960 que Madison Cawein, hématologue dans le Kentucky, entendit parler des Peau-Bleue et partit à leur rencontre. Dans les années 1940, un médecin avait fait des découvertes similaires en Irlande.

Le Dr Cawein trouva les Fugate isolés dans les collines densément boisées des Appalaches, près de Ball Creek et de Troublesome Creek. Il les persuada de le laisser procéder à des prélèvements sanguins, qu'il analysa, avant de prélever d'autres échantillons encore. Les Fugate le reçurent avec beaucoup de bienveillance, selon le témoignage du Dr Cawein. Après avoir mené des tests et des recherches, il comprit que les Fugate souffraient de méthémoglobinémie congénitale.

Cawein traita d'abord les Fugate par des injections de bleu de méthylène qui rendirent instantanément leur peau blanche. Mais le remède n'était que temporaire. Le bleu de méthylène, utilisé pour traiter les empoisonnements au cyanure et au monoxyde de carbone, ressort en général dans l'urine en moins de vingt-quatre heures, non sans avoir pu causer des effets secondaires désagréables. Le docteur laissa aux Fugate une bonne dose de comprimés de bleu de méthylène à consommer chaque jour par voie orale. Cawein devint aussi le protecteur des Fugate, et quand les médias et Hollywood voulurent rencontrer ces êtres rares du Kentucky, il refusa de révéler leur adresse.

Avec l'aide des plus âgés des Fugate, des notes prises dans leurs bibles et de leurs souvenirs, le Dr Cawein put établir leur arbre généalogique et remonter jusqu'à Martin Fugate.

En 1943, le Kentucky interdit les mariages entre cousins germains, et cette loi vaut encore à l'heure actuelle, ainsi que dans la plupart des autres États américains. Dans le Kentucky, le but n'était pas seulement d'éviter la consanguinité ; il y avait aussi d'autres raisons. Le Ku Klux Klan avait milité activement pour cette interdiction, luttant activement pour maintenir la pureté de la suprématie blanche, tandis que d'autres souhaitaient entretenir les querelles entre clans montagnards, empêchant les jeunes amoureux d'épouser leurs cousins ennemis et de déserter la cause de leur groupe. Les lois contre le métissage furent en vigueur dans le Kentucky de 1866 à 1967. Toute personne accusée d'infraction était passible d'une amende ou d'une peine de prison, ou les deux.

D'après ce que nous savons, les Fugate étaient originaires d'une famille de huguenots français. Leur anomalie médicale signifiait-elle qu'ils avaient du véritable « sang bleu » et descendaient de monarques européens ? Au lieu d'être salués pour leur situation unique, les Fugate furent associés aux ravages de la consanguinité. Même à l'époque où les unions entre cousins germains étaient légales aux États-Unis, les Fugate étaient fuis et méprisés, et subissaient l'isolement à cause de leur couleur de peau et de leurs gènes héréditaires.

***

En 1913, la Fédération des clubs féminins du Kentucky convainquit un magnat du charbon, John C. Mayo, de subventionner un service de bibliothèque ambulante afin d'apporter l'instruction dans les régions pauvres et isolées. Mais tout s'arrêta un an après, à la mort de Mayo. Il allait s'écouler près de deux décennies avant que ce service soit ressuscité.

Le projet de la bibliothèque ambulante fut établi en 1935 et dura jusqu'en 1943. Il faisait partie de la Works Progress Administration (WPA) du président Roosevelt ; c'était un effort visant à créer des emplois pour les femmes et à diffuser les livres dans les Appalaches, dans les zones les plus pauvres et les plus isolées de l'est du

Kentucky où il n'existait que très peu d'écoles, aucune bibliothèque, et peu de routes.

Les bibliothécaires étaient surnommées « femmes aux livres », même si l'on comptait un très petit nombre d'hommes dans leurs rangs. Ces intrépides employées se déplaçaient à cheval, à dos de mule, parfois à pied ou même en canot afin d'atteindre les vallées les plus éloignées, les hauteurs et les cuvettes les moins aisément accessibles, avec des villes au nom évocateur comme Hell-for-Sartin (« Enfer-pour-Sûr »), Troublesome (« Pénible ») et Cut Shin (« Tibia blessé »). Elles couvraient parfois cent cinquante kilomètres ou davantage par semaine, sous la pluie ou la neige.

Les employées de la bibliothèque ambulante étaient payées vingt-huit dollars par mois et devaient fournir leur propre monture. Les livres et ouvrages, les lieux où stocker et trier les volumes, tout venait de dons, sans financement de la WPA.

Avec des ressources limitées et faute de soutien financier, les employées de la bibliothèque ambulante rassemblaient les livres offerts par les scouts, les associations de parents d'élèves, les clubs féminins, les églises et les services de santé. Elles imaginaient des moyens ingénieux pour offrir des lectures plus diversifiées, comme les albums recueillant recettes et astuces domestiques que les montagnards leur transmettaient en remerciement de leurs services. Les femmes aux livres coloriaient des images afin de fabriquer des illustrés pour enfants et bien d'autres volumes, tout en étant constamment à la recherche de dons bénévoles.

Malgré les obstacles financiers, le caractère inhospitalier du territoire et la méfiance parfois farouche de ses habitants, aux heures les plus violentes de l'histoire du Kentucky, la bibliothèque ambulante fut acceptée et adoptée, grâce à l'habileté de ses employées qui en firent un succès retentissant.

Durant sa douzaine d'années d'existence, plus de mille femmes travaillèrent pour la bibliothèque ambulante, et desservirent près de six cent mille habitants de trente comtés du Kentucky oriental considérés comme des « comtés pauvres ». Ce programme très apprécié laissa un souvenir précieux et enrichit d'innombrables existences.

Quelques mots sur les bougies à prétendant. Il y a plus d'un siècle, les bougeoirs munis d'une spirale métallique furent sans doute créés pour maintenir la bougie en place et l'empêcher de glisser : le but était purement pratique, mais il est certain que ces objets purent être utilisés par la suite pour apprendre aux filles à respecter le verdict du patriarche et comme moyen de faire le tri parmi les prétendants possibles.

Cela m'apparaît néanmoins comme une étrange façon de cadrer les relations humaines. D'une simple bougie pouvait dépendre le bonheur ou le malheur de toute une vie, et le procédé se transmettait de génération en génération. J'aurais aimé entendre les conversations minutées par ces bougeoirs.

Un dernier mot. Chers lecteurs et lectrices, ce livre est l'un des plus importants que j'ai écrits jusqu'ici. Il m'est cher par bien des côtés. J'ai tenté de lui conférer un arrière-plan historique précis, ce qui a entraîné des recherches approfondies : interviews, rencontres avec des hématologues, des médecins, des guetteurs d'incendie et bien d'autres ; j'ai étudié les programmes de la WPA de Roosevelt et j'ai vécu dans les Appalaches. Si j'ai commis des omissions ou des confusions, c'est bien malgré moi, et j'en suis seule coupable.

Remerciements

Merci aux chères lectrices qui m'ont permis d'entrer chez elles. Aux charmantes et chères Kristy (Kristy Bee) Barrett, Judith D. Collins, Kathy Shattuck, Tonya Speelman, Carla Suto, Linda Zagon et bien d'autres lectrices, groupes de lecture et blogueuses qui acclament généralement et inlassablement mes livres et ceux des autres. Vous êtes un vrai cadeau pour les écrivains du monde entier.

J'aimerais ajouter un petit poème pour Kristy :

L'abeille lectrice nommée Kristy Barrett
Partage le pollen dont elle fait la collecte,
Cet amour pour les auteurs
Est comme un pois de senteur,
Parfumé comme le miel et bourdonnant de saveur !

Ma gratitude et mon amour vont à Ron Cole, montagnard de Bry City et ex-guetteur d'incendie, qui m'a fait partager un dîner de Noël et ses récits inspirants sur lui et la tour d'observation de sa famille. Merci aussi à la chère Honey Bee pour son hospitalité et son soutien toujours aussi délicieux.

Beaucoup d'amour et d'affection pour Eon Alden et Chris Wilcox et pour tout le reste de la bande qui se charge avec dévouement de commercialiser mes livres. Je remercie du fond du cœur mes libraires chéris, pour toute la passion avec laquelle ils aident mes écrits et ceux des autres à parvenir dans les mains et dans le cœur des lecteurs.

Un grand merci à l'exquise dramaturge Amina McIntyre pour le repas que nous avons pris ensemble et pour m'avoir montré la bougie à prétendant à la Black Acre Conservancy.

Envers mes éditrices, ces formidables femmes aux livres, Shana Drehs et Margaret (MJ) Johnston, j'ai une dette éternelle pour l'acuité de leur regard, leur sagesse et leur prévoyance, parce qu'elles ont retroussé leurs manches afin de faire de *La Bibliothèque ambulante des Appalaches* le meilleur roman possible, pour faire d'un bon livre un best-seller. Toute ma gratitude à Diane Dannenfeldt pour ses corrections, à Carolyn Lesnick pour sa relecture, et à l'équipe énergique et enthousiaste de Sourcebooks. Un immense merci à Sourcebooks pour m'avoir laissée donner une voix à ces intrépides employées de la bibliothèque ambulante et aux courageux Peau-Bleue.

À mes excellents agents de Writers House, Stacy et Susan, qui ont immédiatement pris la défense de ce livre et lui ont accordé un soutien sans faille : vous êtes ce qu'un auteur peut souhaiter de mieux. *Et Stacy, celui-ci est pour toi.*

Écrire est souvent un voyage solitaire, mais celui-ci a été facilité par le soutien de toute une tribu de femmes aux livres aussi aimables que talentueuses :

j'envoie mon amour fou et mon affection à Joshilyn, Karen et Sara.

Ma gratitude et mon amour à G. J. Berger, pour son amitié et ses critiques.

Mon amour et mes enfants si beaux et si sages, Jeremiah et Sierra, pour toujours. À mon mari qui est toujours mon premier lecteur, Joe, merci d'avoir repéré mes fautes de frappe, mes erreurs de calcul, et de m'avoir percée à jour. Tu es le lecteur pour lequel j'adore écrire avant tout et celui avec lequel j'adore être. Je t'aime comme le sel aime la viande, pour toujours.

La communauté Charleston a aimé !

Chez Charleston, nous sommes convaincus que loin d'être une aventure solitaire, la lecture est une invitation au partage. Nous échangeons constamment avec nos lecteurs et lectrices, et nous sommes fiers de la belle communauté d'amoureux des livres que nous formons tous ensemble. Chaque année, nous choisissons au sein de cette communauté vingt lectrices et lecteurs qui nous accompagnent tout au long de l'année et découvrent nos romans en avant-première. Voici leurs avis !

« Un roman immensément beau et touchant. Un coup de cœur ! »

Sixtine,
@ doresixtine_lecturesdesixtine

« Roman d'une incroyable beauté, ode à la tolérance, à l'amour et à la bienveillance, l'autrice nous propose un texte formidable rempli d'espoir et de courage, le tout porté par une jolie plume. »

Justine,
@Djustinee

« Ce roman, d'une grande humanité, est un hymne à la différence et la tolérance. »

Alyzée,
@unlivreabordeaux

« Une fiction historique dont le personnage principal est sauvé par les livres : le rêve de tout lecteur ! »

Mathilde,
@mapetiterevolutionlitteraire

« Une histoire déchirante et un voyage passionnant au cœur du Kentucky, grâce à Bluette qui garde sa foi et son amour pour les livres. »

Sophie,
@leslivresdesophie

« Un très bel hommage aux habitants du Kentucky, aux femmes fortes et courageuses qui apportaient la lecture et de la joie dans les foyers les plus éloignés : un poignant rappel de la force et de l'importance des livres. »

Charlotte,
@carnet_litteraire

« Un roman unique et inoubliable qui aborde avec force et finesse l'Amérique profonde des années 1930 à travers le parcours d'une héroïne bouleversante, modèle d'espoir et de courage. »

Marion,
@myjolielibrairie

Cet ouvrage a été imprimé en utilisant des papiers composés de fibres naturelles, renouvelables, recyclables et fabriquées à partir de bois issus de forêts qui adoptent un système d'aménagement durable. En outre, les fournisseurs de papier s'inscrivent dans une démarche de certification environnementale reconnue.

Achevé d'imprimer sur Roto-Page en janvier 2024
par l'Imprimerie Floch
53100 Mayenne
Dépôt légal : février 2024
N° d'impression : 103968
Imprimé en France